春陽文庫

探偵小説篇

金と銀

谷崎潤一郎

春陽堂書店

目次

金と銀……5
AとBの話……133
友田と松永の話……211
青塚氏の話……323
或る少年の怯れ……387

一級品の探偵小説　藤田宜永……470
『金と銀』覚え書き　日下三蔵……474

金と銀

第一章

動坂の終点まで行く筈であった青野は、根津の停留場へ来ると、なぜか慌てて車掌台の方から電車を飛び降りてしまった。その時ちょうど彼と擦れ違いに、運転手台の方から乗り込んだらしい一人の男があった。さっぱりしたポオラルのインバネスを着て、白っぽい鳥打帽子を被って居るその後影が、車内の吊り革にぶら下って居るのを、青野は往来から遠く見送ってほっと胸を撫でおろした。

「たしかに今村に違いない。好い塩梅だった。もう少しでふん掴まるところだった。」

彼はほんとうに虎口を脱したような気がした。去年の夏仮装会をやるのだと云って、今村の外套と薩摩上布とを借り出した上、其の晩すぐに質に入れて姿を晦ましてしまってから、青野は今村に掴まりさえすれば、必ず擲りつけられるものと覚悟して居た。電車の中だろうが大道のまん中だろうが、見附け次第赤恥を掻かせてやると、揚言して居る今村の噂も彼は内々聞き込んで居た。新聞には度び度び悪名を曝され、友人からは擯斥されて、恥を恥とも思わなくなって居る青野でも、擲られる事だけはさすがに恐ろしかったのである。

だが、あれから一年立った今日、今村はもうあの夏外套の事などは忘れてしまったかの如く、また新しいインバネスを拵えて得々として着て歩いて居る。その様子が、いかにも金に不自由のない、物を盗まれても平気な境遇に居る事を証拠立てて居るようなので、青野はいくらか安心もすれば羨ましくも感ぜられた。あんな立派な外套を纏って居たら、己に会ってもまさか擲る訳には行かないだろう、などとも思った。去年の外套は質屋で五円にしか取らなかったが、今年の奴なら拾円は大丈夫だろうというようなさもしい考さえ、胸に浮べずには居られなかった。

「いや、今村は己に気が附かなかった筈はない。己が急いで前の方から降りようとした時、彼奴はちらりと己の顔に横眼を使って、わざと反対の方角から乗ったようだった。事に依ったら、もう今村は己なんかを相手にしない積りなのか知ら？」

そうだとすると、擲られるよりは余計屈辱であるような気がして、青野はひとりでに顔が赤くなるのを覚えた。戸外を歩く度毎に始終こんな心配をするくらいなら、いっそ早く取っ掴まって、一遍に擲られてしまった方が、却ってせいせいするだろうとも考えられた。

「なんだ馬鹿々々しい！　逃げるには及ばなかったじゃないか。擲りたければ擲らしてやりゃあよかったんだ。」

彼は路傍の人に聞えるほどの高い声でこう独語を云った。自分と云う人間が、まるで他人のように賤しく、醜く、滑稽に見えて仕方がなかった。自分が今村の地位に在って、自分のような男を友達に持ち、往来のまん中で打んなぐってやったら、さぞ痛快を極めるだろうと、つまらない想像に耽ったりした。

実際、青野のように自分で自分の悪い性分を十分に知り抜いて、散々愛憎を尽かして居ながらも、その性分を遂に改めることが出来ず、生涯それに引き擦られて生きて行かなければならない人間は、こうして自分を嘲けることが、たった一つの自分を許す逃げ道であった。そうしなければ彼は到底自分の体の置場がなかった。彼は自分でも、自分のような卑しい人間と一緒に歩くのが溜らなく厭であった。折々は自分の悪い性分を自分の外へ放り出して、嘆いたり、憐れんだり、おかしがったりしてやりたかった。そんな風にすれば、せめて一時は自分の品性が高まるように感ぜられた。

「世の中の凡べての者が今村と同じく自分を捨ててしまったら、自分は果して安穏に生きて行けるだろうか、それでなくても喰うに困って居るのに、そうなったら自分はどうする了見だろうか。」――

「そうなったら」どころではない、もう大分そうなって来て居るのである。少くともたった一人の親友の大川を除いてしまったら、現在の青野を救ってくれそうな篤志家は一人も居ない。旧友と云う旧友はみんな今村の味方になって、彼の横っ面に拳骨の一つや二つを喰らわせかねない連中ばかりである。まだしもふん縛られて警察へ突き出されないのが、仕合わせなくらいである。此の場合、もしあの大川にまでも捨てられるような事があったら、そうして其れでもまだ生きようとするなら、否でも応でも盗賊になるか乞食になるより外はなかろう。……

根津の通りを田端の方へぼんやりと歩いて行く青野の頭には、こんな考えが際限もなく組んづ解れつした。彼は時々、はっと我に復った如く立ち止まって、初夏の往来を眺め廻した。きれいに晴れ渡った朝の青空や、新緑の上野の森や、鮮かな日光を受けて目の醒めるように明るく照って居る屋根や地面や、そんな景色が彼には特別に美しく見えた。こうして此処に佇んだまま、いつまでも此の景色に見入って居られたら、どんなに幸福だか知れないとも思った。ふと、五六年前、彼がまだ今日のように落ちぶれない時分、フランスから帰朝する際に暫く足をとどめて居た中央印度のガンジス河の流域の風光が、蜃気楼の如く彼の眼の前に浮かんだ。ベナレスや、ラホールや、アムリツァルの町々の、夢の都のような不思議な色彩、宝石の結晶したような殿堂や寺院の建築、其処に住んで居る市民や行者の、お伽噺の人間じみた奇妙な服装、――それ等の物が朧ろげになった記憶の底から、嘗て目撃した実在の世界とも、彼自身の空想の産物とも分らない程自由に精細に、燦然と彼の瞳を射るのであった。今もあの大陸のあの地方へ行けば、此の六月の青空の下に、あれ等の光景がまざまざと展開して居ると云う事実が、青野には何だか本当とは信ぜられなかった。あの素晴らしい、まるで刺繡の絵のような国土へ足を踏み入れた時代の彼と、こんなにまで尾羽打ち枯らして根津の通りを辿って居る彼との間には、何処をどう捜しても全く何等の連絡もないのであった。

彼は仰向きに首を反らせて、遠い故郷を慕うような眼つきで、つくづくと空の色を視つめてから、またすたすたと歩き出した。大川の家へ行って、牛肉か洋食か、何か知ら脂っこい、滋養分を含んで居そうな食物に有りつく積りで、わざと昼飯も喰わずに出て来たせいか、いつの間にか非常な空腹を覚えて居た。大川に会ったら先ず第一に、

「ああ腹が減った。牛肉を御馳走しないか。」と云うような塩梅式に洒々落々と切り出してやろう。すると大川が「よし」と云って早速ロースを一斤か、或いは一斤半ぐらい註文する。水こんろの鉄鍋の上で、どろどろのセピア色に煮つまった肉の塊を、温かい飯と一緒に舌へ載せながら、はっはっと馬のような息を吹き吹き、口の中がくちゃくちゃになるほど嚙みしめたらどんなにうまいだろう。そうして、気が重くなるほど胃袋へ一杯に物が詰まって、下腹がむっくりとゴム鞠のように膨れて来たら、どんなに生きがいのある心地がするだろう。……そう想って見るだけでも、青野の鼻先には、芳ばしい牛鍋の匂がぷーんと襲って来るのであった。彼は一層足を早めながら、動坂を右へ曲って、閑静な郊外の町へ這入った。

其の辺には、一体にかなめの生垣を繞らした、気楽そうな、小綺麗な住宅が並んで居た。茶の湯の宗匠でも住まいそうな、庵室めいた風雅な普請だの、市内の豪商の別邸ででもありそうな、広々とした庭を囲んだ、奥床しい板塀の構えなどが、ところどころに入り交って、油のように光って居る緑樹の新芽と其の鮮かさを争うように、新築の木の香を漂わせて居た。そう云う家々の一つ一つが孰れも牛鍋の匂と等しく、青野の慾望を刺戟せずには措かなかった。自分も一度は、こんなのんびりした家の内に暮らして見たい。こう云う邸宅の主（あるじ）となって、少しの屈托もない、余裕のある生活を営んで見たい。此処に住んで居る紳士たちは、みんな今村の着て居たような夏外套を持って居るだろう。牛肉なんぞは厭になるほど喰い飽きて居るだろう。中には又、淑女画報に出て来るような、花やかなハイカラな妻君を持って居る奴も居るだろう。無論相当の資産があって、身の周りの小遣いにも月に百円や二百円は水のように流すのだろう。青野が此れから訪ねて行こうとする大川も、たしかに幸福な彼等の中（うち）の一人である。いや大川ばかりか、青野と同期に美術学校を卒業した同窓の中には、大川に劣らない境遇に出世したものが既に二三人は居るのである。青野にしたって、順当に行きさえすれば、決してそれだけの地位を得られない筈はなかった。卒業当時の評判から云えば、誰を措いても彼が真先（まっさき）に立身しそうな形勢であった。その形勢に狂いを生じさせた罪は云うまでもなく、青野自身にある。みんな自分の心がけが悪いのである。我ながら呆れ返るほど浅ましい、社会の公人として立って行くべき資格のない、忌まわしい天性の背徳病（はいとくびょう）のお蔭である。

田端の山の上の、大川の邸（やしき）の煉瓦塀が眼に這入ると、青野は急に恐ろしい所へ来たような気がして、一歩々々に足が竦（すく）み動悸が昂（たか）まった。いかに大川が自分に対して常に寛大で、親切であるとは云え、自分は今、どの面下げて彼の門を叩くことが出来るだろう。それも単純な訪問だけならばまだしもであるが、例に依って金の無心に行くのである。何の面目あって、どんな顔つきをして、それを云い出すことが出来るだろう。冗談らしく笑って頼むのには、あんまり今迄に彼を欺し過ぎて居る。そうかと云って泣いて拝むほどしらじらしい人間にもなり切れない。ゆうべの手紙で、ほぼ大川は承知して居るようなものの、それでも機嫌よく貸してくれるような事は、黙って居ても先方から札の束を投げ出してくれるような事は、万が一にもありそうではない。なんぼお人好しの、お坊っちゃんの大川でも、きっと不愉快を隠し得ないで、一応は出し渋るような態度を示すだろう。その不愉快を突き破って、無理にも金を借りて来るのは、相手が大川であるだけに、余計青野は心に済まなかった。今村の外套を盗むよりも、もっと罪の深い、残酷な悪事であるとしか思われなかった。

「雄弁は銀、沈黙は金と云う諺がある。それをもじって能才は銀、天才は金と云ったところで、誰が異議を唱えるだろう。少くとも芸術家としての素質に於いて、君と僕とは金と銀との相違がある。銀があって始めて金の貴さが分るように、僕には君のえらさがよく分って居る。僕は飽く迄も君を尊敬する。……」

嘗て青野にこう云う手紙を寄せた大川は、未だに其の時の気持ちを失わずに居るのである。青野の人格のゼロである事が立証せられた今日でも、依然として大川は彼の芸術的天分を畏敬して居る。青野のえらさは自分でなければ分らないと云うような、一種の誇さえも抱いて居る。去年の秋の展覧会に出品された青野の大作が、故意か偶然か、あらゆる芸術家や鑑賞家に依って黙殺されてしまった際にも、大川だけは「寧ろ嫉妬を感ずる。」と云ったくらいに、心の底から傾倒して、賞讃の言葉を惜しまなかった。審査員を始めとして、凡べての先輩や友人が、彼の平素の背徳を憎むの余り、あれだけの作物に一言の批評も、一片の同情も与えてくれなかった時に、こう云ってくれた虚心坦懐な大川の気象が、青野には涙の出るほど有難かった。腸まで腐ってしまった自分の根性に比較して、大川の品性の純潔さが、それこそ「嫉妬を感ずる」くらいに気高く見えた。大川だけは自分を捨てないで居てくれる。自分もせめて此れからは、彼に捨てられるような不義理な真似をしまいと、青野は固く胸に誓った。にも拘らず、その後彼は大川に対してどれだけ義理を守ったろう、義理を守ったどころか、却って相手の好意に附け込んで、有りったけの破廉恥な行為を重ねたではないか。二三日で返すからと云って、内地ではめったに買うことの出来ない中世紀の印度の宗教画や、文芸復興期の名画の複製を借りて来て、有耶無耶の間に五十円で古本屋へ売り払ったり、それを大川に発見されて頭を掻いてゴマカシたり、そう云う悪事はあれから既に幾度となく繰り返して居る。もしも外套を盗んだだけで、今村に擲られる理由があるとすれば、彼は大川からいつ何時絶交状を送られても、文句の云えないハメになって居る。まして大川は、美術学校時代の彼の旧友のうちで、技倆から云っても傾向から云っても、将来彼と角逐し競争すべき唯一の対抗者であって、彼の零落を心ひそかに祈って居る随一人であらねばならなかった。青野と同じロマンティックの世界に憧れ、同じ境地に美の幻影を求めて居るらしい大川が、人一倍青野の天分を嫉視したり、その逆境に痛快を感じたりするのは、極めて自然な事であった。彼に対して、表面は誰よりも親切を装い、寛大に振る舞って居る大川の胸中に、蔽うべからざる嫉妬の情の燃え狂って居ることは、他人は知らず、青野にはハッキリと看取することが出来た。大川が自分を過度に庇護してくれるのは、自分に対して温情のある結果ではなく、その嫉妬を自ら欺かんが為めであるとさえ、邪推し得る場合もあった。我が侭な性質の一面に、恐ろしく神経過敏な道徳を持って居る彼は、なまじいに嫉妬に悩まされて居る為めに、猶更相手の貧窮を救わずには居られなくなって居るらしかった。卑怯であるとは気が附いて居ながら、青野は仕様ことなしに其の弱点に斬り込んで、かけられるだけの迷惑をかけた。勿論大川を困らせるのが主眼ではなく、金を借りるのが目的ではあったけれど、少くとも或る意味に於いて自分が強者となり得る相手を、そのパトロンに見出したことは、擦れっ枯らしの彼に取って、全然愉快でないことはなかった。彼は自分の意地の悪い性分を呪いながらも、大川に済まない済まないと思いながらも、ややともすれば得意の情を色に現わしたり、口吻に洩らしたりした。それが大川には又たまらなく不愉快なようであった。自分の弱点をさらけ出すと共に、相手の弱点をも発き出して、その上金を捲き上げて行く青野のやり方を、彼はどれ程憎んだか知れなかった。落魄した旧友を恵んで、高潔な義侠的精神を発揮したように己惚れて居た彼は、いつの間にか自分が哀れむべき偽善者であって、相手に試されて居る事を発見したのである。外の人になら気持ちよく依頼に応ずる場合でも、相手が青野である時に限って、友情だの誠意だのと云うものが、お互いの胸に微塵も湧き上って来ない。思いやりの深い、徳義に厚い人間であった筈の自分は、その実他人の才能を嫉妬する偏狭な男で、相手が其れに附け込んで居る光景が、其処にまざまざと曝露される。そうなっても彼はやっぱり、曝露されたままに任せて、青野を見限ってしまう気になれなかった。それほど大川は負け惜しみの強い、同時に正直な性分でもあった。

青野に対する嫉妬の情がたとい一分でも存する間は、自分の芸術が青野を追い越さない内は、青野を捨てる訳には行かないと、堅く決心して居るようであった。そうして其の決心が堅ければ堅いだけ、反対に嫉妬の火の手はますます盛んに燃え上るらしかった。青野が社会から葬られて、生活難に喘ぎながら天井裏のような二階で描いて居る近頃の製作を見る度毎に、めきめきと新境地を開拓して行く豊かな天分に脅やかされて、彼はいよいよ青野を自分の強敵であると悟らずには居られなかった。あんなに落ちぶれ切って居ても、いつかは再び世間に認められて、自分の声価を凌ぐようになるであろう。たとい其れが自分と青野との死後に生ずる出来事であっても、妬ましさに変りのある筈はない。こう云う考えが、絶えず大川の頭に巣を喰って居る様子は、青野にありありと読めるのであった。大川の抱いて居る嫉妬は、真の芸術家が必ず感じなければならない、貴い、尊敬に値いする嫉妬である事は、彼も十分に知って居た。それだのに彼はむごくも其の感情を利用して、飽く迄も大川に厄介をかけようとするのである。自分の悪徳に比べれば、大川の偽善の方がどれ程いたましく、どれ程殊勝であるか分らないと云う気がむらむらと起って来るにつれて、青野はこうして大川の家を訪ねて行く自分の体が恨めしかった。

「そうだ、せめて今日だけは快く牛肉の御馳走になって、金の話なんぞしないで帰るとしよう。ゆうべの手紙の用件はやめにしたと云って安心させてやろう。よしんば食うに困って干乾(ひぼ)しになっても、大川にあんな思いをさせるよりは増(ま)しかも知れない。……………」

彼は一旦くぐりかけた門の前を通り過ぎて、その辺を二三度往(い)ったり来たりした。こう云う折にいつでも襲われる一種の胸騒ぎの底から、忘れかかって居た空腹の感覚が、再び激しく胃袋をきゅうきゅうと絞るようであった。牛肉を喰わせて貰うことが、金を恵まれるのと同じ程度に、目下の彼には緊急な用件となって居た。

第二章

書生に導かれて大川の書斎のドーアを明(あ)けた時、青野は金の問題を断念することに腹をきめて、軽々(かるがる)とした心持ちで室内へ足を運んだ。

「ああ君々、ゆうべの用件はもう済んでしまったから今日はただぶらりと遊びに来たんだ。何しろ恐ろしく腹が減ってるんだから、牛肉を奢ってくれたまえ。此の頃の僕は豆腐と味噌汁で命を繋いで居るんだぜ。」

大川が出て来たら、早速こう云ってからからと笑って見せる積りで、内々その言葉をくちずさんで居た彼は、三十分ばかり其処に独りで待たされて居た。暫くの間彼は室の中央の紫檀の机に頬杖をついて高台の縁に臨んで居る東向きの窓の彼方の、海のようにひらけた郊外の田圃を眺めて居た。正午に近い太陽を一面に浴びて居る平原の、ところどころに点在して居る森だの人家だのが、真白な窓掛けのレース越しに、遠くの方でピカピカと光って居る。こってりとペンキ塗りにしたような藍色の空へ、何処からともなく午砲の音が放たれると、見る見るうちに遥かな野末へ反響が瀰漫して、小さなどんが地平線の四方八方から、ゴム鞠を弾ませるように微かに無数にとどろいて居る。と、千住や三河島辺の工場の汽笛が、俄かに伏兵の起った如く声を揃えて啼き始めた。

「ただ今先生は仕事をやりかけていらっしゃいますので、失礼でございますが御飯を召し上りながら、もう少々お待ち下さいますように。」

やがて書生が這入って来て、こう云いながら机の上に食事の用意を整えるのを、青野は面をふくらせながら見守って居た。あんなに恋い憧れて居た牛肉のあてが外れて、其処に並べられたものは錦手の大きな丼と、細根大根に赤生薑をあしらった漬物の小皿とに過ぎなかったのである。天どんとも、五もくとも、鰻飯とも想像される其の入れ物を、彼は恨めしそうに横眼で睨んで、せめて鰻であってくれればいいなどと思ったりした。が、そう思ったのは僅かの間で、書生が居なくなってから丼の傍へ寄って見ると、蓋を明けるまでもなく、下から紙屑のようにはみ出して居るころもに依って、中味が天どんである事が直ぐに分った。

「ちょッ、天ぷらかア」

彼は覚えずこんな独語を口走った。何だか妙に涙の出るほど忌ま忌ましかった。

「仕事をして居る」と云う書生の言葉から察すると、大川は朝から閉じ籠って何か画いて居るのだろう。秋の展覧会に出品すべき製作の準備にそろそろ取りかかって居ると云う噂が、二三日前の新聞にも出て居たようであるから、或いは手をつけ始めたのかも知れない。自分の仕事を人に見られるのが大嫌いな大川は、青野に対しては、特に一層秘密主義を守って、容易にアトリエへ這入らせなかった程であるから、従来とても場合に依れば一時間や三十分は待たされる例があった。けれども今日の青野には、こうして長く待たされるのが何となく尋常な事でないように感ぜられた。

「またずうずうしく金の無心にやって来たんだね。実際君は始末に困る。もうとても僕の手には負えないから、今度だけは勘弁してくれ給え。どうか成るべくなら待って居るうちに考え直して、僕に会わずに帰ってくれ給え。」

と云うような謎を遠廻しにかけられて居るのではあるまいかとも邪推された。青野の眼には、大川の恐ろしく不機嫌な、昨夜の手紙を読んだ時から其の問題を苦に病み続けて居る臆病な顔つきが、もうはっきりと見えるような心地がした。「今日こそはどうかして青野の奴に愚弄されまい。金を貸しても貸さないでも己は常に彼奴から馬鹿にされた結果になって居る。それを今度は何とかして巧みに切り抜ける方法はないか知らん。」と、頻りに頭を悩ましながら仕事もろくに手につかないで、徒らに胸糞を悪くしたり、業を煮やしたりして居る様子を考えると、青野は気の毒でたまらなくもあり痛快なようでもあった。或る善良な、罪咎もない一人の人間が、自分のねじくれた根性のために斯くまで不愉快を催して居る事実が、彼にはしみじみ情なくって、誰と云う相手もなしに腹が立った。

「大川君、どうか許してくれ給え、君も胸糞が悪いだろうが、僕だって随分胸糞が悪いんだ。」

と、彼は心の底で呟いて見た。不思議な事には、その胸糞の悪い気分がだんだん強まるに従って、金の無心を断念しようと云う以前の潔い覚悟は、いつの間にやらすっかり鈍ってしまって居た。どうせこんなに胸糞が悪い以上は、やっぱり無心をした方がいいのだと云う、奇妙な結論に彼は到達した。そうして程なく、

「やあ失敬、大変待たせたね。」

と云いながら、強いて平静を装いつつ書斎へ出て来た大川の姿に接した時、彼はたとい狂言にもせよそんな覚悟を発表する勇気を持たなかった。無理に落ち着こう落ち着こうと努力して居た大川は、青野と向き合った一刹那に、到底我慢し切れないほど胸糞が悪かったらしく、がっと苦い唾吐を呑んで、唇をにちゃにちゃやらせて、多少獣が敵に面した時のような眼つきをした。此れ迄にもこんな場合には幾分かそう云う表情を示しはしたが、今日のように興奮した、険悪な相は見せたことがない。青野は殆んど、照れ隠しに笑う真似さえ出来なかった。「金の話はやめよう。」などとウッカリ云おうものなら、それが却って不自然に聞えて、ますます相手を怒らせはしないかと危ぶまれるくらい、その顔は一途に緊張し切って、名状し難い不安と懊悩とを漲らせて居る。

「暫く御無沙汰しちまって、何とも申し訳がない。……僕はこうしてのめのめと君に

会いに来られる義理じゃないんだけれど、殊にゆうべの手紙のようなお頼みをするなんて、そんな厚かましい事が出来る訳はないんだけれど、………」

青野はこう云い出すより仕方がなかった。それが一番此の場の光景に対して自然でありもした適切であった。彼の胸中に残って居た微かな痛快の心持ちは、こんな工合に語り続けて居るうちに、何等の痕跡も留めず消え失せて、ただ真暗な、卑屈な、破廉恥な根性ばかりが、我ながら重苦しいほどの執拗さを以て、頭の中へ一杯に塞がって来るのを覚えた。その重苦しさに堪えかねて、動悸が一時にどきどきと激しくなった。今喰ったばかりの蝦の天ぷらの噫が、咽喉からムカムカと込み上げて来るのまでが、ますます胸糞を悪くさせ、彼の気分を自暴自棄に導いて行った。

「今度と云う今度は、僕も少し考えた事があって、もう一遍だけ、是非君に救って貰おうと思って、来にくいところを押して出て来たような訳なんだ。………」

大川は机の向う側に据わって、人差指と中指との間に挾んだ両切りの西洋煙草を、煙突の如く真直ぐに立てて、その先から立ち昇る線香の煙のような細い縷を、じっと一心に視詰めて居た。興奮して居る為めに手先がぶるぶると戦いて、微かな顫えがシガレットの尖端の灰にまでも、——刻一刻と塔のように堆く積って、あわや崩れそうになりつつある灰にまでも伝わって居る。

「……ねえ、どうだろう君、聴いて貰う訳には行かないだろうか。事情は昨日の手紙に書いた通りなんだが、……」

「そりゃあ、此れ迄君の要求に対して一遍も断(ことわ)ったことのない僕だから、特に今度に限って、頼みを聴かないと云うのも変なものだし、……」

と、大川は漸く口を切った。

「だからまあ、聴いて上げない事もなかろう。殊にゆうべの手紙で見ると、今度の金はいつもの金とは意味が違う。君を救うためではなくって、君の芸術を救う為めに貸さなければならない金のようだ。成る程ああ云う風に云われて見ると、僕にはたしかに断りづらい。実際君はウマイところを狙って来て居る。」

こう云った時、始めて彼の唇の周囲にほんのりと笑いが浮かんだ。尤も、眉をしかめるよりは更に相手を不愉快にさせる笑い方ではあるが。――青野はせん方(かた)なしに俯向いてしまった。

「君も随分僕に対しては、僕から金を絞り取る為めには、いろいろの政略を弄(ろう)して居る。目下(もっか)の君は、絵を画(か)くための資本(もとで)がないので、僕から金を借り倒すことを職業とし、且その職業に一生懸命になった余り、興味を感じて居るようにさえ見える。ま、こんな事を云うと君は怒るかも知れないが、今日は何も彼も正直に話してしまおうと思うんだ。」

糸を繰り出すようにぐずぐずとしゃべって居た彼の口調は、急に此処から活気を帯びて、彼は半身を乗り出しながら、断乎として相手の眼の中を覗き込んだ。

「今度の借金は君の芸術の為めだと云う。それはまさか譃ではあるまい。君がなんぼ譃つきの破廉恥漢でも、君の唯一の誇るべき財産である芸術までもだしに使って、僕を欺そうとするのではないだろう。一旦社会から放逐されてしまった君が、もう一度世間へ花を咲かす為めに、或はもっと高い目的で君の真の芸術を永遠に此の世へ遺さんが為めに、万難を排して大作に取りかかろうと云う、その企ては友人の僕として義理にも助けなければなるまい。その為めに絵具を買ったり、部屋を借りたり、モデルを雇ったりするのだから、費用を都合してくれろと云う君の頼みを、若しも断ったりしたら僕はきっと卑怯な奴だと、少くも君には思われるだろう。今度に限って君の無心をはねつけたら、必ず僕が君の芸術を嫉妬して居る結果だと云うように、見下されるだろう。」

「ふん、………何も君は、そうまで僕を邪推する必要はない。僕がいかに堕落し切った、恩知らずの人間でも、君の此れ迄の親切に対しては、心から感謝して居るくらいなのだから、………」

「いや君、先も云った通り、今日は正直に話をしよう。君に正直を望むのは、てんで無理な註文かも知れないが、僕の言葉を胡麻化さずに聞き取るくらいの、誠意だけは持って貰おう。」

いかさにかかって斯う浴びせかけた大川の眼玉は狂人のように血走って、顔は真青になって居る。青野にはどうして彼が此れほど迄に憤激して居るのか、その理由が分らなかった。

「君が僕の親切を心から感謝して居る？　そりゃ君にしたって、全然感謝して居ない事はないだろう。が、よもや僕を親切だとは思って居なかろう。僕も亦、近頃の自分が君に対して親切だとは、夢にも思って居ないのだ。僕はたしかに君の推察通り、君の才能を嫉んで居る。嫉んで居ればこそ、その弱点を露わすのが嫌さに、こうして君の面倒を見て居る。たしかに其れに違いないのだ。――けれども僕は最初から君に対して今のような嫉妬を感じては居なかった。最初は僕も、外の友人に対すると同じように君に対しても親切だった。純然たる好意から、温かい友情から、君の窮境を気の毒にも思い、出来るだけの援助を与えて居た。君の為めに可なり乱暴な詐欺にかけられて、損害を受けた時でも、僕は君を哀れにこそ思え腹を立てはしなかった。君も知っての通り、僕は性来お坊っちゃんで、お人好しで、気の弱い人間だから、自分の行為の善悪に対しては潔癖（けっぺき）の方だけれども、他人には随分寛大だった。今でも君以外の人に対しては、こうまで狭量に腹を立てたり、癇癪を起したりする事はめったにない。ところが僕は君と附き合い出してから、始めて僕自身の胸の奥にも卑しい根性の潜んで居る事を発見したのだ。僕は自分で気がつかない間に、いつからともなく君の態度に挑発（ちょうはつ）されて、嫉妬の感情を意識するようになったのだ。『君の行為は親切ではない。それは嫉妬と云うものだ。』と、君は僕に教えてくれた。明らかにそうは云わないまでも、何となくそう云う意味の口吻（こうふん）を洩らした。そうして君が君の堕落し切った品性を、露骨に僕の前へさらけ出すに従って、僕もだんだん其れに対抗して、君と一緒に醜く浅ましくなって行った。君に云わせれば、それは思う壺かも知れないが、僕には実に不愉快で溜（たま）らない。僕は深刻に君のペテンにかかったような気がしてならない。」

「ペテンと云うのはあまりひどいよ。」

と青野が云った。

「成る程そりゃあ僕の態度が君の嫉妬を挑発するような結果になったかも知れない。けれども僕が最初から其れを意識して、計画を立ててやったように取らなくってもいいじゃないか。第一そんな真似をして僕に何の利益があるのだ。君の世話になって居る僕が、君に嫉妬を起させれば却って損になるじゃないか。」

果して大川が云った通り、こんな場合に青野はウカウカと相手に釣り込まれて、正直になるような人間ではなかった。自分が此の家を訪れたのは、金を借りるのが目的であった事を、彼は何処までも忘れなかった。正直に怒って居る積りでも、自然と間に合わせの謔が口をついて出た。

「つまらぬ議論なんかやめにして、早く貸すなら貸さないか。」——若し青野の腹の中を、正直に発表するとすれば、こう云うより外にないであろう。

「君はまだ謔をついて居るんだね。断って置くが僕は君に金を貸さないと云って居やあしないんだよ。金が欲しければ貸してやる。貸してやるから嘘を云うのは止し給えと云うんだ。さ、安心の為めに先へ渡して置いてやろう。」

予め(あらかじ)用意して置いたものか、大川は懐(ふところ)から二百円の札の束を出して、スポンと机の上をハタいた。そうして犬に物を投げるように、其れを青野の胸先に置いた。

「さ、いいだろう。こうすれば君に文句はないんだろう。僕は今日はいつもと違って、ひどく癇癪が起って居るんだから、少しは君も胸襟を開いて、正直になってくれ給え。僕は此の金を貸すんじゃあない。此の金で君の正直を買うんだ。」

「どうも、そう君のように腹を立てられちゃあ実際弱るなあ、僕は譃をつくまいとは思って居るんだけれど、知らず識らず譃をついてしまうんだよ。僕のはもう、譃つきが慢性になって居るんだから、此の病気はどうしたって直りっこはない。……」

こんな事をしゃべって居るうちに、突然、青野の胸には自己に対する反感と憎悪とが湧いて来た。何かまずい物を喰い過ぎた時のような、重々しい、倦怠と悲痛とが半々に交ったような、遣る瀬のない気分が体中に充ち亙った。考えて見ると、自分にたった一人の友人であった大川さえも、もう今日では友人でなくなって居る。彼はただ、彼自身の嫉妬を蔽わんが為めに、敵に糧を送りつつある人間に過ぎない。此方に其れだけの不都合があるとは云え、金を恵まれる代りには、自分は常に此の男から有らん限りの侮辱と軽蔑とを浴びせかけられる。親の口からも云われないような、裁判官でも敢てしないような、暴慢な、無礼な言語を自分は彼から甘んじて聞かされて居る。彼はいつの間に、自分に対してそんな権力を持つようになったのだろう。全体誰に許されて其の権力を行使して居るのだろう。――そうして彼は、自分に金を恵みながら、其れを友情の結果だとは認めず、自分も彼を恩に着ようとはして居ない。どうして此のような苦しい関係に、二人は立たされてしまったのだろう。同じ芸術の道に志して居ながら、二人はただ金の貸し借りの問題でのみ接触し、いがみ合って居る。自分も大川も、芸術上の問題に就いて、此れ程激しく此れ程興奮して物を云い合ったことはない。金の事がなかったら、二人はとうに絶交して居たに極まって居る。――自分は其れでもいいとして、大川を其処まで引き擦り込んだのは、みんな自分の罪ではないか。自分が金の問題を断念しさえすればいいのじゃないか。自分はこんな嫌な気持ちを味わって迄も、やっぱり金が欲しいのかしら？　自分はなぜ、此処にある札の束を突返そうとしないのだろう。

……………

「でも何でも、己は此の金を借りるより外仕様がないな。どうせ己は、此の世の中では背徳漢に生れついたのだ。生きて居る間は散々悪い行いをして、其の代り立派な芸術を後世へ遺しさえすればいいのだ。それが己の運命なのだから已むを得ない。」

そう思いながら、青野はホッと溜息を洩らして、恐る恐る札の束へ手をかけて、机の上からこそこそと膝の上へ持って行った。

「僕が君に正直にしろと云うのは、何も善人になれと云う意味ではない。悪人なら悪人でいいから、腹の中を包まずに打ち明けてくれろと云う事なんだ。僕も今迄は嫉妬を隠して親切を装って居た、それをきれいに告白した以上、君の方でも、一体どう云う積りで僕に附き合って居るのだか、態度を明瞭にして貰いたい。君と僕との腐れ縁は、此の後（のち）とてもいつ迄続くか分らないのだから、金の問題が起る度毎に、こう云う不愉快な思いをするのではやり切れない。だから今後は、悪人なら悪人、善人なら善人でお互いにもう少し徹底した態度を取ったら、少しは二人の関係が気持ちのいい物になるだろうと思うんだ。同じく金の貸し借りをするにしても、もっと円滑に、もっと愉快に話が出来るだろうと思うんだ。………ねえ君、そうじゃないか、僕は今日の機会に、君と其の相談をして置きたいのだ。」

「けれども君、僕が正直に腹の中を打ち明けたところで、決して円滑になりやしないんだよ。」

青野は気味の悪い苦笑いをして、投げ出すように云った。

「正直に腹の中を打ち明けて、お互いに愉快を感ずるのは、善人同士の交際だけだよ。僕の腹の中は、まるで醱酵した五味溜（ごみため）のようなもので、搔き廻せば搔き廻すほど余計悪臭を放つに過ぎない。その悪臭には僕自身でさえ堪(た)えきれないくらいなんだから、君のような善人にはとても鼻持ちがなるもんじゃない。僕のように腹の底の汚い男が、どうして芸術家として生れて来たんだか、自分でも其れを不思議にして居るくらいなんだ。僕の不正直は性質でもあるが、一つは他人に其の悪臭を嗅がせない為めの礼儀でもあるんだ。……」

「いや、どんなに臭くってもいい、臭さがハッキリと分ってさえ居れば、僕の方にも其れを予防する方法はあるが、なまじ隠されて居る為めに、いつの間にか此方にも伝染するようになってしまう。――たとえば君の腹の中は、僕の嫉妬を利用して、僕から金を借りようと企らんで居るのだとする、ただ其の為めに僕と附き合って居るのだとする。君の態度がそうと極まれば、僕の方でも此れからは嫉妬を露骨に現わして、君と接触する事が出来る。尤も僕はこう云ったところで、嫉妬の為めに君を見殺しにするような、卑屈な真似は断じてしない。僕はむしろ、君に利用されるのを快(こころよ)しとして、君のさもしい根性を憐れみながら、懐の許す限りはいくらでも利用されてやろう。そうして正々堂々と、作物(さくぶつ)の上で君の芸術と競争しよう。君は利用する、僕は利用される。ただ其れだけの関係で二人は交際する。君と僕とは友人でも何でもなく、金の問題で結びつけられて居るに止まる。そう極まりさえすれば、テキパキとして気持ちがいい。僕は僕の良心の満足を購う為めに金を出すので、友人としての義務からではない。そう覚悟して居れば、いくら君に欺されたって腹の立つ訳はないのだ。……ねえ君、それで差支えはないだろう。」

「どうも僕としては心苦しいが、……しかし心苦しいなんて事を、真顔で云える人間ではないのだから、それじゃ仰せに従って君を当分利用させて貰おう。」

「よろしい、利用し給え。」

大川は腕を組んで、体に反りを打たせて、ことさらに豪快な調子で云ったが、血色は一層青ざめて居た。

「……それでもう話は済んだ。君も金を受け取ったら、別に用はないだろう。今日は此れで帰ってくれ給え。僕はいそがしいんだから。」

「大変お邪魔をして済まなかった。それじゃ帰ることにするが、……最後にもう一つ、僕の正直な腹の中を云わせてくれ給え。」

「よし、聞こう。」

と云う代りに、大川は黙って頷いて、反噬するような瞳を輝やかしながら、煙草の灰を性急に灰皿へ叩き落した。

「僕は兎に角、――こんな事を改まって云うのはおかしいが、――兎に角君に感謝する。君の僕を助けてくれる動機が何であるにもせよ、僕は其のお蔭で芸術に専心になることが出来る。成ろう事なら、僕は真面目な人間に生れ変って、友人として君と交際をしたいのだけれど、それが出来ないのは如何にも苦しい。僕が苦しいことだけは、どうか君も推量してくれ給え。そうして、此処に居る此の僕と云う人間、――卑しい、さもしい、意気地のない人間は、ほんとうの僕ではなくって、僕の芸術が真実の僕だと云う事を認めてくれ給え。」

話して居る間に、青野は幾度(いくたび)か懐に入れた二百円を、返してしまおうかと思った。「何がそんなに苦しいのだ。苦しければ其の金を返したらいいじゃないか。生れ変って来る程の面倒を見ないでも、其の金を懐から吐き出してしまいさえすれば、真面目な男になれるじゃないか。」と、彼の良心は彼を叱った。が、それでもどうしても、彼は其の金を放す心にはなれなかった。

「そりゃ君だって、苦しくない事はないだろうさ。実際僕も、君のような天分を持って居る芸術家が、真面目な人格者であってくれたら、友達としてどんなに頼みになったろうと、それを残念に思って居るけれど、今更そんな事を云ったって仕様がない。君の五味溜のように腐った腹の中に、一箇の宝石が交って居ることは僕も認めて居る。認めて居ればこそ僕は嫉妬を感じて居るのだ。……」

こう云いかけた時、大川は自分の眼にも、青野の眼にも、涙が潤みかかって居るのを感じた。二人は申し合わせたように、あわてて顔を背けてしまった。

「……しかし君が人間として生きて居る間は、どうしても僕は君を尊敬する気にはなれない。君の天才は、君の死後でなければ認められないのだ。君が死んだら、恐らく僕ばかりでなく、多くの人が君を尊敬するようになるだろう。」

ふと、大川の頭の中には、或る厭な事が連想された。自分も青野も此の世から死んでしまった後、青野の天才が普く認められると同時に、その天才を嫉妬し、敵視した、或る凡庸な、通俗な、一人の画家として自分の名前が世に伝わったらどうであろう。「大川と云うまずい絵かきが居た。そうして其奴が、こんな下手な絵をかきながら、青野の天才と競争する気で、おりおり金なんどを恵んでやって居たのだそうだ。」と云うような噂が千載に残って、凡庸芸術家の好い標本として嘲笑されたらどうであろう。

「生きて居る間は、君も芸術の事ばかり考えて居られないように、僕にしたって名誉心もあれば功名心もある。だから僕は飽く迄も君を嫉妬する。僕より先に君が立派な製作を成し遂げれば、それを不快に感ぜずには居られない。そんな事がないようにと、祈らずには居られない。経済上の援助は与えるが、芸術の上ではお互いに敵だと云う事を、僕はここで男らしく宣言して置く。どうか其れを覚えて居てくれたまえ。」

「有り難う、僕はその宣言に対してもお礼を云う。――僕は勿論、自分の芸術に関してシッカリした信念を持って居る。けれども斯うまで世間から疎外され迫害されると、たまには自分の力を疑わずには居られなくなる。いくら自信のある製作を発表しても、一向世間が認めてくれないのは、必ずしも僕の背徳に対する反感からではなく、僕の芸術に其れだけの価値がないのか知らと、云うような僻みも起る。その僻みや疑いを除去してくれるのは君の嫉妬だ。君に嫉妬され敵視されて居る間は大丈夫だと、そう思って僕はいつも自分を慰めもすれば励ましもして居る。こう云うと皮肉のように聞えるだろうけれど、決してその積りではないのだから、悪く取らないでくれ給え。凡べての人が僕を振り捨てて顧みようとしないのに、君だけが僕の天分を認めて居てくれる事は、僕に取ってどれ程の恩恵だか分らないのだから。」

年中譴ばかりついて居る青野は、たまに正直な告白をするのが、我ながら極まりが悪くて居たたまらないようであった。彼は処女の如く頰を紅くした。

「先生、今のお客様は青野さんでしょう？」

栄子はアトリエの隅の長椅子に腰をかけて、半分脱ぎかけたスリッパを、白足袋を穿いた鰈のようなきゃしゃな足の先で弄びながら、書斎から戻って来る大川に言葉をかけた。十八九の、体中がぜんまいのようにしなしなと撓いそうな、非常に滑かな背恰好の女である。相応に丈も高く、肉附きも豊かであるが、若し試みに胴中を持って抱き上げでもしたら、水底から掬い上げられた藻草のような塩梅に、べったり濡れて垂れ下るかと思われるほど、その手足はなまめかしく柔かに見える。鏝で縮らせたらしい髪の毛の二つに分れた裾が、面長の両頰に鬖々と波を打って、その房々した波間から、流れに咽ぶ石ころのように露われて居る耳朶には、日本の女に珍しい土耳古石の青い耳環が、殿堂の檐を飾る風鐸の如くちらちらと揺いで居る。

「どうなすったの、何か青野さんと喧嘩でもなすったの？　大そう顔色がお悪いようじゃありませんか。ねえ、ねえ先生ってば！」

彼女の元気な、甲高い声は、森閑とした真昼のアトリエの四壁に谺して、二つにも三つにも聞えたようであった。それでも大川はまだむっつりと鬱ぎ込んで、返辞もせずに室内を往ったり来たりして居る。彼女は、デスクの上に置いてある印度製の煙草の箱の、白檀の木の蓋をカタンカタンとはしたなく鳴らしながら、中から巻煙草を取って、唇でスッパスッパ音を立てつつ吸い始めた。そうしてじっと不思議そうに、大川の歩き廻るのを眼で追いかけて居た。

大川がそうやって居たのは五分ぐらいの間であったろう。――彼の運動を追って居る栄子の眼は「アラおかしいな。」というように無邪気に見開かれて居たが、だんだん陰険な暗い表情を浮かべて来て、遂には容貌全体がまるきり以前とは別人のように幽鬱に変って行った。尤も其れは、大川の気分がただ何となく彼女に伝染しただけであって、外に深い原因があるのではなく、栄子が真面目になる時は、いつもこう云う狡猾らしい、薄気味の悪い、惨憺たる人相になるのである。彼女が洋画のモデルとして絶好の代物である所以は、その無尽蔵な嬌態を具備する体の曲線にも依るけれど、花やかなうちに一種の毒と憂いとを含んだ、明るいようで複雑な陰影に富む目鼻立ちにも依る事が多い。どうかすると其の輪廓は恐ろしく多角形に見えながら、而も宝石のように屈曲した光を反射して、ぎらぎらとした美しさが全体に漲ったりする。一つ一つに検査すれば欠点だらけの顔であるのに、其れが彼女の独特の美を標準にすれば、動かすべからざる完全な物のようにも感ぜられ、遂には其の青黒い、擦硝子(すりガラス)に似た冷めたさを持った、奇妙に澄んだ皮膚の色までが、じっと見詰めて居ると、何か異常に艶々(つやつや)しい、濃い絵具から受けるような刺戟を放って迫って来る。彼女は自分でも其れをよく知って居るせいか、平生(へいぜい)白粉(おしろい)と云うものをつけたことがなく、ぱさぱさとした生地(きじ)のままなのを誇りとして居る。そうして、家庭が貧しい為めもあろうが、例の自慢の耳環の外には体の何処にも装飾を施さず、服装なども寧ろ薄汚いくらい古びた垢染(あかじ)みた物を着込んで居る。——

「ねえ、先生、青野さんが又無心に来たのじゃなくて？」

彼女はいつの間にかソオファに行儀わるく臥(ね)ころんで、天井に煙草の輪を吹いて居た。

「そんな事はどうだっていい。今日は少し此れから出かけなけりゃならない所があるんだから、遊んで居ないで帰ってくれ給え。」

大川は立ち止まって、突慳貪(つっけんどん)な口調で云った。——「此の女も青野によく似て居る。青野に天才があるように此の女にも美しい肉体がある。そうして品性の下劣さにかけては、両方ともいい勝負だ。」——そう思いながら、彼はじろじろと彼女の姿を眺めて居る。

「あたしね、帰ろうと思ったんだけれど、少し先生に話があるから待って居たの。」

「何だい、また金の事かい？」

「そうじゃないわよ。青野さんのことだわよ。青野さんが、此の間手紙をよこして、又此の頃に製作を始めるから是非もう一遍モデルになってくれろというの。」

「それで君はどうしたんだ。」

「無論すぐに返辞を出して断っちまったわ。」

「なぜだ、なぜ断ったんだ。行ってやるがいいじゃないか。」

こう云った時、大川の眉間のあたりが急にどす黒くなって、瞳は物に怯えたような光を湛えたが、急に又早足で漫歩し出したので、女は其れに気がつかなかった。

「だって此の頃、あの人は貧乏して困って居るんでしょう。そうして方々のお友達を欺して歩いて、手が附けられない人間になったって云うじゃありませんか。」

「青野がそんな人間に堕落したのは、君にも罪があるんじゃないか。」

「そりゃ、青野さんが悪いんだわ。あたしはどうせ前から堕落して居る人間なんだから、そんな女に係り合わなければいいのに、深入りをしたのが悪いんだわ。わたしの方では、お金にさえなればどんな事でもするんですから。」

「だから今度だって、お金になるんだから行ってやるがいいじゃないか。」

「なるかどうだか分りゃしないわ。そんなに貧乏して居るのに。」

「いや大丈夫だ。今度は金を持って居る。」

「え？　それじゃ先生は青野さんに貸しておやりになったんですね。ちょいと、今いくらぐらい持って居るでしょう。」

甘い汁が吸えると云わんばかりに、栄子は飛びつくような調子で云った。

「それを教えたら、青野は君に一文も残らず渫われて行ってしまうだろう。兎に角僕が保証するから行ってやるがいい。僕の方へは毎日午前中だけでいいのだから、午後になれば君の体は遊んで居るのじゃないか。青野はきっと君をモデルに使って、今度の大作を仕上げようと云うのだろう。」

「青野さんの絵なんぞ、今じゃ誰も相手にしやしないから、モデルに頼まれたって何だか張り合いがありゃしない。」

彼女の言葉は大川の耳へ這入らなかったようであった。彼は其れ程深く思案に耽りながら、充血した眼を自分の爪先に注いで、腕を組んでやや前のめりに、ばたりばたりとまだ部屋の中を歩いて居た。

――いよいよ己はほんとうに青野と競争しなければならない。己のような善良な人間が、どうして青野のような道徳上の不具者と、芸術の上で同じ傾向を辿らなければならなくなったのだろう。己の頭と彼奴の頭とに、同じ夢の世界が存在し、同じ美の幻影が浮ぶのはどう云う訳だろう。たとえば此処に居る此の栄子にしたってそうだ。此の女が○○座のオペラ部の下葉の女優として、舞台で踊って居た時分に、いち早くも眼につけたのは己だった。いや少くとも己の積りで居た。すると青野もいつの間にか此の女に眼をつけて居て、早速己に先鞭をつけて、モデルに頼んでしまった。不思議なことには、己と青野より外に、此の堕落した、無恥な、厚顔な、気違いじみた馬鹿な女の持って居る、奇怪な美しさを認めた者が一人もない。そうして、もうあの頃から四五年も過ぎた今になって、やっと今度は己が此奴を捜して、モデルに雇ったかと思うと、又青野の奴が狙って居る。己が此の際彼奴の邪魔をして、此の女を独占するのに雑作はないが、己は何処までもそんな卑劣な行動は取らない。もうこうなったら己は飽く迄彼奴に対抗して、此の女の肉体の中から、孰方がほんとうの美を掴み出すか、孰方が力ある芸術を作り出すか、執念深く競争してやろう。そうだ、そうしてやろう。――

「おい君、僕が青野に代って頼む。是非青野の所へ行ってやれ。君が行かないと僕が困る。」

大川は俯向いて居た首を擡げて、決然たる語気で云った。

「青野が金を払わなかったら、僕があとで払ってやる。」

「ええいいわ、そうして下されば行きましょう。」

「だが、僕が君をモデルにして居る事を、青野はまだ知らないのだろうな。」

「ええ知りますまいとも。」

そう云ったまま、彼女は大川の見幕にあっけに取られて、ぽかんと口を開いて居た。

「よし、そんなら其れを絶対に青野に知らせないでくれ給え。いいかい、きっと頼んだぜ。少し訳があるのだから。」

こう繰り返して念を押しつつ、彼は呪わしい眼つきで女の顔を睨みつめた。

第三章

青野は今、はっきりと、現実よりもはっきりと、その幻を自分の眼の前に視詰めて居た。――何処の国の、何処の都とも分らないが、兎に角そこは殷賑な、荘厳な市街の中央でなければならない。その市街が殷賑であると云うことは、部屋の右手に引き絞られた、金線銀線が滝のように流れ落ちて居る錦繡の帷の向うの、露台の彼方に霞んで居る遠景を望めば直ちに頷かれる。其処には、人間の住む地球からは嘗て見ることの出来ないような、さながら深山の湖にも似た穏やかな瑠璃色の空が、一抹の、金色の鱗雲を微かに浮べて居る下に、此の都の町々が渺茫と連なって居るのである。何と云う神々しい、何と云う豪華な町の景色であろう、青野はそう思って、うっとりと瞳を凝らさずには居られなかった。

まことに其の市街の立派さと清浄さとは、その上を蔽うて居る青空の永劫の美しさにも劣らないほどである。青野の眼には遠景のところどころに聳えて居る殿堂の円い屋根や、突兀たる尖塔や、澎湃として波濤のように打ち続く大理石の Colonnade や石階までも、手に取るようにありありと感ぜられる。そうして其れ等の町々の壁や甍が、今しも和やかな夕日を受けて、静かに冷やかに、螺鈿のように青白く輝いて居るさまは、死に瀕して居る貴い女王の頬の色を想い出させるほど、崇高に森厳に見える。

が、青野の視線は又、それ等の透き徹るような明るさを持つ遠景を後ろに控えた、うす暗い前景の部屋の中に、寧ろより多く頻繁に熱心に注がれる。幽鬱な、洞穴の中のような重苦しい空気を湛えて居る室内は、暗くはあるが其れはこんもりとした六月の緑蔭のような、或いは真黒な天鵞絨のような、不思議に滑かな、深い深い底光りを含んだ玲瓏とした暗さである。いや其の暗さは、まるで人間の瞳のようだと云った方が、却って適切であるかも知れない。闇を漂わせて居る室内の物象が、ちょうど美しい女のぱっちりと瞬った涼しい眸の裡にある、黒眼の表面に映って居る世界のように、微妙な鮮やかさを持って歴々と迫って居る。たとえば床の上に敷かれた波斯風の毛氈にもせよ、部屋の左手に直立して居る円柱の、乳白色の石に刻まれた Bas-relief の蛇の装飾にもせよ、青貝を鏤めた卓の上の、青銅の水盤に咲きこぼれている睡蓮の花にもせよ、その下に銀色の尾をひろげて漫歩して居る一羽の白孔雀にもせよ、それ等の物が、黒目がちの瞳の中に紅い影や白い影のゆらめく如くちらついて居るのが、青野には明瞭に看取される。どうかすると、部屋の正面の寝台の側に据えてある七宝の香炉から、葡萄の蔓の繍模様を施した帳を這いつつ舞い昇る淡い煙の匂までも、ほのぼのと彼の嗅覚を襲って来て、――それはアラビヤの没薬であろうか、印度の肉桂であろうか、或いはまたスミルナの薔薇の精でもあろうか、――芳ばしい古酒を湛えた杯のように、青野の魂を物狂わしい陶酔の境へ導かずには措かないのである。

そのなまめかしい怪しい薫香が、やさしい恋のささやきの如く彼の鼻先を嬲ると同時に、青野はふと“Bien loin d'ici”と云うボオドレエルの詩の文句を想い浮べながら、部屋の中央の寝台のあたりに長い長い凝視を向けた。天井に吊るされてある、水晶、真珠、瑪瑙の瓔珞の珠に包まれた天蓋から、法衣を纏うた背の高い魔女の立ち姿のように、下へ行くほど段々に巨大な襞をひろげつつどっしりと垂れて居る暗緑色の繻珍の帷が、一層その周囲を暗くして居る寝台の奥には、ものうげに四肢を投げ出した一人の女が、仰向きに臥しまろんで居るのである。もし此の室内全体を人間の瞳にたとえるとすれば、朦朧とした帳の蔭に五体をうねらせて居る其の女の、身辺から放たれる夢のような耀映こそは、――藻をくぐる海蛇の閃めきのような、黒髪の束に埋るる宝石のような、果敢なくも眩い光彩こそは、まさしく中心の瞳孔でなければならない。此の部屋の四壁を飾って居る彫刻も刺繡も螺鈿も睡蓮も、白孔雀の銀の翼も、露台の向うにはるばると展開して居る都の町々も、ただ此の女の神秘なる媚態を讃美する為めに現れた虹に過ぎないかのようである。

「ああ、彼女はとうとう此処に居たのか。」

青野は何となく、そう思わずには居られなかった。古い有り難い御厨子の中の黄金仏を拝むように、眼を細くして睫毛の先をふるわせながら、じっと彼女を見守って居る彼の視神経は、彼女の肉体が恰も龕灯の奥にまたたく火影の如き物体から成り立って居て、皮膚の面にサフイア色の光の綾を微動させて居るのを感じた。それ等の光は、蛍の化身かと疑われる迄に数箇のエメラルドを嵌め込んだ彼女の頭髪からも、美しい腫物のように彼女の手頸に吹き出て居る紅玉の腕環からも、彼女の胸に結ぼれて居る、大理石の階に置く夜露のようなダイヤモンドの頸飾りからも、彼女の両の踝に龍の蹄の如くかがやいて居る金環からも、そうして最後に、繊細な彼女の胴と腰との周りに絡まって居る、狭霧のように薄い、銀河のように淡い軽羅からも、一面にぎらぎらと放射して、月の暈輪に似た明るさを投げて居るのである。が、それよりも猶不思議なのは、それ等の無数の装飾の下に生きて蠢めいて居る彼女の肉と肌とである。其処には「肉」と呼び「肌」と呼ばれる人間的な賤しさを超越した、幽霊じみた凄じさと妖精じみた艶かしさとの織り交った、燐の炎のような冷たい美しさが燃えて居るらしい。……

しかし、蓐の上に力なく横わって居る彼女の手足には、やるせない倦怠の情が溢れ、その眸には飽くことを知らぬ淫蕩の慾が漲り、その唇には意地の悪い嘲笑が匂って居るようにも見える。ややともすれば、夕闇にしぼむ白百合の花にも似た、やさしい、馨しい溜息さえも、香の煙を揺がせつつ彼女の胸から吐き出されるのが、青野の耳に聞えて来るような気持ちがする。

――その幻を、青野はいつ迄もいつ迄も視詰めた。彼はもう、モデル台の上に横臥して居る栄子の裸体を先から一心に眺めつつある自分の身をも忘れて居た。彼の魂は、遠く深く、栄子の肉体を通り抜けてその奥にひろがって居る縹渺とした空想の世界に分け入って居るのであった。カンヴァスの上に動いて行く彼の絵筆は、栄子を描いて居るのではなく、ただ眼の前に浮かび出た幻の姿を写して行くのみである。

自分が今、画いて居る此の女は、いつの世の何処の都に住んで居た誰であろう、どうして彼女は、こうまでありありと、こうまで屡々自分の魂を訪れるのであろう、――そう思った時、青野の空想は急に破れて、彼は夢からさめたようにはっとして我に復った。――栄子が不意に、むくむくと足をもがいて起き上ろうとしたからである。

「おい、どうしたんだ、もう少し辛抱してくれないか。」

青野は哀願するような調子で云った。

「あアあ」

と、殊更大儀そうな欠伸をして、焦れったそうに首を揺す振りながら、栄子は不承々々にもとの姿勢に帰ったが、その眼は猛獣が餌を漁る如く、何故かじいっと陰鬱に青野の態度を窺って居る。

「此れだ、此の顔なんだ。此の顔が彼女の幻を己の心に送るのだ。」

青野は今更のように斯う嘆息して、再び栄子の表情の中に惹き入れられて行った。

………

大川から恵まれた金の一部で、六月の末に引き移った此の家の画室は、先に住んで居た天井裏にくらべれば遥かに増しではあるけれど、ただ徒らに広いばかりで、勿論画室と名づけられるほどの設備も装飾もあるのではない。目白の停車場に近い郊外の、田圃と雑木林との間に建てられた一軒家で、がらんとした物置きのような画室の外には玄関も居間も台所もない其の家屋は、以前、小石川に住んで居たBと云う彫刻家が、毎日其処へ通う為めに拵えた、ほっ立て小屋も同様な仕事場に過ぎないのである。去年の暮れにBが洋行に出かけて以来、貸家の札を貼られたまま借り手もなくて久しく荒れ果てて居たのを、青野は大川を保証人に立てて漸くBの家族から借り受ける事が出来た。それはちょうど今から二箇月ばかり前で、以来青野は此の一室に朝夕を送って居る。――その生活がいかに乱雑で、いかに不潔であるかと云う事は、辺の様子を一と目見たなら、誰にも推量が出来るであろうほどに、部屋の中は夥しく取り散らされて、場末の古道具屋の店先のように、埃まびれの襤褸じみた家具が、敷物もない床板の上に処嫌わず放り出されて居る。何年となくこびり着いた垢が黒光りに光って、ところどころの破れ目から綿だの藁だのが飛び出して居る緞子張りの、その癖様式だけは馬鹿に立派な、フリンジの附いた古い肱掛椅子。ワニスが剝げて、板が割れて反り返って、一本の脚がぐらぐらになって居る円テエブル。その上に載せられた、此れも同じく様式だけは複雑な、三人の女神の群像が手に蠟燭を高く捧げた、いずれ昔は何処かの公使館の夜会の席にでも輝いたものであろうが、今では電灯の設備のない此の画室に夜な夜なランプの代用を務めて居る燭台。Bが通って居た頃の置き土産らしい、鳥の糞のように粘土が点々と附着した洗面台の瀬戸引きの水瓶、土壜、欠け茶碗、喰い荒らしたトマトやサラダや飯粒の残って居る二三枚の西洋皿。浅草辺(あさくさへん)のむさくろしい洋食屋から盗んで来たような曲木(まげき)の腰かけ。もうそれだけでも十分吐(は)き溜(だ)めのようであるのに、一方の隅には前住者が此の家を引き払う時に取り外したストーブの、煙突の残骸らしい煤だらけな太いトタンの管が、材木の如く二三本倚(よ)せかけてある傍(そば)に、裏表へデッサンを画(か)き散らした大判の木炭紙が、ちょうど煙突と同じように円(まる)く巻かれて立ててあって、その横には又、現住者が夜の寝具に使うかと見えるいろいろの物品、――生海苔(なまのり)のようにつくねてある古蚊帳(ふるがや)や、その蚊帳の色とあまり違わないほど汚れ切った、風呂敷のように薄っぺらで皺くちゃな掛け布団や、頭の形が黒くまざまざと凹んで居る、タオルでくるんだ括(くく)り枕(まくら)や、それ等の物が大掃除の跡の路上の如く堆(うずたか)くなって居る。もし此の部屋に何等か装飾の役目を勤めて居る品があるとすれば、それは片側の棚の上の、チーズやソオセエジの缶詰と一緒に並べてあるペパアミントとブランデーとの壜であろう。仕事のあいまに、どうかすると一杯二杯を傾けたがる酒好きの栄子の為めに置いてあるので、まさか装飾品のつもりではないだろうけれど、あまり周囲の色彩が貧しいせいか、その二つのガラスの入れ物だけが、巨大なエメラルドとトパアズとのように、青く黄色くきらきらと吐き溜めの中に光って居る。

けれども、此れ等の壜の外に、まだ此の部屋には一つの偉大な装飾が、――栄子と云う素晴らしいものがあることを忘れてはならない。東側の壁に沿うて据えられた、夜になると主人の寝台に応用されるラック塗りの柳の長椅子の上に、北側の窓の方を枕にして横わって居る彼女の姿態は、青野が幻に見ると云う妖女の怪しい美しさにまで、ともすれば引き上げられて見えるのである。おまけに今日は先から多量の酒を呷って居る為めでもあろう、酔を発した全身の皮膚が礬砂引きの絹のように汗ばんだ色沢を帯びて、折々さも睡たげに、どんよりと濁った眼を潰りかける其の容貌には、持ち前の憂鬱と邪悪と羸憊とが、一種の鬼気をさえ含んで、蕩けるように流れて居る。若しあのペパアミントやブランデーの壜を青玉や黄玉にたとえるとすれば、彼女のそうした美しさを眠れる豹にたとえたとしても、恐らく誇張にはならないであろう。――少くとも青野だけは、誇張どころかまだ比喩が足りないくらいに感じて居るに違いなかろう。

青野が毎日、栄子の肉体と、その奥に潜む幻とに凝視を集めつつ、製作に耽り始めてから知らず識らず七十日の日子が過ぎて、季節は八月の半ばになって居た。そうしておそくも今月の月末までに、その作品は完成される筈なのである。彼は時々、仕事の間にこんな事を考えずには居られなかった。――たとい自分は生れついての背徳漢であるにもせよ、こうして創作に熱中して居る時の自分だけは、そんな卑しい人間でないことを、どうか世間の人に、それが駄目ならばせめて神様に認めて貰いたい。自分はいつも社会へ出ては悪い行いやさもしい行いをする。だが其れは決して自分の本当の願いではない。自分には世間の善人どもに数等勝ったいい物がある。彼等の夢にも知らない、とても理解の出来ない、貴い高い境地がある。此の世の中の凡べての物にも換え難いほどの価値を持った、芸術の天地がある。自分には何だか、その天地こそ永遠の存在であって、此の世の中は仮の幻影であるような気がしてならない。そうだとすれば、此の世の中で悪人と呼ばれながらも、芸術の国へ這入って行く事の出来る己は、世間の奴等よりずっと幸福でずっと偉大ではないか。――それは今度に限ったことではなく、いつも製作に従事する時は、こんな考えが青野の胸に湧くのである。此の世の中では忌まわしい不具者として継児扱いにされる代り、芸術と云う優しい母は一層彼を不憫がって、その暖かい懐ろに彼を抱き上げ、彼を慰め、慈愛に溢れた接吻を与えてくれる。「お前は世間からどんなに排斥され、どんなに嘲弄されても、決して失望したり落胆したりしてはならない。お前の素質は私がよく知って居る。そうして、外の人にはめったに見せてやらない美しい国を、お前にだけは内証で見せて上げる。だからお前は自分の運命を呪ったり悲しんだりしないがいい。お前はほんとうに可愛い児だ。」こう云って励ましてくれる彼女の囁きが、何処からともなく青野の心に伝わって来る。その慰めと囁きとがあればこそ、自分は此の不愉快な、矛盾だらけ苦悩だらけな世の中に、自殺もしないで生きて行かれるのだと、云うような心地もする。詐欺、横領、駄法螺、おべっか、夜逃げ、踏み倒し、――そう云う悪事の数々を判で捺したように繰り返しつつ、あらゆる人間から軽蔑と嫌疑とに充ちた視線を向けられ、白昼の大道を公然と歩くことが出来ないほどの、肩身の狭い情ない境遇に落ちてしまった今日でも、此の一室に閉じ籠って刷毛を握って居る時だけは、世間の奴等が一緒になって手を叩いて嘲笑うのを、あべこべに憫笑してやりたいような勇気を感ずる。見つけ次第に自分を擲ると称してムカッ腹を立てて居る今村の顔つきや、常に自分を破廉恥漢扱いにして道徳家ぶって居る大川の様子を想い出しても、そんなものはいつの間にか自分を圧迫する権威を失って、遥かな下界の虫けらのように小さくなって居る。

が、青野は此の頃、さながら世界を征服した王者のような誇りと喜びとで張り切った胸の奥に、不思議な不安と恐怖とが根を蔓らせて行くのを感じた。――ひょっとしたら、自分は此の絵を画き上げると同時に死ぬのではあるまいか。此の絵の為めに、自分は最後の精力を消耗しつつあるのではなかろうか。自分は芸術の神に愛せられた余り、此の世の人間が見てはならない貴い美しい国を見た。そうして其の国の秘密を人間の世に発こうとして居る。自分は其の為めに神罰を蒙って死ぬのではなかろうか。——そう云う予覚が、彼の仕事が段々完成期に近づくに随って、次第に強く深く彼の頭を支配し始めた。彼はまた、斯うも思った。——事に依ると己は誰かに嫉妬されて殺されるのではないだろうか。自分の今度の製作が発表されたら、例に依って多くの批評家からは黙殺されるにしても、少くとも二三の真の芸術家は己の天分に恐れを抱き、嫉妬を感じはしないだろうか。己ばかりが美の女神から特別の愛撫と啓示とを受けて居るのを、彼等は黙って見て居る事が出来るだろうか。己の生きて居る事が、己の芸術のある事が、彼等の為めに生存の脅威であるとしたら、彼等は己を殺したく思わないだろうか。万一にもそんな場合があるとすると、己を殺しに来る者は、彼等のうちで最も己を敵視して居る大川でなければならない。……青野はそれを突飛な推測であるとばかりは思わなかった。あのお坊っちゃんの好人物の、彼のパトロンである大川が、ひそかに彼を殺しに来ると云う想像を、一概に笑うべき杞憂であるとは考えなかった。どうかすると、それが余りにハッキリと、必然起るべき事件の如く眼前に迫って来て、彼は名状しがたい興奮と恐怖とに駆り立てられた。

「馬鹿な！　己は気が違ったのじゃないか知らん。」

こう腹の底で自分を叱りながら、ふいと仕事を中止して、慌しく部屋の内を歩き廻ったりする事があった。

そう云うさまざまな懊悩や、憂惧や、慢心や、歓喜の間から、日一日と彼の作品は仕上げられて行った。嬉しい時も恐ろしい時も、青野はすべて命がけであった。こんなに恐ろしかったり、こんなに嬉しかったりするだけでも、青野の寿命は続きそうもなかった。彼はただ、仕事が完成しないうちに死にさえしなければいいがと思った。そうして、半日の労作が済んで、長い夏の日が暮れかかると「いい塩梅に、まあ今日も無事だった。」と云うようにホッと溜息をつきながら、がっかりした体を肱掛椅子に凭れさせた。けれどもそれで、彼の一日の用事が全部終った訳ではない。夜になってから、彼にはもう一つの命がけの仕事が待って居るのである。

最初に其れを唆かしたのは栄子であった。栄子が自分を誘惑したのだと、青野自身は考えて居る。多分彼女は始めから其れを目的にして、青野のモデルになったのであろう。

自堕落で放埓で我が侭で手の着けられない彼女が、面倒臭いモデルの役なんぞを、一と通りの報酬で承知する訳はないのである。時には何処で聞き齧って来るものか、後期印象派がどうだのラファエル前派がどうだのと、生意気に絵の批評なぞをするけれど、もとより芸術に理解や同情のある女でもない。四五年前に、半歳ばかり○○座のオペラの女優を勤めて居た関係から、今でも折々公園あたりの小芝居の舞台へ、踊り子に雇われる事があるので、自分の姿が油絵になって展覧会に出品されたら、少しは広告になるだろうと云うずるい了見もないではないが、青野のような評判の悪い、不人気な絵かきに画かれても、さっぱり広告の効能のない事は此の前モデルになった時からよく分って居る筈である。それよりも彼女は青野を誘惑して金を絞り取るのが面白いのである。彼女は以前の経験に依って、自分の肉体が青野に対して、どれ程強い魅力を有し、どれ程むごい暴威を振い得るかを知って居る。彼女が知れる限りの男のうちで、青野ほど彼女の肉体を崇拝し、憧憬して居る者はない。二三年前に、暫く二人で共同生活を営んで居た時分、栄子は殆んど青野と云う人間が、自分の誘惑に対して無抵抗に征服されて行くのを見た。その頃の彼女は、既に可なりの擦れっ枯らしではあったけれど、まだ漸く十六七の少女に過ぎなかったのに、洋行帰りの美術家だと云う三十近い髯ムシャの男を、まるで玩具の人形の如く自在に取り扱い翻弄し得るのが我ながら愉快でたまらなかった。彼女の前に出て来る青野は、自分自身の意志と云うものの全くない、是非善悪の分別すらも失った、彼女の為めならば何処までも止めどなく堕落して行く痴呆であるとしか思われなかった。それでなくても犯罪性の傾向のある青野が、彼女の歓心を買わんが為めに無理な工面をして次ぎから次ぎへと悪事を働いて行く様子は、折紙つきの不良少女である栄子の眼にも恐ろしい程であった。しまいには彼女の方が薄気味悪くなって、好い加減にして逃げ出そうと思いながら、一年ばかりは一緒にずるずると引き擦られて行った。いたずら好きな彼女の性質では、青野が何処までも堕落して行く面白さを、見物せずには居られないような気がした。自分の誘惑が小気味よく成功して、男がだんだん馬鹿になって行く光景を目撃する事は、反対に彼女に対して一つの不思議な誘惑であった。その誘惑に堪え切れないで、彼女は殆んど、猫が鼠の屍骸を口に咬えて振り廻すように、それ程乱暴に慈悲も容赦もなく青野の心身を掻き捲った。そうされるのが青野にはまた、息も絶え絶えに魂の消え入るほどの歓楽であるらしかった。

「お前は己をつくづく馬鹿な人間だと思うだろう。女に対して己のように馬鹿になる男を、お前は今迄に見たことがないだろう。——己のは此れは病なんだ。己のような、こう云う奇妙な性慾を持って居る男を、西洋ではMasochistと云うんだ。」

と、彼は折々顔をしかめて極まり悪そうに弁解しつつ、さてその次ぎの瞬間には、直ぐ其の馬鹿をさらけ出して見せた。社会の公人として立って行く資格のない青野は、真の恋愛をも味うことの出来ない人間であった。彼は友人との交際に於いて金銭以外の情誼を認めないように、男女の関係を肉慾以外に理解することが出来なかった。その点で彼は彼女とよく一致した。

「彼奴は己を堕落させた積りで居るかも知れないが、その実己が彼奴を堕落させて居るのじゃないか。」

青野はそう思ったくらいであった。

一年足らずの同棲の間に、栄子が彼に払わせた犠牲の額は、どれほどに達して居ただろう。地位だの、名誉だの、信用だのは、どうせ栄子との関係がなくても早晩失墜すべき運命に立って居た青野であるから、そんなものは勘定に入れないとして、単に物品と金銭とだけでも、彼女が女優としての収入に幾倍して居たか分らない。その当時、同じ俳優仲間の青年を情人に持って居た彼女は、無闇に金ばかりを欲しがって居た。洋服だの指輪だの腕時計だのを買って貰う傍から傍から、みんな何処かへ注ぎ込んでなくしてしまうらしかった。そうして結局、倒さに振ってハタいても一文の銭もなくなるまで、執念深く青野を追究した揚句、情人と一緒にふいと姿を隠してしまった。

青野は其のあとで、せいせいして好い気持ちであった。脂っこい物を喰い過ぎた為めに胃腸を悪くしたような、がっかりした心地がするだけで、彼女との縁が切れたのを別段惜しくも悲しくも感じなかった。そうかと云って彼女の事をきれいに忘れた訳でもなく、その肉体が持って居た魅力は、長く青野の脳裡を支配して、絶えずいろいろの空想を生んだ。多くのマゾヒストがそうであるように、彼も亦、現実の女性に飽き足らないで幻像を恋い慕う人間であった。青野はむしろ、彼女が居なくなってからほんとうによく彼女の美を眺める事が出来た。彼の幻の中に現れて来る栄子は、嘗て青野の眼の前に居た彼女のように卑しい所や浅ましい所や穢しい所が少しもなかった。その時の彼女は「芸術」のように完全であった。――自分の頭の中に住んで居る幻の彼女が真実の栄子であって、此の世に生きて居る彼女は、本物の栄子を悪くした擬い物ではないだろうか。――そんな風にさえ彼は思った。人間として生れて来た彼女は、無恥な、愚かな、慾張りな、貧しい娘に過ぎないけれど、空想の世界に輝いて居る彼女は、永遠の生命を持った妖艶な「女性」の実体のように感ぜられた。いつか青野は、自分の憧れる美の対象を彼女の幻に見出して居た。――もしそう云って悪ければ、彼女の幻が其の対象にぴったりと当て嵌(はま)まって居た。そうして、彼の脳裡で理想化された栄子の容貌、姿勢、輪廓が、燦然たる光明を放って彼の瞳を射る毎に、青野は強い芸術的感激の湧き上るのを禁じ得なかった。

彼女と別れてから一年立ち、二年立つに随って、その幻はいよいよ明かに青野の心に描き出された。彼女の姿を中心として、其処には次第に素晴らしい芸術の国が築き上げられ、美しい夢の都が領土をひろげて行った。それは恰(あたか)も、自然界の草木(そうもく)が春になるとひとりでに芽を吹き花を咲かせるようなもので、青野自身でもどうする事も出来なかった。彼はただ、自分の頭の中にも、自然界に劣らない、其れよりも遥かに優った、こう云う美しい世界があると云う事を人々に示したかった。自然界の真実の外に、もう一つの秘(かく)れた真実のある事を、彼の持って居る技巧の力で此の世に伝えたい欲求に駆られた。――そうして今年の夏になって、漸く大川の庇護の下に其の欲求を実現する機会を得たのである。

青野は其の絵に何と云う題を附けていいか分らなかった。其処に現れて居る風俗や、建築や、幻の女や、それ等の持って居る奇怪な美しさは、此の世の中に比類を求めることが出来ない。けれども若し、嘗て地球上に栄えた事のある国土のうちから、又その国土に住んで居た神や悪魔や人間のうちから、強いて匹儔を求めるとしたら、其れは青野が常に憧れて居る印度古代の伝説の世界であった。昔、釈迦牟尼仏が祇園精舎に法輪を転じつつあった摩竭陀の国、阿難尊者を邪淫の闇へ陥れた悪行に依って、経文の中に其の名をとどめて居る妖女マアタンギイの住んで居た国、――その世界こそ、彼の幻に最も近いものであった。数年前、欧羅巴から帰朝する際に其れ等の伝説の跡を訪れた青野は、未だにあの地方の空の色や、廃墟や、森林や、外道の神祠や、市街の有様を想い浮べる度毎に、それが現代の中央印度の景色ではなくて、マアタンギイの生きて居る摩竭陀の国であるように感ぜられた。少くとも彼女と彼女の住む世界とは、彼の頭の中に花を咲かせ実を結んだ。不思議にも彼は、邪念と獣性との光に燃ゆる栄子の眸に想到する時、いつも彼女をマアタンギイに擬して居た。そう云う訳で、青野は彼女をモデルにして画こうとする今度の絵の題を、「マアタンギイの閨」と呼んで見た。勿論構図の中に現れて来るものは、全然彼の夢を以て織り成された空想の所産であって、必ずしも印度古代の風俗や伝説に準拠したのではないにもせよ、青野は其の画題に何等の不調和をも矛盾をも見出さなかった。青野に取っては、マアタンギイの名と栄子の肉体とは、もはや伝説中のものでもなく実在の人間の姿でもなく、彼の胸臆の聖壇に祭られてある神の名であり肉体であった。

しかし、青野が今度の製作に関して其れ程真剣になって居るのを、それを栄子がどうして理解するだろう。彼女はただ自制力のない、彼女自身にも劣ったほどに道念の乏しい、弱者としての青野を知って居るばかりである。そうして弱者相応に取り扱ってやればいいと思って居るだけである。此の頃は大川と云う保護者に泣きついて、少しは金を持って居るようだし、モデルに頼まれたのを幸いに、又ぞろ此の馬鹿な男を手玉に取って、甘い汁を吸えるだけ吸ってやろう。彼奴が渋面をつくりながら、呪いの言葉を吐きかけながら、時には足を踏まれた犬のようにひいひいと泣き声を発しながら、次第次第に此方の網に引っかかって、揚句の果ては女王の爪先に接吻する奴隷の如く打ちひしがれてしまう様子を、もう一遍見物してやろう。――そう思って、面白半分と慾得ずくとで、彼の画室へ雇われたと云うよりも侵入して来たのである。彼女の腹の中は青野にもよく分って居た。が、分って居たと云うだけで、此の美しい侵入者――新しいマアタンギイの誘惑に打ち克つ術のない事も、始めから知れ切って居た。

青野は自分の胸の中に、崇高な芸術上の欲求と、醜怪な性慾の衝動との相鬩ぐのを見た。此の二つの物の孰れか一つを捨てなければならないとすれば、――そうして、芸術に生きる者のみが真に永遠の生命を得られるのだとすれば、――誰しも後者を捨てて前者に就きたいと願うのが当然である。殊に青野は、多くの人に比べて遥かに意志の弱い人間であるだけ、此の世に生きて居ても害があって益のない背徳病者であるだけ、恥かしい情ない変態性慾の笞の下に悩まされ通して居るだけ、その願望は一層切実に一層熱烈であらねばならなかった。けれども彼の願望が切実であり熱烈であればあるほど、二つの物がいよいよ激しく軋めき合って、彼の苦痛と煩悶とを二重にも三重にもするような結果を来たすに過ぎなかった。

「己はお前をモデルにする為めに呼んだのじゃないか。そんな真似はよしてくれ、もう堪忍してくれ。己は脳貧血を起して卒倒しそうだ。もう明日から絵を画くことが出来なくなりそうだ。」

こう云って彼は彼女に手を合わせて頼むこともあった。ところが彼の奇妙な性癖と心理作用とを飽く迄も呑み込んで居る栄子は、そう云う場合に彼を陥れる急所をちゃんと心得て居た。

「馬鹿、馬鹿、馬鹿、お馬鹿さん！　何を云うんだい生意気に！　お前はあたしの奴隷じゃないか。何でもあたしの云うなり放題になって居ればいいんだよ。」

と、腕白（わんぱく）な子供のような悪体（あくたい）をつきながら、毒々しい眼と唇とに、「嫣然（えんぜん）」と云う活字の形そのままのようにぎらぎらした笑いを湛（たた）えて、勝ち誇った態度で上から圧迫してかかれば、青野はむしろそうされる事を祈って居たかの如く、直ぐに恍惚と前後を忘却してしまうのである。

「そら御覧、生意気な事を云ったってやっぱり此の通りじゃないか。意気地なし！　意気地なしやい！　あたしは何処までもお前を誘惑してやる。絵が画けなくなったってそんな事は構やしない。それとも堪忍して貰いたければお足をお出し。お足をおくれったらよウ！………」

こう云う風にして彼女は毎日青野から二円三円五円ぐらいずつ巻き上げて行った。仕事の最中でも厭になると勝手にモデル台を降りて来て、酒を飲ませるか金を掴ませるかしなければ、容易に動こうともしなかった。

「馬鹿、馬鹿、馬鹿やい！」

何かの度にこう云って嘲り笑う彼女の声は、青野の耳にこびり着いてしまって居る。彼は実際、自分を此の上もない馬鹿だと思った。なぜ己はこんなにまで自制力がないんだろう。なぜ芸術に専念になれないんだろう。栄子のような無知な女に、金銭の勘定と色欲の事より外何物も念頭にない卑しい娘に、こうまでの侮辱を受けて、何が面白いのだろう。己は肝腎な芸術の事を忘れてしまったのか？　あの素晴らしい、何とも云えない荘厳な芸術の事を考えて見ろ！　どうだ？　素晴らしいもんじゃないか、荘厳なもんじゃないか。お前はあんないい物を、浅ましい一時の欲情と取り換えッこして済むと思うのか？――こう云って、彼は腹の中で繰り返して見たが、結局すべての反省は徒労に帰してしまうのであった。彼は幻の中の栄子を憧憬し讃美すると同時に、現実の彼女と自分自身とを擯斥し憎悪せずには居られなかった。

――どうして人間と云うものは、こんなにいろいろの苦しみを受けたり、矛盾した感情を味わったりしなければならないのだろう。……だが、どうせ不完全な此の世に生れて来た以上は、人間だって不完全なものにきまって居るのだ。まして己なんかは、その中でも一番出来の悪い、不完全な代物なんだ。人間が自分の意志を理想通りに実行できるくらいなら、最初から人間なんぞに生れて来やしないんだ。――しまいに彼はそう考えるようになった。もうどうしても逃れられない人間の宿命であるとあきらめて、せめてそう云う苦しみの中に生きがいのある自分を見出そうと努めた。

夏もだんだん深くなって、八月中旬の酷烈な暑熱が、ペンキ塗りの南京下見の薄っぺらな板で囲った画室の四壁を、焙炉のように火照らせて居る中で、青野は折々襲って来る眩暈の発作と闘いながら、昼は芸術に夜は悪魔に、かわるがわる其の魂と肉体とを捧げた。そうして毎晩、酒に酔いしれた彼女が最終の郊外電車で帰って行ってから、がっかりした重い手足を屍骸の如く蚊帳の中へ運んだ。何を考える能力も根気もなく空洞のように痺れ切った彼の頭の底には、云いようのない悔恨の情と栄子に対する反感とが、ぼんやり澱んで居るだけであった。

しかし明くる日の午後になって、再び意気揚々と彼の画室へ這入って来る彼女は、一夜のうちに毒々しさやあくどさを洗い落して、いつも取り立ての魚のように溌溂とした新鮮さを持って居た。その様子を見ると、痺れて居た青野の頭はずきずきと痛み出して、前日の疲労の結果が俄かに体の節々へ疼き出すのを覚えた。ややともすると、彼は画架に向って衝ッ立ったまま、急に眼の前が晦くなって何も見えなくなるような気がした。

第四章

或る朝、突然、寝坊(ねぼう)の彼がまだ蒲団の中にもぐって居た午前十時頃、めったに客が訪れた事のない青野のアトリエの扉を、こつこつと叩く者があった。栄子が来たにしてはいつもより時刻が少し早過ぎる。誰だろう？　借金取りじゃないか知らん？　そう思いながら、青野は、寝た振りをしてじっと様子を窺って居た。

「青野君、まだ寝て居るのか？　僕だ、大川だ。」

青野は其の声を聞くや否や、慌てて蒲団を頭から被って、まだ呼びつづけて居る大川の声を二三遍聞き流した。——今時分、何だって大川がやって来たんだろう、一遍も己の所へ訪ねて来たことのない男が、何の用事で出かけて来たんだろう。己の方から訪ねて行く用はあっても、向うから来る用なんぞはない筈である。もしかすると、大川は己の絵を見に来たのじゃないか知らん？　此の家には画室(アトリエ)より外の部屋のない事を知って居て、何かの用件にかこつけて、製作の模様を内々探りに来たのではあるまいか？

――

「青野君、ちょいと起きてくれ給え。僕だよ、大川だよ、少し君に頼みたい事があって来たんだ。」

青野は忌ま忌ましそうに寝台から飛び降りて、どしんどしんと床板に足音を立てて、入り口の扉の孔に鍵を差し込んだ。

「まだ寝て居たんで錠がおりて居るんだ。今あけるから待ってくれ給え。」

「いや、明けないでもいい、此処で話をしよう。」

と、大川は表に立ったまま、扉に口を寄せながら、

「……君、此の家はアトリエ一と間しかないんだろう。僕が此の戸の中へ這入れば、自然と君の製作を見るような事になりはしないか？」

こう云った彼の言葉は、いつも青野に金を貸す時のような、反抗的なイライラした調子ではなく、いかにも相手に誤解されるのを恐れるような、むしろ大川の柔和で小心な性質をよく露わした、思いやりの深そうな優しい声であった。青野は自分の恩人に詰まらない嫌疑をかけたのを恥じないでは居られなかった。

「まあいいじゃないか、這入り給えな。まさか其処で立ち話をする訳にも行かないか

ら。」

と、青野は気の毒そうに云った。すると相手はいよいよ極まりが悪いらしく、ひそひそと囁くように、

「だけど、這入る前に君に頼んで置きたいんだ。僕は君の絵を見ても差支えないだろうか。――実は別段用事がある訳じゃないんだけれど、僕は今日、君の絵を見せて貰おうと思ってやって来たんだ。………」

青野ははっと思った。同時に、今迄やさしそうに聞えて居た大川の語気が、何だか急に陰険な作り声のように感ぜられた。扉の外に、興奮した眼を光らせて息を弾ませて居る相手の顔がありありと見えた。――芸術の上では敵同士であると、つい此の間立派に己に宣言して置きながら、あの剛情な、神経質な男が、節を屈してこんなことを云いに来るなんて、敵に降参したも同然じゃないか。そんなに己の画く物が気になるのか知ら？　そんなに己が恐ろしいのか知ら？　それにしても、自分のアトリエへは己を一歩も入れない癖に、なんぼ不断から金の世話をして居るからって、よくそんな勝手な事を頼みに来られたもんだ。いっそ断って帰してしまおうか知ら？――が、青野はふと、近々にまた五十円ばかり借りに行かねばならない事を思い出した。いつぞや借りた二百

円の半分以上は栄子の為めに胡麻化されたので、もう四五日も立てば、二進も三進も行かなくなるに極まって居る。此の際大川の御機嫌を取って置かないと、どんなところで讐を取られるか分らない。それよりは快く頼みを聴いてやって、工合がよさそうだったら此の場で直ぐに切りだしてやろう。

「見たければ見せてもいいがね、僕もあんまり自分の仕事を見られるのが好きな方じゃないんだよ。」

青野はわざと勿体をつけながら不承々々に扉を明けた。

入口の前の石段の左右には二三本のポプラアが植わって、その蔭に紫陽花が咲いて居る。朝からそよとの風も吹かない、日中の暑熱が想いやられるようなかっきりと晴れた炎天から、鋭い光線が燃えるように赤土の地面へ直射する明るさの中に、大川は瀟洒としたリンネルの服に白靴を穿いて、コーヒーの樹のステッキを肩に担ぎながら、両手で扉へ凭れるようにして立って居た。何となく門口で救いを求める人々のような、例になくおどおどした哀れっぽい様子があった。

「……そりゃあそうだろうとも。僕だって自分の画室へは決して人を入れさせやしないからね。……」

こう云って、彼はまだ鴫居際にもじもじしながら、色白の、品のいい瓜実顔をまともに青野の方へ向けた。熱さの為めか恥かしさの為めか上気した頬が桜色を帯びて、三十一二の歳ごろとは思えない、妙に坊っちゃんじみた愛らしさが見える。

「………だから事に依ったら君に断られるだろうと思って居たんだ。どうせ君の絵が出来上れば見られるのだから、仕事の最中に邪魔に来なくってもいい訳だけれど、僕は先達或る所で、ふと、気がかりな事を耳に挟んだのだ。と云うのは、君と僕とが偶然同じ題材のものを画いて居るらしい。然も同じモデルを使って、………」

「同じモデル？　それじゃ君は栄子を使って居るのかい。」

青野は満身に水を浴びたような気がした。万事に秘密主義を守って居る大川が、モデルの名前を人に漏らさなかったのに不思議はないとしても、それにしても彼は欺かれたような気持ちを禁ずる事が出来なかった。あの女がどんな事を大川にしゃべったろう。自分があの女に翻弄されて馬鹿を尽した行為の数々は、みんな知られてしまったろうか。「絵をかく為め」と称して借りて来た金の使い途まで、すっかり曝露してしまったろうか。もしあの女が、大川とモデル以上の関係を結んで居るのだとしたら、………自分はいやたとい関係はなくっても、自分の性慾の秘密を握られてしまったとしたら、自分はもう、金の問題ばかりでなく、女の事に関しても全然大川に頭が上らない。それを考えると恥かしいやら腹立たしいやらで穴へでも這入りたいような心持ちがする。

「その事について、誤解を防ぐために一応弁解をする必要があるが、………」と、大川は度胸をきめたらしく、ポケットから悠々と銀の煙草入を出して、両切りのスリー・キャッスルに火を点じて、地面へ捨てたマッチの棒の燃え上るのを視つめながら、落ち着いた、騒がない態度で云った。未だに入口に直立して居る彼の細長い両脚の、すっきりとした白のズボンが日に照らされて、正しい折目の直線を境界に鮮明なる影日向(かげひなた)を作って居る。

「………僕は決して君の仕事の妨害をする為めに、若しくは強いて君と競争をする為めに、あの女を使って居る訳ではない。実を云うと、今度は君よりも僕の方が先にあの女を雇ったんだ。君が栄子の所へ頼みに行ったのは、僕よりも二週間ばかり後だったんだ。」

「それを君はどうして知って居る?　栄子が君にしゃべったんだろう。」

云いながら青野は、包みきれない不安の色を隠そうとして、二三日湯へ這入らない汚れた手の先で、蓬々(ほうほう)として雲脂(ふけ)だらけな髪の毛をごりごりと掻いた。

「まあそうなんだ。………打ち明けた話をすると、栄子は君に頼まれた時、断ってしまうと云って居たんだ。けれども其れでは僕の気持ちが済まないしするから、是非承知をするように散々説きすすめて、漸く君の所へ来させたのだ。こう云っても僕は君に恩を着せる積りではないが、少くとも僕に何等の疚しい点がない事だけは認めてくれるだろう。或いは君は、そんならそうとなぜ知らせなかったかと云うかも知れない。しかし僕が自分の画く物の題材だのモデルだのに就いて、平生から絶対に秘密主義である事は君だっても知って居るだろう。だから今度にしたって、栄子であるが為めにモデルを秘して居た訳ではない。」

「そりゃあそうだろう。其の点は僕にもよく分って居る。君があの女に口添えをしてくれたのだとは知らなかった。いろいろ有り難う。」

こう云って青野は、不愉快らしくふさぎ込んだ顔を伏せて、かすかなお辞儀をした。本気で感謝して居るのだか皮肉を云って居るのだか自分でもよく分らなかった。

「それからまた、こう云う誤解もあるかも知れない、――僕があの女と関係して居るのではないかと云うような。………」

大川はちょいと言葉を途切らせて、相手の表情に反応の表れるのを見ようとした。が、青野はやっぱり俯向いたまま、何の手答えもなく黙って居る。

「もし少しでも、君にそんな疑をかけられて居るようだったら僕は飽く迄も弁解する必要がある。」

「いや、そんな弁解はしないでもいい。」

今度は青野が赧い顔をして首を擡げた。

「……万一君があの女と関係があるにしたって、僕には其れを咎める権利はないのだから。」

こう云った彼は決して嫌味の積りではなかった。勿論関係があるよりはない方がいいに極まって居る。けれど、たといあったとしたところで、彼は別段それに嫉妬を感じるのではない。真の恋愛を味わったことのない彼は、恋愛から来る嫉妬の感情をも経験したことはないのである。彼の恐るるところは、自分が道徳上の不具者であるのみか、性欲の上でも一種の畸形児であると云う大事な秘密が、外聞の悪い、此の上もなく不真面目な忌まわしい秘密が、大川の手に握られはせぬかと云う心配だけである。

「けれども君に疑われて居ると居ないとは、僕に取っては重大な問題なのだから、……」

と、大川が少し改まった口調で云った。

「……僕は此の間君に金を貸した時、芸術の上ではお互いに敵同士だと思ってくれろと、君に宣告しただろう。僕は飽く迄も君の天分を嫉視する。君の製作が成るべく失敗に終ることを祈るとさえ云ったろう。あの時のあの言葉の意味は、何処までも芸術の上での嫉妬であって、決して卑屈な動機から出たものではないと云う事を、是非とも君に了解して貰わなければならない。僕が栄子と関係があって、その為めに君を嫉妬して居ながら、陋劣な感情を芸術に托して発表したように邪推される事を、僕は何よりも恐れるのだ。勿論モデルに頼んだくらいだから、僕も栄子の美は認めて居る。君と一緒に始めて彼の女のダンスを見た時から、君と同時に僕は彼の女の肉体が持って居る不思議な美しさは認めて居る。けれども幸か不幸か僕はあのような無智な女を恋する気にはなれないのだ。或いは君とあの女との過去の関係を知らなかったら、今度のような場合に、玩具にして見ようと云うくらいな好奇心は起したかも知れないけれど、彼奴と一度でも関係したが最後、どんな引係り合いになってどんな目に会わされるか、どれほどの犠牲を払わされるか、君の前例を見て居る僕にはよく分って居る。ああ云う札附きの不良少女に係り合いをつけるほど、僕が大胆な人間でない事は、君も大凡そ察してくれるだろう。僕はただ、あの女の慾張りを利用して、普通のモデルの二倍も三倍もの金を払って、御機嫌を取りながら使って居るだけの事なのだ。………ねえ君、君はよもや其の事について僕を疑っては居ないだろうね。」

「疑っては居ない。それに、先も云う通り疑ったところで仕様がないのだから、………」

青野は煮え切らない口振りで云いながら、にやにやと訳の分らない笑い方をした。――そうして、瞳の奥で、まだ何か知ら別な事を気にかけて居るらしい。

「仕様がないのだからでは僕が困るんだ。僕の潔白を信じて貰いたいのだ。」

「そりゃ信じて居る。………だが僕だってあの女を恋して居ると云うのではないんだ。僕は誰にも隠して居るんだけれど、………尤も君には、いつだかちょいと話した覚えがあるような気がするけれど、生れつきマゾヒズムの傾向があるもんだから、それを彼の女が君にしゃべりはしないかと思って、それが何だか心配なんだよ。僕は随分あの女と馬鹿な、下らない真似をしたんだよ。僕は実際その点でも常識を外れて居るんだよ。道徳上の不具者と云われるより其の方が極まりが悪いくらいなんだから、若しも君があの女から聞いた事があったとしても、どうか僕に聞かないと云って安心させてくれ給え。

そうして栄子の話はもう止めにしてくれ給え。」

青野はこんな事を云う積りではなかったのに、何か、船へでも乗せられてずんずん沖の方へ進んで行くような心持ちで、ついうかうかとしゃべり出してしまった。――いよいよにやにやと変な笑いようをして頬ッぺたを火のように火照らせて、――

「ああ止めにしよう。」

大川は面喰って眼をぱちぱちやらせて居たが、暫く過ぎて、間の抜けた時分に慰めるような声で云った。

「その話は止めにして、君の問題に帰ろう。それで君は、僕と同じ題材を択んだのだとすると、やっぱりマアタンギイを画いて居るのかね。」

「そうなんだ、僕は君と同じモデルで同じ題材を扱って居ると云う事を知ってからも、無論最初の計画を変更しはしなかった。却って何処までも君と競争してやろうと決心したくらいだった。現に昨日まで、栄子は毎朝僕の画室へ通って、午後から君の方へ廻って居たんだ。――しかし、あの女から時々君の製作の様子を聞くに随って、僕はだんだん脅やかされずには居られなくなった。君と僕とが、偶然同じようなものを狙ったのはもう此れで三度目だ。去年の展覧会の時も、それから二三年前の時も、二人のあの作品が一つ会場へ陳列された時、僕はどんなに君に対して嫉妬を感じ敵意を抱いたろう。いや恐らく僕は、自分の作品が君の傍に列べてなかったら、そうして君と僕とが同じ学校の同期生でなかったら、きっと君を崇拝する気になっただろう。正直を云えば、今でも僕は君を嫉妬する資格はないかも知れないのだ。崇拝するのが寧ろ当然かも分らないのだ。仕合わせにも今迄は不人望の為めに君の物は黙殺されて、僕の方ばかりが評判になったけれど、今度のような大作が出品されて、而も其れが立派な出来栄えであるとしたら、いくら世間が君の平生を憎んで居ても、もう黙殺する事は出来ないにきまって居る。万一また、社会が飽く迄も君の不道徳を追究して、悪罵を浴びせたり迫害を加えたりするとしても、そうして例の如く僕の評判が好かったとしても、その為めに僕の嫉妬と不安とは一向減殺されはしない。――僕は最初、今度の製作に就いては可なりの自信を持って居る積りだった。今度こそ君に拮抗してやろうと云う意気込みだった。君が持って居るだけの力は、奮発すれば僕にだってない事はない、そう思って自分を幾度励ましたか知れなかった。だが、君と全然同じ題材の、おまけにモデルまでも同じ作品が、会場に並んで掛けられた時の光景を想像すると、僕はさながら強迫観念に襲われたような心地がする。君と僕との間にはまだまだ遠い距離がある。それを見ないように見ないようにと思っても、どうしても見ないでは居られない。……」

そう云って、大川は苦しそうな息を吹いて、帽子を脱いで額の脂汗を拭った。また此の間のように知らず識らず眼が血走って来て顔色が真青になって居る。煙草を飲み過ぎたのか、それとも胃拡張を起して居るのか、長い話の途中で折々犬が欠びをするように力張りながら口腔を開いて、げえげえとへどを吐くような切ない咳をする。

「……僕は、道徳家と云う訳ではないけれど、自分の行為の善悪に就いては普通の人よりも潔癖の方だし、それに、正直で臆病だから他人には親切に見えるし、多くの人からは善人だと思われて居る。世間に対して君とはまるで反対な徳望を持って居る。……」

と、彼は言葉を続けた。

「……けれども僕だっても道徳家であるよりは芸術家でありたいのだ。たとい君のような人間になっても、いい芸術が作れるならば作って見たいのだ。僕は少くとも、道徳上の神経は鋭敏だが芸術上の感覚は遅鈍だとは思われたくない。僕の作品が、君のよりも遥かに劣った僕の作品が、君の物と列べられて同じ会場へ出品される事が分った時、僕に少しでも芸術的良心があるならば、どうして平気で仕事を続けて居られるだろう。

もしも容貌の醜い女が、臆面もなく美人の前へ出て、而もこてこてこてと厚化粧をして私の方があなたよりも器量が上ですと云って威張ったとしたら、その女は馬鹿に違いない、無神経に違いない。僕の場合はちょうど其れと同じ事だ。僕は友達の間でお坊っちゃんと云われ、お人好しと云われて居る。どうかすると自分でも、そう云われるのを得意に感じて居る。だが芸術の上で迄も、お坊っちゃんやお人好しにはなりたくない。仮りに、僕が自分の劣った器量を公衆の面前へ曝して、れいれいしく君と競争するとしたら、少くとも物の分った人たちは腹の中でどう考えるだろう。僕は芸術家として、此れほどの屈辱はないと思う。それに、君と僕とは此の頃妙な関係になって居る。世間の人は僕が君を拾い上げて、金銭上の援助をして居るのをうすうす知って居る。それだけに僕の屈辱は一層強くなる。僕は自分をそんなにまで厚かましい恥知らずの人間にはさせたくないのだ。」

話を聞いて居る青野は、いつの間にか相手の為めに高い所へ持ち上げられて居た。大川の彼を畏れ、憚り、信ずる言葉が、彼のだらけた魂を引き緊めて、遥かな天空へ翺翔させるようであった。それほど大川の告白には真実が溢れ、熱情が籠って居た。こんなにまで雄弁な激励の文句があろうか、こんなにまで有り難い諂諛の辞があろうか、――

青野は何だか酔ったような気持ちがした。

「君がそれ程僕を認めてくれるのは忝い（かたじけない）が、………」

と、青野は夢から覚めたように、ぼんやりとした顔つきで云った。――何と云って大川を慰めたらばいいであろう、見え透くような謙遜の言葉をならべたら却って大川は腹を立てやしないか？

「………君にしたって今度は一生懸命なんだろう。君が今度の製作に対して、どれ程真剣になって居るかと云う事は、こうしてわざわざ僕の所へやって来たのでも分って居る。そうだとすれば君の画く物が果して僕のに劣って居るのかどうか分りゃしないじゃないか。君は此のごろ僕の神経衰弱が移ったんだよ。あんまり仕事に夢中になって少し興奮して居るんだよ。だもんだから、そんな事が心配になるんだ。………」

「或いはそうかも知れない。しかし、誰でも僕のような立ち場に置かれれば興奮もするし神経衰弱にもなるだろう。――僕は兎に角、君の絵を見せて貰わないうちは、仕事を続けることが出来なくなったのだ。君、お願いだ、頼むから絵を見せてくれ。」

息切れがして倒れそうになった人間が、一杯の水を求めるような、激しい、忙（せわ）しい調子で大川が云った。

「敵同士だと宣言して置きながら、こんな事を頼みに来るのは、恥辱だと云う事も僕は知って居る。しかし公衆の前で受ける恥辱に比べればまだまだ僕は我慢が出来る。芸術家が、自分より勝れた天分を持つ人の前に、男らしく頭を下げるのに極まりの悪い事なんぞはない訳だ。………僕がこんな事を云えば、反対に君はますます得意になるに極まって居る。そう思うと僕の嫉妬は募りこそすれ、決して弱められはしないが、忍び難い所を忍んでこうして君に頼みに来たのだ。全体君と僕とは、平素の性質が黒と白のように違って居るのに、芸術の上ではどうしてこうまで傾向が似寄って居るのだろう。どうしてこういつもいつも、二人の画く物が衝突したり暗合したりするのだろう。二人は到底両立する事が出来ないようにさえ考えられる。そうして結局才能の劣った方が滅びなければならないのだとすると、勝利は天才を持つ人間の上に輝くのだとすると、僕は恐ろしくなってじっとしては居られないような気がする。」

こう大川が云った時、眼に見えぬ暗い影が二人の前を通り過ぎたようであった。二人は申し合わせたかの如く口を噤んで、妙にトゲトゲしい眼つきでお互いの顔の中を見た。

「………よろしい、君がそれほどに云うなら見せて上げても差支えない。」

と、少し過ぎてから、青野が沈鬱な声を出した。

「けれど君、余計な事だけれど、君は僕の絵を見たあとでどうしようと云うのかね。」

「僕の絵と見くらべるのだ。若し僕の絵がとても君のに及ばないと悟ったら、出品を見合わせようと思って居る。」

「それじゃ君が僕の絵を見たあとでも出品を中止しないようだったら、君の作品には非常な自信があると認めていいんだね。」

青野は意地悪そうに唇を歪めて云った。

「君、僕の卑怯を笑ってくれ給え。僕は君の出来栄えを見た様子で、君と競争しようと云うのだ。自分の画いた物が、君の物に比べてそう恥かしくないと云う事が分ったら、或いは自信が出るだろうかと祈って居るんだ。――けれども僕には、見ない先から大概結果が分って居るような気持ちがする。自信と云う物は人の作品を見せられてから起るようなものじゃないだろう。僕にほんとうの自信があるくらいなら、始めから君の所へなんぞ来やしないのだ。」

「そうして若し、君が出品を中止しなければならない場合になったとする。そうなったら君はどうするのだ。まさか永久に僕との競争を断念するんじゃないんだろう。」

「無論の事だ。僕は自分を発憤させる為めに君の絵を見せて貰うのだ。『此の馬鹿野郎』と云って君に頭を擲って貰うのだ。今年駄目ならば来年迄に僕は必ずあの絵を画き直す、何度でも自信のつく迄画き直す。そうして飽く迄も君と競争する。」

「まあ待ち給え。それなら斯うしようじゃないか。――絵を見てからの相談にしてもいいが、模様に依ったら、来年君の絵が出来上るまで、僕も出品を見合わせるとしよう。……」

「え！」

と云って相手が驚いて居る隙に、青野は何と思ったか、急に気味の悪い、いつも金の無心をする時のような、下司張った薄笑いを浮べながら、

「いや、何も君に対する友情の為めに云うのじゃないんだ。僕は友情なんぞのある男じゃないんだから、そう思われると却って工合が悪いんだよ。実を云うと僕はもう、例に依って金が一文もなくなって居る。だから来年まで出品を見合わせる代り、……」

こんな事をもぐもぐとしゃべり出した青野の顔を、大川がふいと気が附いて見ると、いつの間にか狡猾な表情がハッキリと浮かんで居る。不断ならば癇癪がむらむらと起って来るところだのに、其れを何とも感じないだけ大川は自分の事で胸が一杯になって居た。

「………そう云うと変なようだが、つまり僕の絵を君に買って貰えばいいんだ。買って貰えば永久に出品なんぞされなくったって構わないんだ。どうせ僕の物なんか、褒めてくれるのは君ばかりで、展覧会へ出したって誰も批評をしてくれやしないし、売ろうと云っても買手なんか一人だってありゃしないんだ。僕は外の人と違って、展覧会へ出品されたのを名誉だとも有り難いとも感じた事はないんだよ。それよりか金の方が余(よ)っぽど有り難いくらいなんだよ。」

「金が欲しいなら何とか都合して上げる。だが金の事と絵の事とは別問題だ。」

と、大川はきっぱり云った。

「僕から金を貸す代りに、君の出品を来年まで延ばすなんて、そんな真似をされちゃ僕が不愉快だ。君は是非とも今年出品するがいい。」

「それじゃやっぱりそうするとしよう。――だけれど君、ほんとうに金の方は何とかしてくれるだろうか。百円………か、五十円ぐらいでもまあ暫くは凌(しの)げるんだ。」

うまく行った、と青野は腹の中で思った。金さえ貸して貰えれば外の事はどうでもいい。私の絵が見たければ、さあさあいくらでも御覧下さい。………そうして己はまた、当分栄子を相手にして面白い夢が見られる。………

「馬鹿、馬鹿、馬鹿やい！　お前はあたしの奴隷じゃないか。」

こう云って唇を剝き出して嘲り笑う彼女の顔が、ちょうど門口(かどぐち)に咲いて居る紫陽花(あじさい)のように、きらびやかに彼の空想に浮かんだ。

第五章

ばたり、ばたり、と大川は八畳の書斎の四角な紫檀(したん)の机の周囲を、檻に入れられた獣のように往(い)ったり来たりして居る。腕を組んで、項(うなじ)を垂れて、じっと足もとから二三尺先を睨んで居る彼の瞳は、今にも気が違いそうに、折々険悪な光を漲(みなぎ)らせる。今朝、目白の青野の家を出てから、何処をどう通って何時(いつ)ごろ田端へ帰って来たのだか、自分でもまるきり覚えがない。恐らく彼は、目白から此処まで、暴風に浚(さら)われて一とッ飛びに撥ね飛ばされて来てしまったんだろう。……

彼はもう、画室へ這入って自分の絵に面する勇気もない。頭の中にはただ、先(さつき)青野に見せられた「マアタンギイの閨」の画面が、素晴らしい色彩に充ちた大空の虹のように、とても自分には手のとどかない虹のように、懸って居るばかりである。その虹をじっと視詰めて居ると、太陽の如く赫々(かくかく)たる光線を放射して、彼の眼を奪い、胆を奪い、果ては魂をも奪ってしまう。彼は気が遠くなって、次第にがっかりして、それから陰鬱な、真暗(まっくら)な谷底へ深く深く落ち込んで行く。

「青野君、君は天才だ、恐ろしい天才だ。僕が君と競争するなんて滑稽至極だ。」

こう云って敵にひれ伏した時の、あの瞬間の自分の驚愕に充ちた気持ちや、絶望的な態度や、譫語(うわごと)のような言葉の節々がありありと思い出される。若しも神様が二人の様子を蔭で見て居たとしたら、自分はどんなに神様から笑われたろう、憐れまれたろう、気の毒がられたろう。………いや、神様はいつも天才の味方をする。自分の事なんぞてんで考えてもくれなかったろう。

若しも自分が、芸術家として神から見放されて居るのだとすれば、自分はもう此の世に生きて行く必要はない。自分には青野と違って、親譲りの財産もあり、地位もあり、名誉もある。芸術を捨てても世間を渡って行きたければ安楽に渡って行ける。だが、そんな風にして生涯を送ることに何の価値があろう、何の意義があろう。自分は凡庸の徒かも知れないが、まだそれ程に凡庸にはなり切れない。自分だって、芸術を外にして永劫に生きる道のない事を知って居る。永劫に生きる事が出来ないとすれば、………出来ないとすれば、………己は死んでしまった方が増しだ。………

大川は絶壁の縁へ来たようにぴたりと立ち止まった。午後二時ごろの、密閉された部屋の中は息が詰まるほど暑苦しい。今此の室内で、自分が首を縊って死んでしまったら世間は何と思うだろう。――大川は懐から右の手を出して、喉の動脈を軽く抑えて見た。それから又よろよろと歩き出した。

………そうだ、芸術に望みがないときまったら己はいっそ死んだ方が増しだ。あの、画室にある己の絵をずたずたに引き裂いて、青野の天才を天下に推称する遺言状を書いて、此の部屋で首を縊るか、毒薬を仰いで死んでやろう。そうしたら己の名は青野に依って千歳に伝わるだろう。これほど芸術に執着し、これほど天才を憧憬して居る、己の壮烈な意志と気魄とだけはせめて此の世に遺るだろう。兎にも角にも青野と無益な競争をして世間の物笑いになるよりはいくら増しだか分らない。………そうだ、自殺するのが一番いい。

しかし己はほんとうに死ねるだろうか、ほんとうに、芸術に関する煩悶の為めに死ねるだろうか。………それともたかが一枚の絵の為めに自殺する事が出来るとしたら、己は気が違って居るのだろうか。………いや、気が違って居るのでも構わない。気が違うほど真面目な苦悶をして居るのだから発狂するのは当り前だ。発狂出来れば有り難いくらいだ。発狂に依って己の芸術的良心の鋭敏な事がいよいよますます証拠立てられるんだ。軍人が名誉の戦死を遂げると同様に、己は名誉の発狂をするんだ。………こんなに一生懸命ならよもや死ねないことはあるまい。死ねる、死ねる、たしかに死ねる。己はもう疾(と)っくに発狂して居る!

だが、大丈夫死ねるとして、己はもう一遍考えて見る必要がある。自殺するより外に、果して何等の方法もないだろうか。己は絶対に神様に見放されて居るのだろうか。いくら修養しても、何年立っても、己は青野のような天才にはなれないだろうか。どうも己は、自分の才能に対して未だに多少の未練がある。己には全然天才がないとは信じられない。現に己が斯うして苦しんで居るのは天才のある証拠かも知れない。此処で失望して命を棄てるか、勇気を鼓して難関を突破するかが、天才と凡庸との別れ目かも知れない。己は神様に見放されたのでなく、試されて居るのかも分らない。そうだとするとウッカリ自殺したら大変だ。虻蜂(あぶはち)取らずだ。やっぱり何とかして生きて行く方がいいだろうか。………

考えれば考えるほど分らなくなる。生きられるものならば生きて居たいけれど、とても此のままでは生きて行かれそうもない。生きるには生きるだけの活路を見出さなければならない。活路を見出すか否かに依って、己が天才になれるかどうかが決するのだ。……そうだ、勇気がなくっちゃ駄目だ。無闇に気を落さないで、もう一遍よく、シッカリと考え直して見よう。……全体己は最初から勇気を欠いて居たのじゃなかったんだ。己の勇気を沮喪させ、己をこんなに迄絶望の淵に沈めた者は青野なんだ。いや、青野と云うよりは寧ろ青野に対する己自身の恐怖と嫉妬の為めなんだ。青野と己とが、たとい同じく芸術に志して居たにもせよ、時代を異にするとか、傾向を異にするとかしたならば、己は此れほどの打撃を受けやしなかったんだ。彼奴と己とは、まるで一つ魂から出た二人の人間のように、芸術の上で必ず同じ軌道を辿って居る。彼奴が画こうとする題材を己もきっと画くようになる。己が慚く捜し出して来たモデルに彼奴もいつの間にか眼をつけて居る。そうして出来上ったものを比べると、己は極まって彼奴に負かされて居る。己は何だか、自分が青野の影法師ではないかと云うような気がして来る。実際、若し此処に、全然同一な美を表現しようとする二人の芸術家が居るとしたら、二人のうちの孰れか一人は存在の必要がない事になる。芸術と云うものが自己の存在を主張するものである以上、二人は互いに他の一人を排擠し合わなければならない。——そう気が附いた瞬間から、己は自分を僻み出したのだ。そうして青野が殆んど己を眼中に措かないで、晏如として製作を続けて居るのを見れば見るほど、己はいよいよ彼奴に威嚇され、彼奴を嫉妬するようになったのだ。彼奴が金なら己は銀だ、彼奴が天才で己は凡才だと、いつからともなく思い込まされてしまったのだ。

成る程彼奴は天才には違いない。今のところでは何と云ったって己は彼奴に敵いッこはない。しかし人間には早熟の者と晩成の者とがある。己は今年まだ三十一だのに、己に天才の素質がないと、誰が断言する事が出来る？　天才だか天才でないかは、一生かかって努力して見た後でなければ分る筈はないじゃないか。己が青野に劣って居るのは、素質に於いて劣って居るのではなく、成長が遅いだけなのだ。その証拠には、己は常に青野と同じ方向に進んで行って居る。己の素質も研けば金になるかも知れないんだ。

そんなら己はなぜ自信を失墜したのか？　なぜ勇気を沮喪させたのか？　そうしてなぜ、青野に脅かされるのか？——己に天才の素質があると云う事さえ明かになったならば、己の青野に対する不安は全く除去されてしまうだろうか？——いや、恐らくそうは行かないだろう。そうなってもやっぱり己は青野を呪わずには居られないだろう。芸術の上で己と同じ傾向の軌道を走りつつある限り、いつ迄立っても己は彼奴に脅かされるに極まって居る。その軌道を己が一尺進む間に、彼奴は三尺も四尺も進む。先へ歩いて行く為めに、彼奴は自分がその軌道の発見者だと己惚れて居る。己もまた何だか彼奴の跡ばかり喰着いて行くような気がして居る。己の彼奴に対する敵意は、単純な嫉ばかりではなく、自己と全然同型の芸術家が、もう一人此の世の中に居ると云う不安な自覚から来て居るのだ。己の住んで居る想像の世界に彼奴も住んで居る。己の創作しようとする物を彼奴も創作する。彼奴の画いた絵を見ると、己は自分の魂がいつか一度は到達しようと焦って居るところの郷土を見出す。畢竟己の感ずる脅威は、自分の離魂体に悩まされたウィリアム・ウィルソンの感じた脅威と同じものなんだ。己のような位置に置かれて、誰が打撃を受けずに居られるだろう、誰が平気で居られるだろう。己の勇気が沮喪するのも、己の才能の成長が鈍いのも、みんな其れが原因なのだ。青野さえ居なかったら、己の素質はめきめきと発達して、もう今頃は立派な金になって居たかも知れないんだ。……

青野に云わせれば己が青野に似て居ると云うだろう。けれども己に云わせれば青野が己に似て居るのだ。少くとも己は青野に似て居ると云われて、自分の今迄進んで来た軌道の方向を変換する訳には行かない。己の芸術は已み難い衷心の欲求から出たものだと己は主張する。そんなに容易く変換されるような、贋物の芸術じゃないと己は固く信じる。そうでなかったら己は始めっから青野と競争する資格もなし、素質も糞もあったものじゃないんだ。だが、己が自分の芸術の個性を主張するとすれば青野も同様に主張するだろう。己が変更出来なければ青野だって出来ないだろう。そうしたら己の受ける不安と圧迫とはいつ迄立っても取り除かれる時機は来ない。己は相変らず落胆し、失望し、脅かされる。………

それでも生きて行かなければならないとしたら、己は全体どうしたらいいんだ。何処に己をフェエタルな運命から救い出す活路があるのだ。己も存在する、そうして青野も存在する。………何処に妥協の道があるんだ。いくら考えても結局道がないとすれば、己はやっぱり死ななければならないのか？　青野の天才にとうとう負かされた事になるのか？　泣いても笑っても己は神様に見放されたのか？………

妥協の道は断じて有り得ない！　己が飽く迄も生きて、発達して、天才の境地に伸びて行くには、青野が此の世から居なくならなければ駄目なのだ。彼が存在する限り己の前途は真暗闇だ。己はどうしても自殺しなけりゃならない。………それとも自殺しまいとすれば、青野を生かして置く訳には行かない。………

「そうだ、己は青野を殺すより外にない。」

大川は覚えず口へ出して微かに云った。それから急いで違い棚の前へ行って、其処に立てかけてある小さな鏡に自分の顔を映して見た。人間がこんな考えを起す時はどんな表情をして居るだろうかと思いながら。

………青野が死ぬか、自分が死ぬか、二つの場合より外にない。己が死ねば青野の芸術が成長する。青野が死ねば己の芸術が救われる。青野を殺すのは不道徳だとしても自分の芸術を殺す方がより不道徳じゃないだろうか。己は他人に忠実である前に自分自身に忠実でありたい。己の芸術が救われれば己は永劫に生きることが出来る。人間の持って居るもののうちで永劫に生きんとする意志が最も高く貴いとすれば、その意志を貫く為めには如何なる犠牲をも忍んでいいのだ。それを忍ぶだけの熱情と勇気とがあってこそ、己は始めて天才になれるのだ。そうなったら神様だっても己を見放しはしないだろう。己の犯罪がいかに真剣な、いかに荘厳な動機に依って行われたかと云う事は、人間には分らないでも神様は認めてくれるだろう。昔から嘗て一人でも、己ほど荘厳な動機から人を殺した者があるか、それほど自分の芸術に忠実だった者があるか。己はその動機だけでも立派に天才の資格がある。………そうだ、天才の資格がなくって、どうして芸術の為めに人を殺す事なんぞが出来るもんか。己が天才だからこそこんな考(かんがえ)が起ったんだ。己が青野を殺すのは唯(ひと)り天才にのみ許された特権を行使するんだ！　銀は金を殺す事に依って自分を金にする事が出来る。青野さえ居なくなれば、青野を愛して居た美の神はきっと己を愛してくれる。そうだ、そうだ、己の活路は此処にあるんだ。己は神から与えられた試験の答案に及第したんだ。その答案に従って断然として決行しなければ天才の権利を自ら放棄したも同然だ。躊躇する必要が何処にある！　肉体が肉体を殺すんじゃない、魂が魂を殺すんだ。此の世の利慾の闘いでなく永遠をめあての闘いだ！

………よし、もう分った！

大川は歓喜のあまり、弾(はじ)かれたように部屋の中でどしんと一つ飛び上った。母親から褒美を貰った子供のような嬉しさがこみ上げて来て体中がぞくぞくした。「己は救われた、己は勝った。」と、続けざまに口の内で叫んだ。………

うまくやりさえすれば誰も己を疑う者はない。己は小胆な人物として、徳義に厚く友情に富む人間として世間に通って居る。現に己は青野に対して庇護を加えいろいろの面倒を見てやって居るじゃないか。己の友人は皆それを知って居る。そうして義侠的精神の発露だと認めて居る。世間の凡くらどもは己の芸術が青野に劣って居るとは信じない、己が青野を嫉妬して居ようとは夢にも知らない。二人の間の消息に多少でも通じて居る者は唯あの栄子があるばかりだ。しかしあんな女に芸術上の葛藤なんかが分って溜るもんか。己があの女に関係でもして居れば恋愛から来た嫉妬の結果だと疑われない事もないが、己は仕合わせにもあの女に手を附けなかった。彼奴の方では何とかして物にしようと誘惑したにも拘わらず、己は其の手に乗らなかった。却って青野の為めに周旋して彼奴をモデルに頼んでやったくらいだった。己は誰からも如何なる点からも己の犯罪を嗅ぎつけられる弱所を持たない。すべて此れ等の好都合は、天が己に幸福を授けようとして居る証拠だ。

要するに誰にも見られないように、痕跡を残さないように、巧妙に秘密に遂行しさえすれば己は一生涯安全なのだ。青野は今、たった独りで郊外の淋しい一軒家に住んで居る。己を除いて彼には一人の交友もない。彼の家に出入する者は栄子だけである。彼女は毎日午後から彼の画室へ行って、夕方には、或いは晩くも夜の十二時迄には帰ってしまう。………すると、機会は十分にある。夜の十二時から明くる日の朝までの間、……その間に己は仕事をすればいいんだ。

ここで興奮してはならないと、大川は思った。出来るだけ頭脳を冷静に、科学者の頭のように透き徹らせて、根気よく、細々と髪の毛一と筋ほどの証拠をも残さないだけの綿密な計画を立てなければならない。「落ち着いて、飽く迄も落ち着いて、」と、彼は腹の中で繰り返しながら、その落ち着き振りを他人に示しでもするように、にっこりと笑って見た。笑って見たら、ひどく自分がえらくなったような気がした。それから彼は、巻煙草の先に五分ばかり溜って居る灰を、注意深く灰皿の上まで持って行って、ぽたりと落した。――つまらない事だが、非常に沈着になったように感ぜられる。――それから、片手を頭の下へやって仰向けに寝ころんだまま、じっと天井を視詰め始めた。

「厳密な意味に於いて、人間の一挙一動は必ず此の世に何等かの痕跡を留めるものだろうか。」

先ず問題は此処から発足する。若しここに、極めて細心な、思慮に富んだ人間があって、予め何等の痕跡をも留めないように行動しようとしたならば、それは実際成功するだろうか。たとえば己は今此の部屋で数本の煙草を吸った。それは此の灰皿の上にある灰や、吸い殻や、室内に澱んで居る煙を見れば直ぐに分る。ところで己が此の灰皿の灰をきれいに拭き去り、マッチの燃え残りと吸い殻とを室外へ捨て、煙を表へ発散させてしまったら、己が煙草を吸ったことは誰にも分らずに済むだろうか。若しシャアロック・ホルムスのような、或はオーギュスト・デュパンのような名探偵が居て、己が煙草を吸ったか吸わないかを厳重に吟味するとしたら、そのくらいな事で彼等は欺かれるだろうか。――第一己は灰皿の灰を何で拭うか、拭った雑巾なり紙片なりをどう処置するか。その雑巾や紙片をなくする為めに焼いてしまうとすれば、また其処に灰が生ずる。今度はその灰を火鉢へあけて外の灰と一緒に交ぜてゴチャゴチャにしてしまう。そうすれば灰の方は大概片が付く訳だ。次ぎには吸い殻を何処へ捨てたらいいか。此の窓から往来へ投げ捨てれば直ぐに拾われる。己の吸って居る煙草はスリー・キャッスルだから、殊に容易に見附け出される。己は吸い殻とマッチの燃え残りとを袂へ入れて、遠くの方へ散歩に行って、上野の山の叢の中か銀座通りの敷石の上にでも、捨てて来るとする。いや、そんな事をするよりか雑巾と一纏めにして焼いてしまった方がいい。それで直接の証拠は悉く湮滅することになる。己が今日、此の室内でスリー・キャッスルを吸った痕跡はもう残っては居ない。以上の行動が絶対に秘密に運ばれさえすれば、どんな名探偵だって、己に事実を白状させることはむずかしいだろう。或いは探偵はこう云って己を問い詰めるかも知れない。「お前は平生喫煙の習慣があるのに、数時間この室内に閉じ籠って居ながら、その間に煙草を一本も吸わなかったと云う筈はない。たしかに吸ったものだと認める。」――が、そう云われたって驚くことはない。己は直ちに云い抜けてやる。――「そうです。仰っしゃる通り僕は喫煙の習慣がありました。けれども此の頃余り煙草を飲み過ぎて頭を悪くしたので、成るべく節制して居たのです。彼の場合一本も吸わなかったからと云って、何も不思議はありません。」こう云ってやったらどうだろう。「それでもお前は吸ったに違いない。」と云えるだろうか。「僕が自分で吸わないと云って居るのに、あなたがたは何を証拠にそんな事を云うのですか。」と、己が断乎として抗弁すれば、彼等はいかにヤキモキしたってグウの音も出ないだろう。

コナン・ドイルは其の小説の中に、探偵の資格として三つの要素を挙げて居る。第一は観察（Observation）である。第二は智識（Knowledge）である。第三は帰納法（Induction）である。此の三つの力が十分に発達して居れば、必ず犯罪の原因を嗅ぎ出す事が出来るのだそうである。だが、己が今想像したような煙草の事件に対して、その観察なり智識なり帰納法なりを、何処に応用する余地があるか。どんな立派な能力を備えて居たところで、其の対象となる行為の痕跡が残って居なければ駄目じゃないか。それでも煙草の場合には、厳格に云うと未だ絶対に痕跡が残らないとは云えないかも知れないが、仮りに己が今、起き上って違い棚の前に行って、立てかけてある鏡に顔を映して見て、それから再び元の通りに寝ころんだとする。其処へ探偵が這入って来て、己がたった今何をしたかを探ろうとする。――どうだ、その場合に探偵は己が鏡を見たことを観破するだろうか。恐らく彼が神でない限りは、それが分って溜るもんじゃない。始めからじっとして寝ころんで居たのと、中途でちょいと立ち上って鏡を見て来たのと、二つの状態には何等の相違も有り得ない。一旦違い棚の前へ行って、再び以前の姿勢に復した己の行為は、絶対に痕跡を留めて居ないのだ。勿論己は、顔を映したばかりで、手に触れた訳ではないのだから、鏡の上にも証拠が残る筈はないのだ。……己の行為を知って居る者は、ただ神があるばかりだ。神は、己の頭の中に潜んで居る思想をさえ観破するのだから、彼に対して己は何物をも隠し立てする訳には行かない。ところで若し、その唯一の恐るべき神が、己の味方をして居るとしたらどうだ。神が己の天才に愛でて、殺人の行為を許してくれたとしたらどうだ。神を除けば己は世の中の凡べての人を欺く事が出来る。誰の眼にも触れないように巧みに仕事をやり遂げられる。

要するに人を殺すと云う事は、煙草を吸ったり、鏡を見たりするのと同じく或る一つの行為なのだ。後の二つの行為が痕跡を留めずに実行出来るものなら、人殺しだって其の通りに出来ないという理窟はない。其れが失敗するとすれば、結局己の注意が行き届かなかったと云う事に帰着する。だから己は決して興奮してはならない。飽く迄も沈着に、そうして冷静に、――頭脳を物凄いほど冴え冴えと透き徹らせるのが肝腎だ。

………

「そこで実際の計画としてどう云う風にしたらいいか。いよいよ己は具体的の考案を運らす順序になった。」

大川はムックリと身を起して、また部屋の中を往(い)ったり来たりして居る。

第六章

九月三日の午前零時三十分、――陰暦に従えば其れは闇夜の筈である。――其の日の其の時刻が、大川の心の壁にかかって居る暦(こよみ)のペエジに、予め真黒(まつくろ)く印(しるし)を打たれた。

そうして彼は毎日毎日、じっと其の印を視詰めつつ、一枚々々ペエジの剝がれて行くのを待った。

が、彼は徒らに手を拱いて待つのではない。恰も印の上にまだ七枚のペエジが残って居る時、ちょうど其れが行わる可き日の一週間前から、彼はかねての計画に基いて予定の準備行動に移った。

彼が展覧会に出品する筈の作物は、殆んど九分通り出来上って居たので、九月に這入ってからは栄子も来なくなって居た。にも拘らず、彼は午前中相変らずアトリエに立て籠って、熱心な瞳をカンヴァスに注ぎながら、――カンヴァスの表面にも、いつの間にかマアタンギイの姿は消えてなくなって、ただ真黒な暦の印が拡がって居るようである。――余念もなく刷毛を動かして居る。勿論彼は其の絵に対して何等の未練があるのではない。何とか彼とかいじくり廻して居れば、少しは出来栄えがよくなるだろうなどと己惚れて居るのでもない。寧ろずたずたに引裂いてしまいたいくらいなものである。しかし、例の事を決行した場合に、自分が此の絵を堂々と出品して居なかったら、却って世間から嫌疑を受ける。それを思うばかりに彼は平然と、仕事に熱中して居るように見せかけて居る。――其れは準備行動の第一であった。第二に彼は夕飯を済ませると必ず独りで散歩に出かけて、十時か十時半ごろ迄にはぶらりと戻って来る。そうして再び画室へ閉じ籠って、夜中の二時過ぎでなければ寝室へ行かなかった。

彼の家は、母屋と画室と二た棟に別れて居た。母屋の方は平屋造りの茶がかった普請で、其処には彼の両親と幼い妹とが住んで居る。まだ独身で居た大川は、三度の食事をたべに行くほかは、大概アトリエで日を暮らすのが常であって、その為めに書斎だの寝室だの書生部屋だのが、画室の横に附いて居た。で、彼は夜の散歩から帰って来ると、真っ直ぐに画室へ這入ってしまう事もあるし、一旦母屋の両親の許へ立ち寄ってからにする事もある。立ち寄らないで行く折には、土産物を買って来て置いて、きっと明くる日の朝飯の時に、「ゆうべ銀座へ行ったから此れを買って来てやったんだのに、十一時ごろに帰って来たらもうみんな寝て居るんだもの。ほんとうに内の者は早寝だなあ。」などと無邪気そうに云って、母や妹にその土産物を出してやる。此れ等の事を大川は極めて注意深く、わざとらしくないようにやって見せた。

画室の方の書生部屋には書生が一人住んで居る。彼は夕方の六時から神田の夜学校へ仏蘭西語を習いに行って、十時には帰宅するが、散歩に出かけた大川の戻る迄は、睡い眼を擦り擦り起きて居る。大川は普通彼よりおくれて帰って来て、画室に通ってから一杯の紅茶を入れさせた後、直ちに彼を寝かせてしまう。大川の実験に依ると、それきり書生は明くる日の朝まで、――少くとも夜中の二時三時ごろまで、大川の起きて居る間には、――決して眼を覚まさない事がたしかめられた。従って大川が夜の十一時以後、アトリエで何をして居るのか、家族の内に誰も知る者はないのである。「内の先生は毎晩夜中まで調べ物をして居るのだろう。」――書生は多分そう思って居るらしい。殊にそう思わせる為めに、彼は書生が紅茶を入れて来る時、いつも書物を繰りひろげて居るようにした。それも好い加減な書物ではなく、“Chinese Porcelain”と云う大型の厚い本を机一杯に開いて、其の横には又、支那陶器全書だの、“Céramique de l'Asie centrale”だのと云う奴を堆く積み重ねて、いかにも東洋古代の工芸品の研究に没頭して居るらしく見せた。たまには古道具屋から青磁の花瓶だの七宝の香炉だのを買って来て、れいれいしく書籍の傍に据えて置いたりした。

「己は此れから七日の後に人を殺すのだと思ってはいけない。凡べてが自然に、平日のように運ばれなければならない。」

大川は腹の中でそう考えて居た。――彼は自分が、陶器の研究に夜を更かすのだと云う事を一層明かにする為め、書生に向って斯う云おうかとも思った。

「一としきり止めて居たんだが、己は此の頃また焼き物の道楽を始めた。凝り出すとどうも際限のないもんだなあ。」

こう独語のように云って、陶器の趣味に関する二三の会話を、書生を相手に交換して置こうかとも思った。が、平生の彼としては、用のない時には余り書生に話をしかけないのが通例であるから、其れさえも不自然に過ぎるように感ぜられて止めてしまった。

こうして彼は七日の間、朝の製作と、晩方の散歩と、夜更けてからの研究と、此の三つを規則的に繰り返す事を努めた。従来とても午前中は彼の仕事の時間であり、夕方からは屡々散歩に出かけるのが習慣であり、深夜の読書も、瀬戸物道楽も、今に始まった訳ではなかった。母や妹に土産を買って来てやるのも、家族に対して愛情の深い彼としては、格別珍しい行為ではなかった。こうして何事も、当り前過ぎるほど当り前に、彼の注文通りに運ばれつつあるらしかった。

「もう大丈夫だ。己は誰からも眼を附けられては居ない。内の者は己が毎晩のように、夜おそくまでたった独りで画室に居る事を信じて居る。――彼等にそう思い込ませる事が、実は何よりも肝要だったのだ。」

彼は心私かに斯う呟いて、自分の用意周到なのを祝福した。万一彼が、散歩から戻って書生を寝に就かせた後に、再びこっそりと画室を抜け出して、二三時間の間何処かへ姿を消したとしても、誰が其の事に気が附くであろう。それでなくても大川の家族の者は、許可を経ないで画室のドーアへ手を触れる者はない筈である。彼等はたとい昼間でも成るべく其の近所へ寄らないようにして居るのに、況んや夜中の十二時過ぎになってから、誰がアトリエの内部を窺う者があろう。――其の日の其の時刻は、恐らく大川の為めに、絶対の秘密を準備してくれるであろう。

七日の日数が一つずつ減って行く間、大川は腹の底にシッカリとした成算を抱いて、身も心も軽々として居た。夜な夜なコーヒーの樹のステッキを打振りつつ散歩に出て行く折の気持ちは、到底恐ろしい目論見を眼前に控えた人のようではなかった。第一日の夜には、銀座通りをうろついて、資生堂の新鮮なプレイン・ソオダを飲んだ。冷めたい、爽快な、胸の透き徹るような液体の舌を刺す工合が、其の晩もいつもと同じように美味であった。それからカフェエ・ヴィエナへ寄って、妹の為めにシュウクリームを買って帰った。二日目の夜には浅草に行って、オペレットと活動写真とを見たあとで、ちん屋バアの洋食をしたたか喰った。どうして自分は斯うも平気で居られるのだろう。人の命を奪うと云う大事件が、なぜ自分を少しは平生と違った者にさせないのだろう。自分の神経は犯罪に対して、常に斯くまで無感覚だったのか知らん？　自分はその実青野などよりも、よっぽど上手な悪党なのか知らん？――大川は我ながら不思議なくらいであった。自分は此れ迄、自堕落な美術家気質の仲間のうちでは一番紳士的であり、善人であった筈だのに、其れが突然人を殺そうと云う考を起して、而も斯くの如く冷静に振る舞っている。するとやっぱり、気が違ってしまったのだろうか。少しも興奮して居ないようで、実は興奮し過ぎた結果頭が馬鹿になったのだろうか。兎にも角にもこんな場合に此れだけ落ち着いて居られるのは決して普通の状態ではない。自分はたしかにどうかして居る。或いは自分の天才的素質が、萌芽を吹き出したからかもしれない。自分はいつの間にか偉大なる天才になって居て、脳の組織が、がらりと一変してしまったのかも分らない。――そうだとすれば何と云う愉快な出来事だろう！　こう思いながら、大川は依然として沈着に平気に行動し続けて居た。天才になったのだろうが、気違いになったのだろうが、進む所まで進むより外に仕方がなかった。そこで、三日目の夜には動坂下から池の端へ出て、観月橋を渡って、精養軒のアイスクリームを食った。つめたい物を食う度毎に、頭がいよいよ冴え返ってすがすがしい気分になるのが妙に喜ばしかった。その晩は精養軒を出ると広小路の夜店を冷やかして、ダリヤの鉢を提げて帰った。四日目には駒込(こまごめ)から本郷(ほんごう)通りの古本屋を漁(あさ)って歩いたが、帰るのにはまだ時間が早いし、此れから行こうと云うところもないので、ふと、森川町(もりかわちょう)の友人のKを尋ねて見ようかと思った。自分の素振りが、いかに平生と異らないかを誰かに見せて置く為めには、それも必要であるかも知れない。彼はそう気が附いてKの住宅の方へ二三町歩き出した間に、又考(かんがえ)が一変した。

「やっぱり尋ねない方がいい。」

彼は低い声で、独語(ひとりごと)を云った。

「――普通、己はこう云う時にKを尋ねるだろうか。毎年(まいねん)展覧会の製作にかかって居る間は、成るたけ絵の友達と顔を合わせないようにするのが、己の習慣ではなかったか。己は今、まるで何事もないように平気で居る。ちっとも不断とは変って居ない。しかし、それをわざわざ友達に見せに行くのは何事かがある証拠ではないか。変って居ないと云いながら、既に変って居るのではないか。事を行ってしまうまでは、必要のない限り、己は出来るだけ人に会わない方がいい。会えばどうしても自然を装おうとして不自然を曝露する。多くの用心深い犯罪者は、そう云う風にして烱眼(けいがん)な探偵に臀尾(しっぽ)を掴まえられるのだ。だから己は、内の書生に対してさえ言葉を慎んで居たのじゃないか。」

――こんな事ではとても駄目だ。ウッカリして居ると直ぐに行動を誤まるようでは、いつかは人に秘密を感づかれてしまう。もっともっと己は頭をよくしなければいけない。――そう思って、大川は固く自分の心を警めた。実際、誰からも睨まれて居ないようでも、いつ如何なる場合に自分で嫌疑の種を蒔くかも知れなかった。考えて見ると、栄子が此の頃彼の画室へ来なくなったと云うことは、大川の為めに此の上もない幸福であった。

五日目も六日目も無事に済んで行った。そうしていよいよ七日目の九月三日が来たのである。

その日も一週間以来の好天気が続いた。炎天の空は深海の水のように真青で、大地には残暑の苦熱が厳しかった。大川は朝眼を覚ますと、寝室の窓を開いて、裏庭に咲いて居る花壇の花をうっとりと眺めた。此の一と夏の間、倦む色もなく咲き通して来た百日草と蝦夷菊の花が、煙草の吸い殻のように萎れてくちゃくちゃになって、脂色に褪せてしまった傍に、新鮮な葉鶏頭と向日葵の花とが水で洗った如く美しく冴えて居る。五六本のカンナの茎からは、きのう咲いて居た黄色の花が悉く散って、今朝は中央の一本に真紅の花が唯一つ開いて居る。――その紅い色を大川はじっと視詰めた。ちょうど此の花のように見事に綺麗に、無邪気にやって除けようと思いながら。

それから午前の製作、それから午後の散歩、——散歩には今日は日比谷公園を択んだ。其処の噴水の汀にある藤棚の下には、アーク灯の光に照らされて、月夜のように鮮やかな葉の影が、涼しい風に揺られながら、網の目の如く細かにそよそよと戦いで居た。ぼんやりとベンチに憩うて居る彼の前を、いろいろの市民の群れがぞろぞろと賑やかに足音を立てながら流れ過ぎた。花やかに、しんみりと睦じそうに寄り添うて行く若い夫婦づれ、婀娜っぽい縮緬浴衣をだらりんと着流して、夜の妖精のようにしめやかな、なまめかしい足どりで植え込みの木々の繁みに見え隠れする芸者の一と組、低い鼻声でロオレライを歌いつつ行く中学生、鷺のような真白な服装に黄金の頸飾りを附けた西洋婦人、——それ等が廻り灯籠の如く大川の眼に映っては消えた。松本楼の露台には灯が暖かく眩く溢れて、建物全体が宝石で作った巨大な蜂の巣のようにぎらぎらと輝いて居た。そうして其の間も、青銅の鳥の嘴から、アーク灯の球を目がけて虹の雨を降りそそぐ噴水の飛沫は、絶えず潺湲として忍び音に泣き咽んで居た。こんな事でもなければめったに此の公園を訪れる折のない大川は、何だか其の景色がひどく詩的であるかのように感ぜられて、甘いやさしいセンチメンタルな気分にさえ誘い込まれた。動いて居る人間も、またたく灯影も、水の響きも木(こ)の葉(は)のそよぎも、あらゆる物が夢の如くに美しい、音楽のような晩だと思った。

八時半ごろに日比谷から電車に乗って神田(かんだ)の神保町(じんぼうちょう)で降りた。此の間今川小路(いまがわこうじ)の古本屋に出て居たミュンステルベルヒの支那美術史を、なくならないうちに買って置こうと思ったのである。其の店の主人や番頭は前からの顔馴染なので、大川は彼等を相手に十五分ばかり美術書類の話をした。何んでも彼は物識りらしい口吻(こうふん)で、東洋美術史に関するフェノロサとシャヴァンヌとミュンステルベルヒとの比較論等をしゃべったように覚えて居る。それからとある小間物屋で妹の土産に二三本のリボンを買って、田端へ帰ったのはきっちり十時半であった。

母屋の方では、もう家族の者は雨戸を締めて寝ようとして居た。

「おい、もう道子(みちこ)は寝ちまったのかい。こんないいリボンを買って来てやったのになあ。」

こう云いながら其処へ大川が這入って来て、蚊帳(かや)の中でまだ眼をあいて居る妹の枕もとへ、土産の品を並べて見せた。

「あら、まあ綺麗なリボンだこと。ほんとうに兄さん有り難うよ。あたし今度の日曜に江の島へ行く時に、此のリボンを附けて行くわ、洋服を着てお下げに結って、――」

と、妹の道子は枕に頬擦りをして嬉しそうに笑み崩れた。買い立ての三つのリボンは、まるでアルヘイ糖の菓子のように艶やかにケバケバしく光って居た。

「江の島へ誰と行くの？」

「お父さまとお母さまに連れて行って頂くの。ねえ兄さん、兄さんも一緒にいらっしゃらない？」

「兄さんはね、展覧会の方のお仕事があるから行かれませんとさ。江の島へ行ったら、今度はお前が兄さんにお土産を買って来て上げなければいけませんよ。」

こう云って、母も兄妹の会話に交った。

「今夜も此れから二時過ぎまで画室で勉強をしなければならない。」――そういう意味の事を、大川はせめて一と言、母の耳へ入れて置きたくてならなかった。それを我慢するのは可なりの忍耐が必要であった。母を相手に二た言三言話をした後、

「それじゃお休みなさい。」

と云い捨てて、彼は急いで自分の画室へ戻ってから、始めてほっと溜息をついた。

彼が這入ってから二三分立った時分に、書生が紅茶の盆を持って、例の如く睡い眼を擦

りつつ画室のドーアを開けた。そうして、茶碗に茶を注ぎながら、今しも主人が机の上で繙いて居る美術史の挿絵を珍しそうに覗いて居た。その間はほんの一分か二分に過ぎなかったけれど、じっと黙り込んで居る大川には、其れが非常に長いように感ぜられた、何か一と言云わなければ変だと云う気持ちがした。

「どうだ、いい本を見附けて来ただろう。……」

こう、彼が覚えず話しかけたのは、書生が既に茶をつぎ終って、一礼しながら部屋を退こうとした瞬間である。その時まで我慢して居た大川は、遂に我慢がし切れなくなった。

「はあ」

と云ったが、いつも済まし込んで居る主人の顔に機嫌の好い微笑が浮かんだので、書生は妙に嬉しかったものらしい。

「先生、その写真は何でございますか。」

「此れか、此れは支那の洛陽の龍門にある石窟寺の仏像だ。六世紀の北魏時代のものなんだが、もう此の時分に犍駝羅式の彫刻が支那に這入り込んで居るんだな。どうだ、面白いだろう。」

「はあ、面白うございますな。――先生は此のごろ、東洋の古い美術をお調べになっていらっしゃるんですか。」

「うん、毎晩二時ごろまで調べて居る。」

「はあ、」

と、書生が張り合いのない声で云った。そうして、急にまた睡いことを想い出したらしく、暫くバツが悪そうにもじもじして居たが、やがて思い切ったように「お休みなさい。」と云って、こそこそと画室を出て行った。

「とうとう己は余計な真似をしてしまった。しゃべらないでもいい事をしゃべっちまった。毎晩二時ごろまで調べ物をする。――そんな事を、己は何の為めにわざわざ書生に断ったんだ。彼奴（あいつ）はぼんやりだから構わないようなものの、気の利いた奴なら直ぐと変に思うじゃないか。」

折角今日まですらすらと巧妙に運んで来たのに、最後に一つ失策をやった。此れさえなければ己の準備行動は完璧だったのだ。此れですっかりケチを附けた、と、云うような気がする。まさか其の為めに犯罪が曝露する恐れはないまでも、円満に、玉のように滑かだったものを、ちょいとした弾（はず）みで滑かでなくしたのが、彼は残念で溜（たま）らなかった。

「だが、一旦瑕が附いたものはもう仕様がない。此れから先を注意するばかりだ。出来るだけ滑かに、こだわりなく、而も大胆に確実に、――――」

そう自分の胸に云い聞かせて、大川はのっそりと椅子から立った。書生が部屋を出て行ってから半時間の後、ちょうど十一時三十分の時である。

二三日前から、深夜に人知れず揃えて置いた衣服だの鬘だの附け髭だのが、一と纏めにして片隅の支那鞄に入れてあった。それ等はみんな二三年前に着馴れたり、仮装会の扮装に使ったりしたものばかりで、今度新しく買い集めたのでないと云う事が、大川の得意の一つであった。たとえば此の鬘や、附け髭や、衣服の切れ地の一片が、兇行の現場に落ちて居たところで、誰が其の所有者を嗅ぎ出す事が出来るだろう。衣服は黒い綾羅紗の背広服で、地質や色合いが極く平凡な、有りふれた型に仕立てられて居る。嘗て大川がアメリカから帰朝する際、船の中の食堂服としてタキシード代りに拵えたのだが、その後彼はめったに着て出た事はなかった。上衣の裏に縫いつけてあったアメリカ人の裁縫師の名を切り取ってしまった以上、もう此の服は東京市中の何処の服屋に問い質しても、出所の分ろう筈はない。鬘と附け髭とは、先年の同窓会に素人芝居の喜劇をやって、某理学博士に扮した時の記念品である。それは友人の或る男が、今はもう潰れてしまった新劇団の俳優から借りて来たまま、長らく借りっ放しになって居た物で、大川自身にすら出所が分らないくらいである。大川はただ、その鬘と髭とを着けると顔の感じが一変して、分別くさい、幽鬱な、学者風の人相になることを知って居る。帽子は、此れも同じくアメリカから買って来た茶の中折の、商標の附いて居る裏地の切れを剝がして置いた。

こうして、年ごろ三十前後の、やや長い髪を綺麗に分けた、濃い八字髭を生やした見馴れない一人の紳士が、大川の邸(やしき)の裏門の坂を、すたすたと降りて行った時、母屋でも書生部屋でも皆いい心持ちに寝入って居た。彼は坂の中途から振り返って自分の画室の窓を見た。其処には、肉色のカアテンに電灯の明りが赤く映って、中には主人が机に凭(もた)れながら、今日も相変らず東洋美術の研究に夜を更かして居るようであった。

動坂を上(のぼ)って、白山上(はくさんうえ)の四つ辻に出ると、両側に並んだ化粧店や雑貨店のショウ・ウィンドウの前には、涼みの客が灯(ひ)を慕い寄る虫のように連なって、往来はまだ宵の口ほどに賑わって居た。二階の軒に岐阜(ぎふ)提灯を吊るしたとあるビーア・ホールの奥からは、調子の外れた蓄音器の長唄が騒々しく聞えて居た。其処まで歩いて来た大川は、俥(くるま)を呼んで飯田町(いいだまち)のステエションへ走らせた。水道橋(すいどうばし)を渡って右の方へ、郊外線路の土手の蔭になる淋しい横丁へ曲った時、彼は始めて自分の体も魂も真暗な夜の闇に包まれたような気持ちがした。

俥を乗り捨ててから、停車場の周囲をぐるりと一と巡りして一二分の時を過した後、今度はタキシーで目白駅の附近まで一気に飛ばせる。――すべて、予め計画して置いた通りにやった。自動車が郊外の町はずれの、鉄道の上にかかって居る橋を越えると、其処で大川は「よし！」と云いながら、自分で扉をあけて威勢よく地に飛び降りた。さすがに田圃が近いだけあって、秋らしい風が冷え冷えと吹き渡って、鉄路に沿うた堤防の草葉の繁みに虫がじいじいと啼いて居る。遥かな橋の下の、停車場の灯がぼんやりと灯って居る外は、真暗な海にでも面して居るように黒い闇が果てしもなく拡がって居る。

「よし、それじゃ此処で帰ってくれ。」

そう云って急ぎ足に、すたすたと歩み去る大川の後ろ姿が、自動車の明りの帯の中に五六間照らされて、やがて夜の幕に吸い込まれて行った。

ぶうぶうと睡そうな音を立てて、だんだんに遠のいて行くタキシーの響きを聞き流しながら、七八丁進むと両側にはもう一軒の家もなかった。月のない、死んだように静かな空は、今日の昼間と同じように美しく晴れ渡って、星が一面に散らばって居る。そうして、大川の気のせいか知らぬが、行く手の森の蔭に立って居る青野のアトリエの真上の天(そら)には、それ等の星が一層夥(おびただ)しく無数に群がって居て、チラチラ、キラキラと一斉に輝き瞬(また)いて居るかの如く見える。彼はこんなにまで多くの星が、空の一局部にこれ程沢山に集まって、強く朗らかに光って居るのを、まだ一遍も眺めた事がないように感ぜられた。ちょうど煙突から煙がひろがるように、星が、青野のアトリエの屋根の上へ最も濃密に集まって、そこから四方へ次第にうすく撒き散らされて居るのである。それは殆んど、アトリエが後光を背負って居ると云ってもいいくらいな眩(まばゆ)さである。

「どうだ、あれを見ろ、あのアトリエの上の空を見ろ。天才の住む家にはあの通りの奇蹟があるのだ。――」

こう云う囁きが、ふいと彼の耳元に聞えて、大川は少し脅(おびや)かされたようになった。

「あの素晴らしい天才を、お前は今卑怯にも殺しに行こうとして居る。その秘密は、誰も知らない積りでも空の星がちゃんと見て居る。あの通りアトリエの上にキラキラと眼瞬(まばた)きをして、夜通し番兵の役を勤めて居る。あれは青野と云う天才の魂が、人間の世の物ではなくて、星の世界から降りて来た証拠なのだ。」

――だが、それがどうしたと云うんだ、と、大川は思った。彼奴(あいつ)が天才であったにしろ、己が彼奴を殺してしまえば、あの大空の星どもは、今度は己の画室(アトリエ)の上で瞬くだろう。己のアトリエからきっと後光がさすだろう。己は必ずそうさせて見せる。いや、事に依るともう今夜あたりは、田端の己の家の上にも、無数の星が寄り集まって、己の帰りを待って居るかも知れないのだ。………

彼は気を取り直して、盗賊のようにでなく、寧(むし)ろ何かの検査に臨む官吏のように、威張った歩き方で、森の下路(したみち)を潜(くぐ)り抜けた。

画室の正面の石段へ片足をかけた時、彼はポケットから皮の手袋を出して両手に嵌めた。それから変装の鬘を脱ぎ、附け髭を取って、表の扉を軽くコトコト叩きながら、

「青野君、青野君。」

と、底力のある、命令するような調子で二三度呼んだ。が、青野は熟睡して居ると見えて、返辞をするらしいけはいもない。北側の窓の方へ廻って、ガラスにぺったりと額を着けながら、室内を覗き込むと、中は戸外と同じように真暗である。窓の障子には何の締まりもしてないらしく、枠に手を掛ければするすると押し上げられる。其処から大川は身を翻(ひるがえ)して室内へ闖入(ちんにゅう)して行った。

彼は、第一に先ず、腰の周りを手さぐりして、ズボン吊りの外にもう一つ締めて来た柔かい切れ地のバンドを解いた。――最初の彼の計画は、しらじらしく青野に面会して、此の間のように自分の苦しい衷情(ちゅうじょう)を訴えた後(のち)、隙を狙ってバンドを相手の頸部へ巻き付ける積りであった。しかし、こうして容易に忍び込むことが出来た以上は、わざわざ彼を呼び起す迄もなかった。………

「そうだ、飽く迄も秘密が大事だ。隠せるものならば死んで行く青野に迄も隠した方が安全だ。己は自分の犯罪を、誰に知られるよりも青野に知られるのが一番厭だったのだ。青野は死んでも彼奴の魂は生きて居る。其の魂は永遠に己の悪事を知って居る。それが何よりも不愉快だったのだ。それだのに彼奴は、すっかり油断をして窓の戸締まりもしないで寝て居る。お蔭で己は彼奴がすやすやと寝て居るところを一と息に殺す事が出来る。己は何と云う幸運児だろう。己の目的は此れで完全に貫徹するのだ。」

その時、こんな考えが電光のように大川の脳裏を閃いて過ぎた。咄嗟の間に彼は計画を変更して、――万一中途で、青野が眼を覚ましても大丈夫なように、――再び鬘を被って髭を附けた。

真暗な中で此れだけの身仕度を済ましてから、彼はマッチを擦って濃い室内の闇を照らした。と、小さな炎がゆらゆらと燃えて、自分の顔の附け髭の先がぼうっと明るくなったかと思うと、マッチは直ぐに消えてしまった。又もう一本マッチを擦る。今度は大分長い間、棒が燃え尽きるまで火が保って居る。けれども微かな其の光はただ空洞のような暗黒を照し出すばかりである。彼は三本目のマッチを翳しながら、そろそろと自分の足もとに円を描いて見た。埃だらけな床板の上に、敷島の吸い殻や、蠟の垂れた跡や、ぼろや紙屑やが散らばった中に蠟燭の燃え残りが二三本落ちて居る。そのうちの一番長いのを拾い取って、明りを移すと、部屋の隅々が急に物凄い岩窟のように、朦朧と浮かび上って、其処にしょんぼりと彳んで居る背のひょろ長い大川の影が、五六本の非常に巨大な柱になって四方の壁や天井へ折れ曲って居る。とたんに彼は「あっ」と声を立てんばかりに愕然として、突きあたりの闇にただよう女の顔に恐る恐る視線を向けた。それはカンヴァスの面に画かれたマアタンギイの姿であったが、どうした加減か栄子が寝ころんで笑って居るように、或る一刹那の間だけ大川には思われたのである。か弱い蠟燭の灯先がわなわなと顫えながら、ぱっと燃え上る油煙のかげに、彼女の容貌はあかあかと虚空に映って、その両頰には生き生きとした血が通い、涼しい眸の睫毛の端がほのかに戦いて居るようにさえ感ぜられる。自分が青野を追い越す迄は、二度と再び其の絵を見まいと胸に誓って居た大川は、奥深い殿堂の神秘の扉が忽然彼の眼の前に開けて、燦爛とした黄金の光が瞳を刺すような心地がした。「この絵こそ真箇の天才の手に成った不死の芸術だ。」こう云う声が何処からともなく、霹靂の如く大川の耳朶を撲った。その一瞬間、彼は大地へ身をひれ伏して、已み難い讃嘆と驚異の情が嵐の如く自分の脳裡を吹き通すのを、眼を塞いで遣り過そうかとさえ思った。しかし、其の為めに彼の決心が鈍るような事はなかった。脅かされれば脅かされるほど、彼の覚悟はいよいよ強くなるばかりであった。

青野の寝台は、恰も其の絵の反対の側の壁に沿うて据えられて居た。寝台と云っても古ぼけたソオファの上に蒲団を敷いただけのもので、それに日本の萌黄の蚊帳が吊ってあった。蠟燭を傍のデスクに立てて、暫く寝息を窺って居た大川の左の手の中には、例のバンドがぐるぐると掌に巻き着いて、しっかりと握り緊められて居た。やがて彼は徐ろに、寝て居る男の頭から胸の辺まで蚊帳を捲くった。……それでも青野はまだぐっすりと睡って居る。ぽかんと口を明いたまま、垢だらけな襟頸を枕に載せて仰向けに寝て居る顔の、鼻毛の伸びた、肉の薄い、穢い鼻の孔からすやすやと洩れる呼吸が、側に立って居る大川の呼吸と同じリズムで、静かに、安らかに響いて居る。搔い巻きの裾がめくれ上って、寝像の悪い痩せた股の肉の露出して居るのが、何だかもう、屍骸になってしまったように傷々しく哀れである。……

大川ははっとして手を休めた。バンドが青野の頸筋をやっと一と廻りしかけた時である。不意に青野の唇が噫を噤むように緩く蠢いて、眼瞼がぱたぱたと蛾が飛ぶように動いたかと思った。が、次ぎの瞬間に大川は渾身の力を籠めて、一気に絞め附けようとすると、いきなり猛獣の吼えるような呻りを発して、寝台から猫の如く狂い立った素早い物が、バンドを逆にぐいと扱いた。

「君だ、君だ、やっぱり君が殺しに来たんだ！　大川君！」

その呻り声は怒号すると同時に泣いて居た。もう大川の頭には冷静も沈着も分別もなかった。ただ狂暴な残忍さが支配するばかりであった。彼は寝台に飛び上って相手の体に跨りながら、葡萄酒のコロップを抜くが如くに、首を宙へ吊るし上げつつ、バンドを激しく揺す振った積りであった。けれども青野は揺す振られながら起き上って、矢庭に敵の左の手頸に嚙み着いたまま離れなかった。二人はそうして寝台から滑り落ちて、観世絢のように絡みついて、床板をぐるぐると転げて行った。そのうちに偶然、大川の右の手はストーブの煙突の傍にあった大きな鉄の火箸を掴んだ。……

その時まで盛んに抵抗して居た青野は、幾度か喉を絞められて危く息が止まりそうになった。もうとても駄目だ、もうとても助からない、とうとう己は殺されるんだ！　彼の心は続けざまに斯(こ)う叫んだ。と、敵の手足へ懸命に武者振りついて居た彼は、突然横なぐりに大地へ叩きつけられて鋭く突き倒されたかと思うと、何か磐石のような重い物が、がん！　と頭を痺(しび)らせたような気持ちがした。つづいて又がん！　と痺れた。ががらと山が崩れて来るような大音響が聞えた。顔の下にある床板が船底の如く奈落へめり込んで、彼の体は首へ錘(おもり)を附けられたように縦に倒(さかさ)まに沈んで行くらしかった。それと一緒に眼だの鼻だの口だのから泥だか鉛だか分らない物が侵入して来て、脳の中を一杯に塞いだようであった。彼は次第に気が遠くなった。……蠅叩きで一と打ちに打たれた蠅のように、或いは人間が紙屑になったように、彼の屍骸は醜く硬張(こわば)ったまま動かなかった。……

＊　＊　＊　＊　＊　＊　＊　＊　＊　＊

その晩の真夜中の二時過ぎであった。巣鴨(すがも)の精神病院の角にある交番の前を、黒い背広に茶の中折を被った、八字髭を生やした一人の紳士が、駒込神明町(こまごめしんめいちょう)の方へ悠々と歩いて行った。巡査が後から呼び止めて誰何すると、彼は緩やかに戻って来て、上衣の内隠しから一枚の名刺を出した。「東京帝国大学教授、法学博士、松村敏雄」と、名刺には刷ってあった。

「小石川原町の○○博士の家へ碁を打ちに行って、つい遅くなってしまいました。自分は此れから駒込の宅へ帰るところです。」

彼は澱みのない弁舌でこう答えた。

「はあそうですか、そんならよろしゅうございます。」

と、慇懃に巡査が云った。

こうして大川は誰に見咎められる恐れもなく、田端の画室のドーアの中へ自分の姿を消すことが出来た。彼が持って居た名刺は、こう云う場合の用意の為めに、自分で活字を買って来て好い加減な名前を刷った物であった。

第七章

青野の家に変事があったことは、明くる日の朝栄子に依って発見された。それでなくても五味溜めのように荒れすさんで居た部屋の中は、一層乱脈に引掻き廻されて、椅子だの寝台だの机だのが滅茶々々に覆されて居る間に、青野の体は仰向けになったまま、ちょうど煙突の一本が倒れて居るようにして倒れて居た。――が、其れはまだ完全な屍骸にはなって居なかった。明け方に息を吹き返した青野は、凡べての記憶力を喪失して恐ろしい白痴になっただけであった。

「ちょいと、お前さんどうしたんだよ、自殺でもしそくなったのかい。」

こう云いながら傍へ寄って、額を撫でてやる栄子の顔を、下からジロジロと不審そうに見上げて居る青野の瞳には、純然たる麻痺狂の表情が露われて居た。その唇は折々かすかに顫えるばかりで、何等の音をも発しなかった。

現場へ臨検した刑事は、何処かに証拠を捜し出そうと試みたけれど、犯人の痕跡らしいものは一つも残って居なかった。第一其処には、賊がたしかに戸外から侵入したと断定し得る手がかりさえも見当らない。勿論盗み去られるような物品もなく、側の「マアタンギイの閨」の絵だけが、大方格闘の弾みか何かに、泥まみれに踏み躙られてずたずたに引き裂かれて居た。そうして其の絵を引き裂いた庖丁も、被害者の頭を擲った鉄の火箸も、始めから此のアトリエにあった物で、毫も加害者を手繰り出す端緒にはならなかった。嫌疑を蒙って警察へ拘引された栄子は、半日も立たないうちに釈放された。大川も証人として、簡単に一応の取調べを受けた。結局犯人はどうしても発見されないので、青野の精神状態の恢復を待つより仕方がなかった。

暫くの間、事件は若い美術家仲間の噂の種になって居た。「彼奴は度び度び詐欺を働いて、大分友達をひどい目に会わせて居るから、誰かに恨まれて復讐されたのだろう。」と云う説もあった。「いやそうじゃない。社会の同情を買うつもりで、狂言自殺をし損ったのだ。」と云う者もあった。「あんまり栄子に夢中になって発狂したのじゃないか知らん。」と云う人もあった。いずれにしても、青野がそうなるのは当然の運命のように人々は思った。

彼の痴呆状態は日を追うてますます顕著になるばかりで、到底恢復の望みのない事が、医師の診断に依って確められた。彼の唯一の保護者であった大川は、彼を巣鴨の脳病院へ入院させて、時々自分でも見舞いに行ってやったりした。

「青野君、君には僕が、此の大川が分らないのかね。君は自分の過去を忘れてしまったのかね。君はえらい芸術家だったのだ、非凡な天才だったのだ。」

こう云って狂人の眼を覗き込む時の大川の顔には、いつも青褪めた、痙攣のような笑いが引吊って居た。

そうして、異様に落ち窪んだ、暗い、陰鬱な、仕掛けの壊れた機械のように眼窩の奥に篏まって居る痴人の瞳には、次ぎのような謎が意味深く光って居た。——

「……そうです、私は天才です。私の魂は今でも立派に芸術の国土に遊んで居ます。私の魂は未だに活潑に働いて居ます。私はただ、内部の魂を外部の肉体へ伝達する神経を絶たれただけなんです、肉体と霊魂との連絡を切られただけなんです。それを此の世の人たちは白痴と名づけて居るのです。あなたは多分、白痴と云う者がどんな幸福な境地であるかも御存知ないでしょう。」

……………………………………

実際、青野の脳髄は決して死んでは居なかった。彼の魂は此の世との関係を失ってから、始めて彼が憧れて居た芸術の世界へ高く高く舞い上って、其処に永遠の美の姿を見た。彼の瞳は、人間の世の色彩が映らない代りに、その色彩の源泉となる真実の光明に射られた。嘗て此の世に生活して居た時分に、折り折り彼の頭の中を掠めて過ぎたさまざまの幻は、今こそ美の国土に住んで居るほんとうの実在であった。「己の魂がまだ肉体に結び着いて居た頃に、己は屡々此れ等の実在を空想したり夢みたりした。」――

彼はそう云う風に思った。彼はたしかに自分の故郷へ帰ったのに違いなかった。

それ等の多くの幻の中でも、最も頻繁に彼の脳裡を訪れたことのある妖艶な彼女、

――あの美しい栄子の姿は、想像の世界に現れた時よりも更に完全に、更に荘厳に、
さながら美の国の女王の如き威儀を作って、マアタンギイの閨よりも遥かに怪奇な、瑰麗な宮殿の玉座の椅子に腰かけて居た。彼女は、自分の足下に跪いて白衣の裾に接吻をする青野の項を撫でてやりながら、朝な夕なに優しい慰藉の言葉をかけた。

「お前は定めし、今迄にも度び度び私を見た事があるだろう。お前が浮世に生きて居た時分に、お前を迷わした栄子と云う女も、お前の空想に浮かび出たマアタンギイも、みんな私の影像なのだ。私はお前の美に憧れる心を賞でて、真実の国から仮そめの国へ、大空の月が其の光を渓川へ落すように、自分の姿を幻にして見せてやったのだ。真実が影像に優って居るだけ、それだけ私も彼の女たちに優って居る。仮りの幻の栄子をさえもあれ程熱心に崇拝したお前は、今こそ安らかに私の宮殿に仕えるがいい。人間の世に附き纏う悔恨も懊悩も、此の国には長えに跡を絶って居るのだ。」

………白痴の青野のとげとげしく窶れた頬には、どうかすると、感謝に充ちたような涙

が、夜露のようにひっそりと結ぼれて居る事があった。

秋の展覧会に出品された大川の作物(さくぶつ)は、素晴らしい傑作として新聞に雑誌に紹介された。専門の画家や美術記者の批評の外に、大川自身の物語った苦心談までがれいれいしく掲載されたりした。「マアタンギイの閨」と云う言葉は、まるで芝居の外題(げだい)のように人々の口の端(は)に上(のぼ)った。

その嘖々(さくさく)たる好評は社会の耳目を惑わしたばかりでなく、大川自身の良心をも欺くに十分であった。彼にはいつしか、青野という人間が、其れ程えらくはなかったように思われて来た。今になって見れば、自分が彼を恐れたのは、全く自分の買い被りに過ぎなかった。自分の素質は、寸毫(すんごう)も彼に劣って居ない事は明かであった。けれども若し、あの時青野の芸術の生命を奪わなかったら、自分はいつ迄も強迫観念を打ち払う事が出来なかったかも知れない。その意味に於いて、青野を殺してしまったのはやはり自分の成功であった。――勿論青野の肉体はまだ生きて居る。だが、白痴の肉体が何になろう。彼奴は殺されたに違いないのだ。――自分はウマイ事をした。自分はやっぱり、あのお蔭で天才になれたのだ。そう云う考えが起ると共に、大川の胸にはだんだん確乎(かっこ)たる自信と勇気とが湧き上った。そうして、明くる年の夏、再び彼が展覧会に出品すべく画き上げた「マアタンギイの閨」の出来栄えは、去年の青野の絵に比べて、優るとも劣っては居なかった。もう大川は、疑いもなく青野を凌駕した。青野を慈んで居た芸術の神は、今や大川に恩寵を垂れてくれるようであった。銀はたしかに金になった。

モデルになった栄子の評判は、大川の絵の噂よりも又一層喧しかった。再び女優生活に戻った彼女が、やがて公園の歌劇の舞台に現れた時は、もう以前のような下葉の踊子ではなかった。彼女の虹のように繊麗な姿態や、鳳凰のように眩い衣裳に惹き寄せられて、満都の青年は先を争って其の劇場へ殺到した。凡べての観客は、毒々しい愛嬌の漲った肉体の魅力に胡麻化されて、彼女の技芸の拙劣さや、出鱈目な踊り振りを指摘する者は一人もなかった。

だが、フット・ライトの光の中を飛び狂って居る彼女が、永遠の国の女王の形を模造した、不完全な影に過ぎないのだと云う事を、白痴の青野より外に、誰が知って居る者があろう。

AとBの話

1

AとBと云うのは二人の青年の名であるが、同時に又、この二人が持っていた全く異った二つの「魂」の名でもある。だから「AとBの話」は「二つの魂の歴史」と云っても差支えない。

全く異った魂を持ちながら、AとBとは従兄弟同士であった。そうして幼い頃から或る時期になるまで、十五六年の間一つ家に育てられた。と云うのは、BはAの母方の叔父の子であって、その家が貧しい為めに早くからAの家へ引き取られて居たのである。AとBとは一緒に中学へ通い、一緒に中学を卒業し、一緒に高等学校の文科へ這入った。そこまでは二人は同じ道を辿って来た。だがそこへ来て、二人とも文学をやり出すようになってから、二人の心は次第に全く反対の方向へ進み始めた。此のことは彼等の「魂の歴史」に於いて可なり重要な事実である。「文学」が彼等を近づける媒介とならないで、却って彼等を遠ざける因子となったと云う一事(いちじ)は。

それはちょっと考えると不思議なようでもあるが、よく考えれば不思議でも何でもない。なぜなら、人は誰でも真面目に文学をやり出すと、自然と自己の問題に行きあたる。今更のように自分の心を取り出して見て、それを出来るだけ深く掘り下げ、細かに解剖し、自己と云うものの本質を突き止めずには居られなくなる。そう云う過程に於いて、AとBとはお互に相異(あいことな)れる「自己」を発見するに至った。云い換えれば彼等はお互に違った「心」を持って居たことを、その時になって始めて明瞭に悟ったのである。そして二人が文壇へ打って出て、各々(おのおの)その創作を発表するようになってからは、いよいよ彼等の距離は遠くなるばかりだった。

Bは、自分をエライ人間だとは考えて居なかったが、しかし一種不思議な人間、――兎(と)に角(かく)あまり類のない素質と天分とを持った人間であると解釈して居た。彼は生れつき愛と云うものを持たない男だった。人を愛し、動物を愛し、自然を愛し、器物を愛する、――普通の人間なら誰でも持って居べき筈のその愛である。それをBは未だ嘗て経験したことがなかったのである。Bにしたって「何が欲しい」とか「彼(かに)が欲しい」とか思ったことはあるけれども、それは欲しいであって可愛いではなかった。又「ああ綺麗だな」とか「ああ可愛いな」とか云ったことはあるけれども、それも官能的快感をそう云う言葉で表白したに過ぎないので、精神的の愛ではなかった。尤も此れだけならばBに限った訳ではなく、多くの犯罪性の人間は皆そうである。彼等は愛を知らない為めに孤独に陥る、そうしてその孤独を慰めようとしてますます悪を働く。Bはその点に於いて彼等普通の悪人と同じであったが、ただ彼等と違うのは、Bには悪を行うのに一つの立派な、――少し妙な言い方だが、――天地神明に恥じないところの信念があった。Bに云わせれば、それは普通の悪人には許さるべきものではなく、彼のような特異な地位に立つ芸術家のみが、それに拠って生きて行かなければならないところの信念なのである。世の中の善人どもの作った諺では「凡べての芸術は愛から生れる」と云われて居る。然るに天が彼のような「愛のない芸術家」を生んだ所以は何処にあるか？　と云うと、悪の中にある真を永久に立証せんが為めである。Bの考えに依れば人間の中には善人も多いが悪人も沢山居る。だから元来なら、善人の「社会」があると同様に悪人の「社会」もあっていい訳だのに、前にも云ったように悪人どもは互いに相愛することを知らない、みんなバラバラに孤立して居る結果として、「人間社会」全体を善人どもに占領されてしまったのである。恰も白人が黒人を征服したように、善人は悪人を征服した。そして彼等は悪人を呼ぶに道徳的不具者の名を以てする。けれども白人のみが人間でないと同じく、善人のみが人間ではない。善人の方が悪人より幸福だとは云えるにしても、より人間的だとか、より正しいとか云うことは出来ない。正とか不正とかは善人の道徳を標準にしたもので、悪人には全く通用しないところの規則だからである。此の事は悪人どもは皆内々は気が附いて居る、自分たちには善人どもにはとても分らない不思議な心の作用があること、善人が自分たちを一概に「悪い」と云うのは本当に自分たちの苦しみを理解して居ない結果であること、善人が善をしないでは居られないように自分たちは悪をしないでは居られないものであること、のみならず善人が善を行うのは愉快であろうが悪人は悪を行ってもそんなに愉快なことはなく、ただ先天的の悪性に由ってそうさせられて居るのであること、善人にはどんな苦しい場合にでも善人の為めの宗教があり哲学があり芸術があって彼を救ってくれるのに、悪人にはそう云う道も塞がれて居ること、――そして此の悪人の不平は、それを誰にも訴えることの出来ない孤独の地位に由って更に倍加されて居る。Bは自分の性質から推して見て、悪人と云うものをそう解釈した。善人は彼の持って居る愛の力で悪人を救えると思うかも知れないが、生れつき愛のない者が愛で救われる訳はない。悪人の心にも多少の愛があると思うのは善人の僻見に過ぎない。全体悪人は救わるべきものでなく、永劫にその苦しい淋しい生活を続けるより外生きる道はないのであって、そこに悪人の不幸なる運命がある。云わば悪人は「呪うべき存在」その物である。けれども善人の「幸福な存在」に対して、そう云う「呪うべき存在」があることを人間全体に認めさせるのは、人間の一人としての悪人の権利でもあり義務でもある。若し悪人が何等か義務と云うようなものを考えることが出来るとすれば、ただ一つそれがあるばかりである。悪の芸術家たるBの使命はその義務を正当に勇敢に果たすことにあった。彼はその意味に於いて、善人の社会へ派遣された唯一の悪人の代表者であった。

そこで、Bの為すべきことは芸術を通じて自分の悪を生かし切ることであった。どんなに苦しくとも、どんなに淋しくとも、好い加減で妥協したり、自己を欺いたりすることなく、悪の魂を成長するだけ成長させることであった。つまり彼は最も自己に忠実なる悪人、――悪人の中の正義派とでも呼ばるべき者であった。が、茲にBに取って一つの矛盾が起って来る、それは何かと云うと、彼は芸術に依って悪の真理を善人に認めさせようとする、そうして自ら善人の社会へ這入って来、善人を相手に仕事をする以上は、或る程度までは善人の規則に従うことが必要である。芸術の上では悪を主張してもいいとして実行の上では善人らしくしなければならない。此の事はＢには二重の苦しみであった。なぜかと云えば善人らしくせねばならないとは云うものの、悪人の立場から見ればねばならないことは一つもないのであって、唯そうした方が便宜だと云うに止(とど)まる。のみならずそう云う便宜に従う事は、果して悪人としての正義を貫く所以かどうか、芸術と実行とが離す可からざるものだとすればそれも疑問である。それから又、そんな面倒な理窟をヌキにして、仮りに便宜な道を取りたいと思っても、悲しいかな生れつきの悪人たるＢには悪の実行を喰い止めるだけの自制心がない。ちょっとでも気を緩めると彼は直ぐ悪い事をする。そしてその後で「しまった」と思うこともあるが、「此れもどうも仕方がない」とあきらめる場合が多かった。結局彼は実行の方面では成るべく善人と衝突しないようにと思うだけで、行きあたりバッタリに委せるより外はなかった。彼の此の行きあたりバッタリ主義が大したボロを出さずに済んで行ったのは、彼に芸術家と云う保護色があったからである。「あの男は時々妙な事をやるが、しかし彼は真面目な芸術家だ、腹からの悪人じゃない」と、善人どもは善人一流の僻見を以ていつもそう云う風にコジツケる。Ｂに云わせれば、「真面目な芸術家だから悪人じゃない」と云うのが抑(そもそ)も飛んだ間違いなのだが、いくら彼が躍起になって弁解しても善人どもは決してそれを信じようとしない。それは都合の好い事だと同時に口惜しくもある。で、Bが若し、口惜しいと云う方の感情を募らせて行くと、どうしても悪人たるところを実行で見せつけてやりたくなるので、その誘惑を避ける為めに彼は成るたけ、已むを得ない用事の外は社会と接触しないように、善人の友達を持たないようにしなければならなかった。それでも向うから交際を求めて来た場合には、何か思い切った悪事をして早く愛憎を尽かされてしまうか、でなければズルズルに好い加減に附き合って、相手がいくら胸襟を開いて来ても此方は奥歯に物の挟まったような生返辞をしてあしらって置く。Bの態度は自然とそう云う風になった。そして必然の結果として、曖昧な陰鬱な人間にさせられて行った。彼は腹の底から大きな声で笑うことも出来ず、思い切り涙を流して泣く気にもなれず、次第に元気を失って行った。寒帯の動物が熱帯へ連れて来られればだんだん勢がなくなって半病人になってしまう。悪人の代表者として善人の国へ送られた彼は、彼に適しない気候風土の為めにその動物と同じようになった訳である。

Aは、Bと兄弟のようにして育った幼な友達であるにも拘らず、Bの此の気持ちを理解し得なかった。然しながらそれは無理もないのである。なぜならAはBと全く種族を異にする善人どもの一人であったから。――そうして殊に彼等のうちでも情の細やかな方であり、何物に対しても深い愛を感ずる方のたちだったから。Ａはそう云う男であるが故に、自分とＢとの間柄がだんだん疎くなって行くのを悲しまずには居られなかった。

「Ｂ君、君はもっと素直になり給え、そうしてせめて僕にだけはほんとうの友情で附き合ってくれ給え、芸術上のイズムは違ってもお互にそれは出来る事だ。」

と、Ａは云った。

「いや、それは出来ない事だ。」

と、Ｂは答えた。

「僕にはほんとうの友情なんてものはないんだよ、若しそんなものがあったとしたら、僕の芸術はにせ物になってしまうじゃないか。君と僕とが附き合ってるのは子供の時分の惰勢に過ぎない。それともう一つは君が時々金を貸してくれるもんだから、その為めに僕は附き合っても居る。それ以外には君に対して僕は何の愛着もない。何卒こんな事を云ったからって皮肉だと思わないでくれ給え。僕が此れだけ正直に告白するのは、君に対するせめてもの友情だと思ってくれ給え。」

Ａは感心な男だったから、そう云われてもＢを憎みはしなかった。ただ心の底から彼を憫れんだ。「向うが友達でない積りでも、自分はいつ迄もあの気の毒な従弟を捨てないで居てやろう。常に変らぬ愛を持って附き合ってやろう。そうすればあの男の胸に隠れて居る愛が、いつかは眼醒める時が来る。」――Ａは固くそれを信じた。

Ａの考えでは、Ｂの主張するような悪の芸術は決して長く生命を保てるものではないのである。Ｂは口癖のように、「ポオやボオドレエルは甘いものだ、己こそほんとうの悪魔派だ、」と云う。「彼奴等は悪に浸りながら其の実神を恐れたり自分の罪に戦いたりして居る。そして何かと云うと『永遠』を口にする。だが真の悪人には神も罪も永遠もありはしない。そんなものを信ぜられない所に彼の苦しみがある。彼には現在の悪があるばかりだ。」と云う。けれどもＡに云わせればそれはＢの迷いである。智慧が曇っているからである。Ｂがその迷いを捨てて神に祈りを捧げ、己れの悪を責める心を起した時、彼は始めて真の芸術を作り得るだろう。彼の傑れた素質はほんとうの光を発するだろう。――ＡはＢの天分を信じて居たので、文壇の為めにも、Ｂ自身の為めにも、その時が来るのを願っていた。そして彼は創作や評論で常にＢと反対の旗幟を翻し、Ｂの改宗を促そうとした。個人としてはＢを愛し憐んだけれども、芸術の上では一歩も仮借しなかった。彼はＢと云う人間には友情を感じたが、Ｂの中にある「悪」を憎んだ。のみならず其の「悪」の文学に喝采する軽薄な文壇を憎んだ。「そう云う文学や文壇があるのはよくない事だ。Bの作物の中にあるものは間違った哲理、浅はかな詭弁、不自然な構想、ちょっと目新しい色彩、——ただそれだけである。そして作者も批評家もそれで有頂天になって居る。そう云う時代は早く過ぎ去らねばならない。」Aは自分の中にある「善」で、Bの中にある「悪」を滅ぼさねばならないと思った。それはBに対する一種の戦いであると同時に、Bをほんとうに救うことでもある。最も高い意味での友情の発露である。もはや文壇がBの作物に欺されないようになり、B自身も一度スッカリ行き詰まってしまったら、その時Bに喜ばしい曙が来るであろう。——Aは自分の芸術の力で、時代をそこへ導いて行けると思った。そうするのが芸術家としての自分の天職であるのを感じた。

AとBとは、斯う云う風にして、半ば意識的に、半ば無意識に戦いを始めたのである。

いても。

2

その間にAは次第にBを凌駕して行った、——創作の量に於いても、文壇の名声に於いても。

戦いはそれから五六年つづいた。

「Bの時代は去って、Aの時代が来た。」と、そんなことがポツポツ云われるようになった。Aが予期した如くBの芸術はだんだん行き詰まって、その作物には以前のような生彩がなく、たまに発表するものも批評家の注意を惹かなくなった。Bの才能は既に涸渇したらしく思えた。

「僕は芸術の上で君に破れた、僕はもう駄目になった。」

と、或る時BがAに云った。

「君が僕に破れたのはいい事だ、僕は君がそうなるのを待って居たんだよ。」

と、Aが云った。

「――だが、君は決して駄目になった訳じゃない。ただ一転機に立たされただけなんだ。君には立派な素質もあるし豊かな天分もあるじゃないか、君はそう云ういいものを持ちながら、間違った道を進んだのが悪かったのだ。悪の芸術は結局行き詰まるに極まっているさ。」

「悪の芸術は行き詰まる。――そりゃそうかも知れない。けれどもそれは悪が芸術の形に於いて行き詰まったと云うだけで、悪その物は行き詰まらない。僕の心の中にある悪は儼然として存在する。僕はやっぱり悪の真理を信じて居る。」

AはBの負け惜しみの強いのに呆れた、そうして笑いながら云った。

「それじゃどうして、君はその真理をもっと盛んに主張しないのだ。君が行き詰まったのはそれが真理に背いている証拠じゃないかね？」

「いや、そんな証拠にはならない、それはただ悪と云うものは、本来の性質として芸術で現わすには不適当だと云うことになるだけだ。つまり僕は悪の真理を主張するのに誤まった手段を取ったのだ。――」

Bは、真青な傷ましい顔つきをして言葉を続けた。

「此の事を僕はもっと精しく説明しよう。――一体君たちの考えで云えば、僕は自己を欺いているから、僕の根性がヒネクレて居て自分の本心を真面目に披瀝しようとしないから、それで行き詰まったと思うのだろう。成る程僕はヒネクレてもいるだろうさ、だが此のヒネクレた根性が僕のほんとうのものなのだ、僕の心を何処まで解剖し何処までほじくっても結局それはヒネクレているのだ。だから僕は決して自己を欺いちゃ居ない、ヒネクレたところを丸出しにして見せている。すると君たちはそれが間違って居る、そこにウソがあると云う。君たちのような善人はいつもそう云う風に云う。あの男もあんなウソをつく間は善人になれない、そして善人になれないのは間違った事だと、君たちは勝手に取り極めて居る。僕にはそれが口惜しいのだ、僕が芸術家になった動機はそこにあるのだ、君等から見れば悪その物がウソの塊かも知れないが、僕等に取ってはそれ以外に真理はないのだ。僕は僕の芸術でそれを君たち善人に知らせたかったのだ、解せられざる悲しみを訴えたかったのだ。ところが君たちはどうしても僕の本心を理解してくれない。僕の作物が読者や批評家にやんやと云われた事はあるけれど、その実僕は嬉しくも何ともなかった。僕は彼等から『病的な美の発見者』だの『官能的快楽の讃美者』だの『皮肉なる心理解剖家』だのと云われたが、そんなものは僕の本心じゃない、僕は皮肉なんぞ云った積りは一度もないのだ、いつも本気で真正面から打つかって居たのに、誰も僕の本心を見てくれない。ただ善人の中の偽悪家どもが、僕のほんの上っ面のものだけを見て喜んだのだ。彼奴等が若し僕の本心を知ったら、きっと竦毛を顫って逃げ出しただろう。」

そう云って、Ｂは泣きそうな顔をして「ははは」と笑った。

Ａは全く不思議な気がした。子供の時から附き合って居るＢと云う人間が、此の時ほど彼に不思議に見えたことはなかったのである。「此の男の云う事は間違って居る、しかし何処かウソでないところがある。一体此の男の心はどんな風になってるのか知ら？」Ａの頭は一種の混乱を感じた。彼は此のＢと云う男を憫れんでいいのか尊敬していいのか見当がつかなかった。

「斯うして僕の書く物はいつも世間から誤解されて居た、――」

と、Ｂは続けた。

「――甚しい批評家は僕を人道主義者にして、『Ｂ氏の作物には悪人に対する深い同情、博大な愛が滲み透って居る』と云う奴さえあった。その連中は僕を何処までも善人だと思って居るんだ、そして善人が善人の立ち場から、悪人を見ているんだと解釈してるんだ。僕に取って、こんな忌ま忌ましいことがあるもんじゃない、僕は明かに『自分は悪人だ』と云って居るんだ、『自分のような悪人には愛と云うものは微塵もない、だから苦しくって仕様がない、此の事実をどうしてくれる?』と云って居るんだ。それを世間の奴等は真正面から取らないで、その言葉の裏に愛が潜んでいると云う。そんな冗談は云って貰いたくない。僕は君たちに『善人』だなんて褒められたって有難くも何ともないんだ。それよりか僕の云う事実を認めて貰いたかったんだ。」

Bはそこまでしゃべって来て、ガッカリしたように息をついた。陰鬱で無口な彼がそんなにしゃべったのはそれが始めてだったのである。コチコチに痩せた青黒い彼の頬には、珍しくも生き生きした血の色が上(のぼ)って居た。

「――そこで僕はいろいろ考えて見た。僕の書く物はなぜ正当に翫賞(がんしょう)されないんだろう? 僕の書き方が悪いのだろうか、読者の方が悪いのだろうか?――僕はそう考えて見て、結局それは芸術その物の罪だと云う事に気が附いたのだ。なぜかと云えば、此の世の中に芸術と云うものがあって以来、未だ嘗てほんとうの悪の芸術が作られたことはない。芸術の中の偉大なものや荘厳なものはみんな善良なものばかりだ。つまり芸術は『善』を表現する一つの様式で、『悪』を表現するには適しないと云う事になる。――だから此の意味で、僕は君に降参した訳だ。君の云う通り『悪の芸術は有り得ない』のだ。――云う迄もなく芸術は社会を離れては存在しない、ところが一体その社会と云うものは善人で成り立っているので、悪人には社会がないのだから従って悪の芸術なんかある訳はない。一と口に云うと我々の所謂芸術なるものは悉く善人の為めの芸術だ。それは神や道徳と同じく善人が発明したもので、善の進歩の為めにしかならない。善人どもは芸術と云うと、みんな自分たちの為めになるものと思い込んでいる。そうしてそれは悪人どもが彼等独特の社会を作り、彼等独特の芸術を新たに発明しない限りは事実なのだ、僕が此の事に気が附かなかったのはほんとうに迂濶だった。僕は悪人の癖に善人の社会へやって来て、自分のものでない芸術で自分を主張しようとしたのだ。もっと適切に云えば自分の言葉でない言葉で、自分たちの標準とは全く反対な標準にある名詞や形容詞を使って、自分の歌を唄おうとしたのだ。そこで僕の書く物は善人に都合の好い口実を与え、果ては僕自身までも無理やりに善人の仲間へ入れられそうになったのだ。僕は負け惜しみを云うのじゃないが、僕が駄目になった理由は此処にあると云いたい。そりゃ批評家に云わせたら僕の天分が貧弱だから、僕の才能が乏しいからだと云うのだろう。だがまあ考えて見てくれ給え。誰でも自分の体質に全く適しない国へやって来て、その国の空気を呼吸し、その国の食物を摂取し、その国の規則に従うことを余儀なくされつつ、そうして而もまるで自分とは違った心を持つ人々に囲繞されつつ、自分の天分を発揮させようと努めたら、大概な人間は参ってしまうだろう。その人はその国に窮屈な思いをしつつ生きて行くだけがヤットなのだ、もうそれだけでも好い加減体質が衰えてしまうのだ。仮りにどんなに才能があるにしたところが、自分の国へ戻って来なければそれは芽を吹く筈はないのだ。だから僕は自分の才能が衰えたからと云って、決して恥辱だとは思って居ない。僕は今まで自分の才能が圧迫されるように、自分の天分が涸渇するようにと、自分で仕向けて居たようなものだ。僕に天分がないと云うことは、善人としての天分がないので、僕がいよいよ善人でないと云う証拠になるだけだ。」

Bはそう云って昂然とした、が、その実彼の腹の中は可なり悲しかったのである。なぜなら彼は芸術に失望し、芸術は彼を見捨てた。彼が持って居たところの、――悪人の中で独り彼のみが持つことを許されて居ると信じたところの、悪の芸術家としての使命、それが結局彼の幻影に過ぎないことを悟ったからである。悪人たる彼は、孤独な彼は、その幻影をさえ自分の友とすることが出来ない。もはや彼は善人に向っても悪人に向っても誇るべき何物をも持たない。彼は悪人の代表者ではなく、要するにただの悪人だったのである。

「すると君は、此れからどうしようと云うのだね。君の云う事が正しいかどうかは分らないけれど、仮りにそれが本当だとして、君は何処に君の立ち場を求めるのだね。」

Aはいたわるような調子で云った。彼の頭の中にある不思議な気持ちはまだ去らなかったが、しかし兎に角、Bの態度が真剣であることは認めない訳に行かなかった。

「僕の立ち場？――そりゃ僕にもどうしていいか分らないが、ただ此れだけの事は云える。君は今迄僕を相手に戦って来た。僕と云うものを目標に置いて、始終僕を負かそうとして居た。そうして僕は君の予期の如く負かされたには違いないが、しかしそれは先も云う通り芸術の上での話だ。僕の中にある『悪』は君の『善』に負けた訳じゃない。孰方が勝ったって負けたってそんな事は構わないけれど、僕はただ此のまま僕の『悪の魂』が、君たち善人に理解されずにしまうのが口惜しい。僕はどうかしてそれを君に知らせてやりたい。君たちは何かと云うと、愛で救って見せると云う。どんな悪人も愛には勝てないと云う。若しほんとうにそう思うなら、此の僕を救って貰いたいものだ。僕に云わせればどんな善人も悪には勝てない。正直を云うと僕は此の後の僕自身が、何処まで悪くなるか分らないような気がするんだ。君はまだ僕の悪いところをよく知らないんだけれど、今までの僕には芸術と云う吐け口があったので、心の悪を成るべく直接には人に見せないようにして居た。だがもう僕は何もそんなものを持たない。僕をいくらかでも抑えていた自制心は、もうバラバラにほぐれてしまったんだ。僕は坂の頂辺(てっぺん)から放り出された石ころのようなものだ、放って置けば何処までも落ちる。自分で自分がどうなるのだか方途(ほうず)が知れない。君は僕がそんな人間になってもやっぱり僕を愛せると思うかね？　僕を救えると云うのかね？」

「まあ、待ってくれ給え。」

とAが云った。

「僕は君がどうなろうとも、君を愛するに変りはない。そうしていつかは君を救う時があると思う。けれどもただ斯(こ)う云う事は必要だ、――それは君自身も、ほんとうに救われたいと云う意志を持つことだ。君は現に苦しんでいる、そうして君の所謂(いわゆる)解(かい)せられざる悲しみを僕に訴えようとしている、それは君の友情ではないにしても然し何かの現われじゃないか。僕に云わせれば君にそう云う煩悶があるのは、結局君が救われることの前提なのだ。君が一転機にあると云ったのはそれを云うのだ。」

「いや、もう度び度び一つ事は繰り返すまい、――僕は救われないから苦しいと云う、君は苦しんで居るから救われると云う、お互いにいつまで云い合っても同じ事だ。君が僕を愛してくれるのは有り難いが、僕のような人間は愛されれば愛されるほど堕落するかも知れないんだ。何卒それだけは承知して置いてくれ給え。」

Bは口に出しては云わなかったが、しかし心の中で、「戦いは此れで済んだのではない、此れからまだいくらでも続く。」と思った。「芸術の上では負けたけれども、何かで勝ってやる。何かで己と云うものをハッキリ見せてやる。」と思った。彼にはAと云う人間が「善」その物の化身と見えた。そうしてそれに何かの方法で飽く迄突ッかかって行くことは、矢張り悪人としての正義を貫く所以であると考えられた。Aがそうであったように Bも亦、Aの中にある「善」を敵視した。それと戦って若し負けたらば――Aの愛が自分の「悪」に打ち克ったらば、自分は潔くAの足下に跪いて救いを求めよう。だがそうでない限り己はあの男を己の足下に這わしてやる。「成る程君の悪はほんとうだ、善が偉大なように悪も偉大だ、僕が僕の愛で君を救うなどと云ったのは全く生意気な沙汰だった、堪忍してくれ給え。」と云わしてやる。そこまで行って始めて戦いは終るのだ。――

それからのBは彼の予言通り次第に堕落して行くばかりであった。彼はもう何処を押しても芸術家ではなく、酒と女と金の外には自分を慰めるもののない、一箇の無頼漢となり浮浪人となったのである。

3

Aの家庭は、Aと、Aの妻のS子と、Aの母と、三人から成る美しいつつましやかな家庭だった。

AとS子とがどんなに深くお互を愛し合って居たかは、凡そそう云う芸術家の夫婦関係の最も麗しいものを考えてくれればいい。Aの芸術はS子のあらゆるものを糧として生れ、S子のあらゆるものはAの芸術に依って養われた。なおその上にAの母はAの気質そのままの優しい母であった。

Aの母は始終Bを「可哀そうな男だ」と云っていた。彼女の実の甥でもあるし、子供の時分にはAと一緒に育ったのであるから、それがそんなに堕落するのを見て居るのは、彼女には辛かったのである。「兄弟のように思っておやりなさい」とは彼女がいつもA

夫婦に云う言葉だった。彼女は込み入った芸術の問題は分らなかったので、Bのそうなった原因の一半がAにあるものと思いもした。

「お前があれの書く物を攻撃するなんてことはありません。あれの人気がなくなったのはお前があれをにせ物だとか何とか云って、ひどくケナシたからだそうじゃないか。」

Aはそれに就いて自分に少しも疚しい点がないことをいろいろ弁解したけれども、母はややもするとそれを云い出すのであった。

生活に窮して居たBは、伯母の同情を幸いにして屡々Aの家へ金を借りに来た。

「書く物が書けさえすれば、僕はお金なんぞ借りたくはないんですよ、伯母さん。」

と、Bは云った。

「僕がこんなになったのはA君のお蔭です。A君にああ云われたので、僕はすっかり自信をなくしてしまったんです。A君は始終僕を敵視して居たんですからね。」

Bはそう云う風にして、親子の間を割くことに興味を感じた。彼は全く悪人の本領に復ったのである。彼に取っては、ウソをつくことが自己を欺かないことになり、ウソで生きるのがほんとうの生き方になったのである。

「B君、金が欲しいなら僕にそう云ってくれ給え、——母が僕を誤解するようなことは云わないで貰いたい。」

Aにそう云われると、Bはニヤニヤ笑いながら答えた。

「そうかね、そんなことを云った覚えはないんだけれど、云ったとしたら堪忍してくれ給え。此の頃の僕は一層ヒガンでいるんだからね、どうせ同情してくれるなら其処まで同情してくれ給え。」

しかし、AはBを傷けるようなことを母に告げようとは思わなかった。自分がいくらか誤解されても、Bを憫れむ母の感情を、そっとそのままにして置きたかった。彼はただ妻のS子が自分の気持ちを知って居てくれれば、それで心から慰められた。

Aのそう云う幸福は、Bの心をますます僻ませるばかりであった。「若し兄弟のようにして育った二人が、順当に各々の道を進んで来たとしたら、平等に幸福を分配されていい筈である。Aと自分とはめいめいの天性に従って生きて来た。Aは自分より少しでも多く努力した訳でもないのに、あんな幸福を授かって而もそれを正しい報酬のように思い、僭越にも自分を憫れもうとする。自分はたしかに不公平な地位に置かれて居る。」

Bには常に此の考えがあった。自分の不幸を転ずることは出来ないにしても、Aの幸福を出来るだけ掠り取ってやろう。自分が気の毒な人間であるように、Aをも気の毒な人間にする、それで差引き勘定がつくのだと、彼は思った。

BはAとAの母から代る代る金を借りた。而もそのやり方は、Aに一度でも快く金を出させるようにはしなかった。母が出す時でも、自分が出す時でも、Aはいつも馬鹿にされているような感じを抱かせられた。Bのは借りると云うよりも欺して取るのだった。Aから借りて置いて直ぐ又母へ借りに行ったり、余所へ負債を作って置いてノッピキならぬハメにしてから泣き附いたり、それも実はそうでないのをそう見せかけたり、本や着物を「ちょっと貸してくれ」と云って其れきり売り飛ばしてしまったり、二度と閾を跨げないような不義理をしながら、何度でも平気でやって来るのである。

「なぜそんな真似をしてくれるのだ。母にしろ僕にしろ君を他人とは思って居ないのに、僅かな金のことで欺さなくてもいいだろうに。」

こう云ってAが涙を流すと、

「済まない、済まない、――僕も君たちを欺すのはほんとに苦しい。僕はどうしてこんな人間になったのか自分で自分が恨めしくなる。もう此れっきり迷惑はかけないから免してくれ給え。」

と、Bもそう云って泣くのである。けれどもそれから一と月と立たないうちに、彼は又同じ事を繰り返すのであった。
二人の斯う云う関係は一二年つづいた。Aの平和な家庭はBに由(よ)って少しずつ乱されはしたが、それでもAは決して幸福でないことはなかった。なぜなら彼はその為めにS子との愛をいよいよ深め、自分の母に仕える心がどんなに強いかを確かめ、堕落した甥を救おうとする母の美しい人情を知り、要するにたまに不愉快な事はあっても、その不愉快は結局良心の喜びを齎(もたら)すに過ぎなかったからである。

しかし、Aの家庭にも遂に或る時大きな不幸がやって来た。Aは図らずも自己の過失からBを一層不幸に陥れ、Bは期せずして、自分が傷つくと共にAを苦しめる事に成功した。

Aの母が常に大切にして居るものに、父の形見の瑞西(スイス)製の時計があった。それは父が存生中始終持って居たもので、彼が洋行した時に買って来た精巧な時計だった。その鎖に附いているプラチナの小筥(こばこ)の中には、父と母との肖像のミニエチュアが這入って居た。その時計は、母の居間にある仏壇の下の抽き出しへしまってあったのだが、或る時それが紛失している事をS子が発見したのである。いつ、どうして取られたのか無くなったのかは、誰も知って居る者がなかった。ちょうど其の時分、母はインフルエンザに罹(かか)って半月ばかり臥せって居たので、彼女は部屋を明けた覚えはなし、いつもA夫婦と看護婦とが代る代る枕許へ附き添って居たのであった。親戚の者が二三度見舞いに来たけれども、そう云う人に疑いをかけるべきではなし、Bは母の病中に一度もやって来たことはなかった。母は「此の間暇を取った看護婦の仕業ではなかろうか」と云った。AにもS子にも、此の疑いには尤もな節があると思われたのである。と云うのは、つい四五日前に、その看護婦は大へん母の気に入って居たにも拘らず、何か理由を云い立てて、代りの者を呼んでさっさと暇を取って行った。彼女は昼も夜も病室に居たことではあり、部屋の掃除などもしたのであるから、何かの場合に仏壇の抽き出しを明けたこともあったか知れない。兎に角誰かに盗まれたものだとすれば、此の女より外に疑いの懸るものはなかったのである。

Aは品物が品物であるから、その女には気の毒だけれども一応看護婦会の方へそれとなく問い合わせて調べて貰った。すると会からの返事には、「当方では出来るだけ厳重に調べて見たが、本人は絶対に否認して居る。それに今迄そんな不都合のあった女ではなし、此れと云う証拠も見出だされないから、どうも彼女の所為とは信じられない。しかしそう云う貴重な物品をおなくしになっては御迷惑の事と思うから、此の際警察へお届けになってはどうか。此れは会の責任としても是非そう願いたいし、彼女自身もそれを望んで居る。」と云うのであった。で、Aはその時計を取り返したい一心もあったが、一つには看護婦会との行き掛りもあって、寧ろ会の当事者に懇望された結果として訴えなければならなくなった。Aがそれを実行したのは決して彼の過失とは云えなかったけれども、抑も看護婦会との交渉から警察へ届けるまでの一切の手段を、母に無断でやった事は少くとも彼の手ぬかりであった。当時、母の病状は重くなる一方で、毎日高い熱が続いて「悪くすると肺炎になる」と云われて居たので、彼は成るべく母に心配を掛けない積りでそうしたのだが、後になって思いがけなくもBが犯人として挙げられた時、母は涙を流してAの不注意を責めたのであった。

「私は警察へ届けろなんて云った覚えはありません。そりゃもとはと云えばBが悪いんだけれど、あれを縄着きにしたのは何と云ってもお前が悪いんです。どんな事があってもあれをもう一度真人間にしてやらなけりゃ、私は冥途へ行ってあれのお父様に合わす顔がありません。」

と、彼女はそう云って泣くのであった。

AはBが放免されるように出来るだけ骨を折ったが、それは遂に許されなかった。彼が

Ａ家の時計を盗んだのはもう一と月も前の事で、その外にもいろいろの余罪が発覚した為めに起訴されたのである。警察署へ時計を受け取りに行ったＡは、Ｂに会って一と言でも詫びを云い、母の意志を告げたいと思ったけれども、Ｂは何故か「会いたくないから」と云って拒絶した。その後彼がいよいよ監獄へ入れられるようになってからも、ＡとＳ子とは絶えず面会を求めに行ったが、Ｂはいつも会わなかった。

Ａの不幸はそれだけならばまだよかったが、更にほんとうの大きな不幸が続いて彼を見舞ったのである。Ｂの事件があってから半月ほど過ぎて、Ａの母は肺炎で死んだ、――Ｂのことを明け暮れ苦に病みながら、死ぬ時も殊にそれを口にして死んだ。その死は必ずしもＢの事件が原因であるとは云えない、Ｂが彼女を殺したのだとは決して云えない、孰れにせよそうなる運命だったかも知れないのだが、少くもＢに就いての心配が病勢を募らせ、死を早めたように、――Ａ夫婦には思えるのだった。ＡとＳ子とは其の後永く、此の二つの事件を切り放して考えることは出来なかった。母の臨終の枕もとでＡが堅く誓った言葉、「お母さん、御安心なすって下さい、私たちはきっとＢを愛してやります、きっとあの人間を救ってやります。」と、そう云った言葉は、獄中にあるＢの身の上を想う毎に想い出されるのであった。

Ａには、此の二つの事件の深く結び着いて居ることが悲しくも思われ、又どうかした折には忌(い)ま忌(い)ましくもなったりした。Ｂの入獄、――それはＡが導いた結果には違いないが、厳密に云えば彼はそれに就いて責任を感じなくともよいのである。成る程不注意であったとは云える、けれどもそこまでＢを疑い得なかったことは寧ろ彼の美点だとも云える。ただ母の心持ちを尊重すれば、彼女に無断で処置したのが手落ちではあるようなものの、仮りに母がその相談にあずかったとしても、恐らくそうなるより外はなかったであろう。母にしたってＢの所為とは夢にも知らなかったのだから、最初からの行き掛り上、矢張りＡと同じ手段に出たであろう。そうして見れば、「私に一と言云ってくれたら」と思うのは母の愚痴で、Ａの手落ちはほんの形式だけのものである。手落ちの有無に拘らず、Ｂの窃盗は事実であり、たまたまそれが余罪を発覚させ、縄着きの憂き目を与える機会を作ったに過ぎない。Ａの良心には寸毫(すんごう)も疚(やま)しい所がある訳はない。だが、母の病床の涙を想い、臨終の様子を想う時に、「済まない事をした」と云う感じが理窟以上の力として胸に迫るのを、Ａは奈何(いかん)ともする事が出来なかった。母の言葉は愚痴ではあるが何かしら純真なものを持って居た。Ｂの罪を何処までも自分等の過ちに帰して其の責めを負おうとする神の如き彼女の愛は、それを考える時にＡの心をも高く貴い所へ引き上げなければ措かなかった。母の心になって自分を見る時、Aには自分と云うものがBと同じように哀れに醜く感ぜられた。「Bを救え」と云う母の言葉は、「Bを救う事に依ってお前を偉くしろ」と云う意味に取れた。母の大きな愛の手が自分たち二人の友情を保証し、行くべき路を指し示して居るように思えた。

「矢張りお母様の仰っしゃった通り、私たちが足りなかったのね。Bさんが出ていらしったら、どうしても救って上げなけりゃなりませんわ。」

と、S子も彼を励まして云った。

「Bにしたって今度は少しは考えたろうと思うけれど、お前が心からその気になってくれればいいんだ、人一人を救うと云う事はなかなか僕独りで出来ることじゃないんだから。」

「いいわ、あたし、あなたを偉くする事なら、どんなことでも、………」

夫婦がそんな会話をする時は、自分たちはまだ幸福だと思うことが出来た。それは最後に、そして永久に二人に許された幸福で、それ一つが残った為めに一層高調され、今迄の不幸を補って余りあるものであった。

だが、Bはどうしているか？　たった独りで獄屋に繋がれている彼は、どう考えているだろうか？――此の事は夫婦に取って始終危惧の種であった。Bが若し真人間になれる人なら、今こそ真に其の時機である。今を措いて再びその時は来ないかも知れない。AはBの為めにも彼自身の為めにも亦亡くなった母の為めにも、自分の偶然の過失が却って意義のあるものとなるのを祈った。「B君、……僕は今にして思うが、君をほんとうに愛して居たのは母だけだった。」と、彼は母が死んでからの手紙に書いてやった。「僕なぞは母の半分も君を愛しては居なかったんだよ。君がどんなに淋しいだろうとか、苦しいだろうとか云う事を、ちっとも考えていなかったのだよ。君はよく理解してくれないと云って怒ったっけが、全くその通りだった。今迄の僕は君の心持ちをまるで酌み取って居なかったんだからね、……ほんとうに僕は詫るよ、嘸かし腹が立ったろうが堪忍してくれ給え、今迄の罰として君の苦しみを僕に背負わせてくれ給え、僕は出来るだけ君の苦しみを分ち、君と共に苦しもうじゃないか。君も亦、苦しい事があったら其の苦しみは僕の苦しみであり、亡き母の苦しみでもあると思って、遠慮なく打ち明けてくれ給え。それでこそ君も救われるし、僕も救われるのだ。君の悪がいかに根深いものであるにしろ、目下の君はきっと静かに自分の過去を顧み、自分と云うものをしみじみと省察する機会を与えられたろうと思う。……返す返すも僕が君を救うのだと思わないで、母の霊が君と僕とを救うのだと思って貰いたい。君が救われれば母の遺志を成し遂げる事が出来るのだし、君のお蔭で僕も偉くなれるのだから。」Aは今の場合にBの心を出来るだけ衝き動かそうと努めたけれども、どう云う訳かBは面会を拒むばかりでなく、幾度手紙を出しても一通も返辞を寄越さなかった。母の死を知らせても悔みを云って来るではなし、S子からの折々の差入れ物に対しても、受け取ったと云うハガキ一本書くではなかった。

「どうしたのか知ら？　手紙ぐらいよこしてくれてもよさそうなものだのに、何かよっぽど考え込んででも居るのでしょうか？」

「さあ、事に依ったらそうかも知れないが、悪くすると益々ヒガンで居るのかも知れないね、まあ余り楽観しない方がいいだろうよ。」

夫婦はよくそんな風に話し合った。Bの沈黙はいい意味にも解釈出来ないことはなかったが、悪く取れば深い魂胆があるようにも感ぜられた。「今に覚えていろ、考えがあるから。」何となくそう云われて居るような気もした。

「ヒガンで居るんだとすると、僕等は此の後どんな非道い目に遭わされるかも知れないんだから、お前もその積りで居ておくれ。」

と、Aは云った。彼は相手がヒガンで居ると居ないに拘らず、幾度でも根気よく獄中へ手紙を書いた。Bがどんなに皮肉に出ても自分たちは態度を変えてはならない。何処までもBの為めを思い、母の心になってBを愛する、——自分たちはその態度で終始一貫しなければならない。——A夫婦はそれを語り合い、互いに誡め(いまし)もし慰めもして、Bの出獄の日を静かに待った。

4

A夫婦が久し振りでBのハガキを受け取ったのは、今日で愈々(いよいよ)彼の刑期が終ると云う日であった。それが入獄以来の彼の最初の書信だった。

「大変御無沙汰した、僕は明朝多分十時頃に君のお宅へ行く。しかし断って置くが決して出迎えなぞに来てくれ給(たも)うな、僕が此の通知を出すのは、君に十分僕を待ち構える心の用意をして置いて貰いたいからだ。ではいずれ明日。」

文句は此れだけしか書いてなかったが、それを見るまでもなく、夫婦は既に「心の用意」が出来て居る積りであった。

「あのハガキで見ると、やっぱりBさんはヒガンでいらっしゃるんじゃないでしょうか?」

Bが訪ねて来る日の朝、Aが縁側の籐椅子に凭れて紅茶をすすっていると、S子はそこへ来て良人の傍に寄り添いながら云った。

「そうかも知れない、僕等はまだまだ、此れから苦しまなけりゃならない。」

「あなた、Bさんが入らしったら、ほんとに優しくして上げてね。――」

Aが振り返って見ると、S子の眼からは、涙が少しずつ潤い出てそれが蠟のように白い頰へこぼれ落ちそうに、眼の縁に一杯たまっていた。何か玲瓏と透き徹るような、悲しいしかし清々しい気持ちが、夫婦の胸の中を流れて行った。

「大丈夫だよ、安心おしよ。」

そう云ったAの眼にも涙があった。

Bは予告の如く、十時きっかりにやって来た。書斎に通されて椅子に就いた彼の姿は、前よりも痩せが目立って、凹凸の多い暗い顔が一層トゲトゲしくなり、眼は落ち窪み、そして時々ゴホン、ゴホンと力のない咳をしたが、自分でもそれが気になるようであった。

「S子さん、毎度差し入れ物を有り難う。――それから、――ああそうだった、僕はまだお悔みも云わなかった、伯母さんはお亡くなりになったそうだね。」

彼はそんなことを、極く当り前に、平気で夫婦に云った。三人が暫くそう云う当り前な話をした後、Bは矢張り当り前な話の続きのようにして口を切った。

「………そう云えばつい返辞も上げなかったけれど、度び度びの手紙で君の好意はよく分ったよ。僕も実はいろいろ考えたことがあるもんだから、今度は是非君に救って貰おうと思ってるんだよ。」

その「今度は是非」と云う所へ彼は心持ち力を入れた。

「なあに、救うも救わないもありゃしないさ、僕の考えは手紙に書いた通りなんだが、――で、君の考えと云うのを聞かして呉れ給えな。」

「まあ差しあたって、此れからの身の振り方だがね、――」

Bはそう云って、チョイとS子の方を見て、頭を掻きながら附け加えた。

「――誠に済まないが、僕は君と二人ッきりで話がしたいんだがね。」

「なぜだね、S子が居ては悪いのかね。」

「少し、——少し都合が悪いんだ。」

「でもS子は僕と同じものだよ、極まりの悪いことはないじゃないか。」

「いや、極まりが悪いばかりじゃない、外にも理由があるんだ。僕は君に救って貰いたいんだよ、君等にではないんだよ。君の手紙にも僕等とは書いてなかっただろう、だからその積りで僕は来たんだがね。」

「S子、お前あっちへ行っておいで。」

Aの顔は青くなった、Bの顔もそれと同時に青くなったが、その青みの中に奇妙な薄笑いがあった。

「A君、——」

と、S子がドーアの外へ消えるのを待ってBは始めた。

「身の振り方の相談をする前に、一応君に聞いて置きたいことがあるんだ。僕は先、君の好意はよく分ったと云ったけれど、実はまだ分らない所がある。手紙で見ると君は僕を救うと共に、君自身を救いたいと云う事だったが、若しそれが両立しなかったらどうするんだね？」

「両立しないとは僕は思わないもんだから、——」

「いや両立しない。若し両立するなら、そんな救われ方は御免を蒙る。僕は誰の為めにでもなく、ただ僕の為めにしかならない方法で救われたい。たとえそれでどんなに僕が救われるにしろ、それと同時に君も救われるようだったら、寧ろ僕は救われない方がいい。」

「なぜだろう？　その訳を聞かしてくれ給えな。僕はそんなに君から恨まれて居るのだろうか。」

「そりゃ、或いは恨んで居るかも知れない。だが其の恨みは意地悪から出た下らない恨みじゃないんだよ。君のお蔭で牢へ入れられたから、それで恨むんじゃないんだよ。僕は入獄中、君の推察通りいろいろの事を考えさせられた。あれは僕に取って又とない好い機会だった。しかし其の結果はどうかと云うと、要するに僕が以前から信じて居た事を確かめたに過ぎない。僕は実際、君が度び度び寄越してくれた手紙を、一つ一つどんなに丁寧に読んだか知れなかった。僕も非常に苦しかったから救われるものならほんとうに救って貰いたかった。だがあの手紙を読むと、君の心と僕の心とがあんまりひどく懸け離れて居るので、いよいよ淋しくなるばかりだった。君は未だにまるッきり僕と云うものを理解していない、それだのに僕を救う救うと云って居る、愛してくれとも云わないのに愛する愛すると云って居る、それぱかりならいいが、愛する事で自分を偉くしたい、偉くさせてくれと云って居る。僕は皮肉でも何でもなく、そんな勝手な、不人情なことがあるものかと云いたくなる。君に偉くなられたら僕は猶更独りぼっちになるんだよ、君はお母様の遺志を成し遂げたら嬉しいだろうが、僕は世の中に嬉しい事なんぞ一つもないいんだよ。斯う云うと又ヒガミだと云われそうだけれど、僕の位置として見たらヒガムのは当り前だろうさ。それだから僕は云うんだ、君は僕を救ってくれたり愛してくれたりしないでもいいから、せめて自分を救おうだの偉くしようだのとしないでくれ給え、僕を気の毒だと思うなら、僕と一緒に救われない人間になってくれ給え。それが僕を救う道なんだ。」

「僕の手紙が、君にそう云う気持ちを起させたのなら、僕は改めて君に詫まるよ。救うと云うと語弊があるけれど、それはあの手紙にも書いた通り、君の苦しみを僕が分ちたい、そうしてそれで幾らかでも君を慰めたいと云う意味だったんだ。だから苦しい事があるなら何なりと打ち明けてくれ給えな、どんな事でも、君の苦しみの減ずる方法があったらそれを教えてくれ給えな。――――ねえ君、それも君はいやだと云うのだろうか？」

「そりゃ僕にしたって、救って貰いたいと思えばこそやって来たんだから、ほんとに君が僕の苦しみを背負ってくれるなら、いろいろ頼みたい事があるんだ。まあ差しあたって、今も云う通り僕は身の振り方に困って居る、君の外には、誰も世間で相手にしてくれない、昔のように創作の筆でも執れればいいんだが、もうそんな自信も能力もないんだし、僕は此の先、どうして喰って行ったらいいか分らないんだ。」

「喰う心配なんかしないでもいいよ、少しでも君に肩身の狭いような思いをさせちゃならないから、そこはどうにでも君の気の済むようにして、出来るだけの事はしようじゃないか。母に仕える気で、君に仕えようじゃないか。僕は君に云われないでも、疾うから其の積りで居たんだから。」

「有り難う、そう云ってくれれば何より安心だ、——だが云う迄もない事だけれど、物質的にはそれでどうやら救われるようなものの、精神的には何の慰藉にもならないんだよ。糊口に窮する心配がなくなったって、苦しい事や淋しい事は依然として変らないんだよ。僕はそう云う事まで、君にどうかしてくれろと云っちゃ悪いだろうか。」

「それをどうかするのが僕の責任だ。だから君がそう云ってくれるのは何より嬉しい。僕は君を物質的に補助しただけで、それで義務が済んだなぞと思っちゃ居ないんだ。——

――何か君の考えた事で、君を精神的に慰藉するものがあるなら云ってくれ給え。」

「僕はね、A君、――金ばかりでなく名誉が欲しいんだ、僕は君たち善人と同じような名誉が欲しいんだ、斯う云っただけじゃ分らないかも知れないが、昔の僕には、――芸術家として立って行けた時代には、僕は何かしら一種の誇を持って居た。己は悪人だけれど唯の悪人じゃない、己は善人からも悪人からも尊敬されて居ると云う自負心があった。そんなものは極く下らない虚栄心に過ぎないのだが、それでも僕の孤独は幾らか慰められて居たんだ。僕はせめてもう一度あの名誉を得たい。あの男は矢っ張り偉い芸術家だったと云われて見たい。だから誠に勝手なお願いだけれど、君の力で僕をそうして貰いたいんだよ、少くとも芸術家として通れるだけの人間にして貰いたいんだよ。」

「そりゃ及ばずながら力を貸そう。――だが、芸術家としての名誉を得るには、何よりり先に芸術家になってくれなけりゃ駄目だ。僕も勿論出来るだけの事はするが、僕の力は間接にしか働かないんだから、君が第一にその気になって、君の中にあるいいものを育てるようにしてくれ給え。僕も外側から、そのいいものが芽を吹くように骨を折って見ようじゃないか。そうなってくれればほんとうに有り難いんだ。僕はそれを望んで居たんだよ。」

「まあ待ってくれ給え、そう云われるとちょいと困るんだ。僕は芸術家にならないで、芸術家の名誉だけが欲しいんだよ。そりゃ、なれるものならなってもいいんだが、もう度び度び口を酸ッぱくして云う通り、僕の中にはそんな『いいもの』がある訳はないんだからね、いくら君に骨を折って貰ったって、僕の此の頭の中から芸術の才能や天分が芽を吹く筈はないんだからね。――僕が頼むのはそんな無理な事じゃないんだよ、もっとやさしい事なんだよ。僕はただ、君の力で名誉だけを授(さず)けてくれれば満足するのさ。」

「名誉だけを?――じゃ、どうしたらいいんだろう?」

「つまり、君の持って居る名誉を、――君が文壇で占めて居る地位を、そっくり僕に譲ってくれる事だ。そうして君が僕の地位に落ちてくれる事だ。此れから以後の君の創作を僕の名で発表して、その名誉と報酬とを僕にくれる、それでいいんだ。君が僕をほんとうに愛して居るなら、そのくらいな親切は見せてくれ給え。」

Aが黙って、昂奮を押し鎮めつつ考えて居る間に、Bは続けた。――

「君はよく、芸術家は永遠に生きようとしなければいけない、一時の名声に囚われてはならないと云って居たね。僕には永遠なんてものは分らないんだが、君が真に永遠の生命を信ずるなら、一時の名声なんか快く譲ってくれてもいい筈じゃないか。そうでなければ君はにせ物だ、今迄僕や世間を欺いて居たのだ。僕の要求は過大でも何でもない。僕は君から、君の最も大切なものを取ろうとはしないで、それに附随するほんの上ッ面の、有っても無くてもいいものだけをくれと云うんだ。考えて見ると、何も取ることにはなりやしないいんだ。」

「そりゃ成る程、芸術を取られることにはならない、けれども僕は、芸術と共に最も大切な徳義を捨てなけりゃならない。僕の物が君の名前で発表されれば、君とグルになって、世間を欺くことになるんだから、………」

「しかしだね、仮りに世間を欺くとしても、それがどれだけ実際に害を及ぼすだろう。君の芸術が社会を救う力があるなら、誰の名前でも同じことだ。君の真の精神には少しも外れて居ないのだ。いやそれどころか、僕を救う為めに、地上の一切のものを捨ててかかれば、君は一層芸術に忠実になる訳だ。若し世の中に神があるとすれば、神は恐らく君の不徳義を責めないで、其の壮烈な精神を褒めてくれるだろう。」

「いや、僕が悪かったよ、不徳義と云ったのは間違いだった。」

と、Aはギクリとしたように云った。

「僕がそれで以て、君を救う事が出来ればそのくらいな事はしてもいい。するのが当りまえだ。けれども君は、どうしてそれで救われるんだね？　君は世間を欺くばかりでなく、君自身を欺いて、心の苦しみが少しでも慰められると思うのかね？」

「それより外に僕を慰める道はない、――僕はだだを捏ねて君を困らせる気じゃないんだ、ほんとうにそう信じて居るんだ。」

「じゃ、その理由を聞かしてくれ給えな。」

「理由かい？　理由は極く簡単だ、――僕の孤独を君にも嘗めさせてやりたいからだ。君の小説が僕の名で発表される、僕は文壇に復活する、而も今度は翻然と改悟して新たなる人道主義者となる。君の名前はだんだんと忘れられる、Ａの才能は涸渇した、もう駄目になったと云われる。再びＡの時代が去ってＢの時代が来る。――その秘密を知って居る者は天下に君と僕だけだ。誰も君に同情しない、斯く云う僕も同情しない、断って置くが君はその事を細君にも話しちゃならない、Ｓ子さんに内証で原稿を渡してくれなけりゃいけない、――そうしたら君は孤独を感じるだろう。僕が人道主義の芸術家になり済まして、『Ａは気の毒だよ』とか何とか云いながら、ずうずうしく大手を振って文壇を横行濶歩したら、嘸かし君は不当に虐げられて居る事を感じるだろう。若しそうなったら其の時の其の孤独な感じが、僕等悪人の常に味わって居る心持ちだと思ってくれ給え。僕はそれを君に味わって貰いたいんだ。そうしたら僕の解せられざる悲しみが、少しは慰められるだろうと思うんだ。君を偉くしないで、君を救わないで、僕だけを救ってくれろと云ったのは其の事だよ。そう云う風にしてくれなけりゃ、僕のような悪人は有り難いと思わないんだよ。君は僕を愛すると云うが、それでも猶且愛する事が出来るかどうか、君自身で試して見給え。仮りに僕が君の愛で救われるものだったら、そこまで行かなけりゃ救われッこないじゃないか。君はお母さんの遺志を成し遂げたいと云ったっけね、若しお母さんが君だったら、きっと此の願いを快く聞いて下すっただろう。僕がどんなにウソを云っても、我が儘勝手な事を頼んでも、伯母さんは一度でも怒った事なんぞなかったからね、そうかい、それじゃそうするがいいって、いつも気持ちよく承知してくれたんだからね。況んや伯母さんは、もう今では仏になって居るんだ、仏と云うものは僕等のような悪人の気持ちを、きっと知って居てくれるだろう。僕がこんな事を頼むのも、成る程尤もな訳があるんだと、そう思って下さるだろう。――――どうだね、君、僕が長い間牢屋の中で考え続けたのは此の事なんだが、君は承知してくれるかね？　母の心になって僕を救ってくれるかね？　僕に地上の有らゆる栄光を与えてくれて、君は君のお母さんの住む永遠の世界に生きる気にはなれないかね？」

「B君、僕は君にお礼を云う、――君は僕に、僕の取るべきほんとうの道を教えてくれた。」

Aがそう云ったその眼つきには、無限の感謝と微かな反抗の色が動いて居た。彼は自分に難行の機会を与える母の慈悲心と、自分を地獄へ連れ込もうとする悪魔の挑戦とを、一度に感じたのである。

「――僕は少しでも、自分に都合のいいような論理を考えてはならなかった。君には地上の物より外に慰められるものがない、しかし僕には、それ以外にも慰められるものがあるのだ。僕は君の欲するものを快く譲って上げよう、そうして君の苦しみを、君の云う通りの意味で背負わせて貰おう。」

「ああ有り難う、そうしてくれれば僕のような悪人でも、いくらか感謝するだろうよ。――ところでもう一度念を押すが、君は大丈夫S子さんに秘密を守ってくれるだろうね？　今後原稿を僕の手に渡すまで、標題も内容も、絶対にS子さんには読ませないようにしてくれるね？」

「よろしい、それも分ったよ。」

Ａは敢然(かんぜん)と、物を突き破るような声を出した。

「じゃ、僕は君の持って居る『善人の良心』を信用して置こう。――くどいようだけれど、黙って居ても自然に分ったんだなんて、そんな云い訳は聞きたくないからね。それでも君は僕の孤独に比べれば、まだ仕合わせだよ。僕はほんとうの独りぼっちだが、君の秘密は君の細君こそ知らないけれども、僕だけは知って居るんだ。」

「いや、君の外にも、もう一人知って居る。――」

「僕の外に？――ああそうか、天に居る君のお母さんか。――しかし断って置くが、君はそのお母さんのお蔭で、僕がいつかは善人になって、奪い取った名誉を返すと思ったら飛んだ間違いになるかも知れんよ。」

「そりゃいくらでも、僕を苦しめるだけ苦しめてくれ給え。」

「ふん、まあいい。そう云いながら、君はその実僕の改悟を予期して居るんだろう。――それからもう一つ断って置くがね、君の目的は名誉にあるんじゃないんだから、そうなったからって急に書けなくなったなんて、そんな事を云うんじゃないんだろうね？君の人道主義はそんな迫害に遭えば遭うほど、緊張しなけりゃならない筈だからね。」

「無論の事だ、僕はそうなればますます書く。僕の仕事には一層意義が生じたんだ。」

「そうだろうとも、そうなって来なけりゃ譃だからね、――それだけ聞けば僕は安心だよ、もう何も云う事はないいんだ。」

Bは、凡べてが自分の思う壺へ篏まった事の愉快を感じた。戦いはまだ此れから続く、此れからが真剣勝負だ、……が、彼は殆んど勝った気がした。

「S子、僕はお前にウソをつくことは出来ない、Bから或る事を頼まれたのは事実だ。しかしBは、それをお前に話してくれるな、誰にも内証で、僕一人でやれと云うのだ。僕がBの苦しみを苦しむ為めには、Bと同様に孤独になって欲しいと云うのだ。」

「まあ、Bさんもあんまりですわね。」

「いいや、お前はBを恨んではならない。Bとして見れば僕にお前と云うものがあるだけでも、どんなに自分をヒガンで考えるか知れやしない。僕がお前の助けを借りようと思ったのも、やっぱり僕の身勝手だったのだ。お前が僕を愛してくれるなら、何卒その事に就いて何も聞かないでおくれ。」

「でもいつになったら、私はそれを知る事が出来ますの?」

「いつかはきっと知る事が出来る。僕の誠意が通じて、Bが真人間になる時が来れば、――」

「そう云う時がいつ来るでしょう？　若し来なかったら、私はいつ迄も知ることが出来ないんでしょうか？」

「来ないことはない、きっと来るに違いないよ、五年かかるか十年かかるか分らないが、いつか一度は僕の愛がBを救う時が来るのだ。お前もそれを信じて居るがいい、それを楽しみに待って居るがいい。」

「私の心は今まで一度もあなたの側を離れた事はなかったのに、五年も十年もそんな風にして生きて行くのはあんまりです。あたしにもBさんを救わせて下さい、あなたの心配を分けて下さい、あたしだって、あなたのお母様の子なんですもの。」

「そりゃ分って居る、だがお前がBを救うつもりなら、僕の苦労を分けてくれるつもりなら、お前もその孤独に堪えなきゃいけないのだ。僕の孤独を、お前も味わってくれなけりゃいけないのだ。お前も僕も悲しいには違いないが、私たちの苦しみ方が足りないと云ったのは此処の事だよ。それを嫌だと云えばそれこそお前はお母様の子じゃないのだよ。お前は何も知らないだって、僕を信じる事が出来るじゃないか。お母様の愛に依って、僕の心とお前の心とは矢張りシッカリ結び着いて居られるじゃないか。ねえ、そうだろう、そう考えちゃくれないかね。」

「そりゃそうだと思いますけれど、……じゃ、Bさんが真人間になる時が来たら、きっと話して下さいますのね、きっとですわね、それを約束して下さい。」

「ああ、きっと約束するよ、きっとBを救って見せるよ。Bと三人で笑って其の話の出来る時節が、今に来るのだと思っておいで。」

「その時が来たら私どんなにうれしいかしら。お母様がそうなるようにきっと導いて下さいますわね。」

「そうだとも、そう思って何も云わずに待って居ておくれ。」

「ええ分りました、待って居りますわ、何年でもね。……」

その会話があったのは、Bが訪ねた日の晩であった。A夫婦はそう云って相抱（あいいだ）いて泣いた。

5

AとBとの関係は斯(こ)うして又一二年つづいた。

Aの作物はBの名で続々発表された。果してAの芸術は迫害の為めに煩(わずら)わされないばかりか、一層その光を増した。地上の一切の栄光を捨てて、真に永遠に生きんとする者の苦しみと楽しみとを、Aはその時始めて味わったのである。そうしてその時、文壇では既にAの名を忘れかけて居たのであるが。

Bは一方ではAを陥(おとしい)れ、一方では社会を欺くことに限りない興味を感じた。もう誰の眼にも、半生の罪を悔い改めた立派な人道主義者として映った。彼はそう見せる為めに、Aの作品で足りない所を自作の獄中記や懺悔録や、人に応接する時の態度や話し振りで、狡猾に抜け目なく補って行った。「僕はAを祖述して居る。僕と云う人間はAのお蔭で救われたのだ、だから僕の書く物にはAの影響が多分にある。」そんなことを云って、出来るだけ多くの人を煙に巻き、出来るだけ自分自身を欺瞞する、――そう云う風にしてよく生きて居られるものだと、善人だったらそう思うところであるが、Bにはそれが自己に忠実な所以(ゆえん)であった。彼の悪の魂は其の仕事を糧(かて)として生き、それに培われて枝を伸ばし根を拡げて行った。Bは嘗て彼自身の作品で名声を博した時よりも今の仕事の方に余計生きがいのある自己を感じた。「此の生活が己の芸術だ、此れこそ真に悪の芸術だ。」と彼は思った。

そこで、Aの芸術は直ちにBの芸術となった。Aの原稿がBの手に渡る時、Bは確実にそれを自分のものとした。善の魂が生み出したそれらの作品に、同時に悪の魂が籠（こ）められた。Aの孤独が深められると共に、Bの孤独も深められた。二人が顔を合わせると、お互にその淋しさを笑って語り合った。二人の胸にはそれぞれの誇（ほこり）と得意とがあった。善と悪とは不思議な形で、図らずも手を握り合ったのである。

或る晩、真夜中の二時頃の事である。Aが書斎で筆を執って居ると、扉の外でかすかにS子の泣く声が聞えた。

「S子、お前はまだ起きて居たんだね。」

Aは立って行って、扉を細目にあけて見た。彼女はそこの暗い廊下に泣き伏して居たのである。

「あなた、あなたは毎晩、そうやって何をしていらっしゃるんです。」

「何をして居るか、――それは云われない、云う訳に行かない。お前は僕の仕事に就いて、何も聞かない約束だったじゃないか。」

「でも、何か書き物をしていらっしゃるんなら、若しそうだったら、どうぞそれだけ仰っしゃって下さい。それだけでも私は嬉しいんですから。」

「なぜだね、どうしてそんな事を云うんだね。」

「だって、もう長いことあなたは創作をなさらないんですもの、世間ではあなたが駄目になったと云うんですもの、それが私には悲しいんです。――ねえ、あなたはきっと、何か書いていらっしゃるんでしょう、何卒(どうぞ)ほんとうの事を云って下さい、私を安心さして下さい。」

「お前がそう云ってくれるのは、僕もどんなに嬉しいか知れない、しかし今は、何もお前に云えないのだよ。僕がどう云う仕事をしてるか、書いて居るか居ないかと云うようなことも、一切云う訳に行かないのだよ。けれども僕は、決して駄目にはなっちゃ居ない。お前はただそれを信じて居ておくれ。」

「そりゃ信じて居ますとも。信じて居ればこそ本当の事が聞きたいんです、――Ｂさんはもう救われたんでしょうか？　真人間になったんでしょうか？　Ｂさんの発表なさる物は、あれはＢさんの物でしょうか？　あなたはよもや、Ｂさんと一緒になって、私を始め世の中を欺していらっしゃるんじゃないでしょうね。あなたはいつか、私に譃はつかないと仰っしゃったじゃありませんか。」

「Bの発表するものは、あれはたしかにBのものだ。まだ真人間にはなり切らないとしても、Bは少しずつ救われているのだ。お母様も草葉の蔭できっと喜んでいらっしゃる。――」

Aはキッパリとそう云って、祈るような眼つきをした。

「それじゃあなたはいつあなたのものを発表なさるの？」

「まだ当分――僕のものを発表する時は来ないかも知れない、だが後生だからもう何も云わないでくれ。僕はお前との約束を忘れはしない、その時が来れば何も彼も分ると思って、それを楽しみに待って居ておくれ。お前にウソをつくまいとすると、僕はついBに対してウソつきにならなきゃならない。お前の愛が僕をそんな風にしてはならないじゃないか。もう斯うやって居るだけでも、僕の孤独は慰められて居る。僕はBに申し訳がない。――さあ、分ったら彼方へ行って寝ておくれ。何も云わずに、じっと僕の事を思い詰めて寝ておくれ、それが一番いい事なんだから。――」

そう云ってAは、静かに扉をしめた。

S子がうすうす感づいて居るらしい事、――それを考えると、彼はBに済まない気がした。「自然に分ったんだなんて、そんな云い訳は聞きたくない。」と云ったBの言葉を彼は時々想い出して苦しくなる事があった。「S子には絶対に知らせない」――その約束を完全に履行するには、単にその事を知らせないだけでなく、いろいろな場合にいろいろな事を隠し立てしなければならなかった。夜中にこっそりと原稿を書いたり、それを又こっそりと、彼女の眼を盗んでBに渡したり、それが発表された時、Bの作品として彼女と語り合わねばならなかったり、一つの秘密を守る為めに幾つもの罪を妻に重ねる。――そんな風にして行くうちに、いつかは全く名ばかりの夫婦になりはしないか。「きっと分る時が来る。」そう云って慰めては居るものの、若し運悪く其の時が来なかったら、二人は斯うして一生を送らなければならないだろうか。その場合を想像すると、Aは悚然としないでは居られなかった。彼はS子の顔を見るのさえ辛いことがあった。

BはAとS子との間を、常に注意して監視することを怠らなかった。善人が悪人に欺された時はまだ幾らかはあきらめが着く、なぜなら善人には多くの味方があるから。――だが、それと反対に、悪人が善人に欺された時、その口惜しさは幾倍であろう。彼は世の中にたった独りで、自分が最も得意とし、而も唯一の頼みとする武器であべこべに敵に刺されるのである。その無念さを想って見るがいい。それ故にBのAを疑う度は執拗であった。「若しやS子に話したのじゃなかろうか、夫婦がグルになって己を欺すのじゃないか。」そう思うだけでも、彼は食う物が喉へ通らなかった。

「S子さん、此の頃僕の書く物を読んでくれますか。」と、Bは或る時Aの留守に来て、彼女に云った。

「ええ、………時々、………」

「時々じゃ心細いな、始終気を附けて読んで下さいよ。A君は何か批評でもしますか知らん?」

「いいえ、めったに批評なんかしやしないわ、――でもね、あなたは今に偉くなるッて、そう云って居ますの。」

「今に偉くなる?――へえ、そう云っててくれますかね。偉くなるとすればA君のお蔭ですよ。」

「そんな事があるもんですか、やっぱりあなた自身の力だわ。」

「しかし文壇では、僕の書く物に大分A君の感化があるッて云ってますよ、あなたはそう思わないでしょうか。」

「さあ、どうですかしら、――感化があったって、Aが偉いんじゃなくあなたが偉いんだわ、あなたがそれを自分のものにしたんですもの。」

Bははっとして S子の澄んだ瞳の奥を深く深く、探るように見据えた。が、彼女も亦、その言葉を云うと共に謎のような眼を向けて、真っ直ぐに、突き徹すようにBを見た。その眼は「どうかして秘密を知りたい」と願う切ない思いに燃えて居るようでもあった。

「ところで一体、A君はどうしたんだろうな、もうあれッきり書かない積りなのかしら？」

「いいえ、今にきっと書くッて云ってるんですけれど、ああやって居るうちに書けなくなりはしないでしょうか。あなたもそう云って、是非書くように力をつけてやって下さい、ねえ、お願いですから、――」

Bには、その「お願いですから」が二様の意味に猜せられた。彼はS子が、自分の前に手を合わせて居るように思えた。

「なあに大丈夫です、きっと書けるようになるでしょうよ。――」

そう云って置いて、彼は心の中に無上の満足を覚えながら附け加えた。

「しかしね、S子さん、たとえ書かないでもA君は決して忘れられる人じゃないんです、なぜかと云えば、A君の中から僕と云うものが生れたんじゃありませんか、A君の芸術は僕の芸術の中に生きて居るんですからね。」

「そりゃAにしたって、あなたが居る為めにどんなに心強いか知れないと思うわ。」

S子の謎のような眼の球(たま)を掠めて、その時はらりと光ったものがあった。

6

それから又二三年過ぎた。

AとBとは最早青年ではなくなって居た。あと三四年で、四十の坂が見えるようになった。

或る秋の夕暮のことである。Aの書斎で、Bはふと次のようなことを云った。――

「A君、君と僕とは随分長い間戦って来たが、勝負はまだなかなかつきそうもないね、恐らく一生かかるかも知れないが、君も此の頃は余程淋しそうに見えるよ。」

「ああ、ほんとに淋しい、――だが君だって、昔程の元気はないようだぜ。」

「そりゃ僕だって淋しいよ、斯うして年を取る度びにだんだん淋しさが増して来る。しかしそんな事は前から覚悟してたんだけれど、近頃少し気になる事があるもんだから、――」

そう云ってBは、ゴホン、ゴホン、と軽い咳をした。

「何だね、気になる事と云うのは？」

「僕の此の咳だ、此の咳がどうも気になってならない。僕は肺病になってるんだよ、事に依ると近いうちに死ぬんじゃないかな。」

「それじゃ医者に見て貰ったらいいじゃないか、放って置かないで。」

「医者には疾(と)うから見て貰って居るんだ。実は君に隠して居たけれど、此の間中海岸へ行ってたのも、転地療養の為めだったのさ、正直のところ、僕は出来るだけ長生きがしたいからね、少くとも君より先へ死ぬ訳には行かないからね。」

Aは黙って下を向いた。

「――ねえ、そうだろう、君が黙って居るところを見ると、君にもその心持ちが分るのだろう？　僕が生きて居る間は僕の名誉は確実に僕が握って居る。けれども先へ死んじまったらおしまいだ。僕の名前で出て居た物が悉く君の名前に直される、僕の名誉は残らず剝ぎ取られて、それがみんな君のものになる。君は僕の死に依って凡べてを取り返すばかりでなく、更に一層名声を挙げて、S子さんにも愛せられるし世間からも尊敬される。そうなったら、僕のした事は根こそぎ壊されてしまうんだ。だから僕は、どうしても君の後まで生きなきゃならない。考えて見ると、此の勝負は孰方が先へ死ぬかで極まるんだ。」

「ああそうか、君もその事を考えて居たのか。」

Aはそう云って、ほっと苦しそうな溜息を洩らした。

「正直を云うと、僕もいつかは其の問題に行きあたると思って居たのだ。二人がここまで争いを続けて来れば、事に依ると、孰方かが死ぬまでは続くかも知れない。――しかし僕は君に聞くが、君は死んだ後までも名誉を持って居たいのだろうか？　悪人は死後の事なんぞ考えない、生きて居る間さえよければいいんだって、いつもそう云ってたじゃないか。」

「そうだ、確かにそう云った覚えはあるけれど、今になっては死後の事も考えずには居られないよ。君が君の善を永遠に生かしたいように、僕は僕の悪を永遠に生かしたい。

永遠に世の中を欺きたい。僕の名に依って発表された物を、僕の全集の中に収めて永く後世に遺したい。そこまで行かなけりゃ矢っぱり悪も徹底しないんだ。僕が先へ死んでしまえば、君はその偶然の出来事に依って得た勝利を、善人の受くべき正当の勝利だと思うだろう。『Bの霊も今は恐らくは救われただろう』などと、良心に都合のいい口実を作って、一旦僕に譲り渡した名誉を、勝手に取り戻してしまうだろう、そうして世間の奴等もみんなそれを正しい事だと思うだろう。それが僕には口惜しいんだ。それを考えると、とても先へは死ねないんだ。」

「だから、――君にそう思われるから、僕は君より先に死にたい。」

と、Aは吐き出すように云った。

「君が今の気持ちのままで死んでしまったとして、その後にS子と二人で生き残って居る事を想うと、僕はほんとに恐ろしいよ。君と云うものがあればこそ、君の悪に刺戟されて僕の善は高められ、僕の芸術は生れて居たんだ。君が生きて居る間は、僕はどんな孤独にでも迫害にでも堪えられたけれど、君が死んでしまったら僕はどうなる事だろう。僕はもう君を救う望みもない、君に依って母の遺志を成し遂げる事も、愛の勝利を確める事も出来ないのだ。そうなったら僕は恐らく書く物も書けなくなるし、僕の芸術も、僕と云う人間も次第に堕落してしまうだろう。それだけならいいけれど、そうしてその後の孤独が恐ろしい。僕が此の世に持って居てもいい名誉は、ただ君一人が知って居てくれたのに、君はその名誉を奪い去って永久に戻って来ない。もう僕はほんとうの独りぼっちだ。いや、独りぼっちならまだいいんだが、S子と云うもう一つの独りぼっちとさし向いで、淋しく味気なく生きて行かなけりゃならないのだ。君がどんな悪人でも、草葉の蔭から其の様子を見て居るとしたら、きっと僕を憐れんでくれるだろう。僕の愛がその時始めて、君の霊に感応するだろう。あんなにあの男を苦しめるなら、一切の名誉を返してやればよかったと、君の霊はそう思うだろう。だがそうなってからでは後の祭りだ。僕がどんなに君の霊に助けを求めても、君を実際に甦らせて君の口から許しを得ない限り、僕は僕の苦しみをS子にさえも打ち明ける事が出来ないのだ。若し打ち明ければ、――打ち明けてS子の愛を得ようとすれば、僕は生きながら君に負けた事になる。決して君の云うように、僕の勝った事にはならない。僕の善は君の悪に征服された事になる。僕は冥途へ行ってから君に笑われる、『君は僕にくれたものを、僕に無断で取り戻したね。君はそれでも僕を愛したと云えるかね』と、そう云われても僕は返す言葉がない。僕はそうなるのは嫌だ、君の後へ生き残って、万一君に負けるのは嫌だ、だから君より先へ死にたいのだ。」

「それじゃ僕より先へ死んだら、君は勝つことになるのだろうか。」

「勝つと極まっては居ないけれど、恐らくは勝てるだろうと思う。僕の死を見たら、君の心が動かない筈はなかろうと思う。君が後へ生き残ったら、いつかは必ず、君が自ら進んで君の名のものを僕の名に返し、僕に代ってS子を喜ばしてくれる時が来るに違いない、僕はそう思って居るんだよ。」

「しかしだね、僕が先に死ぬとしても、――――しても、ではない、きっとそうなるに極まって居るから云うんだが、――――君の勝つ場合が全くないとは云われないね、少くともここにたった一つあるね、君も多分それに気が附いて居るだろうが、………」

Bはちょっと言葉を区切って、忌ま忌ましそうな、執拗な凝視をAの顔にじっと注いだ。

「………君はきっと気が附いて居る、そうに違いない、君は僕が死ぬ時の或る状態を予想して、そこに一縷の望みをかけて居る。君は先、僕が今の気持ちのままで死んだらと云ったっけが、僕の恐れて居るのは実にそれなんだ。僕は死よりも死ぬ時の気持ちが心配なんだ。多くの悪人は大概悪人のままでは死なない、きっと死ぬ時に善人になる。若し僕が今の気持ちのままで死ねなかったら、――死に際に罪を悔悟して、凡べての物を君に返してしまったら、それこそ僕はおしまいだ。僕が君より後で死にたいと云ったのは、それもあるんだよ。」

「成る程、………そりゃ僕も気が附いていた。生きて居る間に勝負はつかないでも、僕の死ぬ時か、でなければ君の死ぬ時に、きっと勝負がつくだろう、君はその時にきっと改悟するだろうと、僕もそう思って居ないじゃない。そこに一縷の望みをかけて居る事はたしかだ。けれどもそれは、君が僕より後で死んだって同じじゃないか。後で死んでも、君がその時改悟すれば、やっぱり君の負けじゃないか。」

「いや、そんなことはない、後で死ねばどんなに改悟したところで、僕は誰にも白状せずに死んで行かれる。勿論その時はもうS子さんも死んで居るとする、――そうだ、君ばかりじゃない、S子さんよりも長生きしなけりゃならないのだ、――僕はどんなに自分の罪を改めたにしても、君たち以外の人々にまで秘密を打ち明ける必要はない。僕の名誉は何も君から強奪したと云う訳じゃなし、云わば君が僕に対する愛情の印として、好意を以て恵んでくれたものなのだ。あの世へ行って居る君は、そんな世間的なものなぞに未練はなくなって居る筈なんだ。そうだとしたら、僕は心から君の愛の賜物を有り難く受け取って、それを自分の物として此の世に遺して、冥途へ行ってから改めて君にお礼を云えばいいんだ。若しその時に、冥途だのあの世だのと云うものがなかったら、――そうなったら、僕は勝ちだ。死後の生命がなかったら、君にはお生憎様だ。僕の悪は永劫に此の世に打ち立てられ、それで勝負がきまってしまう。君も僕も此の宇宙に居なくなって、ただ僕の悪業のみが長く人間の世に残る。――それでいいんだ、僕はそうなる事を望んで居るんだ。だから後で死ぬのと先に死ぬのとは、僕には重大な問題なのだ。」

「そうすると、若し君が先へ死ぬ場合には、僕の繋いで居る一縷の望みは、多分実現される事になるのかね？　君は其の時改悟する事を、已むを得ない事実として今からあきらめて居るのかね？　斯う云ったからって、それを心待ちにして居る訳じゃないんだが、僕も全く苦しいもんだから、時々そんな事を思うんだよ。不幸にして君が先だったら、そうしてその時改悟してくれなかったら、僕もS子も一生救われる時がないのだ。……ねえ君、君を救うことは僕を救うことだと云ったのは、斯うなって来ると矢張り本当だったじゃないか。僕はいよいよ、君に救って貰わなけりゃならなくなったんだ。僕の幸と不幸とは、君の死に際の一語にあるのだ。そこで僕の運命が極まるのだ。君はその事をよく覚えて居てくれ給え。」

「ああ覚えて居よう、そうしてきっと、君の望みを遂げさせないようにしてやろう。——

——」

そう云った時、Bの喉からは又ゴホン、ゴホンと、力ない咳が出た。彼の顔は、既に其の死が直ぐ近くまで来て居るように物凄かった。

「僕はどんな場合にでも、君を救うのは御免蒙るよ。それは君が憎いからじゃない、君を其処まで苦しめなければ、まだまだ僕の惨澹たる孤独の味が、君に分らないからだ。今の君はいくら孤独でも、矢張り未来に希望を持ち、光明を認めて居る。それで辛うじて善人になって居る。だがそんな善は譃ッぱちだ、それ以上の孤独に落ちて、それで善が通せるかどうか試して見給え。その時になって君に始めて、僕の悪が分るかも知れない。君は僕を愛すると云うのだから、僕の為めだと思って、そこまで苦しんで見てくれ給え。まかり間違ったら、一生を棒に振ってくれ給え。其の代り僕も死ぬ時は苦しむ積りだ。どんなに苦しくっても決して自己を欺かず、何処までも自分の悪を貫く積りだ。僕は凡べての悪人になり代って云おうと思う、——彼等が死に臨んで改悟するのは、実は腹からの改悟じゃない。それは彼等にシッカリした自覚と勇気がないからだ。彼等は孤独に堪えかねて、せめて死に際には自分の気持ちをゴマカシてでも、善人に握手を求める。けれども若し、彼等をもう一度生かして来れば、再び何遍でも悪を繰り返す。悪の魂は死の悲しみでゴマカされても、それで滅びるものじゃないんだ。僕は悪人中の唯一の殉教者として、悪の真理を示す為めに、悪の名誉を傷けない為めに、君たち善人に反抗しつつ、今の気持ちのままでじっと静かに死んで行く。『僕は今、悲しいけれども改悟する訳には行かない、それは悪人の良心が許さない』――そう云って立派に死のうと思う。死に臨んでそれだけの勇気を持ち得る事を、僕は切に祈って居る。意地の悪い事を云うようだが、君の心中を聞いた以上は、猶更それを祈らずにゃ居られない。」

「そりゃ、今は君もそう思って居るだろうし、そう思うのに差支えはないが、君に限らず多くの悪人は、体の丈夫な時分にはそんな風に考えて居て、さて死ぬ時になると、そうも行かなくなるんじゃなかろうか。君はゴマカシだと云うけれど、僕はそうも云えないと思う。それがほんとうだから、みんなそうなるんじゃないかと思う。人間が魂ばかりになればきっと善人に復る、悪の魂などと云うものはない、それこそ却ってゴマカシなので、そのゴマカシが死ぬ時になって始めて分るんだと、僕はそう思って居るんだがね。」

「ふん。」

と云って、Bは鼻の先で笑った。

「君はそう思って居るがいいさ、そう云われると僕は非常に有り難いよ、その言葉に励まされて、いよいよ勇気を奮い起す事が出来るからね。君のお蔭で僕は死ぬのが楽しみになった、死んで君を困らしてやるのが愉快になった。」

Bは「何糞」と云うような顔つきをした。


Aは、自分がBに少しずつ圧倒されて居る事を感じ出してから、次第に書く物が書けなくなった。Bが死んでからの荒涼たる生活を想像すると、それに脅かされて筆を執る勇気も失せ、凡べての仕事が徒爾であるように思われた。

「少くとも君の芸術だけは、もう駄目になったようだね。」

と、Bは云った。

「君は僕が生きて居るうちに、半分負けてしまったんだ。あとは僕の死ぬ時だ、死ぬ時に僕は完全に勝って見せる。」

Bの勝ち誇った、物凄い薄笑いが、屡々その頰に上ると共に、彼の病気もだんだん悪くなって行った。「今日は大分熱がある、いよいよもう近いうちかな。」Aの家へ訪ねて来てはそんな嫌がらせを云ったり、わざと薬壜を提げて来て、苦い顔をして飲んで見せながら、「此れは勝利の前祝いだ」と云ったりした。

実際、Bの死がそう遠くないことは、Aの眼にも否めなかった。ただそうなっても、Aが纔(わず)かに頼むところは、Bの臨終の一語である。彼は未だに、全くそれに絶望しては居ないのだった。「今はああ云って居ても、死ぬ時になればきっと改悟してくれる。Bにはまだ、死と云うものの厳粛さが分らないのだ。人間の霊魂が此の世を去る時に、何処からともなく忍びやかに襲って来る寥落(りょうらく)たる境地、――気高い美しい心持ちが分らないのだ。その時になれば彼は一朝にして、日頃の片意地を捨て去って聖者の如く死んでくれるだろう。」――Aの私(ひそ)かに予期するところはそれであった。若し母の霊が彼の志を憐れみ、彼の半身たるS子を憐れんでくれるなら、必ず其の時にBの心を導いてくれよう。Aは自分の為めよりも、寧(むし)ろいじらしいS子の為めに、その祈りが聴かれることを願わずには居られなかった。

7

「Bももう長いことはなささうだね、あの様子では。——」

良人にそう云われたとき、S子は何と答えていいか分らなかった。Bと良人との間に蟠る或る疑い、それがBの死に際して明かになるものならば、Bには気の毒であるけれども、その死が待ち遠いようでもある。長い間、ほんとうに長い間、Bの名に依って発表された多くの作品が、若し自分の想像通り良人の天才の産物であると分ったら、どんなにその時は嬉しかろう。自分は一と言それが聞きたい、それを聞きさえすればいつ死んでもいい、良人に愛されなくてもいい。今のようにして生きて居るより、それを聞かして貰って死んだ方が、どんなに幸福だか知れない。自分は良人の天才を崇拝し、その中に自分も生きて居られることを喜び、良人に対する自分の信頼が、遂に誤まりでなかったことに無上の感謝を捧げつつ、安らかに死んで行かれる。それにしても、Bが死んだら良人はそれを打ち明けてくれるだろうか？　Bは果して救われた

のだろうか？「救われれば話してやる。」そう云った良人が、未だに話してくれないと
すると、Bはやっぱり救われなかったのだろうか？　そうして若し、救われないままで
死んでしまったら――？
Aは、無言のうちに妻のその心を読むことが出来た。彼がBの死に対して抱いて居る一
縷の希望と不安とは、彼女の切ない胸の中にも等しく宿って居るのであった。
或る日、――それはもうBの病勢が余程進んで来て、床に就いたきり起きられなく
なった時分、BはAを端書で呼び寄せて、その枕もとへ据わらせた。
「見給え、もうこんなに、糸のように痩せちゃったよ。熱は此の間からズッと下がらな
い。いよいよ近いうちだね。」
と、彼は静かに口を切った。
「まあそう云ったもんでもあるまい。そんなヤケを起さないで、出来るだけ養生して見
給え、持ち直すかも知れないから。」
「なあに、もう駄目だよ、死が近づいたに違いないよ、その証拠には此の頃いろいろな
事を考えさせられる。」
「いろいろな事ッて？――」

「僕はね、いつぞや君に大分えらそうな事を云ったっけが、何だかだんだん勇気がなくなって来そうだよ、矢張り死ぬ時分になると、誰でもこんな風に気が弱くなるんだね。僕にもそろそろ、死ぬ時の気持ちが分りかけて来たらしいよ。」

そう云って彼は、「君のお誂え通りにね。」と、笑いながら附け加えた。

Aは黙って居たが、しかし心の何処かしらでホッと救われたような気がするのを、包む訳には行かなかった。Bは、Aのその様子を見て見ない振りをしながら、言葉をつづけた。

「それで、まあ今のうちはまだ幾らかは勇気があるから、それがなくならないうちにと思って、君に来て貰ったんだがね、君はどうか、今日の僕の言葉を遺言だと思ってくれ給え。万一、——そんなことは多分なかろうと思うけれど、——此の後僕が臨終の間際になって、どんなに改悟しようとも、それはその時の一時の気分に過ぎないので、今日のがほんとうの遺言だと思ってくれ給え。いいかね君、大丈夫だろうね。」

Aの顔色は急に変った、彼はかすかな声で「ああ」と云っただけだった。

「遺言と云うのは僕の全集の事なんだが、K社から出版するように話もついて居るんだしするから、君一つ面倒でも編纂してくれ給えな。原稿は大分沢山あるよ、悪魔主義の時代のものと、人道主義になってからのものと、大体そう二つに分けるとして、細かい順序は君に一任するとしよう。云うまでもない事だけれど、僕の名で発表されたものは一つも洩らさないように気をつけてくれ給え。それから、序文か紹介のようなものを書いてくれると、なお有り難いんだがな。」

「折角だけれど、序文だけは断るよ、僕はウソを書くのは嫌だから。」

「ああそうか、そんならそれだけはどうでもいい。僕も弱くなって居るから、此れ以上頼む勇気もない、――だが、編纂の方は大丈夫だろうね、きっと引き受けてくれるだろうね？」

「よろしい、きっと引き受けたよ。」

「うん、そうか、有り難う。じゃ、まあ、僕も安心して死ねる訳だ。もう一度くれぐれも云って置くけれど、僕が臨終の時にたとえどんなことを云ったって、それは病人の囈語だと思ってくれ給え、それで君の責任が解除されたと思われちゃ困る。――そうだ、その臨終の時には、此れも遺言の一つとして頼んで置くが、決して君以外の人を病室へ入れないでくれ給え。それが一番いい。実際僕はその囈語を聞かれるのが気になってならないんだから、――それが心配だから、こうして今のうちに頼んで置くんだから。――」

生れてから今日の日まで、始終Bの為めを思い、Bを愛しつづけて居たAの顔に、その時始めて仄かにも憎(にく)みの色が浮んだ。が、ほんの一瞬間の後(のち)、彼は翻然とそれを打ち消すようにして、出来るだけ快活な声で答えた。

「よろしい、君の云う事はよく分ったよ、たしかに引き受けたから安心してくれ給え。」

「有り難う、――それじゃ君のものは、永久に僕が貰ったよ、有り難う。」

と、Bがもう一度云って、仰向きに眼を閉じたその口元には、例の薄笑いが長く長く、神経質にふるえて居た。

8

そうして間もなく、Bの臨終の時が来た。

病室には彼のかねての希望通り、Aがただ一人附き添って、刻々に迫るBの命を視詰(みつ)めて居た。

最後の息を引き取る時に、Ｂは自分の脈を取って居るＡの手を握り返して、それまで考え詰めて居た事が今漸く分ったように、微かな、しかし明瞭な言葉で云った。

「Ａ君、赦してくれ給え、僕が悪かった、僕は君から貰ったものを、死ぬ前に君に返して置こう。」

Ｂの意識はハッキリして居た、それは囈語とは思えなかった。

「やっぱり君が勝ったんだよ、此の間の遺言は譃だと思ってくれ給え、人が死ぬ時に云う言葉はほんとうだから、――」

そう云っても、Ａが黙って居るので、彼は気づかわしげに返辞を促した。「どうか僕の返すものを受け取ってくれ、受け取ると誓ってくれ。」と、繰り返して云った。

「受け取る」と云うＡの誓いを、幾度も聞き直して念を押してから、Ｂは重荷を卸したように、安らかに死んで行った。


Ｂの死後の話。――

葬式の済んだ晩に、Ｓ子は良人に尋ねた。

「Ｂさんは救われたんでしょうか？」

「多分救われた、だが、お前の聞きたいと思うことは、矢張り話す訳に行かない。」

Aはそう答えた。

第一の遺言に従うべきか、第二の遺言に従うべきかを考え抜いた末、Aは結局、第一の方に従ったのである。なぜなら、それが最も彼の良心に疚しくない道であったから。

斯くて、Bの全集は出版された。Bに云わせれば、「Bの悪は打ち立てられた。」

9

Aはその後、何年も何年も、解き難い惑いと悶えの中に月日を送った。だが、やがて遂にその苦しみに堪えかねて、凡べての事を、或る日S子に打ち明けてしまったのである。

S子は喜んだ、そして涙を流した、彼女は報いられたのであった。けれども、Aの天才が再び甦って来る時はなかった。それはBの全集に悉く収められて居た。夫婦は長く、淋しい、楽しい、凡庸な生を送った。

「AとBの話」は此れで終りである。Aが勝ったのだろうかBが勝ったのだろうか？——

——

友田と松永の話

1

私が、大和の国の「しげ女」と云う未知の婦人から、一通の手紙を受け取ったのは、今から五六年前、委しく云えば大正九年の八月二十五日である。——と、斯うハッキリと日附を茲に記載することが出来るのは、今でもその手紙を保存しているからであるが、一体私のところへは、未知の文学青年や文学少女から、随分いろいろな手紙が来る。忙しい時には、私は一々眼を通している暇もないから、書斎の隅に束ねて置いて、そのまま忘れてしまうことなどもあるのだけれど、今も云った「しげ女」の手紙は、珍しくも直ぐに封を切って読む気になった。と云うのは、封筒の文字がペンではなく、毛筆で、昔風の優雅な書体で認めてあり、「大和国添上郡柳生村字××松永儀助内しげ女」と記した差出人の名が、「此れは普通の文学少女の手紙ではないな」と云う感じを、一見して与えたからである。

さて、その手紙の内容は、可なり長いものであるが、それが此の話の骨子であるから、煩雑を厭わず下に掲載することとしよう。――

拝啓

おん暑さきびしく候折柄、御尊家さまいよいよ御健勝にわたらせられ、大慶に存じ上げ候。さて私ことは、下に記す通り大和の国柳生村居住松永儀助と申す者の妻女に御座候。いまだお目もじ致したることも無之、突然斯様なる書面を差上げ、失礼の至りとは存じ候えども、此れにはいろいろ深き仔細あることにて、何卒々々、一と通りお聞き取り被下候よう願上候

私こと、松永家へ嫁ぎ候は明治三十八年のことにて、当時夫は二十五歳、私ことは十八歳の折に御座候。夫儀助は当家の総領にて私と結婚いたし候以前、数年間東京に遊学いたし、早稲田大学を卒業いたし候由に御座候。尤も家は代々農業を営み居り、結婚後も夫は別に此れと申す仕事も無之、半年ばかりは夫婦睦じく暮し申し候処、その歳の冬老母死去いたし候てより、夫の仕打次第に変り申し、私ことにも辛くあたり、斯かる草深き田舎に老い朽ちて何かはせんなどと口走り、折々京大阪へ鬱を散じに参り候。然ると

ころ、その翌年、明治三十九年の夏、ちょうど私こと妊娠中に、夫は何事か堅く決心いたし候様子にて、一二年洋行をして来ると申し、海外へ旅立たれ候。その節私ことは申す迄もなく、親戚一同も大反対にて、いろいろ申しなだめ候えども、力及ばざりしことに御座候

洋行中、夫よりは一回の音信も無之、それより足かけ四年の間、私ことは長女妙子を養育いたし、如何にせしことかと案じ居り候ところ、予め何の通知もなく、明治四十二年の秋に突然帰国いたし候。元来夫は此れと申す病気は無之候えども、余り丈夫の方にては無之、海外に在りて健康を害し候ように見受けられ、血色なども勝れ不申、帰国して程なく、激しき神経衰弱を患い申候。その後夫は、四十五年の春の末まで、矢張足かけ四年の間国もとにて暮し申し、私にも優しくいたしくれ、妙子をも可愛がり候。健康も少しずつ宜しく相成、神経衰弱も追々快方に向い候。然るにその年、四十五年の夏の初めと覚え候、此のたびは何と云う理由も明かさず、又行く先も告げ不申、ただ二三年の後には必ず帰る故心配するなと申し、その間はたとえいかなる事ありとも行くえを尋ねてはならぬ、尋ねても知れる筈なしと申し、留守中のこと、娘のことなど、くれぐれも云い残し再び家出いたし候。私ことも誠に余儀なき次第にて、是非に不及、云いつけを

守り候

此のたびも足かけ四年振りにて、大正四年の秋に夫は帰り候。前年と同じく、血色青ざめ、矢張激しき神経衰弱のように見受けられ候。大変お前に苦労をかけて済まなかったなどと申し、涙もろき人に相成、妻子をいつくしみ、何かにつけて哀れみ深き様子にて、神信心などいたし候。殊に大正六年の春には、当時十二歳の妙子を伴い、親子三人にて三十三箇所観世音へ参詣仕り、そのお蔭にや体の調子も亦だんだんと恢復いたし候ように存じ候

此れにて夫も心落ち着き、もはや何事も有間敷とひそかに喜び居り候ところ、そのうち大正七年の夏に相成、又々前と同じ言葉を残し候て、何処ともなく出て行かれ候。大正四年の秋より数えて、此れもちょうど足かけ四年目のことに候。それより本年は三年目に相成、来年は又四年目のこと故多分帰国可致と、それのみ心待ちにいたし居り候えども、今日迄はいずこに何を致し居るとも一向に知れ不申候

私こと、不束ながら縁ありて此の人を夫といたし、本年二歳に相成候次女をも儲けて候えば、何も彼も辛抱いたし居り、殊に夫は強ち妻を疎んずる故に家出をすると云うにては無之、外に何やら仔細あるらしき模様にて、いつも郷里に滞在中は私ことをいとおし

み、何くれと心にかけて労りくれ、家出の折にも涙をさえ流して、待っていてくれと申し残され候こと故、決して決して夫を恨む所存は無之、何年にてもじっとがまんを致し居り候えども、実は長女妙子こと、昨年冬より肋膜をわずらい、此の頃は重態にて今日明日の程も気づかわしく、折々熱に浮かされては一と目父に会わせてほしと申し候が不憫にて、毎日途方に暮れ居り候。親戚の者は既に此の前の留守の時にも夫の行くえを捜し求め、又此のたびも或は海外へ渡航せしにやと、その方面をも問い合せなどいたし候えども、更に何の手がかりも無之、東京、京都、大阪あたりにて、ついぞ似た人を見たと申す話も聞かず、尋ねても分る筈なしと申されし夫の言葉を考え合せて、不思議の思いを致し候

それにつき、先年夫帰国の砌、荷物とては別に無之、全く着のみ着のままにて、ただ小さなる手提鞄を携えて参り、四年の後に再びその鞄一つだけ持ちて旅立たれ候。田舎にて暮し候間は、もちろん厳重に保管いたし、他人は堅く手に触れぬよう申し聞かされ居り候ところ、実は私こと、夫の秘密を探りたしとには候わねども、何とも合点の参りかね候ふしぶし有之、相済まぬこととは存じながら、ただ一度、鞄の中をそっと改めしことと有之候。中には紫水晶の石を嵌めたる男持ちの金の指輪と、友田と刻したる印形と、

葉書一枚有之候て、その外には、西洋にて集め候品にや、外国の婦人の、誠にいかがわしき風俗の写真数十葉を発見いたしたるのみに候。葉書の方は、受取人は東京市京橋区銀座尾張町三丁目カフェエ・リベルテ方、友田銀蔵様と有之、さて発信人は、あなた様のお名前になり居り候。葉書の文言は、一昨夜は失礼しました、例の件はどうなりましたか、御返事をお待ち申しますと云うようなることを、ペン字の走り書にて記され、大正二年五月七日の日附ありしと、今に記憶いたし居り候。私こと、あなた様のお名前は毎々新聞雑誌などにて存じ上げ候えども、友田銀蔵と申される方は存じ不申、又何故に、右友田氏の印形と葉書を夫が所持いたし候哉、それに指輪も、夫の指には太過ぎる品故他人様の物にはあらずやと存ぜられ、旁々一層不審の思いを致し候ことに候
誠に管々敷ことを書き綴り、何とも恐れ入り候えども、事情と申し候はあらまし以上の如くに候。それにつけても夫儀助こと、右様なる葉書を所持いたし候こと故、万一あなた様御存知にては無之哉、それとも友田と申し候は夫の偽名にては無之哉など、思案の余り失礼をも不顧、斯様なる書面差上げ候ことに御座候。前にも申上げ候通り、私ことは夫の所在を強いて尋ね出さんとには無之、ただあなた様にお心あたりも有之候わば、私より斯様々々に申し越したる趣をお話し下され、娘のわずらい居り候ことを一と言お

伝え被下度、却て私より直に申しやり候よりも、その方夫の気にかない可申と存じ候。もし又松永儀助と申すものを御存知無之候わば、その友田と申される方はいかなる御人にて候哉、その方の御住所等お知らせ願い度、縁もゆかりもなきあなた様に対し、甚だ勝手がましき事にて御迷惑とは存じ候えども、只今の場合あなた様の御力にお縋り申すより外に道なく、何卒事情御推察被下度候

尚念のため夫の写真一葉封入いたし候。此れはいつぞや三十三箇所順礼の節、出立の砌に私共三人にて写し候。平素は至って写真嫌いの人に候えども、その折は記念のためとて撮らせ候。当時夫は三十七歳、本年は四十歳に相成候

猶々、私より此の手紙差上候こと、成るべく余人には御内聞に願い度候えども、それも必要の場合にはそうも参りかね候ことと存じ候。何も彼もあなた様の御一存にて宜しきようお取計らい下され度、幾重にも御願い申上げ候

大正九年八月二十三日

松永しげ拝

——様おん許へ

手紙は、八月の二十三日に投函したので、東京青山の私の家（うち）へ届いたのが、翌々日の二十五日の朝であった。

寝坊の私は、寝床の中で、この長い手紙を枕もとにひろげながら読んだ。読んで行くうちに、いか程私がこの内容に驚かされ、好奇心を呼び起されたかは云う迄もあるまい。そればかりでなく、私はこの「しげ女」と云う人を、今時の女に珍しい、奥床（おくゆか）しい婦人であるように感じた。前にも云う通り、それは優雅な、やさしい書体で、何尺とある巻紙へ細々（こまごま）と書いてあるのである。「家は代々農業を営み居り」と記してあるが、農家と云っても無論相当な由緒の家柄なのであろう。そして「しげ女」と云う人も恐らく一と通りの教養のある婦人であろう。それでなかったら、此れだけの事を此れだけすらすらと、昔風の候文で書きこなせる訳はない。——私はそう思いながら、その巻紙を又始めから巻き直して、二度も三度も繰り返して読んだ。

封入してある親子三人の写真に就いても、私はそれを手に取ってしみじみと眺めた。写真の大きさは手札型で、三十三箇所へお参りに行く順礼の姿をした三人が、娘を中央に、笠を手に持って立っている全身像である。顔は小さく写っているので、細かい点迄は分らないが、「しげ女」の夫、松永儀助と云う人は、手紙に依ると「当時三十七歳」

とあるにも拘らず、その写真では非常に老けていて、四十二三歳ぐらいに見えた。痩せた、せいのひょろ長い、いかにも病人じみた男で、頬骨の出た、トゲトゲしい顔だちは寧ろ醜い方であり、多少眼つきが鋭いようではあるけれども、大学を出て洋行をした人のような智的な感じはなく、一見したところ、極く平凡な田舎爺に過ぎないように思われる。私は私の過去の記憶を探って見る迄もなく、こう云う容貌の持ち主に知合いはなかった。松永儀助と云う名前も初耳であった。尤も友田銀蔵とは交際があるが、此の写真とはまるで似ても似つかない男で、二人が同じ人間であろう筈はなかった。

夫と並んで写っている「しげ女」の方は、美人と云う程ではないにしても、見事な手紙の文字から受ける奥床しさを裏切らない、品のいい、おっとりした目鼻立ちの女であった。何分田舎の写真師に撮らせたものであるから、旧式な修正がしてあって、生気がなく、人形のように見えるけれども、瓜実顔の、堅く結んだ小さな口もとや、柔和であって而もパッチリと冴えた眼などに、或は私の気のせいかも知れぬが、悧潑な個性が偲ばれるように思えた。それに古風な順礼姿が彼女の人柄を一層可憐な、しとやかなものにさせていた。何だか芝居にでも出て来そうな、風流な、みやびやかな女順礼であった。

二た親の間に挟まっている娘の妙子は、可愛い女の児のようではあるが、これこそ全く人形じみていて、父親似であるか、母親似であるかも分らなかった。

私は、手紙と写真とを眼の前に置いて、この事件の性質を考えてみたが、正直を云うと、私が不思議に感じたのは、松永と云う見も知らぬ男が、鞄の中に私のハガキを秘めていたと云う、単にその一事ばかりではない。しげ女は知らない事であろうが、そのハガキのみでなく、紫水晶の指輪と云うのも、数十葉のいかがわしい西洋婦人の写真と云うのも、実は私には、心あたりがあるからである。私の推測に誤りがなければ、その指輪も「いかがわしい写真」も、鞄の中にあったと云う印形と共に、恐らく友田銀蔵の所持品ではないであろうか？　なぜなら友田は、私が知ってから十数年来、紫水晶――アメシストの指輪を嵌めていて、現に二三日前会った時にも、ちゃんとその石が、彼の左の薬指に光っていた。それから彼は、奇怪な女の写真を写すのが道楽で、何十枚となくそう云うものを珍蔵していて、私もたびたび見せられたことがあったのである。すると、松永と云う男は、私には直接引っ懸りがないとしても、必ず友田に関係があろう。友田に聞けば、何かしら分るに違いなかろう。

ここまで私が考えて来た時、ふっと気がついたことなのであるが、一体此の、友田と云う男も、長い間附き合ってはいるものの、そう思って見れば、彼が何商売をして、何処に住んでいる人間であるかは、余りハッキリしないのであった。私が彼に遇うことがあるのは、多く偶然の機会であって、お互の家を訪問した覚えは一回もない。従って私は、彼が独身者であるか、妻帯者であるかもよく知らない。——こんな風にして十何年も交際を続けていたのは、不思議と云えば不思議であるが、しかし世の中には所謂「飲み友達」と云う者があって、酒を飲む時や女遊びをする時の外には、とんと交渉がないと云うような間柄が屡々ある。私と友田との関係も要するに「飲み友達」で、酒の上や女の上では随分親しい仲ではあるけれど、結局常にその場限りの附合いであった。そう云う訳だから、私は友田と真面目な用件で文通をした記憶はないが、それでも簡単なハガキぐらいは、折々取り交したことがあるように思う。しげ女が夫の鞄の中から見出したハガキに、「カフェエ・リベルテ方、友田銀蔵様」とあり、且その日附が大正二年五月七日であるとすると、成程私はそんなハガキを書いたかも知れない。と云うのは、——何分古い話であるから、明瞭に覚えてはいないけれども、——私も友田も、その時分には、カフェエ・リベルテを根城にして飲んでいた。大概三日に一度ぐらい、私は其処で友田を見かけないことはなかった。だから何かしら友田にハガキを出す事があったとすれば、彼の住所を知らない私は、カフェエ・リベルテ宛にして出したであろう。尚又、そのハガキに記してある「例の件はどうなりましたか、御返事をお待ち申します」と云う「例の件」とは、果して何の事であったか、此れはどうもハッキリしないが、多分良くない相談に違いなく、女遊びの打ち合わせか何かであっただろうと想像される。友田はあの時分、横浜の山手にある、当時十番館と呼ばれた白人女の魔窟を知っていて、私を始め二三人の飲み友達を、時々そこへ引っ張って行ったことがあった。その魔窟は、見たところでは貴族か何かが住みそうな奥深い西洋館で、日本人の客は容易に中の歓楽境を窺い知ることが出来なかったものだのに、友田はそこの常得意であって、彼の紹介だと私たちは訳なく這入れた。それ故カフェエ・リベルテへ集る物好きな連中は、皆此の友田を重宝がった。友田の方でも、十番館へ新奇な女が来たりすると、「おい、此の頃こう云う女が居るぜ、行って見ないか」と、早速報告を齎したものだった。思うにハガキにある「例の件」とは、私がそう云う報告を聞かされ、一緒に出かける手筈になっていて、友田の都合を問い合わせたのではなかったろうか。先ずわれわれの用事と云えば、そんな事に極まっていたのであるから。

私はその後、十番館の女たちとは馴染になって、最早友田の案内がなくとも、一人で行けるようになった。私が行くと、殆どいつでも友田が来ていた。十番館と云うところは、前にも云うように立派な家で、室の数も相当に多く、女も時々入れ変りはあったが、常に七八人ぐらいは居たろう。白人女の斯う云う家は、普通何処でも同じように、階下にダンス場や酒場があって、二階が女たちの部屋になっている。そしてお客は、先ずダンス場か酒場へ行って、女たちを相手に、ダンスをするとか、酒を飲むとかするのである。で、そう云う場合私は酒場で遊んでいると、不意に後から「やあ」と声をかけながら、友田が肩を叩いたりする。「今夜は友田さんは来ていないかね」と、私の方から心待ちにして尋ねると、「さあ、二階に居るかも知れませんよ」と、誰かがそう云っているうちに、やがて当人が、太った、出ッ腹の、相撲取のような肥満した体で、よッちよッちと階段を下りて来る時もある。友田は金放れのいいせいもあろうが、此処の女たちにひどく持てていた。何しろ体量が二十貫ぐらいはありそうな、堂々たるかっぷくで、英語と仏蘭西語が頗る巧みで、その上機智と愛嬌に富み、ちょっとした動作や表情などにも此の道の通人らしい所があったから、日本人の客で白人以上に振舞うことが出来たのは、当時此の男一人であった。女たちは「ミスタ・トモダ」と云わないで、「トム、トム」と呼んで、親しんでいた。

「君はまるで、此処の家を我が家のようにしているんだね。」

或る時、私が冷やかすと、

「うん、まあそんなものかも知れないな。」

と、シャンパンのグラスを挙げながら、自分の周りに集って来る女たちを眺め廻して、友田はやに下っていたものだった。

私は前に、友田の職業は分らないと云ったが、それに就いて思い出すのは、ちょうど其の頃、彼が余り十番館に入り浸っているところから、妙な噂が飲み友達の間に伝わった事があった。つまり友田は、お客のような顔はしているが、実はあの魔窟の主人公なので、彼が内証で資本を出して、あの商売を経営しているのじゃないか、――此れは誰が云い出したことか分らないけれども、そう云われて見れば、成る程尤もな疑いであった。私の知っている限りに於いて、その疑いを否定する証拠はないばかりか、却って肯定する材料がいくらもあった。たとえば彼が珍蔵している例の問題の写真にしても、そこに写っている女たちは十番館にいる女か、或は嘗ていたことのある女たちばかりで、それらの写真がこんなに沢山集ったのは、友田自身の話に依ると、新しい女が来る度毎に、彼はその女を一室に入れて、撮影したのだそうである。しかし斯う云ういたずらは――単にいたずらであるかどうかも疑問であるが、いくら友田が金放れがよくても、又女たちに持てていても、何かそれ以外にあの家と特別な関係がなければ、出来るものでない。一体彼が、私にそんなものを見せたり、そんな話を聞かせたりしたのは、自分が此処の主人であると云うことを、遠廻しに打ち明けた積りかも知れない。彼は少くとも、私にだけは、自分の秘密を隠さなかったのかも知れない。そう云えば彼は、「ハガキをくれるなら、カフェエ・リベルテ方よりも、十番館宛の方がいいよ。その方が早く届くよ」とも云っていた。そして私は、いつからともなく、彼をあの魔窟の経営者、或は投資者であるかのように思い込んでしまっていた。

ここでもう一度注意しなければならないことは、しげ女が発見した友田宛の私のハガキは、大正二年五月七日の日附であると云うことである。つまり大正二年頃には東京に於いてカフェエ・リベルテ、横浜に於いて十番館が友田の根城だったのである。が、しげ女の手紙が私の許へ届いた時分、即ち大正九年八月頃には、カフェエ・リベルテも十番館も、もう疾うに潰れてしまっていた。では友田の所在は分らなかったかと云うに、そうではない。友田はその時分、又新しい二つの根城に拠っていた。東京の方のは、銀座のカフェエ・プレザンタン、横浜の方のは、山手の二十七番館であった。そうしてプレザンタンの方は、矢張リベルテと同じような普通のカフェエで、二十七番館の方は、此れも以前の十番館と全く性質の似通った、白人女の魔窟であった。横浜の山手は、大正十二年の地震の為めに文字通り全滅してしまって、今では痕跡もないけれども、あの、ゲイティー座の前を本牧の方へ真っ直ぐに、七八丁行って、何番目かの曲り角を右へ折れたところ、――山手の居留地は一帯にこんもりと樹木が多く、昼間でも閑静な、外国趣味の一区域を成していたが、中でも殊にひっそりとした、少し荒廃しているくらい乱雑に樹々の生い茂った、ちょっと人目に附かないような淋しいところに、その二十七番館はあったのである。多分その家は、開港当時に建てられたもので、そこが魔窟になる前には、相当な外人の邸宅だったのに違いなかろう、間取りの工合、部屋の数などは、十番館と同じくらいで、内部の飾り附けは華やかであったが、外の見つきは、建物が大きく、古びている上に、そう云う淋しい場所であるから、化物屋敷の感じがあった。女たちは、皆新しい顔揃いで、無論十番館時代の者は一人も残っていなかった。けれども友田がその家に入り浸っていることは、十番館時代と変りはなく、私の眼には、依然としてそこに特別の関係があるらしく映った。そうして彼は、又そこの女たちをモデルに使ったさまざまな写真を、沢山持っていたのである。

然るに一つ不思議なことには、友田の十番館時代と二十七番館時代、カフェエ・リベルテ時代とカフェエ・プレザンタン時代、——それが各々どのくらい続いて、彼が前者から後者へ移ったのはいつであったか？　と云うことになると、そのつながりが一向ハッキリしないのである。私は友田のカフェエ・リベルテ時代、大正二年前後から、引き続いて今日まで、ずっと友田に会っているような気がしていたけれども、だんだん記憶を辿って見るのに、その間に二三年、——或は三四年、——孰方からともなく疎遠になっていた期間があった。十番館が商売を止めたのは、あれはたしか、大正四五年頃だったろうが、もうその前から、友田の姿はふっつりあの家から見えなくなっていた。「どうしたんだろう、此の頃トムはちっとも来ないよ」と、女たちがそう云っていたのを、私が聞いたことがあるのは、大正四年の十月時分だったであろう。同時にカフェエ・リベルテの方へも、彼は来なくなってしまった。そうこうするうちに、カフェエ・リベルテも店を閉じて、その後一二年立ってから、リベルテよりも二三丁程新橋の方へ寄ったところに、プレザンタンが出来たのである。そこで私が、或る夜偶然、暫くぶりで友田に会ったのは、大正七年の末であったか、或は八年の正月であったか、兎に角びゅうびゅう木枯の吹いていた晩だったから、冬のことだったに違いない。それから——そうそう、そう云う風に考えてゆくと、次第に思い出されるのだが、その時、と云うのはプレザンタンで暫くぶりで会った時、私は友田に「そう云えば君、十番館がなくなってしまって、横浜もサッパリ面白くないね」と話したのであった。すると友田はニヤニヤしながら、「どうも君は小説家にも似合わない、時勢に疎(うと)い人間だね。この頃横浜に又一軒出来たんだよ、十番館のようなところが。………」とそう云って、私をその晩——か、それともその後(のち)の晩だったかに、始めて二十七番館へ連れて行ってくれたのである。………

これだけ書けば、既に読者も大凡(おおよ)そ心附かれたであろうが、しげ女の夫の松永なる人と、友田との間には、最初に私が考えたよりも、何等か一層、深い関係が潜んでいる如き観を呈する。なぜなら、しげ女の手紙に依ると、松永なる人が二度目に郷里へ帰ったのは、大正四年の秋であるという。そうしてその人は大正七年の夏までは田舎に居て、それから更に家出をしたという。ところがちょうど此の期間、——大正四年の秋から大正七年の夏に至る間に於いて、私は友田を一回も見かけた覚えがない。私の方でも、矢張足かけ四年の間、友田に会わなかったのである。私は此のことに気が附くと、急に非常な好奇心に打たれた。次に私は、抑(そもそ)も友田という男を始めて知ったのはいつであったかを考えて見たが、それは何でも、明治四十一二年頃のことであった。誰が紹介してくれたのか、或は紹介を経たのでなく、いきなり酔った勢で互に口を利き出したのか、委しいことは忘れてしまったが、場所は日本橋の、その時分は小網町にあったカフェエ・コウノスだったと思う。然るに此処でも、カフェエ・コウノスからカフェエ・リベルテへ移った時期が明白でない。いつからともなく友田はコウノスへ来ないようになり、そのまま何年かを過ぎて、或る日突然カフェエ・リベルテへ現われたように記憶する。この、彼が最初にわれわれの圏内から姿を隠していた期間は、果して足かけ四年であったか、今となっては確かな断言は出来ないけれども、一方しげ女の夫の方は明治四十二年の秋に戻って来て、再び国を出て行ったのが四十五年の夏の初めであるとすると、これも大体年代が一致するように考えられる。即ち表を作って見ると、左に示す通りになるのである。

第一期	自明治三十九年夏 至同　四十二年秋	松永儀助洋行時代 友田銀蔵此の期の末にコウノスに現わる
第二期	自明治四十二年秋 至同　四十五年春	松永儀助在郷時代 友田銀蔵韜晦時代

第三期	自明治四十五年夏 至大正四年秋	松永儀助韜晦時代 友田銀蔵カフェエ・リベルテ、十番館時代
第四期	自大正四年秋 至同七年夏	松永儀助在郷時代 友田銀蔵韜晦時代
第五期	自大正七年夏 至同九年現在	松永儀助韜晦時代 友田銀蔵カフェエ・プレザンタン、二十七番館時代

この表の中の、第一期と第二期に就いては、友田銀蔵に関する方の私の記憶が正確でないが、ほぼ間違いがないとして見ると、明治四十二年以後、大凡そ足かけ四年目毎に、松永儀助が郷里に居る時は友田銀蔵の行くえが分らず、友田銀蔵が東京横浜に現われる時は、松永儀助の行くえが分らないのである。

私はさっきから、まだ寝床の中にもぐりながら、以上の一見奇怪に見える事柄を考えつづけた。――考えつづけるべく、余儀なくされた。私はこの表を、此処に示すように頭の中へ描き出して、丁寧に吟味してみた。しげ女の手紙をも、更に幾度か、読み返し、読み返した。此処に至って誰にでも気がつくことは、友田銀蔵と称する男と、松永儀助と称する男とが、或は同一人ではないかと云う一事だが、私はもう一度、例の順礼姿の写真を枕もとに引き寄せて、つくづくと眺めた。「それとも友田と申し候は夫の偽名にては無之哉」と、しげ女も疑っているのだけれども、しかし斯うして眺めて見るのに、その旧式な、ところどころ修正がしてある写真から来る感じでは、松永儀助の人柄は友田銀蔵と似ていないばかりか、寧ろその相違が甚しい。二人の間には共通点が一つもない、顔つきに於いても体つきに於いても。

写真は屡々本物と違うことがないとは云えない。殊に順礼の風などしていれば、尚更人柄が異っても見えよう。けれども、いかに割引しても、友田の如く肥満している人間が、こんなに痩せて写るわけはない。友田はでっぷりと殆ど病的に太った男、此の写真にある松永は、ひょろひょろとした細長い男。友田は頬っぺたがハチ切れそうに膨らんだ円顔、松永は頬がゲッソリ憔けた、鋭い三角形の顔。二人は極端と極端であって、一方は明るく、豪快に、一方は暗く、陰鬱である。一人の人間が痩せたり太ったりすることはあるが、友田は私が初めてコウノスで会った時から、ずっと此の通りの体質であり、松永の方も、「元来夫は此れと申す病気は無之候えども、余り丈夫の方にては無之」とか、「それに指輪も、夫の指には太過ぎる品故他人様の物にはあらずやと存ぜられ」とか、しげ女が記しているのを見れば、此れも昔から写真のように痩せた男なのであろう。しげ女は又、「親戚の者は既に此の前の留守の時にも夫の行くえを捜し求め、又此のたびも或は海外へ渡航せしにやと、その方面をも問い合せなどいたし候えども、更に何の手がかりも無之、東京、京都、大阪あたりにてついぞ似た人を見たと申す話も聞かず」と記している。一方友田は、嘗てカフェエ・リベルテ時代にも盛んに銀座界隈に出没し、近頃は始終プレザンタンへやって来て、一昨々日の晩も、現に私は会っているのである。友田が松永と同一の人間であるとしたら、これが発見されずに居ようか？「自分の行くえは尋ねても分る筈なし」と、妻に云い残した松永なる人が、こんな大胆な行動を取ろうか？

が、徒らに蒲団の中で考えていたところで、此の問題の解決はつかない。矢張友田に打つかって見るより方法はない。私は実は、その日は少し忙しい仕事を持っていたのだが、夕方迄で切り上げて、兎に角彼を掴まえるために、銀座のカフェエ・プレザンタンへ出かけて行った。万一彼がプレザンタンへ来ないとすれば、必ず横浜の二十七番館にいるのであろう。今日迄の経験に依ると、いつでも彼を見出すことは甚だ容易なのである。

2

プレザンタンと云う店は、ちょっと普通のカフェエとは違った、小体（こてい）な、気の利いた家（うち）であった。料理と云ってはビフテキが出来るだけだったが、そのビフテキは純英吉利（イギリス）流の、炭火を使って金網で焼くと云う式で、此れが東京では珍らしかったし、酒もそこらのカフェエにはない、筋のいいものを飲ませてくれた。自然そう云う店であったから、振りのお客よりは、食道楽の、通な常連をあてにしていて、所謂（いわゆる）高等遊民の溜り場の観があったけれども、此の頃のような夏の宵には涼みがてらの客足が繁（しげ）く、殊にその晩はその狭い店が可なりごたごた賑わっていた。私は八時から九時迄の間、友田を心待ちにしながら、ビフテキを肴にフレンチ・ヴァーマウスを三杯飲んだ。が、友田はなかなか来そうもなく、私の周囲のテーブルには、知らない人の顔ばかり見えた。

私は十時まで待って見る気で、最後のヴァーマウスを飲み干してしまうと、アモンティラドオを一杯命じた。此のアモンティラドオと云う酒は、「アモンティラドオの樽」と云うポオの物語を読んだ人なら、名前だけは覚えているだろうが、しかし日本でアモンティラドオがどんな酒だか知っている者はあまりなかろう。実は私も、此の忘れられない酒の味を、近頃始めて知ったのであるが、此れを私に教えてくれたのは友田だった。

「君、此の酒を一杯飲んで見給え、此れがほんとうのアモンティラドオだよ。」

と、友田は或る時、此処の酒場のボーイに云いつけて、棚に列(なら)んでいる数々の壜の中から、ついぞ見馴れない一つの壜を持って来させた。

「君は此奴(こいつ)を飲んだことがあるかね？」

「名前は聞いてるが、飲んだことなんかある訳がないさ。一体アモンティラドオと云うのはどんな酒だい？」

「此れは西班牙(スペイン)の特産物で、つまり本場のシェリーなのさ。ほら、此の色を一つ見てくれ給え。普通のシェリーと云う奴は、もっと色が黒ずんでいるが、此れは非常に冴えているだろう。」

友田はそう云って、私の前になみなみと注(つ)がれた、琥珀色に透き徹(とお)った液体を指した。

「此れがほんとうのシェリーの色だ。君等が常に飲んでいる奴は、あれは英吉利の模造品で、砂糖で甘味を附けてあるんだが、此奴はそんなまやかしじゃないんだ。交りッけのない、純粋の葡萄の甘味だ。」

「素敵だ！　こんな旨いシェリーは飲んだことがない！」

私は惚れ惚れと、その酒の色を眺めつつ叫んだ。それは全く、何とも云えない軽い甘さと、ほろ苦い風味と、南国的な感じの溢れた芳香に充ちていた。

「こんなものがどうして此の店にあるんだか、不思議じゃないか。此れはザラにある酒かい？」

「馬鹿云っちゃいけない！　此奴は僕が見附けたんだよ。横浜のK商会の酒庫に二ダースばかりあったのを、一ダース此処へ分けてやって、一ダースは僕が引き取ったんだ。」

そう云って友田は得意だった。

で、今も此の酒を飲むにつけても、私の友田に対する疑いはますます深くなるのであった。全体私は、余り親しくしているために却って気に留めなかったのだが、考えて見ると、あの友田と云う男ぐらい、その存在が極めてハッキリしているようで、その実甚だ曖昧なものはないのである。彼はいかなる経歴を持った男であるか？　彼の半生は？彼の年齢は？　彼の出身学校は？　こう云う風に一つ一つ尋ねられると、私は何も答えられない。従来友田は、たまたまそう云う質問に遇うと、妙に言葉を濁してしまって、

「イエス」とも「ノー」とも取れるような、捕捉し難いことを云った。私は彼が英仏語に巧みであり、西洋の習慣や風俗に委（くわ）しく、洋食や洋酒の種類に通じているところから、一遍彼方（あちら）へ行って来たことがあるのだろうと、勝手に極めているようなものの、友田自身の口からは、まだ明瞭に聞かされた例（ためし）はないのである。彼は時折、上海（シャンハイ）で遊んだ話はするけれど、巴里（パリ）や倫敦（ロンドン）の噂などはしたことがない。「君の英語や仏蘭西語は、何処でそんなに稽古したんだい？」と、尋ねて見ても、「何も稽古と云う程のことはしやしないさ。毛唐の女を買っているうちに自然と覚えちゃったのさ」と、そう何気（なにげ）なく云うだけで、「じゃあ君、よっぽど長く欧羅巴（ヨーロッパ）にでも行っていたのか？」と追究すると、「あはははは、毛唐の女は欧羅巴に限ったこたあないぜ。巴里を見たけりゃ、横浜にだって、神戸にだって、上海にだってあるんだぜ」と、笑いに紛らしてしまうのであった。

「よし、今度はどうしても友田を掴まえて聞いてやろう。十時迄待って来なかったら、此の足で直ぐ横浜へ行こう。」

私はそんなことを思いながら、更に二杯目のアモンティラドオを命じた。

「今夜はお一人で？………お淋しゅうございますな。」

そう云って話しかけたのは、此のカフェエでも古顔のボーイであった。彼は銀の盆の上から、その琥珀色の液体を盛ったシェリー・グラスを、私の前に置いた。

「うん、今夜はすっかりあぶれちまったよ、此処の家はひどく繁昌しているが、……………」

「夏場はどうも、いろんなお客がやって来るんで、却ってゴタゴタしていけませんや。」

「さっぱり知った顔が見えないじゃないか。実は友田君が来るかと思って、さっきから待っているんだがね。」

「へえ、じゃあ又二十七番ですか。」

そう云ってボーイはニヤニヤしながら、酒場の上に懸っている柱時計を振り返った。

「まだやっと九時半でさあ、繰り込むにはちと早過ぎますよ。」

「だが奴さん、来ないかしら？　来なけりゃ横浜へ逆襲しようと思っているんだ。」

「何です一体、近頃あすこに綺麗なのが居るんですか。」

「居るかどうか、そいつを奴さんに聞いてみるのさ。東京も一向詰まらんからね。」

「ま、もう少し待って御覧なさい。ここンところ二た晩ばかり見えませんから、今夜あたりはお出でになってもいい時分ですよ。」

ちょうどボーイがそう云っている時、

「やあ、来た来た。」

と、私は叫んだ。リンネルの背広に英国製のタスカンの中折を被って、何から何まで真白ずくめの服装をした、顔色ばかりが酒飲みらしくぴかぴかと赭(あか)い友田の大きなずうたいが、とたんに表のドーアを開けて此方(こちら)へ歩いてきたからである。

「やあ。」

友田も私を認めると、西洋人がよくするように、手をさし上げて、拇指と人差指とでぴんと云う音を鳴らした。そして人込みの間をわけて、出ッ腹の上にワイシャツをだぶだぶ波打たせながら、やがて私と差向いに、どっかり其処へ腰を卸した。

「入らっしゃいまし、お待ちかねですよ、友田さん。」

と、ボーイが云った。

「へえ、誰が？」

「なあに、お待ちかねと云う訳でもないんだが、一人ッきりで退屈だったもんだからね。」

私はボーイがまずいことを云ったと思ったので、打ち消すように、何気なく云ったが、そう云いながらも私の視線は、自然とテーブルの上に置かれた彼の左の手の甲を射た。問題の紫水晶の指輪は、そのむっちりと肥え膨らんだ薬指に、今夜もキラキラ輝いているのである。

「ボーイ、ジン・ビタスを一杯。」

「ジン・ビタスとは珍らしいね。」

友田はめったにジンやウィスキーを飲まなかった。彼の飲むのは極く筋のいいクラレット、コニャック、ラインワイン、シェリー、シャンパン、――そんなところに極(きま)っていて、英吉利や亜米利加(アメリカ)の酒は嫌いだった。「コクテルなんて云うものは、ありゃあ本当の酒じゃあないよ。酒は絶対に交ぜ物をしない、生(き)一本の味がいいんだ。亜米利加人は酒の味を知らないんだよ。」そう云うのが彼の持論だった。

「いや、あんまり好きじゃないんだが、暑気払いにはジン・ビタスが一番なんだ。あれを飲むとすうッと汗が引っ込むんでね。」

「へえ、それじゃ、僕も一杯貰うか。」

「ジンもドライ・ジンじゃいけない、オールド・トムにビタスをちょっと入れたんでなくっちゃ。………」

そう云って彼は、太った人にありがちの、玉のようにポロポロ雫（しずく）する汗を、ハンケチで拭いた。いつでも堅いシングル・カラーを着けているのが、それも汗でへなへなになっていた。

「ああ暑、暑、………こう暑くっちゃ遣（や）り切れないな、横浜の方がいくらか優（ま）しだな。」

「ところで二十七番はどうだい？　此の頃ちっとは変ったのが居るかい？」

「あ、居る、居る、五六日前に上海から来たって云う奴で、素敵なのが居る。」

「露西亜（ロシア）じゃないかい？」

「いいや、ところが！　あれはポルチュギーズじゃないかな。」

「ポルチュギーズじゃ、日本人みたいなもんじゃないか。」

「おい、おい、そう贅沢を云っちゃいかんぜ。眼玉や髪の毛の黒いところが似て居るだけで、感じは全然西洋人だよ。ポルチュギーズの女って奴は、顔は日本人を非常に美人にしたもので、体つきは西洋流に整って居ると思ったら、間違いはないんだ。」

「どうかなあ、君は話が大きいからなあ。」

友田の話には、いつでも少し掛け値があった。「素晴らしいのが来て居る」と云う口に釣られて行って見ると、大概それ程ではないのであった。

「馬鹿を云い給え、今度の奴は先ず今迄にない代物だ。」

「正の者を見なけりゃ分らんからな。」

「じゃ、正の者を見せてやるかね。――」

「此れから横浜へ行ってかい？」

すると友田は、何も云わずに、憚るようにあたりを見廻して、上衣の内隠しへ手を突っ込んだ。

「此処に写真を持ってるんだよ。」

「驚いたな、もう写したのか。」

「そりゃ早いもんさ、来ると早速撮ってやったさ。――ほら、ちょっとこんな工合だ。――」

そう云って彼は、紙入の中からそれを取り出して、掌の蔭で私に示した。

「どうだ君、此の体つきは？」

「ふーん、此の女はまだ若いね。」

「十八だと云っているが、二十にはなっているだろう。――どうだい、お気に召さないかい？」

「ふふん、此れなら大いに気に入ったよ、行って見るだけの値打ちはあるよ。」

「あははは、」

友田は椅子を揺がして笑った。

「それ見給え、そう来るだろうと思っていたんだ、あははは。」

「ところで友田君、僕の方でも君に見せる写真があるぜ。」

私は友田の笑っている隙を窺って、此の一石を投じて見た。そして同じように上衣の隠しへ手を突っ込んだ。

「へえ？　何だいそりゃ？」

「此れだ。」

咄嗟に私は、松永親子の絵姿を出して、それをぴたりとテーブルに置いた。

「何だい、此れは順礼じゃないか。――」

そうは云ったが、その一刹那の友田の表情は、未だに私の眼底を去らない。彼は写真を突きつけられると、それを手に取って見る迄もなく、ぞうッと総毛立ったように、顔色を変えた。彼のどろんとした酔眼は、或る云い知れぬ恐怖か苦悶か、何か激しい感情を抑圧しているかの如く、怪しく、強く、一杯に瞠（みひら）かれつつ、異様にギラギラ光を放った。私はちょっと二の句が継げないで、黙ってしまった。

やがて、カチリという音がしたかと思うと、友田はいきなり、非常な勢いで杯(グラス)を取って、残った酒を一と息に乾した。

「で、此の写真がどうしたと云うのさ?」

やっと友田はそう云ったが、その言葉には包もうとしても包み切れない、憤激の調子があった。

「君はその写真の人を知らないだろうか?」

「知らんよ、僕は、こんな人は。」

「全然覚えがないだろうか?」

「全然ない。」

此れは出方が悪かったかな、あまり不意討ち過ぎたので、却って怒らしてしまったかな。——私はそう思って、陣立てを変えて、今度は優しく、穏かに説いた。

「君がその人を知らないとすると、いよいよ不思議なことがあるんだが、そこに写っている男は、大和の国柳生村の生れで、松永儀助と云うんだそうだ。」

「ふん、それで不思議な事と云うのは?」

「二三年前から、その男の行くえが分らないんだよ。」

「じゃあ何かい、君は此の男の友人ででもあるのかい？」

友田は反噬するように云った。

「僕は友人じゃないんだが、君が知っている筈だと思う訳があるんだ。――」

私は此の場合、「成るべく余人には御内聞に願い度」と云うしげ女の頼みではあったけれども、一と通り今朝の手紙のことを友田に語らねばならなかった。私は彼を誘い出して、戸外を歩きながら話そうかとも考えたのだが、今夜は店がガヤガヤしているし、ちょうど私たちのテーブルの横には扇風器がびゅうびゅう呻っているので、外のお客に聞かれるような心配はなかったから、それを幸い、寧ろこう云う明るい所で、彼の顔色の変化を見ながら、静かに話を進めて行くことにしたのである。

私の語調が穏かになるに従って、友田は少しずつ落ち着きを取り返した。が、話の中途で、彼は俄かにボーイを呼んで、アブサントを持って来させて、「ふん、ふん」と云いながら、しっきりなしにそれへ唇をつけていた。彼がアブサントのような強烈な酒を呷ることは、ジン・ビタスと同様に稀であって、それは明かに、酔った上にも更に急激な酔いを求めているのだとしか思えなかった。話がだんだん進むに連れて、彼の「ふん、ふん」と云う受け答えには、次第に熱心の度が加わり、その眼は好奇心に輝いているのが看取(かんしゅ)せられた。

「そりゃ面白い！　そりゃあ探偵小説になるぜ！」

友田はすっかり聞き終ってしまうと、平素の豪快な調子で云って、卓(テーブル)を叩いた。

「探偵小説になると云うのはどう云う意味だい？　やっぱりその男を知っていたのか？」

「いや、僕はその男は知らないんだが、その男が鞄の中に持っていたと云う品物に就いては覚えがあるんだ。それは確かに僕の物だよ、印形にしても指輪にしても写真にしても。」

「へえ、――――じゃ、それをどうしてその男が持っているんだ？」

「僕は一遍、鞄を盗まれたことがあるんだ。」

「ははあ、そうか、盗まれたのか、………」

「さあ、あれはいつのことだったか、………鞄の中にそんなハガキがあったとすると、多分その時分のことだったろうが、箱根の××ホテルに泊っていて盗まれたんだよ。事に依ったら、その鞄も僕のじゃないかな。」

「しげ女の手紙には、小さなる手提鞄とあるがね。」

「そうだよ、普通によくあるボックスの手提鞄だよ。君のハガキが這入っていたのは覚えていないが、写真と印形と指輪とは確かにその中へ入れて置いた。それから金が二三百円もあったんだが、そいつをそっくりやられたんだ。」

「で、犯人は掴まったのかい？」

「掴まりゃしないさ、僕は表沙汰にするのは厭だったから、警察へ届けなかったんだ。金は僅かだったし、第一その、例の写真なんかが出てきた日にゃあ却って極まりが悪いからね。」

「そうすると君が今篏めているその指輪は？」

「此れはその後、盗まれた指輪と同じ物を作らせたんだよ。――」

そう云ってから、友田はちょっと考えて附け加えた。

「全体指輪を取られるなんて妙な話だが、僕は非常に雷が嫌いでね、雷が鳴ると指輪でも時計でも、体に着いている金の物をみな外してしまうんだよ。何でもその晩、箱根でひどい雷に遇ったんで、指輪を抜いて鞄へ入れて、そのまま忘れて寝ちまった間に盗まれたんだ。」

「じゃあ松永と云う男は泥坊なのかなあ、しげ女の手紙も立派なもんだし、相当な家柄の主人のように思えるがなあ。」

「だけども君、四年目毎に国を出て行ってしまうなんて、変じゃないか。まあその写真は、物好きな人間なら欲しがるだろうし、ハガキも君の愛読者か何かなら、貰いたがる者があるだろうから、盗んだ物が転々して、その男の手へ渡ったとしてもいいけれど、それにしちゃあ印形と指輪が変だよ。」

「盗んだ金は使ってしまって、外の品物は足が附くから、そっと収(しま)って置いたかな。」

「そうだよ君、そうに違いない。」

「だがそれならば僕のハガキを取って置くのは可笑しいじゃないか。焼いてしまうか破いてしまえばいいじゃないか。」

「そりゃ分っているさ、その泥坊は君の小説の愛読者さ、あはははは。」

「飛んだ結論になっちまったな。」

「あはははは、泥坊だって少し教育のある男なら、君の小説ぐらい読むだろうじゃないか。」

「困ったなあどうも。そうなって来ると、僕はしげ女に何と返事をしてやったもんかな。亭主を泥坊にさせてしまっちゃ可哀そうだし、どんな恨みを買うかも知れんし、うっかりしたことは云ってやれんな。」

「何も知らないと云ってやったらいいじゃないか、僕も今更盗まれた物に未練はないから。」

「しかし、君のことに就いては何とか云ってやらなきゃならんぜ。」

「どうして？」

「しげ女は斯う云って来ているんだ、――もし又松永儀助と申すものを御存知無之候わば、その友田と申される方はいかなる御人にて候哉、その方の御住所等お知らせ願い度、………」

「そりゃあいかん！　そんなものに係り合って溜るもんか！」

友田は急に大声を出したが、その時再び、さっと顔の色を変えた。

「だってそのハガキがある以上は、少くとも友田銀蔵なる者を僕が知らないと云う訳にゃ行かんぜ。」

「じゃあ、友田銀蔵は知っているが、当人に聞いて見たところが、松永儀助と云う男とは全く何の関係もない。鞄の中にあった物も、そのハガキだけは当人の物かも知れないけれど、その外の物は覚えがない。印形に就いても、友田銀蔵は嘗て自分の印形を紛失した事実がない。旁々松永儀助なる人が何故そんなハガキや印形を所持しているのか、当人は頗る奇異に感じている、——と、そう云ってやってくれ給え。住所なぞを教える必要はないと思うよ。」

「ところがもっと委しく説明してやらなけりゃ、向うが納得しそうもないんだ。君には迷惑な話だが、しげ女の方じゃ、君が松永それ自身で、友田と云うのは偽名じゃないかと思っているんだ。」

「じょ、冗談じゃない！　その写真と僕と見比べてくれ給え。」

「あははははは。」

私はわざと、他意なき様子を示すために快活に笑った。

「そりゃあ僕には分っているが、しげ女は君を知らないんだから、そう疑うのも無理はないさ。」

「どれ、どれ、どんな男だか、もう一遍写真を見せ給え。」

友田はそう云って、又その絵姿を取り上げたが、私はその際も、さっき程露骨ではなかったけれども、矢張彼の眼の中に何か物に怯えるような、異様な恐怖の浮かんだのを見た。

「ふーん、此の男かい、松永と云うのは。――僕よりずっとじじいじゃないか。」

「それは三十七歳の時の写真だそうだが、今年四十になるんだそうだ。」

「じゃあ僕の方が四つも下だ、僕は今年三十六だよ。」

彼が自分の身の上に関してハッキリしたことを云ったのは、今夜の此の言葉が始めてだった。

「へえ、君は三十六か。」

「そうさ、酉年の三十六さ。明治十八年生れだ。――三十六に見えないかい？」

「顔はそのくらいに見えるけれども、それにしちゃ髪の毛が薄いな。」

「こりゃあ酒を飲むせいだよ、どうも酒を飲む奴はここンところが、」

と、頭の頂辺(てっぺん)を彼は摘まんだ。

「早く禿げるんで、僕もそろそろ禿げて来るんじゃないかと思って、此奴(こいつ)にゃあ悲観しているんだがね。」

「ま、髪の毛は少々薄くっても、兎に角君は此の男より四つか五つは若く見えるな。それだけは僕が保証するよ。」

「歳ばかりじゃない、何処を比べても一つも似たところはないじゃないか。」

「全く何処も似ていないな、似ていないんで都合が悪いな。」

「都合が悪いとはどう云う訳だい？」

「いや、君と此の男と同一人であると云う証拠さえ挙がれば、話の辻褄が合う訳なんだが、そう行かないんで甚だ困るよ。」

私はそう云って又笑った。が、実際笑い事でなく、写真の松永と眼の前にいる友田とは、見れば見るほど、残念ながら二人の相違の著しいのが分るのであった。

「じゃあ、斯うしよう、――」

と、友田はテーブルへ乗り出して云った。

「要するに僕と此の男とが、似ても似つかない別な人間であることを納得させればいいんだから、最近に写した僕の写真を送ってやろう。そうすればもう文句はあるまい。」

「成る程、それが一番簡単だな。」

「僕は明日、早速郵便で君の所へ写真を届ける、二枚でも三枚でも、なるべく僕と云う者がよく分るように写ったのを届ける。それを君からその女の所へ送ってやって、友田銀蔵とは斯う云う男だ、此の写真を一見されたらお疑いは晴れるだろうから、特に友田の住所や身の上をお知らせする迄もないと考える。——そう云ってやったら、それでよかろう。」

私は一往、此の友田の尤もな提議に従うより外はなかった。二人はなおも杯の数を重ねてしゃべり合ったが、彼はその間、まだ何かしら気になるらしく、時々チラとテーブルの上に置いてある松永親子の絵姿を、偸むように見た。私も故意に、その写真をいつ迄もそこへ出して置いた。

「どうだい君、此れから一緒に横浜へ来ないか。」

そう云って彼が立ち上ったのは、彼れ此れ十一時近くであった。

「どうしようかな、此の頃少し忙しいんだ。」

「来給え、来給え、そのポルチュギーズを見せてやるから。」

「見たいには見たいが、今度ゆっくり出直すとしようよ。——それじゃ写真を忘れずに届けてくれるだろうな。」

「よろしい、分った。写真は必ず届けるから、余計なことを書いちゃ困るぜ。」

二人はプレザンタンを出て、銀座通りを芝口の方へ連れ立って行ったが、不思議なことには、プレザンタンを出ると同時に孰方も黙って歩いていた。友田は友田で何か考えていたのであろう。私は私で、――その晩はつい飲み過ぎた結果、いつもより酔っていたのであるが、その酔いのために尚しつッこい妄想を以て、さっきからの会話の裏を探った。今、自分と肩を並べて歩いている此の「友田」と云う男、――此の男の正体は何者だろう？　成る程鞄を盗まれたと云えば、それで説明はつくけれども、何故彼は松永の写真を見せられた時、恐怖に充ちた眼つきをしたか？　何故強いて酔いを求めたり、装ったりしたか？　そうして又、何故自分が疑われているにも拘わらず、身分や住所を打ち明けることを欲しないのか？　此れ等の点を考えると、友田を包む謎の雲はますます深くなるのである。友田はさっき、松永と云う男が四年目毎に韜晦するのは怪しいと云ったが、それが怪しければ友田自身も怪しいのである。「君と此の男と同一人であると云う証拠さえ挙がれば、話の辻褄が合う訳なんだ」と、冗談に託して私が云ったのは、実は決して冗談ではない。少くとも此の二人は、同一人でない迄も何か秘密に連絡を保っているのではないか？　友田は松永なる男と、洋行中にでも知り合ったのではないか？　そしてそれ以来、四年目毎に東京に落ち合って、影の形に添う如く共同動作を取りながら、悪事を働いてでもいると云うような……

「じゃア失敬、――」

芝口の停留場の前へ来ると、ふいと友田はそう云ったが、その素振りには、妙にそっけない所があった。そして新橋駅の方へすうッと消えるように横丁を曲った。

ああは云っても、友田は果して写真を送って来るだろうか、結局それも胡麻化してしまう積りではないのか、――私は多少危ぶんでいたのであるが、写真は正に翌々日の午後に届いた。「お約束に従って、僕の人相書をお送りする。」――と、そう彼は書いて寄越した。「実は最近写したのをと思ったのだが、どうも気に入ったのがないから、あれから特に人相書に適当なものを三枚写した。茲に封入してある一枚は全身、一枚は半身、一枚は顔だけの大写し、此れだけあれば十分だと思うから、此れを三つとも送ってやって、その他の事は余り書かずにくれ給え。殊に僕のアドレスなどを知らせては困る」と、又その手紙でも念を押して、「僕は自分の住所や身の上を無闇に人に知らせることが嫌いなのだ。況んや昨夜の件に就いては、知らせて迷惑することはあっても、何の利益もないのだし、必要もないと認めるから」と、くれぐれも断ってあるのだった。彼が送って来た三枚の写真は、その目的で撮影したと云うだけあって、全体の感じ、人柄、体つき、顔の輪廓、頭蓋の形状、その他細かい特長に至るまで、「人相書」として此れ以上のものは望めない程、よく似ていた。が、私が唯一つ気がついたことは、全身像にも半身像にも、彼の両手が写っているに拘わらず、指輪が写っていないのであった。彼は写真を撮るに当って、それを抜いたのに違いなかった。「指輪のことを書いてはいけない」とそう云った彼は、矢張それだけの用心をして、寧ろそのために写真を写し直したのかも知れなかった。

私は直ちに、此の「人相書」を封入してしげ女の許へ返事を出した。しかしその手紙は、実は友田の注文に篏まったような書き方ではなかった。なぜなら私の気持としては、友田に味方するよりも、しげ女に同情したからであった。それに此の事には、私自身も深い疑問があるのであるから、たとい後難を蒙る恐れがあろうとも、その疑問を押し隠して、しげ女にうそをつくことは出来ない。私はしげ女が寄越したものよりも更に長文の手紙を書いて、友田と云う一箇奇怪な人物に就き、彼女の参考に資するために知っている限りの事を記した。あの、友田と松永とが四年目毎に交互に姿を隠すのを、五期に分って作った年表、二十五日の晩に於けるプレザンタンでの会話のいきさつ、——それらを委しく報じたことは云う迄もないが、その上にも尚、「同封の写真を御覧になって貴女は如何なる感想を持たれたか、此の写真が貴女の御良人と少しでも似ているかどうか、その外探索の手がかりとなることでもあらば、御遠慮なく申し越して戴きたい。それに依って当方でも更に取り調べを進めるであろうし、及ばずながらお力添えを致したいから」と、そう云ってやったのである。

四五日過ぎてから、しげ女は私の好意に対して厚い感謝の手紙を寄越した。が、最も私の意表に出で、私を驚かしたのは、彼女があの写真を見せられてもまだ、「いろいろお話を伺いますと、矢張友田と申されるのは、私の夫、松永儀助の偽名ではないかと存ぜられます」と、そう書いている一事であった。――手紙は前と同じような候文で認めてあるのだが、茲ではその意味を記すに止める。――「お送り下すった写真では、友田と云う方は紛う方なき別人のように見えております。しかし私の心の迷いか、あの円顔の眼のあたりが、何処か夫の面ざしに似ているように思えてなりませぬ。私の夫は昔から痩せている方、そして友田と云う方は以前から太っておられるのなら、全く根もない疑のようで、私自身にも此の謎は解けませぬが、それでも若しや同じ人間ではないか、夫の歳を四つ五つ若くして、太らせたら、あのような顔だちになりはせぬか、何だかそんな気がいたします。それにつき、友田と云う方の身の丈はどのくらいございましょうか、私の夫は五尺四五寸でございます。猶々その方の生国、職業、妻子の有無、うそ偽りのなき年齢、盗難に遇ったと申されるのが果して真実か否か等のこと、お分りになりましたらおしらせ下され度、誠に誠に厚かましい儀ではございますが、御親切に甘えてお願いいたします。娘の病気もその後だんだんと宜しからず、今でも父に会いたいと申しておりますので、どうか此の事を兎にも角にもその友田と云う方へくれぐれもお伝えを願いとう存じます。」――

私は此れを読んで、暫くはただ茫然としていた。しげ女の云うことは心の迷いか？　それとも友田は何か巧みな方法で、変装してでもいるのだろうか？　全体そんなことが出来るだろうか？――私は更に大いなる疑問に行きあたった。

3

しげ女の二度目の手紙の後に友田に会うことが出来たのは、九月の初め、一日か二日の晩だったと思うが、場所は今度はカフェエ・プレザンタンではなく、横浜の二十七番館だった。

その晩私は、彼処（あすこ）へ行けば多分友田に会えるだろうと思ったので、その方が主な目的ではあったが、うわべは「ひょっこり遊びに来た」という体（てい）で出掛けた。桜木町でいつものようにタキシーを拾い、山下町から仏蘭西領事館の前へ出て、谷戸坂を上り、例の淋しい、暗い横丁の奥にあるその家の前に乗りつけたのは、夜の九時頃だったろう。

高い所に附いている呼鈴のボタンをステッキで押すと、外から見ては人が居るとも思われない、堅く鎖（とざ）された門扉の蔭の幾間を隔てた方角から、チリ、チリン、という響きが応じる。……実際その家は非常に静かで、その奥深い鈴（ベル）の音は空谷（くうこく）へ石を投じたように、いや、ふとしたら空家の中に棲んでいる化物か何かの仕業のように、左様に気味悪く響くのである。……つづいてフィリッピン人のボーイが出て来て、鉄の門をごそりと外して、そこを細目に、一寸ほど開けて、軒灯（けんとう）の明りの下に佇（たたず）んでいる客の様子を、闇に透かしつつ、ジロジロと眺める。

「今晩は。……僕、……僕だよ。」

「ああ、旦那さん、今晩は。」

このボーイは、平素は英語を使うのだけれども、私に対しては屡々（しばしば）不細工な日本語を用いる。彼は私だと気がつくと、やっと体が這入れるだけ門を開いた。

「旦那さん、あんた暫く来なかったな。」

「うん、暑かったからな。……しかし此の頃新しいガールが来ているだろう？　今夜はそれを見に来たんだ。」

「ああ、いる、あんた知らないのが一人いるよ。」

「別嬪か、その女は？」

「ああ、別嬪、旦那さんきっと気に入る。……」

暗い中で、そのリンネルの上衣と同じに真っ白な歯が、ニヤニヤ笑った。「誰かお客が来ているんだね。――」

此の暑いのにすっかり鎧戸が卸してはあるけれど、ダンスホールの窓の隙間から、一とすじの明りが外に洩れている。――

「誰だいお客は？　トムさんじゃないか。」

「ああ、そう、トムさん一人だけ。……」

「へえ、一人だけか、じゃいいだろう、這入って行っても。」

私は心で「しめた」と思った。そして玄関から廊下へ上ると、直ぐその左手のホールの扉（ドーア）をノックした。

「やあ、来たな。――」

私がそこへ現われた時、友田のトムはセイラー・ジャケットを着て、ピアノの傍(わき)のディヴァンに腰をかけながら、燃え立つようなクレープ・ド・シーンの緋の服を纏ったキャザリンを、膝の上に載せていた。が、正直を云うと、その服の色が「燃え立つような」緋色であるのを知ったのは後で、始めはそれがどす黒く見えた。なぜなら此の部屋の電灯は場合に依って赤、白、青の三色に変化するような装置がしてあり、ちょうどその時は赤い光が室内に満ちていたからである。闇に馴れていた私の瞳(め)には、此の謎の如き柔かい明りが却って心地よかったけれども、私は別に考(かんがえ)があって、部屋へ這入りしな、いきなり「赤」のスウィッチをぱっと「白」に捻り直した。

「あら！　何だってそんなに明るくするのよ！」

と、キャザリンが云って、酔っているのかキャッキャッと笑った。英吉利(イギリス)生れの、小柄な姿のいい女で、此処では一番歳若(としわか)な売れッ児だった。彼女の前には、水色のジョウゼットの服を着たローザが立っていた。それからもう一人、黄橙色(だいだい)のオルガンディーの服を纏って、ピアノに向っている見知らない女、――此れが近頃来たというポルチュギーズに違いなかろう。顔はキャザリンに比べると落ちるが、その肩の肉は馬鹿に美しい。

「あははは、まあいい！　明るくさせて置けよ！　彼奴は今夜特別に見たいものがあるんだ。」

友田はそう云って、私の顔と、そのポルチュギーズの顔とを、等分に眺めた。

「あははは、正に中あてられた形だね。――此の女かい、此の間の写真のは？」

私は日本語で云った。

「うん、此の女さ、紹介しよう。――」

そこから友田は英語を使って、

「ええと、此れが日本の紳士で、有名なる小説家のＦ・Ｋ君、――此れが上海から来たポルチュガルの美人のエドナさ。」

「ああ、そう、あなた小説家？」

エドナは立って此方へ寄ってきた。

「そうだよ、この男は日本で有名な小説家だよ。どうだいエドナ、お前の身の上を小説に書いて貰ったら？」

「上海は何処にいたんだね？」

と、私が尋ねた。

「あたし仏蘭西(フランス)租界にいました。」

「じゃあ、あの辺のカフェエにでもいたかな。」

「いいえ、そんな所にいやしなかった。上海ではナイス・ガールだったの。」

「日本へきてからノーティー・ガールになっちゃったのか。」

「ちょいと！　お近づきの印しるしにシャンパンを抜かない？」

そう云ったのはローザだった。此の女は、腕が私の脚ほどに太い、毒々しく脂ぎった大年増で、仏蘭西語と独逸(ドイツ)語を流暢にしゃべるが、私の鑑定に誤りがなければ、恐らく露西亜(ロシア)系の猶太(ジュウ)人であろう。お客がめったに附かない代りには、いつもダンス場にのろのろしていて、酒をねだるのが上手だった。

「今晩は。」

と、そのときまた一人、階段を降りる足音がして、白い服を着たフローラが顔を出した。

「おや、フローラ、お前もいたのか？」

「ああ、退屈だから二階で引っくり返っていたのさ。――ボーイ、シャンパンのグラスをもう一つ頂戴。」

「マリアは亜米利加(アメリカ)のジェントルマンに誘われて、箱根のフジヤに行っているの。」

「それじゃエミーは？」

「エミーも何処かへ避暑に出かけた。残っているのは此の四人だけよ。」

「Kさん、あなたはまるでポリスのように調べるじゃないか。」

片手でシャンパンのグラスを挙げながら、キャザリンは、その両脚を子供のようにヤンチャに振った。

「そりゃあそうさ、小説家とポリスは同じようなもんだからな。」

「と云うのは、どう云う訳？」

「だってそうだろう、いろいろ人のことを調べたがってばかりいるから。――あははははは。」

皮肉の積りだったのかどうか、友田は椅子に反(そ)り返って笑った。

「そう云う訳じゃないんだが、ひどくさびれているじゃないか。今夜はお客は君一人かい？」

「うん、僕一人だ。斯(こ)ういう商売は何と云っても夏はいかんな。」

「けれども君は毎晩だろう。」

「僕は避暑なんかに出かけるよりも、この女たちとふざけている方が愉快なんだ。何しろ客が来ないんだから、此処のホールは毎晩我が輩の一人天下さ。夏枯れ時を好いしおにして思うさま酔って暴れてやるんだ。」

「トム、トム、もうシャンパンがなくなったよ。みんなにもっと奢ってくれない？」

ローザがまた酒の催促をした。

「オールライト！　さあ音楽だ！　何かやれやれ！」

友田は大声で怒鳴ったかと思うと、いきなり立って、両手でキャザリンを宙に支えた。彼女はシャンパンのグラスを放さず、その方の手だけを高く翳したが、やがて友田は踵でクルクル歩きながら、緋の服を着た彼女の体を、シャンパンぐるみ水車のように廻し始めた。

「あれ、あれ、トム！　ちょいとお酒を飲ましちゃってよ！」

日本人にはとても発音できないような、鋭いキャーッと云う声で彼女は叫んだ。

「トム、トム、キャザリンとタンゴを踊って御覧よ。」

そう云ったのはフローラであった。そして彼女はピアノに向って、もうその曲を弾き出していた。

「タンゴか、よかろう！　おいK君、君は我が輩のタンゴを見たか？」

「タンゴは知らんね。」

「じゃあ見てい給え、こんな工合だ。」

空に浮かんでいた女の体は、ゆらりと一と振り大きく揺られて、地に落(おと)されたが、落ちると同時にすっくと立ったキャザリンは、直ぐに友田と手を組みながら、タンゴ・ダンスのステップを踏んだ。――一体私は今迄たびたび友田のダンスを見たこともあり、彼が舞踏に巧みなことは知っているけれども、しかしタンゴを見せられるのは初めてである。私は実は、タンゴなどと云うものは、活動写真で見る外には西洋人のも見たことはない。況んや日本人たる者が、それをこんなに器用に踊りこなそうとは、いかに友田でも意外であった。

男は女のかぼそい胴を、背中へ手をかけてしっかりと抱く。そして左の手で女の右の手を握り、恰(あたか)も一本の腕のようにぴったり揃えて前へ突き出し、腰を振りながら歩いて行く。或るときは緩く、或るときは迅(はや)く、忽ち激しい乱舞になっても、女の体は男の体に吸い着いたまま離れない。男が一歩を踏み出す時、その脚の蔭に必ず女の脚が重なる。

男がひらりと身を翻すと、女もそれに纏わりながらひらひらりと廻る。二人はちょうど縫い合された衣のようで、男を白い表地とすれば女は緋色の裏地である。思うに友田はキャザリンを相手に、始終此の踊を踊り慣れているのであろう。太った彼がダンスとなると身が軽いのも流石であるが、それにシックリ意気を合せて、捩れ縺れて寄り添うて行くキャザリンは、殆ど足が地に着いているようではない。彼女は今、自分が踊っていることさえも打ち忘れ、何を思い、何を考える隙もなく、無心にくるくるめきながら、男の胸に靠れかかって、うッとり酔わされているように見えた。踊はだんだん情熱的に、猛烈になり、ぱっと左右に分れては合し、分れては合する。男は女を斜めに押し倒し、抱き起す時に、大きな魚を釣り上げたように、一本の指頭で吊るし上げると、女は五六遍キリキリ舞いをして、又仰向きにだらりと吊り下る。彼女の栗色の断髪は、つややかに揺れ光り、倒まに垂れたその顔には、シャンパンの酔いが発したのか、一時に紅く血が上った。

友田は続けざまに何番も踊った。そして踊の合間には、次から次へと、いろいろな酒を無闇に呷った。見る見る彼は酔い始めたが、その急激な、妙に慌ただしい酔い方は、ちょうど此の間のプレザンタンに於ける場合と同じであった。

「ああ、くたびれた！」

ふうッと大きく溜息をついて、どしんと椅子へ掛けるや否や、今度はフローラを、グイと膝の上に引き寄せて抱いた。

「トム、お前のお酒は、それはなアに？」

「ベネディクティン、……」

「あたしに一杯飲ましておくんな。」

フローラが下から、口を開けて迎えた。そして咬えていた煙草を、あべこべに友田の口へ挿した。

「ペッ、ペッ、苦い煙草だなあ。」

「苦けりゃお止し、あたしが吸うから。………」

「ううん、おくれ、何卒お願い。………」

甘ッたれた声で友田は首を振りながら、やがてどろんとした眼つきで、私の方を振り返った。

「どうだいK君、僕のタンゴは？」

「盛んなもんだね。」

「盛んなもんだじゃ分らないな、巧いとか拙（まず）いとか云ってくれなきゃ。」

「巧いもんだ、恐れ入ったよ。」

「よし！　恐れ入ったら一杯飲み給え。」

「やあ、もう盛んに飲んでいるんだ。」

「あははは、又盛んか。」

友田はたわいもなく笑った。

「だけども君は何処でタンゴを習ったんだね？」

「そりゃあ此奴（こいつ）を覚えるのにゃあ、苦心したもんだよ。別に習った訳じゃあないが、つまり散々カフェエやキャバレを荒した結果さ。」

「いつ時分？」

「ずっと昔。」

「洋行中にか？」

「馬鹿云っちゃいかん、憚（はばか）りながら洋行なんかしたことはないんだ。」

「でも日本でじゃないだろう、上海あたりで覚えたのか。」

「おい、おい、ポリス気質（かたぎ）を出しちゃいかんよ、あははは。」

私はさっきから、機会があったら例の話を持ち出そうとしていたのだが、友田はどろどろに酔っているように見せながら、決してキッカケを与えなかった。彼の側にはローザが腰かけ、その後にはキャザリンが、椅子の背中から腕を伸ばして、フローラの手を握っていた。三人の女が絡まり合っている中に、友田は花束に埋れたような恰好で、時々一つの杯を彼方へ渡し、此方へ渡しした。が、そうしながらも油断していない証拠には、私が何か云いそうになると、ふいと立ち上って、

「さあ、来い、フローラ、アパッシュ・ダンスだ。」

などと云いながら、両手をひろげて、よろよろ踊り出すのであった。

ここで私は、彼の不思議な遊び振りに就いて説明して置く必要があるが、一体友田は今夜に限らず、此の家へ来ると兎角こう云う悪ふざけをする癖があった。それは一つには、女どもが彼をチヤホヤして、何でも彼の云うなり次第になるせいもあろうが、彼自身も亦、酒を飲んでは多勢を相手に馬鹿騒ぎをする、つまり陽気な、ぱッとした遊びが好きなのであって、誰でなければならないと云う極まった相手があるのではない、——時間つぶしに来るだけのことで、女を抱くのが目的ではない、——事実はどうか分らないとして、うわべは人にそう見せていた。私は一時、彼の相手はキャザリンで

はないかと疑ったこともある。けれども、今迄、一度もそれを確かめ得たことはなかった。例のフィリッピン人のボーイに聞いても、「トムさんに女はありません。あの人は実に奇妙な人で、いろいろな姿の写真を撮ったり、随分ひどいいたずらはしますが、唯それだけのことなのです。変った人もあるものですよ。」と云うのであった。それで私は、たびたび彼の傍若無人な、眼に余るような乱暴狼藉を見せられているから、別に今更驚くことはないのであるが、今夜の騒ぎ方は少し常軌を逸していて、外にお客がないからの不遠慮ばかりとは思えなかった。やっぱり彼は、腹の底に何か不安があるのではないか、絶えず或る者に追いかけられているような、落ち着かない気分でいるのではないか。そしてその気分を胡麻化すために、酒を飲んだり、大声を出したり、ドタバタ踊ったりするのではないか。そう云えば彼は、さっき私が這入って来た時は、静かに女たちと話していた。彼がソワソワし出したのは、私の顔を見てからであった。恰も私と云うものが彼のためには甚だ忌まわしい影を背負って来たかのように。………

「あッはははは、トム！　トム！　どうしたと云うのよお前さんは！」

「トム！　トムの酔っ払い！」

見ると友田は、フローラに突き飛ばされてホールの板の間へ臀餅をつき、ビリケンのように腹をつき出し、足を投げ出してペチャンとすわっている。それを女どもが手を引っ張って抱き上げようとするのだが、腹が重いのでなかなか上らない。上りかけてはズルリと落ちて、又ペチャンとなる。キャザリンが帽子を持って来て頭へ載っける。ローザが頸飾りのビーズを外してその頸へかける。友田は急に膝を折って大仏様の表情をする。かと思うと、やがてムックリ起き上って、又フローラを掴まえては「アパッシュ・ダンス、アパッシュ・ダンス」と喚き立てる。タンゴ・ダンスは踊れるけれども、アパッシュ・ダンスは友田一流の出鱈目踊りで、無闇に女を突き飛ばしたり、胴上げをしたり、腰をすくったり、何の事はない、まるで柔道の稽古のように荒々しい。フローラの紅い髪の毛は、――多分染めたのに違いないが、それは全く非常に紅い髪の毛だった、――ばらばらに乱れて炎のように額に降りかかり、着物はところどころ綻びが切れて、おりおり肩が丸出しになる。男も女も皆酔っ払って、淫らな風を何とも思わない。その光景を眺めながら、彼等がべらべらしゃべり立てる英語や仏蘭西語を聞いていると、此処は日本の横浜ではなく、巴里か何処かの居酒屋にでもいるようであった。

「K君、K君。」

と、不意に友田は、私がぼんやりアッケに取られている後から、腕を捉えた。

「酔ったぜ僕は、今夜は特別に馬鹿に酔ったぜ。こういう晩には底抜け騒ぎをしてやるんだから、君も一緒に踊り給え。」

友田は、私にも英語を使った。その云い方には、酔いに紛れて人を圧迫するような、変にずうずうしい調子があった。

「いや、僕はいかん、暴れる方は君に任せる！」

「ふうん、そうかい、それじゃあれかい？」

彼は眼の角(かど)でニヤニヤしながら、頤(あご)でエドナの方を示した。

「え、どうだいアレは？」

「悪くはないな。」

「あッははは、恐れ入ったろう。僕の云うことは譃じゃなかろう。思召(おぼしめし)があるなら遠慮はいらんぜ。」

エドナは独り隅の方にかけ離れてギタルラを弄んでいたようだったが、騒ぎが激しくなるに従い、もうその楽器をあきらめたらしく傍(かたわら)に置いて、両手をしとやかに膝の上に重ねていた。此の頃来たので場馴れないせいもあるのであろう、じっと静かに、うッとり黒眼がちの瞳を据えて、放心したように椅子に靠(もた)れている姿は、洋服を着てはいるものの、なまめかしさがちょっと日本の芸者のような感じである。私は再び、その美しい肩の円みを眺めた。膝の上の手も象牙のようにほの白く、その指先の薄紅いのが際立っていた。

「あのおッとりとしているところが気に入ったな。」

「気に入ったらば二階へ行き給え、どうせ今夜は泊るんだろう。」

「うん、どうしようか、十一時だな。――」

私はポケットから時計を出した。

「泊るさ、泊るさ、忙しいことはないんだろう。」

「泊ってもいいが、今夜はそんな積りじゃないんだ。」

「あッははははは、イヤに勿体をつけるじゃないか。」

「実は何だよ、君に話があるんだが、松永しげ女から返事が来たぜ。」

出し抜けに私はそう云って、直ぐに続けた。――

「やっぱり君が亭主に違いないと云うんだ。成る程写真は別人のように見えるけれども、それでも何でも友田銀蔵は松永儀助であることを直覚的に信ずると云うんだ。」

「おい、オドカスない！　悪い酒落だぜ。」

友田はガッと何か大きな塊（かたまり）を嚥み込むような様子をして、眼玉全体が白眼になるほど眼を見張った。

「いや、ほんとうにそう云って来たんだ。そればかりじゃない、もっと委しく君の素性を知らせてくれという訳なんだ。」

「実にしつッこい女だなあ、写真が違えばそれで分っているじゃないか、何をそれ以上疑うんだ。君に対しても失敬じゃないか。」

「そう怒ったって仕様がないさ、向うは亭主に逃げられちまって血眼（ちまなこ）になっている際だから、いろいろ想像するんだろうよ。」

「どうも小説家はそれだからいかん！　女の事だと察しがよくって。」

「そりゃあ僕は同情するね、第一最初の手紙の書き方が、当世でなく、奥床しくッて、馬鹿に惚れ込んじゃったんだ。僕が亭主ならあの手紙を見て直ぐに帰るね。」

「じゃあそうしたらどんなもんだい、亭主の代りに行ってやったら。」

「冗談でなく、君が直接手紙をやってくれないかな。自分は此れ此れ（ここ）斯ういう男で、決して松永某では有り得ないということを十分に納得するように書いて、戸籍謄本でも附けてやったらよくはないかな。」

「そんなことをする必要はない。」

「君は必要がなくっても、向うの女が可哀そうだよ。」

「僕はその女に同情がないんだ。」

「だって此の侭にして置くと、向うはいよいよ君を疑うばかりだと思うが、それでも構わんというのかね。」

「構わん、構わん、写真を送ってやった以上は此方の義務は済んでいるんだ。もうその話は止そうじゃないか。」

「困ったなあどうも！　何しろ先は僕を唯一の頼りのように思っているんで、打っちゃっとく訳には行かないし、そうかと云って君の素性を委しく教えてやりたくっても、僕は一向知らないんだし、………」

私はわざと空惚けて云ってやったが、友田は脅やかされたように私を睨んだ。

「君は何かい、知っていれば教えてやる積りかい？」

「そりゃ教えてやる。――――実は知っている限りのことは、ちゃんと教えてやっちゃったんだ。」

「どんなことを？」

「僕の知っている限りのことをさ。――――此の間の晩の会話のことから、君と僕との関係から、指輪のことから、何から何まで。――――」

指輪のことと云った時に、友田の眼には抑え切れない憤懣の色が浮かんだ。彼は手を挙げて、私を擲りそうにした。もしも二人きりであったら、実際擲ったかも知れなかったが、彼は「チョッ」と舌打ちをして、床を二三度荒々しく往ったり来たりした。

「ヒドイじゃないか、そんなことをして！　だから日本人は困ると云うんだ！　遊び友達というものは、互に秘密を守り合うのが徳義なんだぜ。」

「何を日本語でしゃべってるんだい！」

と、ローザが酔いどれた声で怒鳴った。つづいて誰か外の女の声が聞えた。

「シャタップ、シャタップ！　日本語は此処じゃ禁物だよ！」

「けれどもそれは軽い徳義だ、僕はしげ女にウソをつく方が、もっと不徳義だと思ったんだ。それに何だよ、そう云うと君は一層怒るかも知れないけれど、しげ女が君を疑うのにも、多少の理由はあるような気がするんだ。」

「ふうん、と云うのは？――――」

床を歩いていた友田は、恰も弾丸が中ったようにピタリと立ち止まった。

「考えてみると、君と僕とは随分古い附合いのようだが、やっぱり四五年置きぐらいに、ときどき交際が途切れているようだよ。そうしてちょうどその年月が、松永の方と合うようになるんだ。僕はしげ女の手紙を読んで、初めて此のことに気が附いたんで、不思議な感じがしたもんだから、ほんの其の場の感想としてしげ女にも書いてやったんだがね。………」

「君はそれじゃあ………」

友田が半分云いかけた時、パチ、パチ、パチ、と、部屋の電灯を赤くしたり、青くしたり、真っ暗にしたりした者があった。とたんに鋭く、

「もう好い加減に止さないかッたら！」

と、キャザリンが叫んだ。

「トム！　日本語を使うのは止めておくれよ！　あたしたちが詰まらないわよ。」

「トムはお酒の上が悪いよ！　何をKさんに怒ってるんだい？」

「いや、安心しろ、何でもないんだ。此の小説家が気違い女に惚れているんで、意見しているところなんだ。なあK君、それに違いないだろう。」

「そうそう、正にその通りだ。」

「あははは。」

友田は痙攣的に笑った。まだパチパチと眩い閃光が続いているので、その顔色は分らなかったが。……………

4

友田銀蔵はどうなったであろうか?

私はその後の事を知らない。

あの晩以来、友田は二十七番館へ来なくなってしまった。そしてその二十七番館も、程なく閉鎖してしまったのである。

大正四年に、彼が姿を晦ました時にも、彼の巣であった十番館が直きに空家になったのである。即ち友田は、今や三度目の韜晦時代に這入ったものに違いなかろう。それが松永儀助の方と、関係があるかどうかと云うことは疑問だけれども。

……………その後まる一年の間と云うものは、特に記すべき出来事もない。

その明くる年、大正十年の十月に、松永儀助が彼の郷里、大和の国添上郡柳生村へ帰って来たと云う知らせを、私はしげ女から受け取った。彼は今度も、足かけ四年目に戻ったのであった。

絶えて久しい我が家の前に彼が始めて現われた時の、一家の喜び、親子夫婦の面会の場面、万事はしげ女の書信の中に委しいのだが、それらは読者の想像に委せる。ただ書き加えて置きたいことは、あれ程父を恋い慕っていた長女の妙子は、好い塩梅に当時病気が快方に向い、松永の家庭は、喜びの上にも喜びを重ねたのである。

田舎に落ち着いた後の松永が、どんな素振りで、どう云う生活をしているかに就いては、しげ女はしばしば私に報告することを怠らなかった。彼女の語る所に依れば、夫は四年と云う月日を何処で暮らして来たのであるか、それは一と言も云わないけれども、和服姿で、例の手提鞄だけを唯一つ持って帰ったことや、その日がやっぱり秋の夕ぐれだったことや、ひどく窶れて、痩せ衰えていたことや、家族の者に大変やさしく、涙脆くしてくれることなど、凡べての様子が此の前戻って来た時と少しも変らないのであった。そればかりでなく、しげ女は夫の鞄の中に、今でも昔の通りの物が、――ハガキと、写真と、印形と、紫水晶の指輪とが、正しく忍ばせてあることを、間もなく確かめることが出来た。

「夫はどうしてああ云う物を未だに所持しているのでしょうか、その写真やら指輪やらが紛う方なき友田氏の物であるかどうかを、一度あなた様に見て戴けたら、疑いが晴れるでございましょうが、」と、しげ女は或る時云って寄越した。「もはや夫が戻って参りました上は、その疑いを強いて究める必要がないとは申すものの、又三四年たちましたら家出をするやも測り難く、わたくしとしましては何かの場合に矢張そのことを知って置きたいのでございます。わたくしは時々、いつぞやお送り下さいました友田氏の写真をそっと取り出し、夫の顔と見比べたりなどいたしますが、友田氏は若く、夫は年老い、一方は太り、一方は瘦せ、同じ人とは受け取り難いようでもあり、又或る時は何処か面ざしが似通っているようでもあり、いよいよ迷うばかりでございます。」――彼女はその迷いを、私を措いては誰に洩らすべき者もないので、暇を偸んでは訴えて来た。

越えて翌年、大正十一年の三月の末、私は京都から奈良に遊んで、暫くそこのホテルに滞在していたが、しげ女はそのことを新聞で知り、ホテルへ宛てて手紙を寄越した。

「此の頃あなた様はそちらに御逗留遊ばすとのこと。奈良と申せば此処から僅か五六里のところ、何かの折にお目に懸れればどんなに仕合せでございましょう。此の柳生村と申すのは関西線の笠置駅で降り、あれから名高い梅の名所、月ケ瀬へ参る途中の村でございます。つきましては、只今はちょうど梅も見頃、自然月ケ瀬へおいでになることもございましたら、きっと此の村をお通りになると存じますが、お暇はございますまいか。わたくしこと、おついでの節あなた様にお立ち寄りを願い、一昨年以来のお礼も申し上げ、且夫にもお引き合せ致したく、あなた様のお目がねにて、長年の疑いを解決することが出来ましたらと、勝手ながらそのようなことを考えて居ります。お断り申して置きますが、夫はあなた様とわたくしとが折々文通いたすのを知って居りますが、その事につき別に立ち入って尋ねたことはございません。わたくしはあなた様の愛読者として手紙を差上げると云う風に、つねづね夫に申して居り、夫は又、自分の留守中わたくしがあなた様のお作物を読み、淋しき時を慰められていたことを喜んでいるようでございます。………」

かようなしげ女の消息は、いたく私の好奇心を唆った。私は梅を見るよりも、松永儀助の人柄を見るのが目的で、彼女の家を訪れる気になったのである。

明くる日の朝、八時に奈良を立ち、そこから三つ目の笠置駅で降りると、月ケ瀬行きの乗合自動車が駅の前から通っていた。しかしその日は余りに空が美しく、乗り物に乗るのは勿体ないような天気なので、柳生村迄は二三里と云う麗かな路を、私は徒歩で出かけて行った。

途中梅見の客を満載した自動車が何台も通る。それがすみ切った田舎の空気を濁らして、ぽっと砂煙を揚げて行くのが目障りであったが、私は歩き始めると直ぐ、「歩いていい事をした」と思った。実際こう云う素晴らしい日に、春の大和路をぽつぽつ歩く愉快さは、歩いた人でなければ分らない。多分此の道は月ケ瀬を経て伊賀の上野へ出る県道であろう。大和は大体、吉野郡を除いては奇峭な山や幽邃な渓があるのでなく、平な、やや白ッちゃけた明るい路が、ところどころに点在する村落を縫い、小川を渡り、丘陵に沿うてうねっているばかり、一見しては至極あたりまえな景色であるが、その凡庸な、あるがままなる田野の姿が、のんびりとして、いかにも春らしい感じである。そして見渡す限りのものが、遠くの方の土蔵の壁や、草葺屋根や、道端の樹木や、田圃や竹藪や、何でもないものが皆美しい。皆キラキラと日に輝いて人を酔わせる。冬の外套を着て来た私は、ひとりでに足が進むので、シャツの裏へじっとり汗をかいた。折々ほっと立ち止まっては打ち眺めると、ずっと向うの山の裾には紅い霞がゆるやかに棚引き、空には小鳥がしきりなしに囀り、いつしか自分は絵にある「平和の村」の中に居た。恐らく武陵桃源とはこう云う長閑な、うらうらとした気分を理想化したものであろう。殊に私の眼をうっとりさせたものは、到る処の傾斜面にある茶畑であった。それらの傾斜は、女性的な、柔和な円みを持つ丘で、その丘の腹にある茶畑は、何と云う日光の魔法であろう！　孰れも此れも金色に光るびろうどの玉だった。私は全く、何のために歩いているのかを忘れた。一日此の道を行き暮らしても疲れを知らぬ心地がした。

柳生村と云うのはなかなか広く、村へ這入ってから大分行かねばならなかったが、松永の家は果して旧家であるとのことで、直きに分った。

刺を通ずる迄もなく、中庭に立っていたしげ女は、門へ出て来て私を迎えた。彼女の後から四五歳ぐらいの女の児がチョコチョコ小走りに走って来た。それが大正八年に生れた二番目の娘の文子であった。

「今日はあんまりお天気がよいので、若しひょッとして、斯う云う日においでになりはしないかと存じまして、………」

しげ女はそんな風に云った。写真の感じを裏切りはしないが、日向にいたせいかその頬は紅く、古風な丸髷の型も大きく、三十五と云う歳よりは二つ三つ若いくらいに見え、物云いなどもハッキリしていて、銘仙の衣類も醜くなかった。

邸は旧幕時代のままの豪農の構えで、薄暗い間取りであった。奥の客間に請ぜられた私は、「只今主人が御挨拶に参りますから」と云うことで、暫くしげ女とくつろいで話す時間があった。私は何より、彼女の見事な手蹟のことが頭にあったので、それから尋ね始めたが、彼女は正式な教育としては、奈良の女学校を出ただけであること、しかし此の家へ嫁いでから、暇に任せて読み書きをしたこと、などを語った。その時私の知り得たことは、此の松永家は戦国時代の松永久秀の一族であって、何百年となく此の地に住んでいる、そして彼女が昔風な文字や文章を書き綴るようになったのは、彼女自身の趣味と云うよりは、寧ろ此の家の家風に由る所が多いのであった。夫は最初、まだ母親が存命の時分は、その古臭い家風を非常に嫌った。母が亡い後もそう云うしきたりが残っていたので、そのための家出かとも思われたのであったが、此の十数年来、気象が優しくなるにつれて好尚もだんだん改まり、今では彼女が和歌を学んだり古典の文学を読んだりするのを喜ぶようになり、近頃は毎朝、「此れで手習いをせよ」と云って、法華経の普門品を模写することを日課のようにさせている。夫自身も、祖父の時代に集めた漢籍をいろいろ土蔵から捜して来ては、そんなものに親しんでいる。――で、話がそこ

へ移って来たので、私が主の健康に就いて尋ねると、

「少しずつ宜しい方ではございますが、どうもはかばかしくございませんので、此の春は又、親子づれで三十三箇所をお参りすると申しております。此の前それですっかり体が直りましたものですから。」

と、彼女は答えた。

儀助の体重は十一貫と少ししかないと云うことだった。それに平素から胃が弱いので食慾に乏しく、日に一回分ぐらいしか食事を取らず、酒は殆ど嗜まないと云うようなこと、尤も自分も体のことは気をつけているようで、養生法を守っているから、病身と云っても案外患った例はなく、こう云う人は却って長生をしそうに思えて、さほど心配はしていないと云うこと、長女の妙子もその後お蔭様で丈夫になり、今では奈良の親戚へ預けられて、女学校へ通っていること、——問われるままにそれらの近状を細々と話すしげ女の様子は、手紙で想像したよりも晴れ晴れしく、ただ幸福な細君に見えた。若しも夫が今後長く居着いて、再び国を出るようなことがなかったら、此のうららかな平和な村に住む彼女は、全く今日のお天気のような長閑な余生を送るであろう。私の質問が手提鞄の一件に及んだ時にも、彼女の顔は予期したほど曇りはしなかった。

彼女はそれを私に見せたいとは思うけれども、生憎夫の眼があるので、持ち出す訳に行かないと云う事情を述べ、その鞄の形状、紫水晶の指輪のデザイン等につき委しく語った。私は現物を見ないのであるから、正確なことは云えないのであるが、話だけ聞いたところでは、それらは友田銀蔵の所持する物と符節を合する如くであった。

二人が対談している折柄、外の廊下に、たどたどしい、病人が歩くような足取りが、鬱陶しく響いて、やがて、主の松永儀助が這入って来た。

儀助は私と視線が合った時、はにかむような眼つきをした。彼は四十二になる筈だが、もう五十近い老人に見えた。額や頸の周りには細かい皺があり、髪は赤ちゃけて鬢の毛は白く、高く突き出た喉の骨が、物を云うとグリグリ動いた。いや、枯木に着物を着せたような痩せた体のあらゆる関節が、グリグリ動く感じだった。それは私に糸の縺れた操り人形を連想させ、今にも糸がぷつりと切れて、五体がバラバラに壊れそうであった。儀助自身も或はそんな恐怖に襲われていたのであろう。なぜなら彼の立居振舞には変にビクビクしたところがあり、自分の体を脆い瀬戸物か何かのように、いたわっている様子があった。すわっていても彼は必ず一方の手を畳へついて、ヨロヨロする上体を支えていた。そうしなければ、眩暈がするらしく、直ぐ仰向きに倒れそうになった。

「神経衰弱の余程はげしいのに罹っているな」と、私は思った。

いつぞや順礼の写真を見た時、私は彼の眼の鋭いのに心づいたが、それも病的な鋭さであった。極端な人間嫌い、強迫観念に怯えている男、——そう云う人の持つ眼であった。その青黄色い血色の、疎髯の生えたトゲトゲしい容貌、言葉少なにポツポツと語る皺嗄れた声、煙草の脂で汚れている歯、——云う迄もなく、何処にも友田を想い出させる点はなかった。私は彼の座に堪えぬような素振を見ると、好い加減にして席を立った。

「わたくし共にはあんなではなく、気が向いた時は何かと話もしてくれますし、あなた様のお噂などもする折があるのでございますが、どうも人様の前へ出ますとああ云う風で、誠に失礼をいたしましたが、………」

と、しげ女は門口へ送って来て云った。

「いや、そんなことは何でもありません。しかし奥さん、折角ですが御主人は友田銀蔵とは違っています。似ているところがあるように仰しゃったのは、多分奥さんの気の迷いです。ほんとうに窶れておいでのようですから、どうぞくれぐれも御大切になすって上げて下さい。」

私は、しげ女の顔にうら悲しげな色が浮かんだのを見ながら云って、別れを告げた。彼女は門に佇んだまま、暫く私の後影を見送っていた。

私はその日、とうとうお天気に誘惑されて月ケ瀬へ廻り、帰りは伊賀の上野へ出て、荒木又右衛門の鍵屋の辻を見物したり、芭蕉の墓を弔うたりしたことであった。上野の町は小さいながらいい町であった。夜は大盛楼の盆梅を賞で、そこに泊まった。

5

「………K君、君は小説家のことでもあるから、定めしいろいろの変った事実や珍しい話を知っているだろう。けれども僕の不思議な身の上を君に本当に分って貰うには、何処から話し出したらいいか。君は恐らく僕の云うことをすっかり聞いてしまっても、容易に信じてはくれないかも知れない。――――」

友田銀蔵はそう云って又コニャックの杯を乾した。それは今年、大正十四年の六月のことで、私はあれ以来会わなかった友田と、その晩始めて神戸のカフェエ・サン・スーシーに落ち合ったのである。

「――僕は元来大和国の添上郡柳生村の生れだ。僕の一家は土地の旧家で、戦国時代の松永久秀の子孫であった。従って僕の戸籍上の姓名は松永儀助だ。ナニ？　それでは君が一昨々年の三月に会ったもう一人の松永儀助は何者だと云うのか？　まあ待ち給え、それは話して行くうちに分る。――そうして僕は二十五の歳、明治三十八年にしげ子と云う嫁を貰った。断って置くが僕はしげ子に惚れた訳でも何でもない、当時大学を出たばかりで結婚する気はなかったのだが、何分そう云う旧家のことだから、父がない後は当主の僕がそういつ迄も家事を放って遊んでいる訳に行かなかったのだ。僕は母親の命令で、イヤイヤ東京から呼び返されてしげ子を妻に持たされてしまった。僕は勿論不平だった。あんな田舎で一生くすぶってしまうなんて、考えてみてもたまらなかった。何と云っても歳は若いし、血気の頃だから、刺戟のない生活が辛抱できない。それに生れつきの享楽主義者で、怠け者で、仕事をするのが大嫌いなところへ、幸か不幸か遊んでいても食うには事を欠かなかったもんだから、暇さえあれば歓楽を趁う夢ばかり見ていた。僕はしきりに都会に憧れた。東京までは行かれなかったが、何とか彼とか用事を作っては時々京大阪へ出かけて、祇園や新町で金を使った。尤も僕は芸者遊びには飽きていたんで、絶えず新しい歓楽を求めて已まなかったが、当時はそんなことより外に許されなかったし、半分はヤケも手伝っていた。ところがそのうちに母親が死んで、眼の上の瘤がなくなってしまった。口やかましい親類はあっても、もう恐い者は一人もない。さあそうなると急に体がウズウズし出した。もう何処へでも自由に行かれる！　そして面白い国があったら日本へなんか帰らずともいい！　僕はとうとう、ずっと前から行きたい行きたいと思っていた巴里へ行くことにきめてしまった。――」

「君も知っている通り、今日の僕は日本人でありながら殆ど西洋人の生活をしている。大体僕の生活と云えば酒と女に対する趣味が全部を占めているようなもんだが、日本の酒や日本の女は大嫌いだ。一から十まで極端な西洋崇拝だ。今考えると僕が斯う云う傾向を持つようになったのは、そんな田舎の旧家に育って、古い習慣に圧迫された反動もあるだろう。それから一二度、東京時代に或る悪友の紹介で横浜へ行き、日本人にはめったに這入れない奇怪な夢の国、――白人の歓楽境を覗いたせいもあるだろう。兎に角僕はその時分から凡べての東洋趣味を呪った。ちょうど柳生村のあの家の中が薄暗いように、東洋の趣味は皆薄暗い。雅致だの風流だのと云うのは、天真爛漫の反対のものだ。健康な人間、若い人間、一人前の生活力のある人間のすることでなく、ヨボヨボの老人などが、仕方がなしに詰まらない所へ有難味を附けて喜んでいるので、要するにそれは引っ込み思案のヒネクレ主義、卑屈なゴマカシ主義に過ぎない。同じ快楽を味わうのにも、東洋人は十のものを五六分で済ませる。そうしてそれを余情があるとか、奥床しいとか云っている。けれども実は余情があるのでも何でもなく、刺戟を思う存分に取り入れるだけの体力がないのだ、素質がないのだ。たとえば歌を唄うにも、喉から有りったけの声を出さずに、さびた声で唄うのをイキだと云う。女が男の前へ出るにも、その肉体美をできるだけ多く見せようとはせず、却ってできるだけ袂や帯で隠してしまって、それを色気があると云う。ところが、本当はそうじゃないんで、声を出そうにもウラ声でなければ高い音が出ず、呼吸が続かず、肉体美を見せようにも、露骨に見せれば皮膚は汚いし、手足の線は不恰好だし、つまり素質が貧弱なんだ。それで仕方がないもんだからイキだの色気だのとゴマカシているんだ。僕はそう思って東洋趣味を軽蔑した、東洋人の黄色い顔に不快を感じた。僕の唯一の悲しみは自分もその顔の持主であると云うことだった。僕は鏡を見るたびに、黄色い国に生れたことの不幸を感じた。黄色い国に居れば居るほど、自分の顔が一層黄色くなるような気がした。僕の願いは一刻も早く、此の生ぬるい、気が滅入るような薄暗い国を飛び出して、西洋へ逃げて行くことだった。そこにはイキだのさびだのと云うイジケた趣味でなく、声高らかに歓楽を唄う音楽がある。露骨にすれば露骨にする程なお美しい肉体がある。そこにあるものは余情の反対、含蓄の反対、強い色彩、毒々しい刺戟、舌の爛（しび）れるアルコール、――――十のものなら十二分にも味わうと云う積極的の享楽主義、飽くことを知らぬ陶酔の世界だ。僕はそう云う西洋の生粋の地として、巴里を目指した訳だったのだ。」

「出かけたのは明治三十九年の夏で、その時しげ子は妊娠していた。僕は内々（ないない）、生きて日本へ帰らない覚悟をしていたので、家族が後（あと）で困らないようにそれだけの手当をして置いたが、しげ子もうすうす、僕にそう云う決心があるのを感づいていただろう、心のうちでは夫の無情を恨みもすれば、泣きもしただろう。しかし夫の我侭（わがまま）な気質を知っている彼女は、ただ温順（おとな）しく云いつけを守るより仕方がなかった。僕も国を出る時は多少哀れな気がしたけれども、船へ乗ると直ぐ、そんな事はキレイに忘れた。なぜかと云うのに、仏蘭西へ上陸する迄もなく、日本を離れると早速上海を振り出しに、もうその歓楽がポツポツ始まったのだから！　正直に云うが僕はあの当時、到る処の港々でその土地に住む女に惚れた。いっそ巴里なんか止めてしまって、此の女の傍（そば）で暮らしてやろうかと、何処でもそう思ったくらいだった。が、さてその次の港へ着くと、より新しい未知の世界が僕を迎える。日本から遠くなればなるほど、一歩々々に僕の惑溺は深くなり、陶酔は強くなる。こうして僕のデカダン生活は巴里へ着いて絶頂に達した。――」

「東洋人の慎しやかな頭では殆ど想像することの出来ない絢爛なもの、放埒なもの、病的なもの、畸形なもの、――あらゆる手段と種類とを尽した、眼の眩めくような色慾の渦巻、――僕の見た巴里は、全く僕が此の世に有り得ない淫楽の国として、纔に夢に見ていたところのそれであった。僕は勿論身も魂も捨てる積りでその渦巻に巻き込まれた。享楽主義者が享楽のために斃れることは覚悟の前だ。酒の毒、煙草の毒、美食の毒、女の毒、――それらの毒に五体が痺れて死んでしまうなら、寧ろ自分の願うところだ。僕は歓楽に浸る度毎に、此れがいよいよ最後ではないかと云うような気がした。今日は死ぬか、明日は死ぬかと思いながら遊んだ。その『死の予覚』は僕を臆病にさせないで、却って勇敢に奈落の底へ突進させた。『死』を思うが故に酒も女も一層深刻に僕を魅惑した。――」

「こうして僕は、巴里へ着いてから一年半ほど立った頃には、精神的にも肉体的にも、全く『西洋』に同化してしまった。洋行すると誰でも多少西洋かぶれがするものだけれど、恐らく僕ぐらい徹底的に、そうして而も短時日の間に、体質迄もガラリと変ってしまった者は少いだろう。僕は自分ではそんなに激しく変ったことを感じなかったが、もうその時分、たまたま往来で日本人に出遇っても、僕を彼等の同胞であると認める者は一人もなかった。或る者は僕を伊太利人だと云い、或る者は西班牙人だと云った。僕が我ながら自分の変化に驚いたのは、或る晩友達の女を連れてカフェエへ行くと、直ぐ隣りのテーブルに日本人が腰かけている。見るとその男は、大学時代に可なり親しく附き合っていたＳと云う旧友ではないか。然るにＳは僕の方を見ても知らん顔をしている。僕は不思議でならなかったが、成る程そうか、自分はそれ程昔と違ってしまったのか、Ｓが見てさえ分らないくらいになったんだなと心づくと、何とも云えない愉快な気がした。僕はわざわざ立ち上ってＳの前へ顔を突き出して、仏蘭西語で話しかけてやったけれども、僕の此の声を聞いてさえ、矢張Ｓには分らないのだ。僕はあんまり嬉しくって、自分の部屋へ飛んで帰って、鏡の前でつくづく自分の姿を眺めた。それから、出発当時日本で撮った写真があったのを思い出して、それを持って来て比べて見ると、まあ、どうだろう！　顔つき、体つき、皮膚の色つや、眼の表情、――まあ人間が、たとい環境が違ったにもせよ、僅か一年半ほどの間に、斯くまで変化するということがあり得るだろうか！　一体僕は国にいた時分は痩せていたものだが、航海中に連日連夜酒を飲んだので、だんだん酒太りに太り始めて、もう仏蘭西へ着いた頃には以前の洋服が着られなかったくらいだから、自分の体が急激に肥満しつつあることは知っていたけれど、それが人間全体の感じを一変する程になって居ようとは、今の今迄、斯うして写真と比べて見る迄気が附かなかった。過去の自分の姿を見ると、僕は変ったと云うよりも知らない間に、一人の別な人間になっているではないか！　大和の国の添上郡柳生村に生れた、松永久秀の子孫であるところの松永儀助という者は、いつの間にやら此の世にいなくなってしまって、代りに此処に一人の男が、——日本人だか、伊太利人だか、西班牙人だか、人種も国籍も分らないところの一人の男が、鏡の前に立っているのだ。そうして此れが現在の『自分』というものなのだ。そう思った時の僕の気持は、何と云ったらいいか、一種異様な恐怖に近いものだった。よく西洋の怪談などに、自分と全く同じ人間が現われて来る話があるが、僕のはそれと反対に、自分がそのまま他人に化けてしまったのだ。僕は何だか、悪魔に憑かれているような気がした。『己は一年半前まではこんな人間だったのか』と、又しみじみと『松永儀助』の写真を眺めた。成る程、成る程、此れではSに分らなかったのは当り前だ、自分が見てさえ此れが自分の写真であろうとは、とても考えられないのだから！」

「そうだ、己はもう松永儀助ではないのだぞ。此の写真に写っている一人の見知らない日本人、――痩せた、陰鬱な顔つきをした東洋人は、己とは何の関係もないのだぞ。」

僕は心中にそう叫んで、写真を床に叩きつけた。僕の胸にはその時新たなる歓喜が湧いた。自分は最早日本人ではなくなっちまった、完全に西洋人になり切ったと思うと、僕は夢中で凱歌を奏し、双手(もろて)を挙げて躍り狂った。日本の食い物、日本の着物、その他いろいろの日本の習慣が記憶に浮かんで来たけれども、それも僕には、自分の過去の経験ではなく、或る東方の未開の人種の生活のように思い出された。此の仏蘭西のマルセーユから船に乗って、東へ東へと一と月半も海を横ぎると、やがて日本という島国がある。そこの人間は黄色い顔をして、薄暗い家の中に住み、話をする時は小声でゴモゴモと口の内(なか)で語り、朝は黒い漆を塗った木のお椀で味噌汁を吸う。まあ何という色彩のない、じめじめした生活だろう。そうして寝台も椅子もなく、起きている時は天井の低い部屋の中に、膝を折ってすわっている。その窮屈さは想像しただけでも息が詰まる！　若しも『松永儀助』ではない現在の僕――僕はその時分ジャック・モランという仏蘭西名前で自分を呼んでいた。――が、そんな生活の中に置かれたら、一日も生きては行かれない気がした。」

「それなら僕が、こうして現に日本に居るのはどういう訳か、死ぬ迄西洋に居なかったのはなぜかと君は云うのかね？　さあ其処だ、僕はそこにも悪魔のいたずらがあるのを感じる。と云うのは、今話したように僕はすっかり巴里の讃美者になってしまって、ただもう毎日耽溺(たんでき)の上に耽溺を続けていた。無論死んでも日本へ帰るなぞと云う気は少しもなかった。体もその後ますますムクムク太って来て、その絶頂に達した時には、日本の目方で二十貫(かん)五百目(め)もあった。そして皮膚の色はいよいよ白くなり、頬には薔薇色の紅みがさしてピカピカと輝き、此れでは『死んでも帰らない』どころか、なかなか死にそうな様子もないので、僕は一層、底の底まで歓楽の酒をすすった。すすってもすすっても飽くことを知らなかった。人は健康になろうと思ったら、西洋流に強く明るく、積極的に生きることだ、食欲であろうが色欲であろうが、欲するままに腹一杯貪ることだ。東洋流の消極主義は却って人間を病弱にする。見ろ！　己は西洋に同化してから、此の通り丈夫になったじゃないか、いくら遊んでも不養生をしても、どんどん太る一方じゃないか。此の逞しい体格が積極主義の勝利を語る何よりの証拠だ。――僕は次第にそう云う信念を持つようになり、すっかり大胆になってしまった。その時分の生活の面白さと云ったら、気候はよし、食い物は旨し、心配な事は何一つなし、恋の冒険は後から後からと成功するし、賭博をやれば勝つばかりだし、……全く、果てしもない『幸福』の海の中を、順風に帆を揚げながら乗っ切って行くようなものだった。おまけに懐にはまだ十分に金があったし、たとえその金を使い尽しても、堕落することを厭わなければ食って行く道はいくらもあった。なあに、阿弗利加の黒ん坊でさえ面白可笑しく暮らして行ける巴里のことだ、黒ん坊の真似ぐらい出来ないことがあるもんか。そうしてまかり間違えば野たれ死をする迄のことだ。――僕はそのくらい呑気に構えていたもんだったが、前に云う悪魔のいたずらと云うのは、ちょうど此の最中にやって来たんだ。何でもそれはお天気のいい、日本で云えば小春日和の午後のことだったが、ブールバールを散歩していると、あんまり並木が美しいので、僕はフイと立ち止まって、高いプラターヌの梢から青い空を見上げた。と、そのとたんどうしたはずみかグラグラとして、空一面に細かい泡が粒だって見え、急に眼の前が晦くなってグーッと仰向けに倒れかかった。ほんの一瞬間の発作で、オヤ変だな、と、思う間もなく直ぐに回復してしまったから、その日はそれきり忘れていたけれど、しかしその後、そう云う発作がときどき起って、突然上を向くと眼がグラグラする。後頭部に分銅が吊り下っているような、鈍い重い感覚があって、後へ引っ張られそうになる。ところが段々、上を向く時ばかりでなく、俯向く時にもハッと驚くことがあった。或る時往来で手袋を落して、それを拾うために屈もうとすると、体じゅうの血が一挙に脳天へ逆上して、頸の周りの血管がはち切れそうに膨れ上り、顔はうで蛸のようにカッカッと熱して、そのまま気が遠くなると同時に大地へ突んのめりそうになった。オヤオヤ、此れは不思議だ、一体己はどうしたと云うんだ。………僕はその時はちょっと慌てた。尤も達者な人間でもどうかした加減で眩暈がすることはあるもんだから、多分何でもないんだろう、一時の現象に過ぎないんだろうと、タカを括っていたのだったが、それがやっぱり、靴の紐を結ぶ時とか、髪の毛を洗う時とか、俯向く度毎にどうしてもイケない。甚だしきは或る日食堂で熱いスープをすすっていると、突然カッカッと逆上し出して、気が遠くなって、スープの皿へペタンとお時儀しそうになった。僕は危く、鼻の頭へスープを着けそうにしたとたんにはッと気を取り直したけれど、その驚きは非常だった。スープが熱かったせいかも知れぬが、それを飲むために俯向いたくらいで逆上するのじゃ、ウッカリ人中へ出ることも出来ない。此れは神経衰弱か知らん？　或はまた、悪い病毒が頭を侵して来たのか知らん？………不思議なもので、そうなって来ると僕は俄かに臆病風に吹かれ始めた。『まかり間違えば野垂れ死をする』と云う覚悟は今でも変らない積りでいながら、僅かな眩暈や逆上ぐらいでも急に心臓がドキドキ鳴って、無闇に恐ろしくて溜らなくなる。臆病風と云う奴は、コッソリ人間の心に喰い込んで、不可抗力的に襲って来るのだから、いくら死ぬ覚悟をしていたところで、此奴は防ぎようがない。つまり『死んでもいい』と云うことと『死の恐怖』とは両立するのだ。死んでもいいが、恐いことは恐いのだ。僕は此奴に襲われると、全く屁でもないことが恐ろしかった。何だ貴様は！　死んでもいいと云っていたのに、こんな事が恐くってどうするんだ！　そう思いながら、ただ理窟なしに体じゅうがワナワナ顫えて、顔は土気色に真っ青になり、ぞうッと冷汗が湧いて来て、アワヤ卒倒しそうになる。往来のまん中でも、人ごみの間でも、咄嗟にそれが起って来ると、僕は夢中で気違いのようにバタバタ駈け出す、髪を掻き毟る。家に居る時だと床板を蹴ったり、ドーアや壁に打つかったり、手あたり次第にそこらの物を投げ飛ばしたり、洗面台へ駈けつけて頭から水を打っかけたりする。動悸は一層激しくなって今にも心臓が破裂しそうに早鐘を打つ。その恐ろしさは五分か十分ぐらいしか続かず、ブランデーを二三杯飲むと大概静まってしまうのだけれど、いつ何時突発するか分らないので、僕は毎日ビクビクしていた。どんな時でもブランデーの罎を放したことはなかった。」

「此の馬鹿々々しい恐怖の襲来は、初めは独りぼっちの時に限っていたんで、自分以外に気が附く者はなかったから、その間は始末がよかったけれど、だんだんそうでないことが起った。僕はその時分、スーザンと云う踊り児に惚れていて、明け暮れその女と会っていたんだが、すると或る晩のことだった、いつものように二人はお約束の場所に落ち合い、僕は長椅子に腰かけながら、スーザンと甘い囁きを交していた。此のスーザンは特別に生地が白かったから、僕は今更その美しさに打たれたように、鼻先にある彼女の真っ白な腕を視詰めた。『ああ、何と云う素晴らしい肌をしてるんだろう』と、いつも感じることなんだけれど、その晩は殊に惚れ惚れと眺めた。そうして斯う、腕の方を見ている間は、唯うっとりと、魂を奪われているだけだったが、それから次第に視線を移して、その腕よりもなお冴え冴えと、抜けるように白い肩の肉づきを見たと思ったら、俄かに僕は総毛立つような戦慄を覚えた。僕の視神経がその肩の皮膚の異常な『真っ白さ』に曝された瞬間、アッと云う間に僕はグラグラと眩暈を感じて、冷たいものがヒヤリと胸に衝き上った。『ああ真っ白だな』『ああ美しいな』と思う感じが、直ちに一種の恐怖となって、恰も高い絶壁の上から深い谷底を覗いたように、僕の両脚はガタガタ顫(ふる)えた。女の肌の真ッ白いのが恐ろしいなんて、考えると滑稽だけれど、それが図抜けて美しい場合は、そうして而も惚れた女の体の一部である場合は、誰でも胸がどきッとして、軽い寒気を感じることがあるものだろう。つまり僕にはその刺戟がヒドク来たんだ。『おや、お前さんどうしたのよ？　顔の色が真(ま)っ青(さお)じゃないか』とスーザンは云って、いたわるように擦り寄って来たが、そうされるとなお、その白い肌が一と際まざまざと迫って来るので、僕の恐怖は極点に達した。僕は夢中でスーザンの手を振りもぎって、洗面台へ駈けつけるや否や、シャーッと頭から水をかぶった。『スーザン、スーザン、ブランデーを！　早く、早く！………』と、そう叫んだまでは覚えているが、それから先はぼうッと気が遠くなってしまった。………」

「ああ、ほんとうに己は何という不仕合せな人間だろう！　あんな可愛い女がありながら、もうその女と恋を楽しむ気力もないとは！………僕はスーザンの抱擁を逃(のが)れて宿へ帰る道すがら、そう思ってしみじみ自分が恨めしかった。さしあたっての当惑は、その次の晩も亦会う約束になっていたので、それをどうして切り抜けようかと云うことだった。昨夜(ゆうべ)のような醜態を見せて愛憎(あいそ)を尽かされるくらいなら、いっそ此方(こっち)から捨ててしまおうか？　が、自分はスーザンがイヤになったのでも何でもない。今夜もあの女が待っていると思えば、やっぱり会いたくて溜らなくなる。あの真っ白な肌の色も、発作が去ってしまった後では、恐ろしいどころか忘れがたない魅惑の種で、あれほどの女を捨てることなぞ出来るものかと、なお恋しさが増して来る。とうとう僕は思い切って、『今夜はどうか発作が起りませんように』と心のうちで祈りながら、女のもとへ出かけて行く。こう云う風にしてそれから後も逢っていたけれど、大概の晩は重くか軽くか発作が起る。そうして何より困ることは、単に肌の白さに限らず、美しいものでも楽しいことでも、刺戟が強くなり過ぎると凡べてイケない。ウッカリ図に乗って恋の歓楽を絶頂まで登り詰めようとすると、忽ち恐怖の谷が開けて、不意にズシンと冷たい地の底へ引き落される。燃えるような唇が近よる時、腕と腕とが永劫に離れじと絡み合う時、無邪気にきゃッきゃッとイチャツキ合っている時、………発作は意地悪くもそう云う折を狙ってはやって来る。歓楽の度が激しい時は、恰もそれを木ッ葉微塵に打ちのめすように、一と入恐怖の度も激しい。従って僕はたとい発作が起らない時でも、恐怖の予感に脅やかされて、十二分の楽しみに耽ることができない。此れは何と云う皮肉だろうか？十のものを十二分にも味おうと云う享楽主義、積極生活を信ずる僕が、その信条を実行することが出来ないハメに陥ったと云うのは？………」

「……K君、僕が君に聞いて貰いたいのは此処のところだ。僕は今も云うようなみじめな状態に落ち込んでから、毎日々々、どんなに懊悩しただろう。巴里の空は相変らず青々と晴れ、日はうららかに照り輝き、美しい女は数知れず街を通るけれども、その空を仰げば眼が廻るし、日の光に射られれば上せて来るし、白い肌を見れば恐くなる僕には、もうそんなものは何の慰めにもならない。僕の視覚は既に太陽の光線にさえも堪えられない程、衰えていたのだ。僕は日の光のささないような、うす暗い部屋に閉じ籠ったきり、もぐらもちのようにじッとへたばって考えつづけた。と、その時ふいと、僕の脳裡に浮かんで来たのは、ちょうど自分が今いる部屋と同じように薄暗い、そうして何処か優しみのあり、柔かみのある、大和の国のあの故郷の家のことだった。自分がその家を捨てて来たのは僅か一二年前だけれども、それは実に古い古い、遠い昔の記憶のように思い出された。生れ落ちてから二十何年と云う間、極く旧式に暮らして来た、その家の中での生活の有様、……夜寝る時は今でも古風な行灯をともす習慣だったが、その行灯のぼうッと枕もとを照らしている夢のような仄明るさ、油煙で黒く燻っている天井の板や大黒柱、暗い伏戸の、覚束ない灯影のもとに夜着を被って、うつらうつらとまどろんでいる妻の寝顔、……ああ日本のことなんか思うのではないと、僕は幾度も打ち消したけれども、しかし打ち消せば打ち消すほど、今やそれらの情景は云うに云われない懐しさを以て心に甦って来るではないか。故郷のことばかりではない、僕は祇園や新町の色里のことも想い出したが、あの神秘的な、つつましやかな三絃の音色、余情を含んださびのある唄声、嘗てはゴマカシのイジケた趣味として排斥したものが、不思議にも今は、それを想像しただけでも荒んだ神経が静まるような感じを覚える。そうして女の肌の色も、真っ白いのよりも黄色がかっている方が、和やかであり、甘みがあって、真に自分を心の底から労ってくれるような気がする。それから僕は、朝な朝なの味噌汁の匂いを想い浮かべた。漬物、米の飯、昆布だしの汁、鯛の刺身、それらのものがお膳の上へ並んだ時の、おっとりとした落ち着いた色合と、潤いのある舌ざわりとが、考えられた。僕は自分で、『とうとう貴様は日本が恋しくなっちゃったのか、馬鹿！意気地なし！』と罵って見たが、一度そう云う気持になると、もう仕様がない。見るもの聞くもの悉くが東洋趣味と比較されて、西洋の方は唯ケバケバしく、派手で薄ッぺらのように思える。思うまいと努めても絶えず耳もとで囁くものがある。――『お前は東洋人なんだぞ、いくら西洋に心酔したって、西洋人になりきれはしないぞ』と、その囁きは僕をそそのかす。何処へ行っても必ずそれが着いて廻る。三度の食事の度毎に、

『どうだお前は？　此のピカピカしたガラスや金属の食器でもって物をたべて旨いと思うか？　此のテーブル・クロースはどうだ？　此の磁器の皿はどうだ？　成る程清潔には違いないが、渋みも深みもないじゃないか。それよりお前はあの漆塗りのお椀やお箸でたべた方が、ほんとうに胃の腑へ収まりはしないか』と囁きは云う。『お前はナイフや肉叉（フォーク）を使って物を食うのを、殺伐だとは感じないのか。人間よりも獣に近い食い方だとは思わないか』とそそのかされる。オペラへ行けば、『おい、おい、いくらお前が、西洋人の唄や芝居に感心したような風を見せても、そりゃあ駄目だぞ。ちゃんと己には分っているぞ』と、又囁きが意地の悪い嘲りを洩らす。『あのソプラノやバリトンの唄を聞くがいい。声量があるの、調子が高いのと云ったって、まるで獣が吼えているのだ。それ、それ、彼奴等（あいつ）が大きな声を出すと、お前の耳は今にも鼓膜が破れそうにビリビリ鳴っている。そしてお前はお前の故郷の人々が唄う、あのふくみ声のやさしい唄を慕っているのだ。な、それがお前の本音じゃないか』――此の囁きは次第に強く、頻繁になって、しまいにはそれがハッキリと聞えた。『さあ、悪いことは云わないから、お前は早く日本へ帰れ。真っ白いもの、明るいものを余り見過ぎると恐くなるのは、東洋人の体質なのだ。此のギラギラした色彩の中に生きていれば、東洋人は必ず神経衰弱になるのだ。お前がどんなに白い女を愛そうとしても、お前の体質が許さないのだ』――」

「僕は此の声に反抗したけれども、日増しに募って行く恐怖は、奈何(いかん)ともすることが出来なかった。遂にはあらゆる西洋流の生活様式に不安を感じ、戦慄を覚えた。高い建物の傍(そば)へ行く時、エレヴェーターを上下する時、快速力で自動車を走らせる時、堅い、コチコチした床板や鋪道を踏む時、木目(もくめ)と云うものが少しも見えない、四方が壁ばかりの部屋にいる時、……そして凡(す)べての匂いと云う匂いが、白粉(おしろい)でも、香水でも、着物でも、食い物でも、いろいろなものに沁み込んでいる白色人種特有の匂いが、みな鼻について胸がムカムカするようになった。『さあ、さあ、もうそうなったら駄目じゃないか、死ぬにも生きるにも此の国にいられやしないじゃないか。兎に角船へ乗って見ろ、ちょっとでもいいから此の国の岸を離れて見ろ、そうしたらお前はほっと安心するようになる。お前の動悸も神経も直ぐに静まる。欺(だま)されたと思ってまあやって見ろ』――僕はぐいぐい誰かに袖を引っ張られた。日本へ帰るのはイヤだイヤだと思う一方、『早く逃げろ、早く逃げろ』と後(うしろ)から追い立てるものがあった。僕は慌てて郵船会社の汽船へ乗って、半(なかば)は解放されたような、半(なかば)は後髪(うしろがみ)を引かれるような心持で、デッキの上から隔たって行くマルセーユの港を眺めた。……」

「K君、君は覚えているだろうが、僕が始めて小網町の『鴻の巣（コウノス）』で君に会ったのは、明治四十一年の暮だったろう。実を云うと、僕はあの時日本へ着いたばかりだったのだ。僕は神戸へ上陸すると、国の者には知らせないで、真っ直ぐ東京へやって来た。と云うのは、僕の心には、まだ何となく東洋趣味に反抗する気が残っていたので、オメオメ故郷へ帰ることを忌ま忌ましいように思ったからだ。僕は東京で二三の知人に行き会ったけれども、誰も松永儀助であるとは感づかないので、暫く何処かの温泉地に隠れて体力を養い、神経衰弱をすっかり直してしまってから、又何とかして西洋へ行こうと考えていた。そうして君に会った時に、僕は始めて『友田銀蔵』と云う出鱈目の仮名を名乗った。ところがその後、僕の健康は少しも恢復しないばかりか、ますます悪くなる。食慾は減り、色慾もだんだん起らなくなり、酒は一滴も飲めないようになってしまい、一種の気附け薬として用いていたブランデーさえも、飲めば却って恐怖が増して来る。あの年の暮から明くる年の秋にかけて、或る時は箱根、或る時は伊香保、或る時は別府と云う風に、僕は方々の温泉を経（へ）めぐり、しまいにはもう人の知らない信州の山奥の湯の宿に籠って、一切の刺戟を遠ざけながら禅僧のように暮らして見たが、それでもどうしても良くならない。体はメッキリ痩せ衰えて、歩く力さえなくなって、梯子段の上(のぼ)り下(お)りにもヨボヨボする。『ああ、己は此のまま死ぬのかも知れない、国の者たちはどうしているだろう、家へ帰って優しい妻の介抱を受けたら、直ることもありはしないか』——そう思うと涙がほろほろこぼれて来る。三年前の別れた晩に、さめざめと泣いた妻の俤(おもかげ)が浮かんで来る。おおそうだった、あの時彼女は妊娠していた。その子が生れて、無事に育っているとすれば、もう数え年の四つになる。……すると不思議にも頑是ない子供が手をひろげて、『お父(とう)ちゃん、お父ちゃん』と呼ぶのが聞える。『あいよ、あいよ、泣くんではないよ、お父ちゃんはきっと、お帰りになりますよ』と、その子を抱いてあやしている妻の声も聞える。故郷恋しさが身に沁み渡るに従って、体はいよいよ衰弱して、起きも上れない病人のように、一日布団にもぐり込んでいるようになった。そして或る時、どんなに自分は痩せたことかと思いながら、ふと枕もとの手鏡を取って見ると、頬骨の出た、髯のぼうぼうと生えた顔は、その感じから、皮膚の色から、眼の表情から、何から何まで、いつの間にやら昔の松永儀助に戻っているではないか！」

「僕の此の時の驚きは、巴里の旅宿(やど)で自分の変化に驚いた時より一倍大きく、うす気味の悪いものだった。あの、日本人だか、伊太利人だか、西班牙人だか、人種も国籍も分らなかったジャック・モランと云う男、――そしてその後君に始めて会った時に『友田銀蔵』と名乗った男、――つい去年まで自分はたしかにその男に違いなかったんだが、それが当人の知らない間に、再び元の『松永儀助』になっているとは、一体自分は何者なのか？　孰方（どっち）がほんとうの自分であるのか？　一年間に全く別な人間に化けてしまうような、こんな奇妙な体質のものが自分以外にあるであろうか？――」

友田銀蔵は、何か眼に見えぬ力に導かれているように、此処まで一と息に語って来たが、此処で一段と身を乗り出して言葉をつづけた。

「――ところが不思議は此ればかりではない。僕はそれから国へ帰って、もう一生涯、慈愛の深い夫として、父親として、田舎の土に埋（うずも）れてしまう積りだった。その間の消息は、しげ子が君に書いた手紙の通りで、明治四十二年の秋から四十五年の春になるまで、足かけ四年と云うものを、僕は一箇の村夫子（そんぷうし）として柳生村の家に暮らした。侘びしい、暗い、刺戟のない生活ではあったけれども、その侘びしさや刺戟のなさが、どんなに僕の神経を休め、不安を除いてくれただろう。僕の家の近所には、荒（すさ）んだ心を慰めるに足るいろいろの名所やお寺がある。三月になれば月ケ瀬の梅が開き、四月には吉野の花が綻び、五月には奈良の藤の花が咲き、若草が萌える。僕は妻や娘を連れて大和路の春を探り、南円堂や、東大寺や、薬師寺や法隆寺などの寺々へお参りをする。親子三人が古いお堂の仏像の前に合掌する時、自分はしみじみ東洋人だと云う感激が胸の底に湧いて来る。自分の父も、自分の母も、矢張此のお堂にお参りをして、此の御本尊を拝んだことがあるのではないか、われわれ親子が跪いている此の所に、先祖代々の親たちも額ずいたことがあるのではないか。そう思って御仏の姿を仰ぎ視ると、遠い昔の父や母がわれわれ親子を見守っているような、涙ぐましい心地になる。こうして僕は何の不安もなく、安らかな余生を送りそうであったが、前にも云う足かけ四年の歳月が過ぎると、再び自分自身にも思いがけない変化が起った。僕の体は、一番衰弱していた時には十一貫しかなかったが、その後少しずつ、眼に見えないほど肉が附いて、まあ十二貫二三百目にはなっただろう。すると段々、僕の食い物に対する趣味が変って来た。そう云う田舎のことだから、僕の家では肉食をやらない、魚も生魚はめったに食わない、味噌汁、漬物、新鮮な野菜や果実、……国へ帰って来た当座はそれらのアッサリしたものを喜んだのに、僕の味覚は次第にもっと脂ッこいもの、濃厚なものを要求し出した。こんなものばかりたべて居たんじゃ命が続かない！　僕はときどきお膳に向って溜息をつき、巴里でたべたシャトオブリアンの肉の香りや、ブヨベイスのスープの匂いを想い出した。何かぐうッと腹一杯にハチ切れるもの、舌がジリジリ灼け着くもの、体じゅうの血が煮え返るものが食いたい。食い意地と云うものは恐ろしいもので、その慾望が充たされないと、生活全体がグラつき始める。僕は食いたい一心で、奈良や大阪へ出かけて行っては、何でも彼でもうんと滋養分を詰め込んでやろうと、すっぽんだの鰻だの、牛肉のすき焼だの、そんなものを鱈腹たべた。それから僕はあれ以来すっかり絶っていたアルコールの味を試みた。或る大阪の料理屋へ行って始めて禁酒を破った時は、いつかの神経衰弱がブリ返しはしないかと思って、ちょっと気味が悪かったけれど、飲んでみれば何でもない！　仰向いても、俯向いても、グルグル廻っても、駈け出しても、眩暈もしなければ上気もしない。エレヴェーターへ乗っても愉快だ、自動車をとッとと走らしても愉快だ。『あ、己は健康だ、己は自由だ、あの忌ま忌ましい臆病風は、いつの間にか何処かへフッ飛んでしまった！』我を忘れて僕は大声を挙げて叫んだ。盛んな情慾、無限の歓楽を慕う心が、その酔いの下から突き上げて来た。……」

「こう云って来れば、僕がその年の夏になって、二度目の家出をした訳は説明する迄もないだろう。僕は此の前と同じ理由で田舎がイヤになり、日本がイヤになり、東洋がイヤになり、消極主義がイヤになったのだ。僕は再びスーザンの白い肌にあこがれ、モンマルトルの花やかな夜が慕わしくなり、そしてもう一度、ジャック・モランの昔に返りたかったのだ。ただ此の前と違うところは、その時の僕は最早洋行するだけの金がなかった。なあに金なんかどうでもいい、三等だって構わないから、往きの船賃だけあればどうにでもなると云う気もしたけれど、何しろ一度神経衰弱で懲りているので、さすがに僕は金なしで行く勇気はなかった。此処がやっぱり日本人の弱いところかも知れないが、もう東洋はイヤになった、己は今度こそ西洋へ行って死んでしまおうと思う一方、金がなくって、酒も飲めないし、旨い物も食えなかったなら、折角恢復しかけた体が、又だんだん痩せはしないか、そしてあの恐怖病が襲って来たらどうしようと云う危惧があった。僕はしげ子に、『まあ三四年辛抱してくれ。何処へ行くか分らないが、生きていたら帰って来ることもあるだろうから』と云い残して、二千円足らずの金を持って上海へ渡った。僕の最初の考では、上海へ行けば立派な西洋の生活がある。寧ろ或る意味では巴里以上の歓楽がある。僕は彼処で暫くの間我慢をしよう。そうして体の様子を見て、もう大丈夫恐怖病も起らないし、ホームシックも感じなかったら、そのうちに何か機会を捕えて西洋へ行こうと云う積りだった。然るに僕は上海へ着くと、瞬くうちに二千円の金を使い尽してしまったが、ちょうどその時、ある亜米利加の魔性の女に惚れられて、ピンプになった。ピンプと云うのは君は勿論御承知だろうが、先ず体のいい男妾と女衒をかねたようなものだ。僕はその女に引き取られて、二三人の娘を置いて、或る賤しい商売を始めた。此の商売のことに就いては別に委しく云う必要はないけれども、一体白人のそう云う娘ども、所謂ホワイト・スレーブと云うものは、東洋の港には何処にもあって、その抱え主はお互に連絡を取り、融通をつけ合っている。抱えられている女どもは、ときどき此方の港から彼方の港へ住み替えて、横浜、神戸、天津、上海、シンガポール、香港と、始終グルグル動いている。中には手広く、一軒の家で方々の港へ支店を置いているのもある。僕はこう云う商売に手を染めるのは恐ろしかったが、しかし何かしら仕事がなければ食う道がない。その上僕に出来る商売は此れ以外に一つもない。まあ何事も気の持ちようだ、酒と女に取り巻かれて、好き勝手な真似が出来て、それで金が儲かるなら、こんなうまい話はないじゃないか。己はまだしも運がいいのだ。ここ二三年辛抱して、金が溜ったらキレイサッパリ足を洗って西洋へ行こう。――僕はそんな風にもくろんでいた。」

「そうこうするうち、大正二年の春になって、僕は日本へやって来た。と云うのは、君も知っている横浜の十番館の魔窟、あれが売り物に出ていたから、あれを買い取って上海の方の支店を設ける計画だった。だから今度は日本が恋しさに帰って来たと云うのではない、奴隷商人の手先として、取引のために東洋の横浜と云うところ、――一つのマーケットへ出向いて来たのだ。僕の名前は、断って置くのを忘れたが、上海へ行く時すでに『松永儀助』の方を捨ててしまって、偶然君に名乗ったところの『友田銀蔵』を用いていた。僕は内々、上海にいる一年間に、あの驚くべき体質の変化が又やって来て、再び巴里時代のように肥満することを予感していたが、その予感は見事に中った。僕の体は、一年間の暴飲暴食で忽ちゴム毬のように膨れた。そうして国を出た時は十二貫二三百目の痩せッぽちが、今度横浜へ来た時には、ちょうど此の前のレコードと同じく、二十貫五百目になっているではないか！　僕は大手を振って東京へ乗り込み、或る晩銀座のカフェエ・リベルテへ這入って見ると、そこで又もや君に出遇ったと云う訳なんだ。………」

「君は想像力の発達している小説家だ。僕の不思議な生涯に就いて、此れだけ云えば後は大凡そ推量してくれるだろう。一と口に云えば、僕の体質はそれから以後も大体足かけ四年目毎に変化するのだ。一番痩せている時が十一貫、一番太っている時が二十貫五百目、――――足かけ四年の周期を置いて、僕は此の間を往ったり来たりする。十一貫まで痩せてしまうと、うす暗い故郷の家が恋しくなり、純日本式のあらゆる趣味がなつかしくなり、感傷的な気分になり、体も顔つきも性格も全く『松永儀助』になって柳生村へ帰って来る。そうして平和な月日を送っているうちに、だんだん健康が恢復する。先ず第一に旺盛な食慾が起る、次に色慾がやって来る。東洋趣味がイヤになり、消極生活が嫌いになる。目方が少しずつ殖(ふ)えて来て十二貫を越すようになる。すると急激に肥満しそうな予感を覚えつつ家を飛び出す。上海へ行って手蔓を求めて、ホワイト・スレーブの稼業を始める。一年間に僕の体重は十二貫から二十貫近くになる。僕は『友田銀蔵』となって、又横浜へ支店を置いて、支那と日本を股にかけつつ商売をする。……………こうして明治四十五年から大正十四年の今日(こんにち)まで、此の変化を繰り返しているのだ。ナニ？　あれ以来西洋へ行かなかったか、金が儲からなかったかと云うのかね？　いや、金は相当に儲かったんだが、大正三年に世界戦争が始まったんで入国の手続きが面倒になったし、それにそう云う商売をしていれば、白人の女はどうでも自分の自由になる。横浜に居ても上海に居ても、僕の居る所は巴里と同じだ。僕がどんなに放蕩無頼の限りを尽していたかと云うことは、君にもたびたびお目に懸けた、あの写真のコレクションでも分るだろう。ジャック・モランにならなくっても、『友田銀蔵』のトムさんで沢山だったのだ。その方が都合が好かったくらいだ。だから、僕は始めは好い加減にして足を洗おうと云う気だったが、しまいにはもう、洋行するより此の商売を押し通そうと度胸をきめた。そう云う訳で、大正四年に十番館を止めた時には儲けた金を上海の銀行へ預けて置いて、今度は大正八年にその金で二十七番館を開いた。銀座のカフェエ・プレザンタンへ、『友田銀蔵』が三度目に現われたのは、多分その時分のことだったと思う。………」

世にも珍しい友田銀蔵の身の上を、此処まで静かに聴き取った私は、その時漸く質問の言葉を挟んだ。

「ではあのカフェエ・プレザンタンも、その前のカフェエ・リベルテも、やっぱり君が経営していたのかね?」

「いや、あれは偶然、十番館があった時代にリベルテがあり、二十七番館の時代にプレザンタンがあったと云うだけで、僕とは何の関係もないんだ。だから彼処のボーイたちは僕がどう云う人間だか、うすうす気が附いていたかも知れないが、ほんとうの事は知らなかった筈だ。」

「では何のためにああ云うところへ出入りしたのかね？　友田銀蔵時代の君は、日本人の社会に用はない訳じゃないか。」

「ああ、そう、それだ、大事なことを云い残してあるんだ。――僕はいつでも、君が出入りをすると云うカフェエを聞いて、君に会いたさに出かけて行ったのだ。僕は君のような小説家に、いつか一度は、此の我ながら実に不思議な身の上を聞いて貰いたいと思っていたんだ。しげ子が発見した鞄の中に、友田の印形と、指輪と、写真と、それから君のハガキを忍ばせてあったのは、どう云う訳だと君は思うね？　僕は松永儀助になって帰国する時、外の物はみんな売り払ってしまうんだけれど、あの鞄の中の物だけは決して放したことはなかった。それは記念のためばかりではない、人はいつ死ぬか分らないから、田舎で重い病気にでもなった場合に、『此の松永が君の友人の友田銀蔵だ、顔はすっかり違っているが、此処に此れだけの証拠がある』と、ちゃんと打ち明けられるように用意していたのだ。そんならどうして、いつぞやカフェエ・プレザンタンで詰め寄った時に、素直に告白しなかったのかと云うだろう。が、あの時の君のやり方は、僕には余り不意討ちだった。君はいきなり順礼姿の写真を突きつけた。もう半分は僕の秘密を観破している態度を見せた。僕は最初に先ず驚かされ、次には君に反感を抱いた。そればかりでなく、勝手に君に手紙を出したしげ子のやり方にも腹を立てた。僕はしげ子にあの鞄の中の物をコッソリ見られていたことを、君の話を聞く迄は全く知らなかったのだ。あの時僕がイコジになったのは当然じゃないか。」

「あれから後、二十七番館で会った時にも、イコジだったね。」

「僕はあの晩は恐ろしかったんだ。国の話を聞かされたのが動機となって、臆病風が直ぐやって来て、忽ち痩せてしまいそうな予感に脅やかされていたんだ。あの晩は酒で胡麻化したけれども、あの明くる日から臆病風は果してやって来た。僕はどんどん痩せ出して、一年後には松永儀助になってしまった。」

「じゃあ、一昨々年（さきおとどし）の三月に僕が柳生村で会った松永儀助と云う人は、今此処に居る君に違いないのだろうか？」

「ああ、そうだとも。――いや、或はそうでないかも知れない。――」

そう云って友田銀蔵は、もう何杯目だか知れないコニャックの杯を置いた。

「――松永儀助と云う人間と、友田銀蔵と云う人間とは、矢張（やはり）別々なのかも知れない。二人は違った人格なのだが、一人が此の世に居る時は一人がいない。そうして彼等は代る代る此の『僕』と云うものに取り憑くのだ。僕にはそうとしか思えないんだよ。」

それから彼は、私の前へ手をさし出して紫水晶の指輪を示した。

「ね、見給え、現在の僕は友田銀蔵で、断じて松永儀助ではないんだ。僕はいつでも此の指輪で自分の体重を測量する。此れがキッチリ指の肉に食い込んで、いくら動かしても抜けない時は、僕の目方は少くとも二十貫近くあるんだ。」

「そうすると君は、又あの商売で上海と横浜を往復しているのか？」

「横浜は地震で駄目になったから、今度は神戸で始めるんだ。けれども僕は、斯うして結局どうなるだろう？　友田銀蔵と松永儀助をいつ迄繰り返すのだろう？　僕は今年四十五だが、三四年たてば又松永儀助になる。そうして今度は、もうそれっきり友田銀蔵は戻って来ないのじゃなかろうか？　何だか僕はそう云う気がする。此の前の時も日本を遠く離れると、臆病風が一層早く来そうに思えて、上海よりは横浜にいる時が多かった。神戸となると、松永儀助の故郷に尚更近い訳だね。………」

友田銀蔵はちょっと悲しげな眼つきをしたが、それでも私には、四十五と云う歳よりは確かに三つ四つ若く見えた。

青塚氏の話

由良子は夫の中田が死んだのは肺病のためだと思っていた。今でも彼女はそう思い、世間もそう思っているのであるが、中田自身は、そうは思っていなかったらしい。それは中田が最後の息を引き取った部屋、――須磨の貸別荘の病室に於いて発見された遺書を見れば分るのである。

で、ここにその遺書を掲げる前に知って置いて貰いたいことは、由良子が一とかどのスタアとして売り出すようになったのは、その体つきが持っていた魅力のせいには違いないが、一つには死んだ夫のお蔭でもあったと云うことである。中田は彼女が十六七の頃、ほんのちょっとした一場面へ出るエキストラとして働いていたのを、多くの女優の卵どもの中から早くも見出したのであった。彼は自分の地位を利用して、だんだん彼女を引き立てるように努めてやったので、結果は何処の撮影所にも有りがちな、監督と女優の恋、朋輩どもの嫉妬や蔭口、それからおおびらな同棲にまで事が進んでしまったのは、由良子が十八の時であった。彼女の方には最初は純な気持ちの外に、此の男を頼って出世をしようと云う野心も手伝ってはいたであろう、が、結婚してから後(のち)の彼女はついぞ浮気などしたことはなく、はたの見る眼も羨ましい仲であった。現に中田があんなに衰弱して死んだのも、あんまり彼女が可愛がり過ぎたからだと云う噂さえもあるくらいに。

彼女は健康で運動好きで、そのしなやかな体には野蛮と云ってもいいくらいな逞しい精力が溢れていたから、そんな噂もあながち無理ではないのである。去年の秋に夫が須磨へ転地してからも、撮影の合間に始終訪ねて行ったものだが、それは必ずしも看病のためとは云えなかった。夫はあの患者の常として、肉は痩せても愛慾の念は却って不断より盛んであった。そして由良子がさし出す腕を待ち構えていたばかりでなく、病気の感染をも恐れずに、恋の歓楽を最後の一滴まで啜(すす)ろうとする彼女の情熱を、どんなに感謝したか知れなかった。そう云うことが積り積って、結局夫の死を早めたのであろうことは由良子も認めない訳に行かない。しかし夫が喜んでその死を択(えら)んだ以上、それで差支(さしつか)えないのではないか。彼女としてもああするより外、あの場合仕方のないことであった。自分にも夫と同じような、盛んな愛慾が身内に燃えていた。そのために自分が浮気をしたのなら悪いけれども、夫の望む死を死なせてやったのである。もう此の世から消えて行く火に、自分の魂の火を灼きつかせて、思いの限り炎を掻き上げてやったのである。中田は定めし心おきなくあの世へ行くことが出来たであろう。彼は恋人と結婚してから僅か四年しか生きなかったとは云うものの、二十五歳から二十九歳まで、――由良子の十八歳から二十二歳まで、――つまり人生の一番華やかな時代を楽しみ、幸い彼女にも裏切られることなく、いやないさかいを一度もせずに済んだのであった。由良子にしても自分の性質や今後のことを考えると、中田との恋を円満なもので終らせるためには、ここで彼が死んでくれたのが都合が好かったような気もする。夫にもっと生きていられたら、いつ迄おとなしくしていられたか、それは自分でも保証の限りではないのである。彼女は最早や監督の愛護に依らないでも、或る一定のファンの間には容易に忘れられない地歩を築いていた。要するに映画の女優なんて、芸より美貌と肢体なのだ。どんな筋書の、どんな原作でも同じことで、笑う時には綺麗な歯並びを見せびらかすこと、泣く時には涙で瞳(め)を光らせること、活劇の時には着物の下の肉の所在が分るようにすることを、忘れないで芝居していればいいのであった。あの女優は下手糞だ、いつもする事が極まっていると云いながら、それでも見物は喜んでいるので、時々裸体を見せてやれば一層喝采するのであった。中田が彼女の絵を作る時も、実は此のコツで行ったのであって、監督が一人の女優を――殊に自分の愛する女を――スタアに仕立て上げるためには、芸を教え込むよりも監督自身がその女の四肢の特長をはっきりと掴み、それの一々の変化を究めて、そこから無限に生れて来る美を発展させればいいのであると、そう云うのが彼の持論であった。彼女は中田の監督の下(もと)に幾種類もの絵巻きを撮ったが、それらは「劇」と云うよりも有りと有らゆる光線の雨と絹の流れに浴(ゆあ)みするところの、一つの若い肉体が示したいろいろのポーズの継ぎ合わせであるに過ぎない。彼女は何万尺とあるセルロイドの膜の一とコマ一とコマへ、体で印(いん)を捺(お)して行けばよかった。つまり彼女と云う印材に中田はさまざまな記号を彫り、朱肉を吟味し、位置を考えて、それを上等な紙質の上へ鮮明に浮かび出させたのである。由良子は亡夫にそれだけの恩を負うていることは一生感謝するけれども、一とたび印材の良質であることが認められれば、朱肉や、位置や、紙質は第二の問題であり、彫り手はいくらでも居るであろうし、まかり間違えば印材のままでもつぶしが利くことを知っている。だから中田に死なれても狼狽や不安を感ずるよりは、いささか恩を返したと云う心持ちの方が強かった。夫の臨終の枕もとに据わって彼女が洩らした溜息の中には、重い責任を首尾よく果たし終(おわ)せた人の、満足に似たものさえもあった。兎に角彼女は夫を無事にあの世へ送り届けたのである。行く先のことは分らないけれども、今の彼女は何の疚しいところもなしに、蠟のように白い夫の死顔を気高しとも見、美しいとも見て、まだ消えやらぬ愛着のうちに身を置きながら、仏の前に合掌することが出来たのである。

さて前に云う遺書は、遺骨を持って貸別荘を引き上げる時に机の抽き出しから出たのであるが、それを彼女が読んだのは四五日過ぎてからであった。彼女は最初古新聞紙に包んである菊版の書物のようなものが、遺書であろうとは気が附かなかったし、又そんなものを夫が書き遺して行ったろうとは、少しも期待していなかった。そして糊着けになっているその新聞紙を破いて見たのも、ほんの気紛れからであった。新聞紙の下には又もう一と重新聞紙が露われ、その表面に「ゆら子どの、極秘親展」と毛筆で太く記されていた。二重に包まれた中から出て来たのは、背革に金の唐草の線の這入った、簿記帳のような体裁をした二百ページほどの帳面で、それへ細々と鉛筆で認めてあった。病人は須磨へ転地してから、ものうい海岸の波の音を聞きながら臥たり起きたりして暮らしていた一年近い月日の間に、暇にまかせて病床日誌を附けるように書きつづけて行ったのであろう。非常に長い分量のもので、鉛筆の痕がもうところどころ紙にこすれて薄くなっていた。なんにも胸に覚えのない由良子は、亡夫が何を打ち明けようとするのか不思議な感じに打たれたのであったが、やがて彼女を軽い戦慄に導いたところの奇異な内容、死んだ人間がそのために死を招いたと信じていたところの事実に就いては、下に掲げる遺書自らが語るであろう。――

＊　　＊　　＊　　＊　　＊　　＊　　＊　　＊　　＊　　＊

大正×年×月×日

私は今日から、生きている間はお前に打ち明けない積りであった或る事柄を此処に書き留めて行こうと思う。と云う訳は、私は矢張り生きられそうにも思えないからだ。ゆうべお前が帰る時にいろいろ力をつけてくれたり慰めてくれたりしたけれども、あれから独り考えて見ると、どうも自分の運命は一直線に「死」を目指しているような気がする。そうしてそれが今の私には不安ではなく、却って一種のあきらめに似た安心になってしまったようだ。二十九やそこらで死ぬのは惜しいが、私はお前の若い美しい盛りの時を私の物にした。その上お前にこんなにも深く愛されながら逝くことを思えば、そう不仕合わせな一生でもない。こう云えばお前は、あたしだってまだ二十二だから盛りの時が過ぎ去ったと云う歳でもなし、此れからもっと美しくなり、もっとあなたを愛して上げますと云うかも知れない。しかし私は、今その事を書いて行くのだが、実は肺病で死ぬのではなく、外に原因があって死ぬのだ。その事が私を病気にし、生きる力を私から奪ってしまった。私に取ってはその事が「死」だった。それは恐らくお前が聞いて気持ちのいいことではなさそうだから、いっそ永久に知らせまいかとも思うのだけれど、そうかと云って、せめてお前にでも訴えないで死んでしまうのは、あんまり情ない気してならない。全く考えように依っては、こんなことで一人の人間が死ぬなんて、馬鹿々々しいようなことでもあるのだ。が、まあ兎も角も聞いて貰おう、少し読めば分るように、此れはお前と云うものにも至大の関係があるのだから。

話はずっと前のことだが、私がまだ達者でいた時分、——あれは一昨年の五月の半ば頃だったと思う。或る雨の降る晩に、私は京極のカフェエ・グリーンで一人の見知らない男とさし向いに、洋食の皿をつッついていた。何でもお前の「黒猫を愛する女」が封切りされた日で、私は池上や椎野と一緒に「ミヤコ・キネマ」へあの絵を見に行った帰りだった。尤もカフェエへ寄ったのは私一人で、二人は外に行く処があって別れたのらしい。見知らない男は私より前に来ていたので、私は何気なく、彼のさし向いの椅子が空いていたから腰を下した。それからやや暫くの間は、黙ってテーブルを挟んでいたに過ぎなかったが、そのうちに斯う、彼は妙にジロジロと私の顔を見て、時々口辺に微笑を浮かべながら、何か話しかけたそうにしている。それは人の好い男が酔っ払って、（彼はチーズを肴にしてウイスキーを飲んでいた。）相手欲しやの時に示すあの態度なので、可愛げのある、とても憎めない眼つきをしていた。いつもなら斯う云う場合に、私の方から早速話しかけるのだけれど、その晩は此方に酒の気がなかったし、それにその男は四十恰好の上品な紳士だったから、そう不作法に打つかる訳にも行かなかった。彼の様子には大変人なつッこい所もあるが、臆病な、はにかむような、女性的な所もあるようだった。彼が私の方を向いたり笑ったりするのも、極めて遠慮がちにやるので、大概は此方へ横顔を見せるように斜ッかいに腰かけ、両脚の間へスネーク・トゥリーのステッキを立てて、その柄の握りを頤の下へ突ッかい棒にしながら、独りでモジモジしているのだ。そんな工合で、私が食後の紅茶を飲みにかかる迄はとうとうきッかけがなかったんだが、やがて突然、

「失礼ですが、君は映画監督の中田進君ではないですか。」

と、思い切ったように声をかけた。

私は改めて彼の顔を見上げたけれど、――雨に濡れたクレバネットの襟を立てて、台

湾パナマの帽子を被っているその目鼻立ちは、全く覚えがないのであった。

「ええ、そうですが、忘れていたら御免下さい、何処かでお目に懸ったことがありましたかしら?」

「いいえ、今夜が始めてですよ。君はさっきミヤコ・キネマにおられたでしょう。僕はあの時君等の後ろにいたもんですから、話の模様で君が中田君だと云うことが分ったんです。」

「ああ、あの絵を御覧になりましたか。」

「ええ、見ました。僕は深町由良子嬢の絵は殆んど総べて見ていますよ。」

「それは有り難いですな、大いに感謝いたします。」

そう云ったのは、中学生や何かと違って、分別のあるハイカラそうな紳士が云うのだから、私にしてもちょっと嬉しく感じたのだ。すると彼は、

「いやあ、そういわれると恐縮だな、感謝は寧ろ僕の方からしなけりゃあならん。」

と、きれいに搾った杯をカチンと大理石の卓に置いて、例のステッキの握りの上に載せた顔を、私の方へ間近く向けた。

「こう云うとお世辞のようだけれど、日本の映画で見るに足るものは、君の物だけだと

僕は思う。どうも日本人は下らないセンチメンタリズムに囚われるんで、芝居でも活動でも湿っぽいものが多いんだけれど、君の写真は非常に晴れやかで享楽的に出来ていますね。活動写真と云うものは要するにあれでなけりゃあいかん。僕はああ云う映画を見ると、日本が明るくなったような気がして、頗る愉快に感じるんです。」

「そう云って下さる人ばかりだといいんですがね、中には亜米利加の真似だと云って、ひどくくさす人があるんですよ。」

「なあに、亜米利加の真似で差支えない、面白くさえありゃあいいんだ。尤もそれを下手に真似られちゃあ困りものだが、君はたしかに亜米利加の監督と同じ理想、同じ感覚で絵を作っている。あれなら亜米利加人が見たって決して滑稽に感じやしない。どうですか君、君の映画を西洋人に見せたことはないですか。」

「いや、どうしまして、まだまだとてもお恥かしくって、……」

「そんなことはない、それは君の謙遜じゃあないかな。僕なんぞは君、此の頃西洋物よりも君の絵の方を余計見ているくらいなんだが、西洋物にちっとも劣らない印象を受ける。時にはそれ以上の感興を覚える。……」

「どうもそいつは、……そいつは少し擽ったいなあ。」

どういう了見か分らないが、余りその男が褒め過ぎるんで、私は少しショゲたのだった。さればと云って、その男は人を茶化している様子でもなかった。私はただ、彼が見かけよりは恐ろしく酔っているらしいことに気がついただけで、それは屡大酒家にある、飲むと眼がすわって、変に物言いが落ち着いて来て、血色が青ざめて来るたちの、あのねちねちした酔い方だった。だから一見したところでは、時々ジロリと鋭い瞳を注ぐ以外には殆んど真面目で、言葉の調子もいやにのろのろと気味が悪い程穏やかなのだ。

「いや君、ほんとうだよ、お世辞を云っているんじゃない。」

と、彼は泰然として云うのだった。

「けれども僕は、君の手柄ばかりだとは云わない。いくら監督がすぐれていてもそれに適当な俳優を得なければ駄目な訳だが、その点に於いて君は幸福な監督だと思う。由良子嬢は非常に君の趣味に合っている。全く君の映画のために生れて来たような婦人に見える。ああ云う女優がいなかったら、とても君の狙っている世界は出せないだろうな。――おい、おい、」

と、そこで彼は女給を呼んで「姐さん、ウイスキーを二杯持っておいで」と、その物静かな口調で命じた。

「僕ならお酒は頂きませんが。」

「まあいい、折角だから一杯附き合ってくれ給え。君の映画のために、そうして君と由良子嬢の健康のために祝杯を挙げよう。」

一体此の男は何商売の人間だろう？　新聞記者かしら？　弁護士かしら？　銀行会社の重役のようなもので、のらくら遊んでいる閑人かしら？　と云うのは、最初は臆病らしく思えたが、だんだん話し込んでいるうちに何処か鷹揚なところがあって、私を子供扱いにする様子が見える。しかし私は先がそれだけの年配ではあり、気のいい伯父さんに対するような親しみもあるので、多少迷惑には思いながら、強いて逆らわないで彼の杯を快く受けた。

「ところであの、『黒猫を愛する女』と云うのは誰の原作ですか。」

「あれは僕が間に合わせに作ったんです。いつも大急ぎで作るもんですから、碌なものは出来ませんでね。」

「いや結構、あれでよろしい。由良子嬢には打ってつけの物だ。――由良子嬢が風呂へ這入っていると、あすこへ猫が跳び込んで来るシーンがあるが、あの猫はよく馴らしたもんだな。」

「あれは家に飼ってあるので、由良子に馴着いているんですよ。」

「ふうん、………それにしても、西洋では獣を巧く使うが、日本の写真では珍しいな。由良子嬢もいつもながら大変よかった。湯上りのところは殆んど半裸体のようだったが、ああ云う風をして見られるのは、日本の女優では由良子嬢だけだろう。なかなか大胆に写してある。」

と、何やら独りでうなずいているのだ。

「あすこン所は検閲がやかましくって弱ったんです。僕の作るものは一番当局から睨まれるんですが、今度の奴は西洋物以上に露骨だと云うんでね。」

「あははは、そうかも知れんね。風呂場から寝室へ出て来る時に、うすい絹のガウンを着て、逆光線を浴びるところ、――」

「ええ、ええ、あすこ。あすこは二三尺切られましたよ。」

「あすこは体じゅうが透いて見えているからね。――けれどもあれは今度が始めてじゃないじゃないか。あの程度の露骨なものは前にもあったように思うが、………あれはたしか、『夢の舞姫』と云うんだったか、………」

「ああ、あれも御覧になったんですか。」

「うん、見た。あン中にちょうど今度のシーンと同じようなところがある。尤もあれは風呂場じゃあなかった、由良子嬢が舞姫になって、楽屋で衣裳を着換えているところだったが、あの時は乳と腰の周りの外には何も着けていなかったようだね。君はあの時は逆光線を使わないで、由良子嬢の右の肩の角からずうッと下へ、脚の外側を伝わって靴の踵まで光のすじが流れるように、横から強い光線をあてたね。」

「ははあ、よく覚えておいでですなあ。」

私がちょっと呆れ返ったように云うと、

「うん、それは覚えている訳があるんだ。」

と、彼は得意そうにニヤニヤして、だんだんテーブルへ乗り出して来ながら、

「あの絵には由良子嬢の体の中で、今までフィルムに一度も現われなかった部分が、二箇所写されていたと思うね。君はあの絵で、始めて由良子嬢の臍を見せたね。僕は乳房の下のところからみぞおちへ至る部分までは、前に『お転婆令嬢』の中で見たことがあったが、臍は未知の部分だった。あすこを見せてくれたのは大いに君に感謝している。………」

私は「夢の舞姫」の絵でお前の臍を写したことは、人から云われる迄もなくちゃんと覚えている。お前も多分あれを忘れはしないだろう。私はお前を撮影する時、お前の体のどんな細かい部分をも不用意に写したことはなかった。運動筋肉のよじれから生ずるたった一本の皺と雖、それがフィルムに現われている以上、決して偶然に写ったのでなく、予め写るように計画したのだ。お前が体をどの方向へどれだけの角度に捩じ曲げれば、何処の部分に何本の皺が刻まれて、それらがどう云う線を描くかと云うことを、恰も複雑な物語の筋を組み立てるように詳しく調べてやったことだ。だからあの絵でも「お転婆令嬢」でも、成るほど此の男の云う通りには違いないので、私の苦心を彼がそんなに酌んでくれたのは有り難い仕合わせであるけれども、しかしどうも、……妙なことばかりいやに注意して見ている奴だ、と、そう思わずには居られなかった。ところが彼は私が変な顔つきをするのに頓着なく、お前の体に就いての智識を自慢するようにしゃべり続ける。――

「けれども何だよ、由良子嬢の臍が深く凹んだ臍だと云うことは、――僕は出臍が嫌いなんだ。――実は前から知っていたんだ。それはほら、『夏の夜の恋』で、びっしょり濡れた海水服を着て海から上って来るだろう？　あすこで体に引ッ着いている服の上から、臍の凹みがぼんやり分るね。君はあの凹みを見せるためにわざとあんなに服を濡らして、あすこン所をクローズアップにしたんじゃないかい？　どうもなかなか皮肉な監督だ、ストローハイム式だと僕は思ったよ。――だがあの時は、兎(と)に角(かく)服の上からだったが、『夢の舞姫』で確実に分った、やっぱり想像していた通りの臍だったと云うことが。」

「へえ、するとあなたはそんなに臍が気になりますかね。」

私は冷やかすように云ったが、彼は何処迄も真面目だった。

「臍ばかりじゃない、総べての部分が気になるさ。『夢の舞姫』に始めての所がもう一箇所ある。」

「何処に？」

「何処にッて、君が知らない筈はなかろう。」

「知りませんなあ、そう云う所があったかなあ。」

「あったとも。足の裏だよ。」

彼は私が内心ぎょっとしたのを見ると、俄かに声高く笑い出した。

「あはははは、どうだい、ちゃんと中(あた)ったろう。何でもあれは、舞姫が素足で踊っていると、舞台に落ちているガラスの破片を踏んづける。可憐な舞姫は苦痛をこらえて踊りつづける。足の裏から血が流れて、舞台の上にぽたぽたと足の趾の血型がつく。その血型は斯う、爪先で歩いた恰好に、五本の趾が少し開いて印せられる。――そうだよ、僕は由良子嬢の足の親趾の指紋まで見た訳だよ。――それから、そうだ、踊ってしまうと、気がゆるんでばったり倒れる。それを舞姫に惚れている俳優が、抱き上げて楽屋へ担ぎ込む。椅子を二つ並べて、その上へ由良子嬢を臥して、ガラスを抜き取ったり洗ったりする。その時俳優は傷口を調べるために、テーブルの上の置きランプを床におろして、下から光線が足の裏を照らすようにする。ね、あの時だよ、由良子嬢の足の裏が始めてほんとうによく見えたのは。――」

「では何ですか、あなたはそう云う所にばかり眼をつけていらっしゃるんですか。」

「ああ、まあそうだよ。君にしてもそう云う見物の心理を狙っているんじゃないかね。僕のような人間が居て、君の作品を君と同じ感覚を以て味わって、由良子嬢の体をこんなに綿密に見ているとしたら、それが君の望むところじゃないかね。」

「ま、そう云っちまえばそんなもんだが、何だかあなたは薄ッ気味が悪いや。」

その男の酔った瞳に、意地の悪い、気違いじみた光が輝やき出したのはその時だった。

彼の顔色は前よりも青ざめ、唇のつやまでなくなっていた。私は何がなしに不吉な予感を感じたが、今此の男に魅られたと云う形になって、逃げ出す訳にも行かなかった。それに私は当然一種の好奇心にも駆られていた。

「どんな事ですか、そのもう少し薄ッ気味が悪いッて云うのは？」

「う、まあ追い追い聞かせるがね。」

と、彼は又女給を呼んで、「ウイスキーをもう一つだよ」と叫んでから、

「君は由良子嬢の体に就いては、此の世の中の誰よりも自分が一番よく知っている積りなのかい？」

「だってそうでしょう、長年僕が監督している女優だし、それに何です、御承知かも知れませんが、あれは僕の女房なんです。」

「左様、君は由良子嬢の亭主だ。そこで僕は、亭主と僕と孰方（どっち）が由良子嬢の体の地理に通じているか、そいつを確かめてみたいと云う希望を持っているんだよ。こう云うと君は、そんな物好きなことを考えるなんて不思議な奴だと思うだろうが、此処に一人の人間があって、その男はまだ、君の奥さんを一度も実際には見たことがないんだ。そうしてただフィルムの上で長い間研究して、君の奥さんの体じゅうの有（あ）らゆる部分を、肩は

どう、胸はどう、臀はどうと云う風に、それをはっきり突き留めるためには或る場面のクローズアップを五たびも六たびも見に行ったりして、今では既に眼をつぶっても頭の中へその幻影が浮かび上る程、すっかり知り尽してしまったとする。そう云う人間が、或る晩偶然その女の亭主に、——————……………………と思われる男に出遇ったとしたら、今も云うような物好きな希望を持つのは当り前だよ。」

「ふうん、……そうすると、あなたがつまりその人間で、そんなに僕の女房の体を知っていると仰っしゃるんですか。」

「ああ、知っている、嘘だと思うなら何でも一つ聞いて見給え。」

私が黙って、眼をぱちくりさせている間に彼は躊躇なく言葉をついだ。

「たとえば由良子嬢の肩だがね、あの肩は厚みがあって、而も勾配がなだらかで、項の長いせいもあるが、耳の附け根から腕の附け根へ続く線が、もしもそれを側面から見ると、何処から腕が始まるのだか分らない程ゆるやかに見える。頸は豊かな脂肪組織に包まれていて、喉の骨や筋肉は殆んど見えない。纔かに横を向いた時に、耳の後ろの骨がほんの少し眼立つぐらいだ。ついでに背中の方へ廻ると、肩胛骨が、腕を自然に垂れた場合は矢張り脂肪で隠されている。が、されぱと云って、二つの肩胛骨のくぎりが全然分らないのではない。なぜかと云うと由良子嬢の背中には異常に深い背筋が通っているからだ。そのために嬢の背中は、二つの円筒を密着させたように見える。そうして円筒と円筒との境目にある溝が背筋(せすじ)だ。その溝の凹みにはいつでも暗い蔭が出来ていて、余程強い光線を真正面からあてない限り、蔭が残らず消え失せることはめったにない。嬢が真っ直ぐに立った場合には、背筋の末端、腰の蝶番(ちょうつが)いあたりのところで、堆(うずた)かい臀(しり)の隆起が、一層その蔭を大きくさせる。嬢が体を左へねじると、ねじった方の脇腹へ二本の太いくびれが這入る。くびれとくびれの間の肉が一つの円(まる)い丘を盛り上げる。同時に右の脇腹の方に、肋骨(あばらぼね)の一番下の彎曲だけが微かに現われる。……」

いやな奴だとは思いながら、此れを聞いている私の心には、お前の美しい背中の形が生き生きと浮んだ。お前も多分此処を読む時に、裸体になって鏡の前に立って見る気になりはしないか。そうして背筋の深さだの、脇腹に出来る二本のくびれだの、肋骨(あばらぼね)の露出だのを試しながら、いかに此の男がお前の写真をよく見ているかを想像して、私と同じ薄気味の悪さに襲われはしないか。……

「そうです、そうです、あなたの仰っしゃる通りですよ。そんなら背中以外の部分は?」

と、私は知らず識らず釣り込まれて、そう云わずにはいられなかった。するとその男は、

「君、鉛筆を持ってないかね。」

と、卓上にあった献立表の紙をひろげて、

「口で云ったんじゃまどろッこしいから、図を書きながら説明しよう。」

と云うのだった。そしてお前の腕はこう、手はこう、腿はこう、脛はこうと、順々にそこへ描き始めた。

彼の線の引き方には、どう考えても絵かきらしい技巧はなかった。（彼が絵かきでないと云う私の推察が中っていたことは、後になってから分ったのだが。）「此処のところがこんな工合で、此処が斯うで」と云いながら、ゆっくりゆっくりと不器用な線をなぞるようにして彼は描いた。時には眼をつぶって上を向いて、じーいッと脳裡の幻を視詰めるような塩梅だった。が、その怪しげな、たどたどしい鉛筆の跡が次第にでっち上げる拙い素描、幼稚な絵の中に、しろうとでなければとても画けない変な細かさと、毒々しさと、下品さとを以て、執念深く実物に似せた形があるのだ。或る特長を小器用に捕えて、此れが誰の顔と分る程度の漫画式の似顔を画くなら、そんなにむずかしい業ではな

い。けれども彼の描くのは顔でないのだ。お前の腕、お前の指、お前の腿を切れ切れに描いて、それらが私の眼に訴える感じでは、決して外の誰のでもなく、お前のものに違いないのだ。彼はお前の体じゅうに出来るえくぼと云うえくぼ、皺と云う皺を皆知っていた。それは芸術とは云えないだろうが、何にしても驚くべき記憶力だ。そうして彼はその記憶するところのものを、一つも洩らさず寄せ集めて、丹念に紙の上へ表現するのだ。

私はその後、有田ドラッグの店の前を通ると、此の男の画いた素描を想い出すことがしばしばあった。あの蠟細工の手だの首だのの、ぬらぬらした胸の悪い感じ、……それでいて何処か人間の皮膚らしい感じ、……此の男の絵はちょうどあれだった。たとえばお前の腿から膝のあたりを書くのに、此の男はお前が膝を伸ばしている時と「く」の字なりに曲げている時とで、膝頭(ひざがしら)のえくぼにどれだけの変化が出来、何処の肉が引き締まり、何処の肉がたるむと云う区別をつけて二た通りに画(か)く。その肉のふくらみを現わすのには細かい線で陰翳を取って行くのだが、それが実にぬらぬらと、お前の肉置(ししお)きのいやいやもっちゃりとした心持ちをよく出しているのだ。此の男は踵の円みから土踏まずへのつながりを描いただけで、お前の足を暗示させる。そうしてお前の足の第二趾(ひとさしゆび)が親趾よりも長いことや、それが大抵親指の上へ重なっていることを見落していない。足の裏を画かせると、五本の趾の腹を写して、此れが小趾の腹、薬趾の腹だと云う風に、それぞれの特長を掴まえている。私にしてもお前の足の爪研きを手伝ったことがなかったら、こうまで詳しくは知りようがないし、きっと此の男に恥を掻かされたに違いなかろう。

「乳とお臀の恰好を知るのには苦心をしたよ。」

と、此の男は白状した。彼が云うには、お前の体で今までフィルムに露出されない部分と云っては殆んどないのだが、乳房の周囲と腰から臀の一部分だけが、どんな場合にも一と重の布で隠されていた。長い間、彼はその布の上に現われる凹凸の工合に注意していた。すると運よく「夢の舞姫」の時に、お前がシュミーズ一枚になって、そのシュミーズの紐がゆるんでいることがあった。お前はそのなりで床に落ちている薔薇の花を拾った。拾った瞬間に体を前へ屈めたから、自然シュミーズが下方へたるんで、紐のゆるんだ隙間から、――彼の形容詞に従えば「印度の処女の胸にあるような」完全にまんまるな、「二つの大きな腫物のように」根を張ったところの乳房が見えた。乳首までは見えなかったが、もうそれだけで彼にはお前の乳の全景を想像するのに充分だった。人間の体は、或る一箇所か二箇所を除いた外の部分が悉く分ってしまえば、その分らない部分に就いても、代数の方程式で既知数から未知数を追い出せるように、推理的に押し出せる。――彼はそう云う風にして、いろいろのシーンから既知の肉体の断片を集めて、それらに依って未知の部分、――お前の臀の筋肉のかげとひなたとが斯うでなければならないことを、割り出したと云うのだ。

「どうだね君、僕はまるで参謀本部の地図のように明細に、何処に山があり何処に川があるかと云うことを一々洩れなく絵に画けるんだよ。君は亭主だと云うけれども、こんなに精密に暗記しているかね。」

テーブルの上には、もう何枚かの紙切れが散らばっていた。彼は献立表の裏へ一杯にその「地図」を画きつぶしてしまうと、やがてポッケットから「ミヤコ・キネマ」のプログラムを探り出して、その裏へ画き、ナフキンペーパーの上へ画き、しまいには大理石の上にまで画いた。その仕事は彼に非常な興奮と悦楽とを与えるらしく、黙っていればまだ何枚でも画きそうにするのだ。

「もし、もし、もう分りました。もうそのくらいで沢山ですよ。とてもあなたには敵いませんや。」

「それから、――そうそう、活劇をやったり感情の激動を現わしたりする時に、息をはっはっと強くはずませることがあるね。そうすると斯う、此処の頸の附け根のところに、脂肪の下からほんのちょっぴり骨が飛び出すよ、こんな工合に、………」

「いや、――いやもう結構、もう好い加減に止めて下さい。」

「あはははは、だって君、君の最愛の女の裸体画を画いてるんだぜ。」

「それはそうだが、あんまり画かれると気持ちが悪いや。」

「そんなことを云ったって、君は年中女房のはだかを写真に撮って、飯を喰っているんじゃないか。それから見ると僕の方は割が悪いよ、此れだけ画けるようになるには容易なことじゃないんだがね。」

「分りました、分りました。僕は此の絵を貰って行きますよ。こいつを女房に見せてやります。」

私はそう云って、それらの紙切れを急いでポッケットへ捩じ込んだが、彼は内心お前に見せて貰いたいのか、それともそんなものは、画こうと思えばいくらでも画けるので惜しくもないのか、私のするままに任せていた。しかし私は、勿論此れをお前に見せる積りではなく、直きに破いて便所へ捨ててしまったが、見せたらお前は嘸かし胸を悪くしたろう。お前はお前の美しい体が、有田ドラッグの蠟細工にされたところを想像するがいい。………

「帰るならそこまで一緒に行こう」とその男が云うので、二人つれ立ってカフェエを出たのは九時頃だったろう。私は既に二時間近くも、此の何者とも分らない人間の酒の相手を勤めたのでありながら、どう云う訳で又このこと附き合う気持ちになったものか、多分私は、彼を薄気味の悪い奴だと思う一方、次第に変な親しみを感じさせられていたせいであろう。此の男を気味が悪いと云うのは、つまり此の男が余りにもよく私自身に似ている点があるからではないか。此の男は私と同じ眼を以て、お前の肉体の隅々を視ている。そうして而も、彼は此の世で直接お前には会ったことがない。天から降ったか地から湧いたか、彼はふらりと私の前に現われて、私でなければ知る筈のない私の恋人、私の女神の美を説いて聞かせる。私は彼を恋敵として嫉妬する理由は少しもない。なぜなら彼の知っているのは、フィルムの中の幻影であって、私の女房のお前ではない。影を愛している男と、実体を愛している男とは、影と実体とが仲よくむつれ合うように、手を握り合ってもいいではないか。………

私はそんなことを考えながら、その男の歩く通りに喰っ着いて行った。その男は、京極を河原町の方へ曲って、あの薄暗い街筋を北へ向って歩いて行く、空はところどころ雲がちぎれて、星がぼんやり見えたり隠れたりしていたが、まだあたりには霧のような糠雨が立ち罩めている。そして折々、ぼうっと街灯に照らし出される彼の姿は、実際一つの「影」の如くにも見えるのであった。

「君は勿論、由良子嬢は君以外の誰のものでもない、確かに君の女房であると思っているだろう。――――」

と、彼は半分独り語のようにそう云い出した。

「――けれども君の女房であると同時に、僕の女房でもあると云ったら、君はどう云う気がするかね。」

「一向差支えありません。どうかあなたの女房になすって、たんと可愛がって頂きたいですな。」

と、私は冗談のような口調で云った。

「と云う意味は、僕の女房の由良子嬢は要するにただの写真に過ぎない。だから何の痛痒も感じないし、やきもちを焼くところはないと、君はそう思って安心していると云う訳かね。」

「だって、あなた、そんなことを気にしていたら、女優の亭主は一日だって勤まりゃしませんよ。」

「成る程、そりゃあそうだろう。だがもう少しよく考えて見給え。第一に僕は聞きたいんだが、一体君は、君と僕と孰方がほんとうの由良子嬢の亭主だと思う？　そうして孰方が、亭主としてより以上の幸福と快楽とを味わっていると思う？」

「うヘッ、大変な問題になっちゃったな。」

私はそう云って茶化してしまうより仕方がなかったが、その男は闇を透かして、私の顔を憐れむように覗き込みながら云うのだった。

「君、君、冗談ではないよ、僕は真面目で話してるんだよ。――僕の推測に誤まりがなければ、多分君は斯う思っているだろう、僕の愛しているのは影だ、君の愛しているのは実体だ、だからそんなことはてんで問題になる筈はないと云う風に。――しかし君にしても、フィルムの中の由良子嬢は死物ではない、矢張り一個の生き物だと云うことは認めないだろうか？」

「認めます、それは仰っしゃる通りですよ。」

「では少くとも、フィルムの中の由良子嬢が、君の女房の由良子嬢の影であるとは云えないと思うね、既に生き物である以上は。――いいかね、君、こいつを君は忘れてはいけない、君の女房も実体だろうが、フィルムの中のも独立したる実体だと云うことを。――こう云うとそれは屁理窟だ、二つが共に実体だとしても、孰方が先に此の世に生れたか、君の女房が居なければ、フィルムの中の由良子嬢は生れて来ない、第一のものがあって始めて、第二のものが出来ると云うかも知れないが、もしそう云うなら、君の愛しているところの、そうして恐らくは崇拝してさえいるだろうところの、真に美しい由良子嬢と云うものは、フィルム以外の何処に存在しているのだ。君の家庭に於ける由良子嬢は、『夢の舞姫』や、『黒猫を愛する女』や、『お転婆令嬢』で見るような、あんな魅惑的なポーズをするかね。そうして孰方に、由良子嬢の女としての生命があるかね。………」

「御尤もです、僕もときどきそう云う風に考えるんです。僕はそいつを僕の『映画哲学』と名づけているんです。」

「ふふん、映画哲学か、」

と、その男は、妙に私に突ッかかるように云いながら、

「そうすると結局、斯う云うことが云えないだろうか、――フィルムの中の由良子嬢こそ実体であって、君の女房は却ってそれの影であると云うことが？ どうだね君の哲

学では？　君の女房はだんだん歳を取るけれども、フィルムの中の由良子嬢は、いつ迄も若く美しく、快活に、花やかに、飛んだり跳ねたりしているのだ。もう十年も立った時分に、君はしみじみ昔の姿を思い起して、ああ、あの時分にはこんなではなかった、あすこの所にあんな皺はなかったのに、いつあんなものが出来たんだろう、そうして体じゅうの関節にあった愛らしいえくぼは、何処へ消えてしまったんだろうと、そう思う時があるとする。その時になって、もう一度昔のフィルムを取り出して、映して見るとする。君は定めし、えくぼは消えてなくなったんでも何でもない、永遠に彼女の体に附いていることを発見するだろう。君の女房は衰えたかも知れないが、夢の舞姫は今でも矢張り、シュミーズの下に円々とした乳房を忍ばせ、床に落ちた薔薇の花を拾うだろう。黒猫を愛する女は、相変らず風呂へ這入ってぽちゃぽちゃ水をはねかしながら、猫と戯(たわむ)れているだろう。君はその時、君の若い美しい女房はフィルムの中へ逃げてしまって、現在君の傍(そば)に居るのは、彼女の脱け殻であったことに気がつく。君はそれらの映画を見て、一体此れは自分が作った絵なのか知らん、自分や自分の女房の力で、こんな光り耀(かが)やかしい世界が出来たのか知らんと、今更不思議な感じに打たれる。そうして遂に、此れらのものは自分たち夫婦の作品ではない、あの舞姫やお転婆令嬢は、自分の監督や女房の演技が生んだのではなく、始めからあのフィルムの中に生きていたのだ。それは自分の女房とは違った、或る永久な『一人の女性』だ。自分の女房はただ或る時代にその女性の精神を受け、彼女の俤を宿したことがあるに過ぎない。自分たちこそ、彼女のお蔭で飯を食わして貰っていたのだと、そう思うようになるだろう。……」

「そりゃあ成る程理窟としては面白いですが、僕の女房が歳を取るように、フィルムの中の彼女だってだんだんぼやけてしまいますよ。フィルムと云うものは永久不変な性質のものじゃないんですから。……」

「よろしい、そこで吾が輩は云うことがあるんだ。——君は僕が、何のためにこんなにたびたび由良子嬢の映画を見に行くか、そうして何のために、こんなに詳しく由良子嬢の地理を覚え込んだか知っているかね。さっきも絵に画いて見せたように、僕はこうして眼をつぶりながらでも、彼女の体を好きなようにして眺められる。『さあ、由良子さん、立って下さい』と云えば立ってくれるし、『据わって下さい』『臥て下さい』と云えば、僕の云う通りになってくれる。僕は彼女を素ッ裸にして、背中でも、臀でも、何処でも見られるし、倒まにして足の裏を見ることも出来る。君は亭主だと云うけれど、自分の女房をそんなに自由に扱えるかね。仮りに自由にさせられるとしても、こうして此処を歩いている今、彼女を抱くことが出来るかね。僕の方の由良子嬢は、どんな時でも、呼びさえすれば直ぐにやって来て、どれほどしつッこい註文をしても、いやな顔なんかしたことはない。君の女房は歳を取るだろうが、僕の方のは、たとえフィルムはぼやけてしまっても、今では永久に頭の中に生きているのだ。つまりほんとうの由良子嬢と云うもの、――彼女の実体は僕の脳裡に住んでいるんだよ。映画の中のはその幻影で、君の女房は又その幻影だと云う訳なんだよ。」

「けれどもですね、さっきあなたも仰っしゃったように、僕の女房が居なければ映画が生れて来ないでしょう？　映画がなければあなたの頭の中のものだって無い訳でしょう？　それにあなたが死んじまったら、その永久な実体と云う奴はどうなりますかね、そこン所がちょっと理窟に合わないようじゃありませんか。」

「そんなことはない、此の世の中には君や僕の生れる前から、『由良子型』と云う一つの不変な実体があるんだよ。そうしてそれがフィルムの上に現われたり、君の女房に生れて来たり、いろいろの影を投げるんだよ。たとえばだね、僕は以前亜米利加のマリー・プレヴォストの絵が好きだったが、君もあの女優は好きなんだろうね。いや、改めて聞く迄もない。」

と、彼は私の驚いた色を看て取りながら云うのだった。

「君は恐らく由良子嬢を発見した時に、これは日本のマリー・プレヴォストだと思ったんじゃないかね。そう云えば、――そうだ、――プレヴォストにも風呂へ這入る場面があったね。やっぱり由良子嬢のように体の透き徹るガウンを纏って、風呂から上って、湯殿の出口でスリッパアを穿くところがある。――あれはもう何年前のことだったか、随分古い写真だけれど、僕は今でもよく覚えている。あの時プレヴォストは後ろ向きに立ちながら、なまめかしいしなを作って、スリッパアを突っかけた。突っかける時にわれわれの方へ足の裏を見せた。ね、そうだったろう、君も覚えているだろう? あの場面はソフト・フォーカスだったので、彼女の全身が朦朧と見えたに過ぎないけれど、しかしあの女優の顔つきや体つきの感じは由良子嬢にそっくりじゃないか。殊にクローズアップで見ると、仰向いた時の鼻の孔の切れ方が実に似ている。腕や手のえくぼもちょうど同じ所に出来る。裸体にしたらもっと似たところがあるだろうし、臍も凹んでいるような気がする。――残念ながら僕はプレヴォストの臍を知らない。僕の知っているのは由良子嬢のと、『スムルーン』で見たポーラ・ネグリの臍だけだ。――が、そう云う風に、敢てプレヴォストばかりじゃない、由良子嬢に似ている女は此の世界じゅうにまだ幾人も居るんだよ。うそだと思うなら、君は静岡の遊廓の××楼に居るF子と云う女を買ったことがあるかい？　その女は無論プレヴォストや由良子嬢ほどの別嬪ではない、いくらか型は崩れているが、それでも矢張り『由良子系統』であることはたしかだ。その女の体じゅうに出来るえくぼは由良子嬢の俤を伝えている。そうして何より似ているのは二つの乳房だ。…………………………………………………………………………………………」

そう云って彼は、彼の知っている限りの「由良子型」の女を数え挙げるのだった。その女たちは全身がそっくりそのままお前の通りではない迄も、なお何となく肌触りや感じに於いて同一であり、而も必ず、或る一部分はお前に酷似した所を持っていると云うのだ。たとえば今の静岡県のF子の胸には、お前と同じ乳房がある。お前の『肩』は東京浅草の淫売のK子と云う女が持っている。お前の『臀』は信州長野の遊廓の○○楼のS子が持っている。お前の『膝』は房州北条のなにがしの女に、お前の『頸』は九州別府温泉の誰に、その外お前の『手』は何処そこに、お前の『腿』は何処そこにある。彼はお前の肉体の部分部分を研究するのに、映画に就いてばかりではない、その女たちに就いても覚えた。さっきの「地図」はお前の「地図」であると同時に、その女たちの「地図」であると云うのだ。

「君、君、非常に都合の好いことには、由良子嬢のあの美しい『背筋』が、直き此の近所にあるんだよ。君は大阪の飛田遊廓を知っているだろう？　あすこへ行って、B楼のA子と云う女を呼んで、背中を出さして見給え。それからもっと近い所では、此の京都の五番町に『足』があるんだ。あすこのC楼のD子と云う女だがね、日本人の足の趾は、親趾よりも第二趾の方が長いのはめったにない、ところがあの女のは由良子嬢のにそっくりなんだ。……」

それから彼は又「実体」の哲学を持ち出して、プラトンだのワイニングルだのとむずかしい名前を並べ始めたが、私はそんなくだくだしい理窟を覚えてもいないし、一々書き留める根気もない。要するにお前、――「由良子」と云うものは、昔から宇宙の「心」の中に住んでいる、そうして神様がその型に従って、此の世の中へ或る一定の女たちを作り出し、又その女たちに対してのみ唯一の美を感ずるところの男たちを作り出す。私と彼とはその男たちの仲間であって、われわれの心の中にも矢張り「お前」が住んでいると云うのだ。此の世が既にまぼろしであるから、人間のお前もフィルムの中のお前もまぼろしであるに変りはない。まだしもフィルムのまぼろしの方が、人間よりも永続きがするし、最も若く美しい時のいろいろな姿を留めているだけ、此の地上にあるものの中では一番実体に近いものだ。人間と云うまぼろしを心の中へ還元する過程にあるものだと云うのだ。……

「いいかね、君、そうなって来ると、君と僕とは由良子嬢の亭主として、一体どれだけの違いがあるんだ。君の持っている幸福で、僕のあずからないものが一つでもあるかね。僕は君と同等に、いや恐らくは君以上に彼女の体を知っている。僕は彼女をいかなる場合、いかなる所へでも呼び出して、着物を剥いで臥かしたり起したりさせられる。だがそれだけでは…………――――………………………………………………………………………………………………。しかしそれでも不充分だ、完全な一人の『由良子嬢』として、…………………………………。よろしい、それなら僕の家へ来給え、実を云うと、僕は一人の『由良子嬢』を持っているのだ。――」

私は思わず立ち止まって、彼の顔を視詰めないではいられなかった。

「へえ？　あなたも由良子を持っていらっしゃる？　そりゃアあなたの奥さんなんです

か。」

「うん、僕の女房だ、君の女房と孰方がほんとうの『由良子』に近いか、何なら見せてやってもいいがね。』

此処に至って、私の好奇心が絶頂に達したことは云う迄もあるまい。此の男の言動はますます出でてますます意外だ、不思議な奴もあればあるもんだ。――が、その云うところは私の図星を刺す点もあり、ちゃんと辻棲が合っているのだから、此奴がまさか気違いではなかろう。多少気違いであるとしても、私は彼の異性に対する観察の細かさ、感覚の鋭さには敬服している。私は当然、彼の細君、――彼の「由良子」と称する婦人に会ってみたくて溜らなくなった。それに此の男は未だに身分を明かさないので、こうなって来るといよいよそれが知りたくもあった。

「どうだね、君、僕の女房を見たくはないかね。――」

と、彼は横眼で人の顔色を窺いながら、イヤに勿体を附けるような口調で云うのだった。

「――見る気があるなら見せて上げるが、………」

「気がないどころじゃありません、是非ともお目に懸りたいもんです。」

「それでは僕の家へ来るかね。」

「ええ、伺います。――いつ伺ったらいいんですか。」

「いつでもよろしい、今夜でもいいんだ」

「今夜?――」

「ああ、此れから一緒に来たらどうかね。」

「だって、――もう遅いじゃありませんか。お宅は一体どちらなんです?」

「直きそこなんだ。」

「直きそこと云うと?――」

「自動車で行けばほんの五分か十分のところさ。」

気がついて見ると、私たちはもう出町橋の近所まで来ていた。そして時刻は彼れ此れ十時半なのである。此の男は何でもない事のように「今夜行こう」と云うけれども、始めて近づきになった私をこんな夜更けに自分の家へ連れて行って、細君に引き合わす積りなのだろうか? それ程御自慢の細君なのだろうか?

「変だなあ、担がれるんじゃないのかなあ。――」

「あははは、そんな人の悪い男に見えるかね、僕は?」

「けれども、あなた、此れから伺うと十一時になりますぜ。あなたはいいと仰っしゃったって、奥さんに悪いじゃありませんか。」

「ところが僕の女房は、そりゃあ頗る柔順なもんでね、僕が何時に帰ったって怒ったことなんかないんだよ。いつもニコニコして機嫌よく僕を迎えるんだ。その夫婦仲のいいことと云ったら、――そいつを今夜是非とも君に見せてやりたい。」

「冗談じゃない、アテられちゃうなあ!」

「うん、まあアテられる覚悟で来ることが肝要だね。」

「肝要ですか。」

「アテられるのが恐ろしいかね。」

「恐ろしいかッて、――そいつは少し、――タジタジと来ますな。」

「あはははは、君は年中自分の女房を見せびらかしているんだから、今夜はどうしても僕の女房を見る義務がある。此処で逃げるのは卑怯だぜ。来給え、来給え。」

もうそう云っている時分には、彼は私の腕を捉えて、橋の西詰にある自動車屋の方へぐいぐい引っ張って行くのだった。

「いや、こうなったら逃げやしません、度胸をきめます。――」

彼は私を自動車屋の前へ待たして置いて、自分だけツカツカと奥へ這入って、小声で行く先を命じていた。その時私は、カフェエを出てから此の男の姿を始めて明るみで見たのであるが、さっきの酒が今頃になってそろそろ利いて来たのであろう、いつの間にやら彼の人相は別人のように変っていた。その眼は放将に不遠慮に輝やき、口元には締まりがなくなり、鼻の孔はだらしなくひろがっている。眼深に被っていた台湾パナマの古ぼけた帽子が、後ろの方へずるッこけて、だだッ児のように阿弥陀になって、縮れた髪の毛が額へもじゃもじゃと落ちかかっている塩梅は、どうしても不良老年の形だ。老年と云えば、私はさっき此の男の年を四十恰好と踏んだのだけれど、帽子が阿弥陀になって見ると顔には思いの外小皺があって眼の皮がたるみ、髪にはつやがなく、鬢のあたりに白い物さえ交っていて、ひいき目に見ても四十七八、五十に近い爺なのだ。彼の酔い方が私の想像していた以上であったことは、そのだらりとした態度や、足取りで明かだった。が、それでも彼は飲み足りないのか、

「おい、君イ、まだかあ！」

と、どら声を出して運転手を催促しながら、ポケットから余り見馴れない珍しい容れ物、――薄い、平べったい、銀のシガレットケースのような器を出して、頻りに喇叭

呑みをやるのだ。

「何ですか、それは?」

「此れか、此れは亜米利加人が酒を入れてコッソリ持って歩く道具さ。活動写真によくあるだろう。」

「ああ、あれ。そんなものが日本にも来ているんですか。」

「彼方(あちら)へ行った時に買って来たんだよ。此奴(こいつ)あ実に便利なんでね、こうしてチビリチビリやるには。………」

「盛んですなあ、いつもそいつを持ってお歩きになるんですか。」

「まあ夜だけだね。――僕の女房はおかしな奴で、夜が更けてからぐでんぐでんに酔っ払って帰ると、ひどく喜んでくれるんだよ。」

「すると奥さんも召し上るんで?」

「自分は飲まないが、僕の酔うのを喜ぶんだね。………つまり、その、何だ、………僕をへベレケにさして置いて、有りったけの馬鹿を尽していちゃつこうって云う訳なんだ。」

私は彼がそう云った瞬間、何か知らないがぞうっと身ぶるいに襲われた気がした。此のイヤらしいノロケを云いながら、彼はゲラゲラと笑い続けて、私の眼の中を嘲るが如く視つめている。私の顔は真っ青になったに違いなかった。何と云う不気味な狒狒爺だろう。やっぱりキ印なのか知らん?………それに全体、女房々々と云うけれど、こんな爺に若い美しい女房なぞがあるのだろうか、変な所に妾でも囲ってあるのじゃないのか。

……………

それから間もなく、二人を乗せた自動車は恐ろしく暗い悪い路をガタピシ走らせているのであった。私はあの時分、京都へ来てからまだ幾月にもならなかったので、あの晩何処を通ったのだか、今考えてもはっきり呑み込めないのだが、兎に角出町橋を渡ってから直きに加茂川が見えなくなって、やっと車が這入れるくらいなせせッこましい家並の間を、無理に押し分けるようにして右へ曲ったかと思うと、今度は又左へ曲る。雨は止んだが、空はどっぷり曇っているので山は一つも見えないし、もうどの家も戸が締まっていて、町の様子は分らないながら、ところどころにざあざあと渓川のような水音のする溝川がある。その男は窓から首を出して、「其処を彼方へ」とか「此方へ」とか、時々運転手に指図している。そのうちにだんだん家が疎らになって、田圃があったり立木があったり、ぼうぼうと繁った叢があったり、たしかに郊外の田舎路へ来てしまったらしい。

「驚いたなあ、何処まで連れて行かれるんです。大分遠方じゃありませんか。」

「まあいいじゃないか、乗った以上は黙って僕に任せ給え、君の体は今夜僕が預かったんだよ。ねえ、そうだろ？　そうじゃないか。」

「だけど一体、………いいんですかこんな所へ来てしまって？」

「いいんだってばいいんだよ、いくら酔ったって自分の家を間違える奴があるもんか。

………どうだね、一杯？」

車が揺れる度毎にどしんどしんと私の方へ打つかって来ながら、その男はよろよろした手つきで喇叭呑みをやっては、それを私にもすすめるのだが、次第にしつッこく首ッたまへ齧り着いて、まるで女にでもふざけるように寄りかかって来る、その口の臭さと、ニチャニチャした脂ッ手の気持ちの悪るさと云ったらない。余程酒の上の良くないたちで、酔ったら人を困らせるのが常習になっているのだろう。何しろ私は飛んだ奴に掴まってしまった。

「もし、もし、済みませんが此の、………手だけ放してくれませんか、此れじゃあ重くって遣り切れねえや。」

「あはははは、参ったか君。」

「参った、参った。」

「君と一つキッスをしようか。」

「ジョ、ジョ、冗談じゃあ、……」

「あははははは、由良子嬢とは一日に何度キッスするんだい？　え、おい、云ったっていいだろ？　三度か、四度か十ッたびぐらいか、……」

「あなたは何度なさるんです？」

「僕は何度だか数が知れんね。顔から、手から、指の股から、足の裏から、あらゆる部分を……」

途端に彼はたらりと私の頬ッぺたへよだれを滴らした。

「うッ、ぷッ、……もう少し顔を……向うへやってくれませんか。」

「構わん、構わん、由良子嬢のよだれだったらどうするんだい？　喜んでしゃぶるんじゃないのかい？」

「そりゃアあなたじゃないんですか。」

「ああ、しゃぶるよ、僕はしゃぶるよ。……」

「馬鹿だなあ。」

「ああ馬鹿だとも。どうせ女房にかかっちゃあ馬鹿さ。惚れたが因果と云う奴だあね。」

「だけどよだれを舐めなくったって。……奥さんは幾つにおなりなんです?」

「若いんだぜ君、幾つだと思う?」

「そいつがどうも分りませんや、あなたの歳から考えると、……」

「僕はじじいだが、女房はずっと若いんだよ。悍馬のように溌剌たるもんだよ。まあ幾つぐらいだと思うね。」

「僕の女房と孰方なんです? 由良子はちょうどなんですが、……」

「じゃあ同い歳だ。」

「そんな若い奥さんを? 失礼ですが、第二夫人と云うような訳じゃあ、……」

「第一夫人で、本妻で、僕の唯一の愛玩物で、寧ろ神様以上のもんだね。」

ゲラゲラと笑って、又よだれを滴らしながら、

「どうだい、恐れ入ったろう。僕は女房に会うためにこんな淋しい田圃路を、いつも今時分に一人で帰って行くんだよ、自動車へも乗らずテクテク歩いて。……すると女房は僕の足音を聞きながら、奥の寝室の帳の中でうつらうつらと、ものうげな身を所作為

なさそうに、猫のように丸めて待っているのだ、体じゅうに香料を塗って、綺麗になって。………僕はそうッと寝室へ這入って、やさしく帳を分けながら、『由良子や、今帰ったよ、嘸淋しかったろうねえ。』――」

「ええ？」

「あはははは、ビックリしたかい？」

「だって、名前まで『由良子』なんですか。」

「ああ、そう、『由良子』としてあるんだよ。そうしないと人情が移らんからね。」

やがて車は、こんもりとした丘の下で停った。

「此処だよ、此処だよ」と云いながら、彼は先へ立って急な石段を登り始める。懐中電灯を出して照らしながら行くところを見れば、成る程毎晩遅く帰って来るのであろう。段の両側には山吹が一杯、さやさやと裾にからまるくらい伸びている。青葉の匂いが蒸すように強く鼻を衝いて、懐中電灯の光の先に折々さっと鮮かな新緑が照らし出される。

「そら、もう其処だよ。」

と云われて、私は坂の上を仰いだ。見ると、軒灯が一つぽうッと灯った白壁の西洋館があった。

暗いのでよくは分らなかったが、その西洋館は丘の上にぽつりと一軒建っているので、隣り近所に家はないらしく、あたりは一面の藪か森であることは、今も云う青葉の匂いや、土の匂いや、もののけはいで感ぜられる。そうして鬱蒼とした影が背後をうずだかく蔽っている様子では、うしろは崖か山になっているのだろう。石段を上り(のぼ)詰めると、突きあたりの正面に、白壁を仕切って龕(がんどう)のように凹んだ入口がある。入口の扉は三尺ばかりの板戸であると思ったのだが、近づいて見るとガラス戸であった。家の内部に明りが灯(とも)っていないので、それが遠くからは黒い板戸に見えたのであった。さっき石段の下から望んだ一点の灯火(ともしび)は、その龕のような凹みの真上に、円筒型のシェードに入れられて、白壁の上へ朦朧と圏を描いている。西洋館とは云うものの、此の外構えの塩梅では、四角な、平家の、昼間見たらば殺風景な掘っ立て小屋のようなものらしい。……彼ははっはっと息を切らしながら、ポッケットから鍵の鎖をカチャカチャと取り出して、入口の扉(ドーア)を開けた。私は彼のあとに続いて土間へ這入った。彼は内部から今の扉に鍵をかけて、泥だらけの靴を脱いで、手さぐりでスリッパアを穿いたようだった。

――何処かにスウィッチがあるのだろうに、明りをつけようとはしないで、暗闇でやっているのである。外の門灯がガラス戸を透（すか）してぼんやり映ってはいるものの、その覚束（おぼつか）ない光線では、土間の様子はさっぱり私にはわからない。はゝはっと云う彼の吐息が俄かに酒臭く、けぢかく反響する工合（ぐあい）から察すると、此の玄関はわりに狭いのに違いなく、ひどく窮屈な壁の間へ閉じ込められたような気がする。と、彼は再び懐中電灯を照らし始めた。光の先を床の方へ向けながら、何か捜し物をしているらしい。光がチラリと通り過ぎるあたりに、支那焼のステッキ入れと、鏡の附いた帽子掛けの台が見える。台には帽子が三つ四つ懸かっている。ソフトの中折れと、鼠色の山高と、鳥打ち帽と、普通の麦藁と。……台の下には革のスリッパアが二三足あって、中に一足、派手な鴇（とき）色の絹で作った、踵の高い、フランス型の女のスリッパアが交っている。――私が第一に驚いたのは此れであった。と云うのは、それは大分穿き馴らしたものらしく、脂じみた足型がついているのであるが、若し此のスリッパアを黙って見せられたら、私はきっとお前のものだと思うであろう。それは私の家にある、お前の穿き古るしたスリッパアにそっくりなのだ。同じ所に皺が寄り、同じ所に踵や趾（ゆび）の痕が出来、同じ足癖で汚れているのだ。私はそれが眼に触れた瞬間、お前の美しい足の形を明瞭に心に浮かべた。兎に角にも、そのスリッパアはお前の足と同じ足が穿いたのだ。「おや、うちの女房が来ているのかな」と、私はそう思ったくらいだった。

彼はそのスリッパアを大切そうに傍へ置いて、――恐らくわざと私に見せたかったのであろう、――革のスリッパアを一足取って、「此れを穿き給え」と私の前に投げてくれたが、それきり懐中電灯を消してしまった。そうして先へ立ちながら、暗い廊下を真っ直ぐに進んだ。二人が一列にならなければ通れないほど狭いところを、彼はよろよろと両側の壁へぶつかりながら行くのである。自分のうちへ帰って来たので気が弛んだのかも知れないが、そう云う私も余程飲まされていたに違いない。何しろまるで入梅のようなじとじとした晩だったから、その家の中は蒸し風呂のように生暖く、おまけに彼の酒臭い息が廊下にこもって、ふうッと顔へ吹きつけて来る。私は襟元がかっかっと上せて、一ぺんに酔が発したのを感じた。

「さあ、先ず此処へ這入ってくれ給え。」

廊下の突きあたりへ来た時に、彼はそう云って左側の部屋へ私を通した。それから彼はマッチを擦って、ゆらめく炎を翳しながらつかつかと室内を五六歩進んだ。見ると一個のテーブルがあって、上に燭台が載っている。その蠟燭へ彼は手の中の炎を移した。蠟燭の穂が次第に伸びるに従って、そのテーブルを中心に濃い暗闇がだんだん後ろへ遠のいて行ったけれども、まだ此の部屋がどのくらいの広さで、中にどう云うものがあるのか見究めることは出来なかった。ちょうど此の時、私と彼とは燭台を挟んでさし向いに椅子へかけた。私の視線は一とすじの灯影を前に赤々と照らし出された相手の顔へ、期せずして注がれたのであったが、私が見たものは実は顔ではなく、脳天のところがつるつるに禿げた頭であった。彼は台湾パナマの帽子を脱いで、テーブルの上に置いていた。そうしていかにもくたびれたと云う恰好で、椅子の背中へぐったりと身を寄せ、糸のちぎれた操り人形のように両腕を垂らし、首を俯向け、未だにはっはっと吐息をしていた。だから彼の顔の代りに、その禿げ頭がまともに此方を見返していたと云う訳になる。けれども私の酔眼にそれが人間の頭であると呑み込める迄には、多少の時間を要したのであった、私は彼がこんな立派な禿げ頭を持っていようとは、今の今まで想像もしなかったのだから。成るほど前額にも後頭部にももじゃもじゃとした縮れ毛があって、ぐるりと周囲を取り巻いているから、帽子を被れば巧い工合に隠れるのである。私は暫くアッケに取られて、その蛇の目形に禿げた部分をしみじみと眺めた。もう此の男は「五十に近い」どころではない、たしかに五十を二つか三つ越しているだろう。……と、彼はいきなり、物をも云わず立ち上って、部屋の隅の方へあたふたと駈け附けて、又何かしら飲んでいるらしく、ゴクリ、ゴクリと、見事に喉を鳴らしている。ははあ、先生、酔いざめの水を飲んでいるんだなと、その飲み方があまりがつがつしているので、私は最初そう思ったのだが、よくよく見ると、隅ッこの所に洋酒の罎を五六本列べた棚があって、彼はその前に立ちながら、独りで聞し召しているのである。そうして五六杯も立て続けに呷ってから、濡れた唇をさもうまそうに舐めずりながら、――よだれで濡れていたのかも知れない。――私の方へ戻って来て、今度はそこに突っ立ったまま、テーブルの上の燭台を取った。

「さあ君、女房に会わせて上げよう。」

「へえ、――ですがどちらにいらっしゃるんで？」

「向うの部屋だよ。そうッと僕に附いて来たまえ、今すやすやと寝ているからね。」

「およっていらっしゃるんですか、そいつはどうも……」

「なあにいいんだ、此処が女房の寝室でね。――」

そう云っているうちに、彼の手にある蠟燭の火は既に隣室の入口を照らした。

それは何とも実に不思議な部屋であった。部屋と云うよりは押し入れの少し広いようなもの――と、まあ蠟燭のあかりではそう見えるのだが、そこと今までいた部屋とは、濃い蝦色の帳で仕切られているだけで、それを芝居の幕のようにサラリと開けると、中にも同じ色の帳が三方に垂れていて、まん中に大きな寝台がある。――だから寝台が殆んど部屋の全部を占めていると云う形。で、その寝台がまた、日本の昔の帳台のように、四方を帷で囲ってある、つまり支那式のベッドなのだ。そうしてまたその寝台の帷が――此れもハッキリとは分らなかったが、――暗緑色のびろうどのような地質なので、こう幾重にも暗い布ばかり垂らしたところは、何の事はない、松旭斎天勝の舞台だと思ったら間違いはない。

「此処に女房は寝ているんだが、何処から先へ見せようかね、――背中にしようか、腹にしようか、足にしようか。………」

と、彼は手を伸ばして、帷の上から中に寝ている女房の体と覚しきものをもぐもぐと揉んで見せるのであった。その眼は怪しく血走って、さも嬉しそうなニタニタ笑いを口もとに浮かべながら。………

こう書いて来れば、その寝台の中に寝ていた者が何であるかは、無論お前にも分っただろう。私も実はそれが人形だろうと云うことは、もうさっきからの彼の口ぶりで予想しないではなかったのだが、茲に誠に気味のわるいのは、それがお前に生き写しであるばかりでなく、彼はそう云う人形を、――彼の所謂「由良子の実体」なるものを、――幾体となく持っているのだ。即ちお前の寝ている形、立っている形、股を開いている形、胴をひねっている形、――それから到底筆にすることも出来ないような有りと有らゆるみだらな形。私が見たのは十五六だったが、彼の言葉に従うと、「うちには由良子が三十人も居る」と云うのだ。

私はよく、船員などが航海中の無聊を慰めるために、ゴムの袋で拵えた女の人形を所持していると云うような話を聞いたことがある。しかし実際にそう云うものを見たことはなし、又そんなことが有り得るかどうかも疑わしいと思っていたけれど、此の男の人形はつまりそれなのだ。彼はそれらの三十人もある「女房」を、一つ一つ丁寧に畳んで、風呂敷に包んで、棚の上へ載せてあるのだ。例の天勝式の装置、――寝室の三方に垂れている帳のかげに、その棚は幾段も作ってあって、一段一段に、何か暗号のような文字で印がつけてあるのである。お前は彼が、

「さあ、今度は女房のしゃがんだところを見せようかね。」

と云った工合に、呉服屋の番頭が反物を取り出すようないそいそとした恰好で、それを棚から卸して来る時の滑稽な様子を考えて御覧。そうしてそれらの等身大のお前の姿が、十五六人も黙然と列んで、物静かな、しーんとした深夜の室内に立ったところを想像して御覧。おまけに彼がその平べったく畳んだものを膨ます手際と云ったら、実に馴れたものなのだ。水道をひねって瓦斯に火をつけると、直ぐにお湯が出て来るような仕掛けがしてあって、――此れも帳のかげにあるのだ、――そこから管を引張って人形の孔へ取りつけると、見ているうちに膨らんで来る。それが次第に一個の人間の形を備え、だんだん細部の凹凸がはっきりして来るに従って、腕から、肩から、背中から、脚から、紛う方なきお前を現ずる。水を注ぎ込む孔の作り方と位置に就いても、馬鹿々々しい注意が払われていて、氷枕の栓のようなあんなぶざまなものではないのだ。一つ一つの人形に依って□□□□□□皆適当に考えてあって、それを詳しく説明することはお前に対する冒瀆のような気がするから、私は此れ以上を云うことが出来ない。彼は恐らく、水を注ぎ込むと云うその事自身を享楽しているに違いあるまい。「君、僕は造化の神様と同じ仕事をしてるんだよ。昔の神様がアダムとイヴを作る時には何処から息を吹き込んだのか知らないが、面白くって止められなかったに違いないぜ」と、彼は云うのだ。

お前は定めし、そんなものがいくら自分に似ていると云っても、ゴムの袋ならたかが知れている、どうせたわいのないものだろうと思うであろう。彼がいかにしてあの驚くべき精巧な袋を縫うことが出来たか、その凄じい苦心の跡を語らなければそう思うのも尤もだけれども、一と通り説明を聞いた私にも、さて自分でやって見ろと云われたら、到底あの真似は出来そうもない。云う迄もなくそれは材料の買い入れから最後の仕上げまで、悉く彼一人の手で作られたもので、彼の工房へ這入って見れば、決して偽りでないことが分る。お前はそこに、凡そお前の肉体に関する得られる限りの参考資料が、途方もない執拗と丹念を以て集められているのを発見するだろう。人は総べての表面が鏡で張られた室内へ閉じ込められると、遂には発狂するものだそうだが、お前はきっと、ちょうどそれと同じ気持ちを味わうだろう。

「ところでちょっと此方の部屋を見てくれ給え」と、彼は私を廊下の反対の側にあるその工房へ連れて行ったが、そこで私の眼に触れたものは、床、壁、天井の嫌いなく、あらゆる空間に陳列してあるお前の手足の断片だった。殊に奇異なのはお前の体の部分部分を、——秘密な箇所や細かい一とすじの筋肉など迄を、——著しく拡大した写真が、方々に貼ってあることだった。成る程これだけの写真があって、此れを毎日眺めているとすれば、あの霊妙なる有田ドラッグ式素描が画けるのに不思議はないと、私は始めて分ったのであった。が、それにしても彼はどうしてそれらの写真を手に入れたか、お前に会ったこともない彼がいかにして撮影したであろうか。——此の疑問に答えるために彼が出して見せたものは、いろいろな絵から切り取った古いフィルムの屑だった。短かいのは一とコマか二たコマ、長いのは十コマ二十コマぐらいずつ、彼は総べてのお前の映画から彼に必要である場面を集めているのだ。「夢の舞姫」が床に落ちた薔薇の花を拾っているところ、血の滴れる足で舞台で踊っているところ、趾の血型の大映し、「お転婆令嬢」の乳房の下からみぞおちのあたりがハッキリ現われているシーン、「夏の夜の恋」の凹んだ臍が見える部分、——凡そ彼が詳しい描写で私を驚かした場面の数々は、みんなそこに備わっているのだ。彼はお前の耳の形と、口腔内の歯列びの様子が知りたさに、それが明瞭に写っているたった一とコマのフィルムを得るべく、常設館から常設館へと、或る一つの絵を追いかけて、一度は岡山へ、一度は宇都宮へ行ったと云うのだ。

「……世間には僕と同じような物好きな奴が多いと云うことを、僕はその時に発見したね。なぜかって云うと、由良子嬢の或る一つの絵が東京と上方で封切りされる、それからだんだん地方の小都会へ配附されるに従って、不思議とフィルムのコマの数が減って行くんだ。勿論それは地方地方の検閲官がカットする場合もあるだろう。けれども此の方は何処の県でも大体の標準が極まっているから、そんなに無闇に切る筈はない。最初に二十コマあった場面が、次ぎから次ぎへと旅をする間に十五コマになり、十コマになり、ひどい時にはしまいに一つもなくなってしまったりするのは、変じゃないか。此れは途中で切り取る奴があるからなんだよ。由良子嬢がやって来るのを待ち受けて、彼女の手だの足だのをまるで飢えた狼のようにもぎ取って行く奴があるんだ。そう云う人間が大勢居ると云う証拠には、田舎の町の常設館の映写技師に聞いて見給え。彼等はちゃんと心得ていて、金さえやれば望みの場面を一とコマなり二たコマなり、こっそり切って売ってくれる。それが彼等のほまちになっているくらいなんだ。………」

彼の仕事は考古学者の仕事に似ていた。考古学者が深い土中から数世紀層前の遺骨を掘り出して来て、何万年の昔に生きていた動物の形を組み立てるように、彼は日本国中の津々浦々に散らばっているお前の手足を集めて来て、やがて完全な一個の「お前」を造ろうとするのだ。壁に貼ってある大きな写真は、彼がそんな風にして手に入れたフィルムを、引き伸ばしたものなのであった。彼は一定の比例に依って部分部分を引き伸ばして置いて、それに従って粘土で一つの原型を作る。さてその原型へ当て嵌めながら、ゴムの人形を縫い上げる。恰も靴屋が木型へ皮を押しあてて靴を縫うのと同じような手順なのだが、仕事の難易は勿論同日の談ではないのだ。第一彼はお前の肌となるところの、実感的な色合と柔かみを持つゴムを得るのに苦心をした。私が手に触れた塩梅では、それは女の雨外套などに用いる、うすい絹地へゴムを引いた防水布、――あれによく似た地質であって、あれよりもっと人間の皮膚に近いようなものだった。彼は大阪神戸東京と、方々の店へ註文を発して、やっと五軒目に気に入った品を手に入れることが出来たのであった。そうしてそれを縫い上げるのに、粘土で作った「原型」に就いたばかりではなく、肺に落ちないところや分らないところは生きた「原型」に当て嵌めても見た。彼は一と通り縫い上げたゴムの袋を、わざわざ静岡まで持って行って、××楼のF子の乳房に合わせて見たり、信州長野へ持って行って○○楼のS子の臀に合わせて見たり、東京浅草のK子の肩や、大阪飛田のA子の背筋や、房州北条の女の膝や、別府温泉の女の頸などに、一々合わせたのであった。

しかし私は、彼がいかにしてあの燃えるが如き唇を作り、その唇の中に真珠のような歯列(ならび)を揃えることが出来たか、いかにしてあのつややかな髪の毛や睫毛(まつげ)を植え、生き生きとした眼球(がんきゅう)を嵌め込むことに成功したか、いかにしてあの舌を作り、爪を作ったか、それらの材料は一体何から出来ているのかと云う段になると、ただ不可思議と云うより外には想像もつかない。彼も「こいつは秘密だよ」と云って、ニヤニヤ笑うばかりであったが、その薄笑いは私に一種云いようのない、恐ろしい暗示を与えないでは措かなかった。或る何かしら不潔なもの、物凄いもの、罪深いものから、此の材料は成り立っているのじゃないだろうか？　私はそう思って戦慄した。話に聞いた、航海中の船員が慰み物にすると云うゴムの人形なるものが、実際あるとしたところで、此の半分も精巧なものではないであろう。或る程度まで人間に似せた袋を縫うだけなら、不可能なことではなかろうけれども、此のゴムの袋は鼻の孔(あな)を持ち、鼻糞(はなくそ)までも持っているのだ。そうして全く人間と同じ体温を持ち、体臭を持ち、にちゃにちゃとした脂(あぶら)の感じを持ち、唇からはよだれを垂らし、腋の下からは汗を出すのだ。彼がそう云う人形を三十体も拵えたのはなぜかと云うと、……………………に由って、いろいろのポーズが必要であるからだった。たとえば………………………、膝の上へ載せる時のポーズ、立って接吻する時のポーズ、…………………………………………、………

呆れた事には、「ちょいとこんな工合なんだよ」と云いながら、彼はそれらの人形を相手に、私の前で彼独特の享楽の型を示すのであった。（彼は絶えず酒を飲んでは元気をつけていた。）そしてしまいには、「…………………………」とか、「此の鼻糞の味はどうだろうか」とか、いよいよしつッこく絡まって来て、揚句の果ては私にもそれを舐めて見ろというのであった。

「あ、そうそう、君は僕が女房のよだれを舐めるなんて馬鹿だと云ったね。ほら、此の通り……此の通り僕は舐めるんだぜ。これどころじゃない、……………………。」

彼はいきなり床の上へ仰向けに臥た。股を開いてしゃがんでいる人形が、彼の顔の上へぴたんこに据(す)わった。彼は下から両手を挙げて人形の下腹を強く圧さえた。人形の臀の孔から瓦斯(がす)の洩れる音が聞えた。私は此狒狒爺(このひひおやじ)の顔から禿げ頭へねっとりとした排泄物が流れ始めたのを、皆まで見ないで窓から外へ飛び出してしまった。そして真っ暗な田舎路を一目散に逃げて行った。

＊　＊　＊　＊　＊　＊　＊　＊　＊　＊　＊

由良子よ、私がお前に話したいと云った事実は此れだけだ。

私はお前が、此の話を一笑に附してくれることを心から祈る、呪いを受けるのは私一人で、お前は快活であることを祈る。しかし私は此の事があってから、お前の映画を作ることに興味を失ったばかりでなく、寧ろ恐れを抱くようにさえなってしまった。どうも私には、お前を美しいスタアに仕上げて、お前の姿を繰り返し写真に映したりしたことが、結局あの爺にお前と云うものを奪われたことになったような気がしてならない。お前はお前の知らない間に、あの爺に丸裸にされ、手でも足でも、あらゆる部分を慰まれていたのだ。そればかりならいいけれども、私の恋しい可愛い由良子は、此の世に一人しか居ないもの、完全に私の独占物だと思い込んでいたのに、あの晩以来、その信念がすっかりあやふやになってしまった。お前の体は日本国中に散らばっている、あの爺の寝室の押し入れの棚にも畳まれている、お前はそれらの多くの「由良子」の一人であり、或は影であるに過ぎない。……そう云う感じが湧いて来る時、私はお前をいくらシッカリ抱きしめても、此れがほんとうの、唯一の「お前」だと云う気になれない。果てはお前が影である如く、私自身まで影であるように思えて来る。私たち二人の真実な恋は、破れない迄も空虚なもの、うそなもの、それこそ一とコマのフィルムの場面より果敢ないものにさせられてしまった。

今となってはもう悔んでも取り返しの附かないことだが、私はあの晩あの爺にさえ会わなければよかったのだ。私は幾度か、あの晩のことが夢であってくれますように、そしてあの爺も、あの丘の上の無気味な家も、跡かたもない幻であってくれますようにと祈っただろう。しかしその後あの丘のほとりを夜昼となく通って見るのに、あの家が正しく彼処にあることは事実なのだ。私は今では、あの爺がどう云う名前の、どう云う人間であるかと云うことも略知っている。それればかりでなく、お前の背筋を持っていると云う飛田遊廓のB楼のA子にも、乳房を持っていると云う静岡のF子にも、肩、臂、頸の女たちにも皆会って見て、彼の言葉が決して偽でなかったことを確かめたのだ。その女たちは彼の本名を知らない様子だったけれども、彼が珍しい変態性慾者であること、時々写真器やゴムの袋を持って来ていろいろ無理な註文をすること、彼女たちを呼ぶのに「由良子」と云っていることなどを、一様に語った。

しかし由良子よ、私の唯一の、ほんとうの「由良子」よ、私はお前にその男の名前や身分を知らしたくないのだ。お前もどうかそれを知ろうとはしてくれるな。私は今わの際に臨んで、お前に隠して行くことは此れ一つだ。そして私は、来世でこそは真実のお前に会えることを堅く信じて、まぼろしの世を一と足先に立ち去るとしよう。

或る少年の怯れ

少年の名は田島芳雄と云った。芳雄は自分の両親がどんな人であり、どんな顔をして居たかはまるきり知らない。彼の両親は彼が生れて四つになるまでの間に死んでしまったのである。彼は物心が附いてからは兄の幹蔵の家で育てられた。幹蔵は彼が五つの歳の時に二十四だった。幹蔵の下に二十になる禄次郎と云う弟と十六になる柳子と云う妹とがあった。そうして柳子と末子の芳雄とは歳が十一も違って居たのに、其の間には兄弟が一人もなかった。いや、実は一人か二人あったのだそうだけれど、生れると直ぐに死んでしまったのだと云う事を、芳雄はずっと大きくなってから知った。

だから芳雄は四人の兄弟の一人ではあったようなものの、自分だけがひどく幼い為めに何となく除け者にされて居るようで淋しかった。芳雄はよく、「芳雄さんは一番可哀そうですね。」と云うことを親類の人たちから云われた。それは彼が二た親の顔を知らないと云うことが哀れみの原だったのである。しかし芳雄は二た親の顔を知って居たところで、自分が今の兄弟たちに対する心持に格別変りはないだろうと云う気がした。外の三人の兄や姉たちは友達のように対等に話し合って遊んで居ながら、彼だけは子供だからと云って相手にされない。それは何も虐待されると云うのではなかったけれども、殊に姉の柳子などは彼を自分の子のようにしてはくれたけれども、其の「子のように」されるのが彼には何だか不服だったので、「子のように」されないでも「兄弟のように」されて欲しいのだった。そんな事を芳雄が折々感ずるようになったのは彼が七つになった歳の頃からである。三人の兄や姉のうちではもちろん総領の兄がいくらか威張って居るらしい様子だったが、そうして芳雄に取っても其の兄が一番恐いには違いなかったが、それでも其の兄は外の兄弟に対しては、芳雄を叱る時のようには叱る事は出来なかった。その癖外の兄や姉たちも、総領の兄と一緒になって芳雄を叱る権利は持って居た。彼等は芳雄に対する時だけ、いやに兄貴ぶったり姉ぶったりして居るように思われた。総領の兄が、外の二人と違って居るところは、三人の兄弟の名前を呼ぶのに「禄次郎」とか「柳子」とか「芳雄」とか云う風に一様に呼び捨てにする事だった。そうして彼は三人の誰からも「兄さん」と呼ばれて居た。それから禄次郎と柳子とは互に「禄ちゃん」だの「柳ちゃん」だのと云い合って居た。ただ芳雄だけが、二番目の兄や姉に対してまでも、「禄次兄さん」だの「姉さん」だのと呼ばなければならなかったのである。

芳雄が七つの歳の夏に、総領の兄は大学を卒業して医学士になった。で、今迄は毎朝角帽に金ボタンの制服を着て出て行ったのが、間もなく紳士の着るような洋服を着て、毎日午前八時ごろから夕方の五時ぐらいまで、大学病院の方へ通うようになった。その時分親類の叔父だの叔母だのが内へやって来て、

「幹蔵さんもとうとう立派な学士になったんだから、こんなめでたい事はありません。お父様やお母様も草葉の蔭でさぞ喜んでおいでなさるだろう。」

と云って、口々に兄の出世を喜んだことを芳雄はうろ覚えに覚えて居る。が、それよりもはっきり覚えて居るのは、明くる年の三月に兄が結婚した折のことである。式を挙げたのは日比谷の大神宮で、晩には上野の精養軒でおひろめの宴があった。芳雄は牛込の広沢と云う親類の叔母や「禄次兄さん」や柳子と一緒に自動車に乗って、日比谷から上野へ廻った。自動車の中で叔母が、

「ほんとうに好さそうなお嫁さんだこと。――今度は禄ちゃんの番ですね。」

と、そんな事を云うと、

「なあに、僕よりは柳ちゃんの方が先ですよ。」

と、「禄次兄さん」が云った。そうしたら姉は真赤な顔をして、

「いやな禄ちゃん」

と云ったようだった。

その日から芳雄には新しい姉が一人殖えた。新しい姉の方をただ「姉さん」と呼んで、今迄の姉の方を「柳子姉さん」と呼ぶようになさいと、広沢の叔母はわざわざ彼に注意してくれた。ただの「兄さん」にただの「姉さん」、「禄次兄さん」に「柳子姉さん」、こう二つずつあるのがおかしいと云って芳雄が笑ったら、「兄さんや姉さんが大勢あるのは結構じゃありませんか。」と云って、叔母も笑った。新しい姉が出来たと云う事は、芳雄も何だか物珍しいような気持で、嬉しくないことはなかった。新しい姉は「柳子姉さん」より二つ上の二十一で、喜多子と云う名前だった。「喜多子」……「喜多子」と、婚礼の明くる日から総領の兄は呼び捨てにした。それが耳馴れないせいか、暫くの間芳雄は新しい姉に気の毒なような感じがした。

精養軒のおひろめの席に連なった晩に、芳雄は新しい姉と今迄の姉と孰方がいい女だろうか知らと思って、そっと顔だちを見くらべたりしたものだった。しかし其の晩は孰方も派手なきらきらした御祝儀の着物を着て、お白粉を濃く塗ってキチンとして居たの

で、顔が同じように綺麗に見えてよく分らなかった。新しい姉の方が今迄の姉よりも別嬪(べっぴん)だと云う判断が、いつの間にかはっきりと頭にあるようになってしまって居たのは、その後二た月か三月(みつき)過ぎた時分だったろう。とにかく新しい姉は柳子よりも優しい顔や姿をして居た。そうして芳雄を親切に可愛がってくれることは柳子と同じだった。昼間は外(ほか)の兄や姉は病院や学校へ行って内(うち)に居ないことが多かったから、芳雄は自然新しい姉に早く馴染むようになった。いったい彼は赤ん坊の頃から病身な子供だったので、大きくなってからも、月に一度か二度はきっと熱を出したり胃腸を悪くしたりしたので、そんな折に新しい姉は気を揉んで自分が医者へ附いて行ってくれたりした。姉は芳雄にばかりでなく、外の兄弟や親類の人たちにも評判がよかった。取り分け柳子とは仲がよくて血を分けた姉と妹のようだった。でも、柳子は弟があまりたびたび病気で寝たりなんかして姉に面倒をかける事が多いので、おりおりは気の毒がる様子で、芳雄が姉に甘えたりして居ると、

「芳(よっ)ちゃん、お前なるたけ姉さんにお世話を焼かすんじゃありませんよ。」

こう云ってたしなめることもあった。

それは今でも半分は夢のような工合で芳雄の記憶の中に残って居る。――姉が赤ん坊を生んだこと、そのことは結婚の明くる年の正月時分だった。芳雄は一度その赤ん坊の顔を見たように覚えて居る。それから生れる時のおぎゃあおぎゃあと云う泣き声も、お産のあったのが宵の口のことで芳雄はちょうど二階座敷に居た時だったから、たしかに聞いたように覚えて居る。けれど其の後赤ん坊は居なかった、生れたと思ったのは芳雄の思い違いであったかのように。――しかしそれから二三年も立って或る時芳雄が柳子から聞いたのに、生れたように覚えて居るのは芳雄の思い違いではなく、やはりほんとうだったのだが、生れると間もなく二三日して死んでしまったのだそうで、そこの所の記憶が芳雄の頭からはポツリと抜けて居たのである。子供の時分に見たり聞いたりした事はどうも不思議で、ところどころをはっきりと覚えて居るけれど、その後先がぼうッと霞んで繋がりが附かない事が多い。で、芳雄は其の赤ん坊の死んだのは知らずに居たが、その後姉が二度お産をして、その時の赤ん坊たちも皆同じように直ぐ死んでしまったのは、明かに覚えて居るのである。姉のお腹が大きくなる度毎に今度こそは大丈夫だろうと云って、内中の者が楽しみにした甲斐もなくて、いつもお産はうまく行かなかった。芳雄にしても赤ん坊が出来れば自分も兄になれるのだから、可なり熱心に其れを願っては居たのだけれど。

家の間数のわりあいに家族が大勢だったので、内の中は赤ん坊が生れないでも随分賑かだった。四人の兄と姉とが集まって、その外に男や女のお友達などもやって来て、骨牌をしたりトランプをしたり音楽会をしたりして夜おそくまで騒いで居ることが間々あった。芳雄は晩の八時になると先へ寝かされたが、騒々しくて寝つかれないくらいだった。彼は子供の癖に神経質で眼敏い性分だったから。トランプの時はやり方が分らないので見て居ても詰まらなかったけれど、音楽会の時は皆がいろいろ冗談を云い合って面白そうなので、芳雄も傍へ置いて貰うのが常だった。

「芳ちゃん、今度はお前の番よ。さあ、何か唱歌を歌って御覧。」

みんなが一としきり歌い疲れてがっかりした折なぞに、芳雄がぼんやりと手持無沙汰で居ると、柳子はよくこんな事を云った。

「さあお歌いなさい。今御馳走が来ますから歌ったら芳ちゃんにも上げますよ。」

と、上の姉も一緒になってすすめた。芳雄は大きな人たちの仲間へ入れて貰えるのは嬉しくない事はなかったが、兄や姉のお友達も居るので、何となく斯う羞かしくって歌おうと云う気にはなれなかった。すると柳子は、

「ほんとに芳ちゃんははにかみ屋だねえ。歌わなければお菓子を上げなくってよ。」

などと云ってからかったものだった。

上の姉は三味線が好きだった。柳子はいつも姉の三味線で長唄を語った。兄たちはトランプだと得意だったが音楽会では何がうまいと云うことはなしに、英語の唱歌をうたうとか勧進帳をやるとか芝居の声色(こわいろ)を使うとか、好(い)い加減な節で出鱈目に怒鳴るばかりだった。芳雄には、彼に対してはいつも真面目な顔つきをして居る上の兄が、義太夫を語って女の声で台辞(せりふ)を云う時が一番おかしかった。余所(よそ)から遊びに来るお客の中には随分いろんな芸人が居て、ヴァイオリンやマンドリンを弾く者もあった。上の姉の従妹(いとこ)にあたる女学生で、みんなが「瑞枝(みずえ)さん、瑞枝さん」と云ってた人——芳雄だけは其の時分、「瑞枝さん」とは呼ばないで、「麻布(あざぶ)の姉さん」と呼んで居た——その人は会のあるたびにやって来て、非常に高い好い声で西洋の歌をうたった。ハイカラな女だったから日本の物はあまりやらなかったけれど、ヴァイオリンが上手なので、瑞枝の番が来れば皆が耳を澄まして聞いて、曲が終ると盛んな拍手だった。「ソプラノ」だとか「バリトン」だとか「独唱」だとか云う音楽に関係した言葉が、おりおり瑞枝の口から出ることがあったので、芳雄もいつの間にか其(そ)れを聞き覚えるようになったくらいである。

瑞枝はその外にも芳雄には意味の分らない英語を、べらべらと話の間へ交ぜて語る癖があった。柳子も可なりお転婆の方だったが、瑞枝にはかなわなかった。男の人たちに冗談を云われなぞしても、瑞枝は負けずに云い合いをしてやり込めたりする。ほかの女たちはトランプは下手だのに瑞枝は其れもなかなか強かったので、どんな会の時でも彼女が一番持て囃されて居た。

兄は大学病院に二年ほど勤めた後、其処をやめて、銀座の裏通りへ「田島医院」と云う看板を出して町医を開業した。しかし家族が大勢でもあったし、医院の方は狭かったものだから、内中其方へ引越す訳には行かないので、やはり兄は今まで通り本郷の弥生町の家から毎朝通って居た。そんな訳で家庭の空気は相変らず呑気で賑かだった。ただ、開業と同時に内の方へも電話が引かれて、夜おそくなどに兄が呼び出されることはあったけれど、それも極くたまだったのである。

或る時――それは芳雄が十歳の年の暮れで姉がちょうど二度目の赤ん坊を生んだ折のこと――その赤ん坊は前にも云ったように生れると直ぐ死んで居たが、姉はお産のあとの疲れが出て半月ばかり床の上に寝たり起きたりしながら退屈がって居たので、それを慰める為めに夕方からいつものような音楽会が彼女の枕もとで催されることになって居た日に、芳雄は学校から帰って来ると、柳子に云い附かって銀座の十字屋へ蓄音器のレコードを買いにやらされた。彼は臆病な子供だったから独りでなんぞそんな遠くへ使いに行くのは厭だったけれど、十字屋なら所が分っても居たし、柳子や女中は晩の会の支度で忙しくて手が放されなかったから、どうしても彼が行かなければならなかった。京橋で電車を降りて十字屋で買い物をしてから、まだ表はうす明るかったので、芳雄はレコードの包みを壊さないように大事に抱えながら、こんな遠い所まで子供が独りで使いに来たのを誰かに見せてやろうと思って、直き近くにある兄の医院へ寄ったが、這入って行くと、兄はもう本郷へ帰ってしまった跡らしく、玄関や薬局室はガランとして誰も居なかった。たびたび来て勝手を知って居たから、梯子段を上って二階の部屋のドーアを明けると、兄は帰ってしまったのかと思ったら、もう一人思いもかけない人と——瑞枝と二人ぎりで其処に居た。芳雄ははッとして、見てはならないものの所へ来たような気がして、でも又すぐ其の部屋を出てしまうのは悪いようにも考えられて、ちょいとの間、じっと立ったままだった。瑞枝と兄はちらと芳雄を見て眼を外らして、——少し顔色を変えたようだったけれど、——別に騒ぐような風はしないで、じっと暫く動かずに居て息が詰まったような工合に黙りつづけた。瑞枝は寝ころんで居て、兄は其の首のところに据わって下を向いて顔を寄せつけるようにした形のままで居た。

「いいえ、其処のところじゃございませんわ。………もっと此方、ここの胸の所が痛いんでございますの。………」

ふいと、瑞枝がそう云って、襟をひろげて自分の胸の上をコツコツ叩いた。

「ここですか、ここが痛いんですか。」

兄もそう云いながら、薬局室から膏薬を取って来て彼女が指で叩いて居る所へ其れを貼ってやると、瑞枝は立ち上って、

「芳ちゃん、あなた一人でいらしったの？」

と、芳雄を見てにっこりして着物の襟を直した。

「ええ、僕は銀座へ蓄音器のレコードを買いに、お使いに来たんです。」

なるたけ兄の方を見ないようにして、芳雄は瑞枝にだけそう答えた。何でもないんだ、思い違いだったんだ、と云うような気も半分はしながら。

「あら、お使いにいらしったの？　それは感心ね。――あたし此れから兄さんと御一緒にお宅の音楽会へお伺いする所なのよ。芳ちゃん先へ行って姉さんにそう云って置い

て下さいな。直きに参りますからうんと御馳走を拵えて置いて下さいッて。」

瑞枝は其のあとで何か冗談を云って芳雄にふざけたようだった。

晩になってからの音楽会は、姉が半病人のような姿で布団の上に据わって居るのが陰気だったけれど、外（ほか）の人たちが思いきりはしゃいでくれたので其の陰気さは忘れられてしまうくらいだった。兄も機嫌がよかったし、兄と一緒にやって来た瑞枝も、みんなを相手にいつもの通り元気にしゃべったり遊んだりした。

田島の一家に陽気な空気が充ち亙（わた）って居たのは、其の時分が絶頂だった。其の時分は誰も彼も幸福だったし、臆病な芳雄も淋しいと云う心持を余り味わずに済んで行ったのである。姉の床上（とこあ）げがあってから後（のち）も、暫くの間は音楽会や骨牌（かるた）会が催されて、みんなが詰まらない事にきゃッきゃッと云って転げて笑ったりするほど気軽な心になって居て、始終集まって来る瑞枝を始め多くの定連の人たちもよく気が揃ったものだったが、芳雄の十一の歳の秋に工学士になった二番目の兄の禄次郎が神戸（こうべ）の造船会社の方へ行ってしまったのが、家の中の淋しくなり出した始めだった。でもまだお転婆な柳子が居て瑞枝と負けず劣らず騒いで居る間はそんなでもなかったのに、柳子も其の年の暮れに渋谷（しぶや）の宮本（みやもと）と云う内へお嫁に行ったので、それからは急に家の中が陰気になって、今迄のように会を催すこともなくなってしまったのである。姉は、二度もお産をやりそくなった上に、貧血症になって時々眼まいがしたり気が遠くなったりして寝て居ることが多かったから、人が訪ねて来ることを嬉しがって、音楽会の定連のうちで今では瑞枝一人だけが相変らずちょいちょい話しに来てくれるのを、たいへん懐かしく思って居るらしかった。そうして、病気が直ると瑞枝を誘っては兄と三人で芝居を見に行ったり、芳雄も連れて日比谷公園へ出かけたりすることがあった。けれどどうしても以前のようには面白くなれなかったのは、――其れは一つには、その時分から兄が妙に重々しい、いつもむッつりと塞ぎ込んで居るような人間になってしまったせいでもあったには違いない。兄はもともとじっと沈んだところのある、愛嬌の乏しい無口な性質だったのに、今までは家庭の空気に釣り込まれて派手な人間に見えて居たのだけれど、禄次郎や柳子が居なくなってからはいつとなしに自分の元の性質に復って居たのだった。それに無愛想なわりには鷹揚で暖かみのある人だったから、姉の病身な事や、子供の出来ない事や、いろいろそんな事で人知れず気を使って居たのかも知れない。ただ瑞枝と二人ぎりで居る時に、兄が例になくにこにこ笑いながら話をして居たのを、芳雄はたった一度、――或る日小石川の植物園へ行くと、向うの木かげを二人が手を曳いて歩いて居たのを、――

——そっと見たことがあった。二人の方では気が付かなかったようだったが。………

柳子が結婚した明くる年の三月に、姉は三度目の流産をして又床の上に寝たり起きたりする体になった。瑞枝はもちろん、柳子もおりおりは丸髷に結った変った姿で渋谷から訪ねて来ては、

「瑞枝さん、ほんとうにあなたには済みませんことね。毎日お見舞いに来て戴いて。」

と、心から礼を述べて、瑞枝のようにしげしげとは出歩く訳に行かなくなった自分の今の身の上をかこつ事もあった。

「いいえ、あたしなんか暇な人間なんですから毎日でもお伺いして、柳子さんの代りに姉さんのお相手をいたしますわ。どうせ遊んで居るんですから何でもありませんの。」

瑞枝はいつも柳子にそう答えて、夜おそくまであとに残っては例の花やかな笑い声を響かせながら面白そうな世間話を姉に聞かせて居た。兄も大概の日には、医院の方を早く済ませて枕もとに附き添いながら、それほどにする病人でもなかったのに、随分やさしく親切な言葉をかけてやると云う風だった。

「瑞枝さんや柳ちゃんが遊びに来て下さるので、あたしちっとも退屈なんかしやしませんから、そんなにして戴かなくってもようござんすわ。今日はあなたお忙しいんじゃな

かったの?」
姉はそう云って兄の親切を気の毒がることもあるくらいだった。姉は気だてのいい人には違いなかったから、兄からそんなに大事にされるのはあたり前だったけれど、それでも芳雄は、自分が病気の時などに兄があの半分も自分にはやさしくしてくれない事を思うと、姉を仕合わせな人だと云うように考えずには居られなかった。そうしてそう考えることが芳雄には羨ましいよりは嬉しい感じを起させたには違いなかったが、しかし兄ただの瑞枝だのがあんまり姉を大事にし過ぎると云うことは、其処には何か気づかわしい訳があるような暗い心地のする折もあって、瘦せて青ざめた姉の顔をじっと見て居る事は、なぜか芳雄には堪え難かった。

産後の疲れと云うだけで大した病ではなかったが、みんなが心配して看病したり、姉も妙に淋しがって人懐っこいことを云ったりしたのは、やはりよくない出来事のある前兆だったのかも知れない。――姉はその後一旦床上げをしたのだけれど、前からの貧血症がだんだんひどくなって、流産をしてからちょうど三月目の五月の末に、ふとした事で死んでしまったのである。死ぬ二三日前までは別に不断と変った様子はなくて、ただ折々眼まいがしたり気が遠くなったりするだけで、ふらふらしながらも寝るほどではないと云って起きて居たのに、或る日の夕方、いつも時々するように兄に注射して貰うと、明くる日の朝あたりから急に容体が悪い方へ向いて行った。それも、まるでコレラにでもかかったように幾度も幾度も激しい下痢をして、真白な牛乳のようなものを口から吐きつづけて、三日目の晩には危篤と云う事になってしまったのだった。いよいよ息を引き取ろうとする時には、電報を見て神戸から帰って来た禄次郎や、前の晩からずっと看病して居た柳子や、牛込の広沢の叔母や、姉の実家にあたる麻布の荻原家の親たちや瑞枝などが、兄や芳雄と一緒にぐるりと枕もとを取り囲んで、「姉さん」だの「喜多子」だのとてんでに姉の名を呼びながら、しまいにはみんなが鼻を詰まらせてしくしくと泣いた。女の人たちは子供のように声を上げてまで泣いて、ほんとうにどうかしてもう一遍姉をよみ返らせたいと願って居るようだった。だが、最初に兄が、それから禄次郎、柳子、芳雄と云う順序に、其処に居る残らずの者が末期の水を唇へ滴らしてやって居る間に、姉の浄い眼の中から魂が遠くの方へだんだん消えるように立ち退いて行く様子が、芳雄にもよく分るような風になって、そうして姉はとうとう死んで行ったのである。眼瞼を閉じてやったり、胸の上へ両方の掌を組み合わせてやったりしてから、暫くの間はみんな一度にがっかりしたように遺骸の傍に据わったまま黙って居た。立ち退いてしまった魂が、まだそんな遥かな所へは行き切れずに、此の部屋の中にさまようて居るのを恐れてでも居るような工合に。……

「僕は電報を見てびっくりしちまったが、どうして斯う急にいけなかったんでしょう。」

その時、禄次郎がふいとそんな事を、隣に居る兄の方へ囁くように云った。

「……急性の腸加多児を起したんだ。普通の人なら助かるんだが何しろ衰弱して居たもんだから……」

そう答えた兄の顔つきが芳雄には気になる事があったので、こっそりと其の方を窺うと、兄は――死んだ姉よりも真青な顔をして居た兄は、芳雄と眼を見合わせたと思ったらどんと衝かれたような風に首をちぢめて項垂れてしまった。芳雄も其の時は顔が真青だった。

お通夜や、葬いや、初七日の法事や、そんな事が引きつづいてある間は元の音楽会の人たちだのいろいろの顔触れが集まって来て、わりあいに賑かだったけれど、それが済んでから後、禄次郎は神戸へ帰ってしまうし、たまに柳子と広沢の叔母とが仏壇へお線香を上げがてら兄や芳雄を慰めに来る外には、めったに訪ねてくれる人もないようになって、あれほどしげしげとやって来た瑞枝も、――淋しい時にはああ云う人の花やかな笑い声が何より恋しいものだのに、どう云う訳かふッつりと姿を見せなかった。兄は毎日、朝早く起きて染井の墓地へお参りに行って、そのままずっと銀座の医院の方へ廻ったが、姉が生きて居る時分には必ず日の暮れには戻って来たのに、その頃は夜おそくまで帰って来ない晩が多くなって、芳雄は一日兄の顔を見ないで暮らすことがあった。芳雄は尋常六年生だったので午後の二時頃にはいつも学校から戻って来たけれど、お若と云う飯焚きの女とお元と云う年寄の女中と二人しか居ない家の中に這入って居る気にはなれなくて、夕方明りのつく時分まで表に遊んで居るのが常だった。でも、昼間のうちはそう云う風にしていくらか紛れて居たようなものの、夜になってからの味気ない心持は、――ほんとうに独りぼっちの、頼りのない心持はどうしていいか分らなかった。

「坊っちゃん、さあもう八時でございますからお休みなさいましよ。夜更かしをしていらっしゃると今に兄さんがお帰りになってお叱りになりますから。」

晩飯を済ませてから所作為なさに女中部屋へ来て、女中たちの針仕事をして居る傍でいいいひっくり返って居たりすると、じきにお元はそう云って少し離れて居る書生部屋の四畳半へ、布団を敷いて蚊帳を吊ってくれるのだった。柳子が嫁に行ってからは其処へ独りで寝る習慣になって居た芳雄は、姉が死んでしまった今になってまでそうする事は厭だったけれど、――成るべくなら二階の兄の部屋へなり女中たちの間へなり一緒に寝かせて貰いたかったけれど、独りで寝るのが恐いと云う事を兄に訴えるのが何となく気鬱せで、兄に対して悪いような気持がしたりして、つい其のままに辛抱しなければならなかった。芳雄は、あの、姉が亡くなった晩の事があって以来、面と向っては兄の眼の中を見ないように努めて居たが、それにも拘らず兄が自分をどう思って居るのだかが気に懸って居た。あまり年が違って居たので昔からそう打ち解けた仲でもなかったし、お互の気心はよく分らなかったが、兄の方でもあの晩の事があってから妙に芳雄を気味悪く感じて居るのではないだろうかと云う考が、芳雄の胸の奥深くにあって、その為めに、猶更兄と親しめないような工合だった。

「兄が自分を気味悪く感じて居ると云う事、それがほんとうだとすればなぜだろうか?」――その考を押し詰めて行くと、はっとするようなものに行きあたらなければならなくなって、芳雄は兄を恐ろしいと思うよりは、自分を恐ろしい子供だと云う風に感じるのだった。兄を疑いの眼で見る事はならないと心にきめて居ながら、しかしやっぱり其の考から逃れる訳には行かなくって、毎晩々々、兄の帰りがおそい折などには殊に、寝床へ這入ってもまんじりともせずじっと其ればかりを思い詰める。――姉が亡くなってから後は電灯をつけて寝るようにはして居たけれど、萌黄の蚊帳が吊ってある部屋の中はもやもやと煙るように薄ぐらく、一つ所をあまり永く見て居ると見えないものまで見えそうになって来て、若し姉が幽霊になって出て来る事があるとすれば、きっと誰よりも自分の所へ出て来るに違いないと思って居た芳雄は、それが随分ありそうな事のようにも思われたので、其の為めに一層神経が昂って睡られなくなり、何度も何度も手水に立ったり布団の上へ怯えたように起き上ったりするのだった。兄は、時計が九時を打ち、十時を打ち、十一時を打ってもまだ帰らない晩が屢々で、どうかすると十二時が鳴ってから余程過ぎた時分などにお酒に酔って戻って来ることがあった。

或る晩、芳雄が寝床で眼を覚ますと電灯が消えて居て部屋の中は真暗だった。今何時だろう？……兄は帰って来たのか知らん？……ふとそう思いながら、いつもの四畳半に自分が居ることをたしかめる為めに、手を伸ばして蚊帳の裾に触ったり枕もとの障子のありかを捜ったりして、それでもいくらかは安心したように頭から夜具を被ってしまったけれど、いつもなら二三分も待てば直き電灯がつく筈だのに、其の晩はいつ迄立ってもつきそうもなくて容易に寝られなかった。闇がそんなにも長くつづいて居ると云うこと、そうして寝ようとすればするほど眼が冴えて来るような心持――それが芳雄には、電気の故障のせいだとばかりは思えないで、其処から何か芳雄の眼に見え耳に聞えて来るものが、今にこっそりと忍び寄るのではないだろうかと云うような予感がしたが、なぜか其れが其の時は不思議に恐くも何ともなくて、姉がきっと、自分を恐がらせないでくれるのだと云うようにも考えられた。姉が其処へ出て来たところで自分を怯えさせたり怨んだりする訳はない、姉は何か、尋ねたいこと、でなければ聞いて貰いたいことがあるにしても、きっと芳雄にだけは生きて居た時分のように優しい姿をして情深い言葉をかけてくれる。そんな事を思うと、芳雄は急に姉が懐しくてたまらなくなって、

「姉さん………」

と、小さな声で呼んで見たかった。もしそう云ったら其れに応じて闇の中から、

「芳ちゃん………」

と云う細く悲しく透き徹る声が、直ぐと聞えて来そうな心地がした。それに、芳雄の寝て居る四畳半の次の間は、姉が達者で居た時分に彼女の居間としてあったので、其処には今も鏡台だの箪笥だのが昔のままに置いてあったのだから。

芳雄はふいと、自分でも分らない或る怪しい興奮が自分を不断の臆病な子供とは全く別

な自分にさせてしまったことを感じながら、もしや姉の声が聞けるかと云う恋しさで胸一杯になりながら、それをどうにも制する訳に行かなくなって、布団を抜け出してふらふらと闇の中を次の間の方へ手さぐりに辿って行った。此の頃は昼間でもあんまり人が出這入りをしない其の部屋は畳が黴臭く湿気て居て、べとべとと足の裏へ粘り着くようなのを、芳雄は夢の中をさまようのに似た心持で気味悪く踏みしめて、箪笥の置いてある隅の方へ暫くしーんとして佇んだまま暗い眼の前を梟のように視詰めて居た。瞳を囲んで居る濃い闇の何処か知らで明るい泡がぼんやりと浮かんで其処からひらひらしたものが見えそうになって来るような、そうして其れが「あれ」と云う間もなく消えてしまったかのような、そんな気持が二三度はしたけれどもただ其れだけに過ぎなかったので、またべとべとと畳の上を歩いて箪笥の横の方の壁にぴったりと添いながら蜘蛛が這うようにして行くと、思いがけなく芳雄の手に触ったものがあった。――それは姉の三味線が、今もなお其処の壁に懸けてあったのである。芳雄は、其の時は魔がさしたようになって、或る恐ろしい経験を我から味わって見たく思う根強い好奇心から、その糸の一とすじを摘まんでぴんと鳴らした。ぞうッとして、身の毛が竦つようになって、闇の底にふるえて消える余韻の果てから姉の声が響いて来るのを想像しながら、じっと耳を澄まして居たがそれでもそんなものは聞えて来ない。びん……と、もう一遍彼は鳴らして、そうしてまたじっと耳を澄まして息を凝らして居ると、真暗な中にぼうッと明るくなった所が現れて、今まで見えなかった障子の桟が眼に映って来て、外の廊下を出来るだけ忍びやかに歩いて居るらしい足音がみしみしと近寄って来るのだった。と、その障子は幽霊が這入って来でもする時のように静かに明いたが、寝間着を着て片手に手燭を持った兄が、蠟燭の穂先に顔の眉間のあたりをてらてらと赤く照り返されながら、黙って部屋の閾際に立った。

その顔は、ちらちらと瞬きをつづけて居る蠟燭の灯の向う側に、灯明に照らされて居るお厨子の奥の仏様のように其れだけが一つ闇に浮き出て、高い鼻の影を片方の頬ッぺたへ真黒くくッきりと落して、物云う術を忘れたように唇を固く閉じたまま凍り附いたような凝視を芳雄の上に据えて居た。芳雄は簞笥と壁との隅の方へ身をちぢめて、生れたばかりの赤ん坊がするようにしっかりと握りしめた両手の拳を頤の下へ入れて、たとえようのない戦慄に体中を任せながら、——姉の幻を見たにしても恐らくこれほどではあるまいと思われる凄じい兄の形相を、あの、姉が死んだ晩以来決して見ようとはしなかったもの、——兄の眼の中を、動物的な恐怖を以て睨み返した。が、兄の眼の中には芳雄のそれに劣らない気違いじみた恐怖が充ちて光って居たかのように思われた。

「芳雄、……お前は其処で何をして居るんだね？」

その声は、しかし其の眼よりももっと露わな恐怖の為めに厳かにわなないて居た。兄はそう云って芳雄の姿と其の傍にある三味線とを見比べるようにして、それから斯う、叱ると云うよりは哀願してでも居るような或る奇妙な優しさを帯びた調子になって、

「え？　何をして居るんだ？　今何かお前はしやしなかったか？」

「いいえ」

と云って、芳雄は何処までもそう云い切る心でまだ兄の眼を執念深く睨んで居た。それは反抗的にではなく、恐怖が彼の視線を其処へ釘着けにしてしまったように。――

「何もしない？　ほんとうに何もしなかったかね？」

兄は、いかにも疑惑に脅やかされた顔つきで重ねてそう云いながら芳雄を見る、次にはまた恐る恐る三味線の方を見て、それを云おうか云うまいかと云う事を暫く考えて居る風だったが、

「お前は今、その三味線をいじって居ただろう？　え？　そうだろう。」

と云って、片手に蠟燭を持ち変えてもっとよく彼の方へ芳雄が見えるようにした。部屋

の中に何本もの線を伸ばして居た物の影が其れと一緒に一時はゆらゆらと入り交って、やがて又前と違った形にじっと落ち着いて、兄の頬ッぺたにあった真黒に尖った鼻の影はもう其処に映らなくなり、顔は今迄よりも平べったく明るくなって見えた。でも、いまだにてらてらと赤く照って居る其の色沢、どんよりと濁って異様に潤んで燃えて居る瞳の輝き、――それが芳雄には、その時ようよう、兄が恐ろしく泥酔して居るのだと云う事をありありと発いて見せたのである。

「いいえ、………」

芳雄は、今度は前とは違った意味の、酔払った兄が何か想像もつかない物凄い真似をしやしないかというような怯えを感じながら、ぐっと体中を角立てるように引きしめてまだ強情に同じ文句を繰り返すのだった。

「だけどお前は、こんな夜半に此の部屋へ這入って何をしようとしてたんだね。大分先から此処でごと、ごと、やって居たようだったが、何か夢を見て寝惚けて居たんじゃないのかね?」

「ええ」

と、口の内で微かに云って芳雄が頷いたのを、その曖昧な様子を兄はどうも信じられな

いと云うように、忌ま忌ましいのを堪えて居るらしい顔つきでじろじろと胡散臭く眺めてから、

「よし、よし、そんならもうお休み、そんなところにうろうろしてないで。」

と云って、まだ執拗く追いかけて睨めて居る芳雄の視線を少し極まり悪そうに避けて、廊下を二階の方へ戻って行った。

その晩はそれで済んでしまっても明くる日になったら芳雄は改めて叱られるのではあるまいかと思って居たのに、兄はそれきり幾日立ってももう其の事を云い出そうとはしないのだった。ただ、それまで裸で懸けてあった姉の部屋の三味線には、いつの間にか鬱金の切れの袋が被せられたけれど。そうして兄は黙っては居ても腹の中では芳雄をますます変な子供だと思うようになり、あの晩の事をいつまでも疑い深くねちねちと考えて居るらしいのが余所目にも分るような気がして、芳雄はどうしても兄と親しめないようになって行くばかりだった。

「そりゃあそうですけれどね、気に入った家と云うものは容易に見附からないもんですし、そんな事を云って居たら切りのない話ですから、やっぱり引越してしまおうかと思って居るんです。——」

芳雄がちらとそんな話を聞いたことがあったのは、それはちょうどあの晩の事件があってから四五日立った時分、姉の三十五日の日に広沢の叔母と柳子とが弥生町の家へ寄って兄と何か相談をして居る折だった。

「まあお前さんが其の気ならそうしたらいいでしょう。此の節の若い人はそんな事を何とも思いはしないだろうけれど、よく仏様は四十九日の間は家の棟を離れないなんて云うものだし、私なんぞは旧弊な人間だもんだから、成るべくならもう少し待った方がいいとは思って居るけれど。」

「ほんとうに叔母さんは旧弊よ。」

と、傍から柳子が兄に加勢をして云った。

「……ここの内も先には狭過ぎたくらいだったけれど、今じゃ兄さんと芳ちゃんぎりでがらんとしてしまって、何だか斯う陰気臭いような気がしますわ。ここに居ると兄さんだっていつ迄でも姉さんのことをお忘れになることが出来ないでしょうから、いっそもっと陽気な所へお引越しになった方がいいだろうと私此の間からそう思って居ましたの。そんないい内があるならそうなすった方がよござんすわ。」

叔母もそれには強いて反対もしなかった様子で、とうとうそれに話がきまったのだろう。間もなく一家は慌しい兄の云い附けで小石川の原町の方へ引き移って行った。その家は南向きの高台にある新築の借家で、弥生町の家より部屋の数はずっと少なかったが、眼のさめるように明るい晴れ晴れとした間取りの住まいだった。今までは始終姉の幻に追いかけられて居るようだったけれど、それからは芳雄も救い出されたようになって、夜も安心して眠ることが出来た。あの姉の三味線だの琴だの鏡台だのは、引越しの時に兄がそれらをどう云う風にしてしまったのだか、新しい家のどの部屋にももう置いてはないのだった。

みんな、――兄と芳雄との外には誰も、――此の二人の兄弟の仲が新しい住まいに移ってから後も次第に鬱陶しく余所々々しくなって行くのを、気が附いて居る者はないらしかった。それはあまりに年齢の違って居る兄がまだ尋常科の生徒で居る弟に構って居られないのは当り前の事だったし、姉の生きて居る時分からもそうだったのだから、それを当り前でなく考えるのは何か自分の僻みであるように時々は芳雄自身にも思われる、――けれど、そう思う下からいつの間にか僻みが根を張って来て、心の奥でじいッと兄のする事を視詰めて居るような気になったりした。

その頃になって、或る日、それまでは久しく顔を見せなかった瑞枝が、ちょうど芳雄が学校から帰って来た時にふいと訪ねて来てくれたことがあった。

「まあ、ほんとうに御無沙汰をしてしまって済みませんでしたわね。一度お伺いしようと思って居たんですけれど、忙しかったもんですから、ついつい無精をしてしまって。

――」

と、いつものりんりんとしたよく響く声で馴れ馴れしくそう云って、芳雄を抱きかかえるようにして懐しそうに頬擦りをしたり頭を撫でたりしながら、

「芳ちゃん、あなたどうなすって? 姉さんがいらっしゃらないで淋しかないこと? あたしきっと芳ちゃんが毎日淋しがって居るだろうと思って居ましたわ。」

と、しんみりした調子で云うのだった。芳雄はそうされると直ぐほろほろと涙が湧いて来る眼の中へ、うつむいて自分を覗き込んで居る瑞枝の房々した前髪のほつれ毛が薄暗く蔽い被さるように垂れかかるのを悩ましく覚えながら、何と答えていいかも分らずに、その真黒な大きな庇髪の中にある彼女の顔を、悲しさのあまり顫え着きでもしたいような眼つきで見上げて居るばかりだった。

「あら、あたし悪かったわね。折角芳ちゃんが忘れて居たのに、姉さんの事を思い出させたりなんかして。ほんとうに済まなかったわね。御免なさいね。」

そう云ったけれど、瑞枝の美しい眼の球も桜ん坊のように薄紅く光って来て、つやつやと涙に濡れて来る真実な様子が、とてもそれを疑うことは出来ないように力強く芳雄の胸に迫るのだった。

「兄さんは此の頃どんな御様子？　いつも何時ごろにお帰りになって？」

「何時ごろですか。……僕は早く寝ちまうからよく知らない。」

「あら、じゃ兄さんはそんなにお帰りが遅いの？」

瑞枝は驚いて眼を瞬って、

「そう？　そしてどんな御様子？」

と、さもさも其れが心配な事らしく繰り返して尋ねた。

「兄さんは何だかいつも黙って居て、僕と話なんかする事はないの。」

気むずかしく眉根を寄せて恨めしそうに芳雄が云うのを、瑞枝はにこにこ笑いながら見守って居たが、急に眼もとを擽ったそうに細くしてからかうような言葉つきで、

「じゃ芳ちゃんは兄さんが恐いのね？　え？　そうじゃないこと？」

そう云って、そんな時にはよく昔そうしたように、芳雄の両手を摑まえて其れを柔かい彼女の掌の中で揉むようにした。

「恐いことはないけれど、………でも時々兄さんはお酒に酔って帰って来ることがあるんだもの。」

「まあ！　お酒に酔って？　悪い兄さんだこと！　だけどね、兄さんは姉さんがお亡くなりになったんで淋しくって溜らないもんだから、それで気晴らしにお酒をお飲みになるんだわ。きっとそうに違いなくってよ。芳ちゃんには分らないかも知れないけれど………」

瑞枝の、長い睫毛の生え揃った眼瞼（まぶた）が、凸面鏡のように円（まる）くむっくりと飛び出て居る黒眼がちの瞳の上を忙（せわ）しなくぱたぱたと瞬（またた）いて過ぎたかと思うと、その度毎に其処からまた少しずつ涙が光って湿り出して来て、それを怪しげに見上げて居る芳雄の額を撫でながら彼女は情深い調子で教え諭すが如くに云った。

「兄さんはね、あんなに姉さんを可愛がっていらしったんですから、いつ迄もいつ迄も忘れることが出来ないでほんとうに力を落していらっしゃるのよ。だから芳ちゃんも兄さんを気の毒だと思って上げなければ悪くってよ。ね、分ったでしょう？………あんな事があれば誰だってぼんやりしてしまうのは当り前だわ。あんな、姉さんのようないい人はなかったんですもの。………」

そう云いかけて直ぐ気が附いて涙を払い落しながら、

「あ、またこんな事を云い出して悪かったこと！　堪忍して頂戴よ。もう止しましょうね。そうして何か唱歌でも歌いましょうね。此れからは私きっとちょいちょいお伺いして芳ちゃんと一緒に遊びますわ。だからもう淋しがらないでも大丈夫よ。ね、きっと来るわ。」

などと云って、仏壇へお線香を上げたりして、其の日は芳雄の部屋で一時間ほど話をしてから帰って行ったが、それからはほんとうに折々訪ねて来てくれるようになった。瑞枝はしかし大抵午後の二時か三時ごろにやって来て、芳雄をつれて活動写真を見に行ったり、本郷通りを散歩して少年雑誌を買ってくれたりして、兄には会わずに帰って行くと云う風だった。

「芳ちゃん、又この頃に兄さんにそう云って音楽会を開こうじゃありませんか。――さあ、あたしがいい唱歌を教えて上げるから一緒に歌って見ない？」

そんなことを云って、いつの間にか昔の快活な彼女に復って元気よく歌をうたう瑞枝、――その生き生きとした色つやのいい頰の肉を眺めながら、彼女と仲よく遊ぶと云うことは亡くなった姉に悪いような心地はしたけれど、でもいろいろ親切にしてくれて優しい言葉で慰められたりすることは、芳雄に取って満更嬉しくないのではなかった。それに、瑞枝とそうして睦じく遊んで居たら、いつかは兄も自分に優しくしてくれるだろうかと思われたので。——

神戸の禄次郎からも折々芳雄に絵葉書を送って来ることがあった。

「此れは楠木正成を祭った湊川神社の写真です。僕は二三日前ここへ遊びに行きました。東京では誰も変りはありませんか。今度の原町の家はいい家ですか。僕は十二月にお土産を持って行きますから楽しみに待っておいでなさい。そうしてよく勉強をしなければいけません。兄さんは姉さんがなくなってから、淋しがっておいででしょうから、みんなで慰めて上げるように頼みます。」

などと書いてあるのを読むと、芳雄はいつも返辞をやるのに困るような気持だった。

「禄次兄さん、たびたびお葉書を有難うございます。今度の家は新しくっていい家です。十二月には楽しみにして居ますからどうかきっと帰って来て下さい。そうして一しょにお正月を迎えましょう。うちの兄さんは淋しがっていらっしゃるようです。僕は慰めて上げたいと思いますが、子供ですからどうしていいか分りません。」

けれども芳雄は、なぜか瑞枝が来ることは一度も書いてやらなかった。

ついぞ兄の笑い顔を見たことのなかった芳雄が久振りでそれを見たのは、明くる年の正月に、神戸から帰って来た禄次郎や柳子や瑞枝などが集まって、みんなで百人一首をした折のこと、それも兄は成るたけ芳雄には其の笑顔を見られないようにして外(ほか)の人たちとばかり強(し)いて浮き浮きと話し合って居るかのように、——気のせいか芳雄には思われたのである。柳子や瑞枝が、何かの時に芳雄を玩具(おもちゃ)にしてからかったりしてどっと賑やかな笑い声が一座を揺がすことがあると、そんな場合には兄も仕方なく笑ってはくれたけれど、それがいかにもわざとのようで却って気の毒な気がして来て、芳雄も兄の居る前ではそうでない時ほど元気にはなれなかった。

「まあ、芳ちゃんは此の頃どうかしてるんじゃないの、先(せん)にはそんなでもなかったのに厭(いや)にひねこびた児(こ)になったねえ。」

と、柳子がそれを不思議がるくらいに、芳雄はだんだん無邪気なところのなくなった、遠慮深い、疑り深い子供に変って行くようになって居た。

或る時、——それはもう正月が過ぎて禄次郎が神戸へ帰ってしまってから、一と月か二た月も立って芳雄が直き其の四月には中学へ這入ろうとして居た時分、——日曜の日に柳子がわざわざ迎いに来て、「子供のくせにそういじけてばかり居ないで、ちっと私の方へでも遊びに来たらいいじゃないか。」と、気が進まないでもじもじして居る芳雄を無理に引き立てるようにして、渋谷の宮本の家へ誘って行ったことがあった。姉が達者で居た頃に一二度つれられて訪ねた覚えがあるぎりで其の後は久振りだったから、行って見ると宮本の兄や母親などが珍しそうに「芳ちゃん、芳ちゃん」ともてなしてくれるのが嬉しかったし、其処には柳子の義理の妹や弟たち、――芳雄とは三つ違いの姉だの一つ違いの兄だのいくつか年下の弟や妹が大勢居たので、原町の家よりはずっと広い其の家の座敷で芳雄は其の子供たちと一日賑やかに騒いで暮らした。日あたりのいい縁側にはハンモックが吊ってあって、それへみんなして代る代る乗って傍から揺す振って貰ったり、兄がいろいろの鳥を好くので飼ってあると云う鸚鵡やカナリヤをからかったり、ベエビー・オルガンを鳴らしたり、庭へ出て藤棚の下の池に居る鵞鳥の泳ぐのを眺めたり、それは近頃の芳雄にはめったに味われない夢のように愉快な一日だったが、だんだん日が暮れて来ると、ふと自分だけが此の賑やかな兄弟たちの仲間に別れてあの淋しい原町の家へ独り帰らなければならないことを思い出して、何だか急に悲しいような心地になり、出来るならいつ迄も此の家の子にして置いて貰いたく、そうして自分も此処に居る幼い児たちと同じように年上の児を「姉さん」だの「兄さん」だのと呼ぶことが出来たらどんなに幸福だろうかとさえ思うのだった。

「芳ちゃん、それじゃ又遊びにいらっしゃいな。もう暗くなったから誰かに送らせて上げようか。」

「いいえ、………僕独りでも帰れます。」

そう云って柳子の顔を見上げた時は、芳雄はしみじみと遣る瀬ない気持になって、面白かった一日がこんな心細い事になるなら一層始めから来ない方がよかったと、それが今更恨めしくなったくらいだった。――でも、それからは日曜になると矢張時々は招かれて遊びにも行ったし、そうでない日には瑞枝が訪ねて来てくれたりするので、その人たちの親切で一としきりよりはいくらか気が紛れて居られることもあった。

お茶の水の附属中学へ這入ってから間もなくの日曜日に、芳雄は学校の制服を着て、それを見せたさに渋谷へ行ったことがあったが、其の日は生憎子供たちは兄につれられてお花見に行ったとかで内には母親と柳子だけしか居なかったので、姉の部屋の縁側にうずくまりながら庭に咲いて居る連翹の花をぼんやり視詰めて居ると、

「芳ちゃん、今日はほんとうにお気の毒をしたことね。その代り姉ちゃんがたんと御馳

走して上げるからゆっくり遊んで行くといいわ。」

そう云いながら柳子が其処へやって来て柱に靠れたまま同じように庭先の黄色な花を眺めて居た。が、暫くして、ふいと、

「芳ちゃん………」

と云いかけて、何か面白い事があるらしく急ににこにこと笑い出して、芳雄の眼の中を判じるような顔つきで覗き込むのだった。

「………芳ちゃんはね、此の頃でもやっぱり原町の内が淋しいと思って居て?」

「ええ、」

芳雄には不意にそんな問をかけられた訳が分らなかったので、不思議そうに彼女の笑顔を見返して居ると、柳子は一層にこにこと眼元に皺を寄せながら、

「それじゃ芳ちゃんは大分此処の内が気に入ったようだから、若し内の子になれと云ったらなるだろうか?」

——それは勿論冗談には違いないと思ったけれど、ふだんからそんな事を夢のように考えて居た折なので、芳雄ははッと図星を刺されたような工合でにやにやと極まりの悪い笑い方をしながら黙って居たが、若しそうなったら嬉しいと思う心持が自然と顔に表

われるのをどうにもする事が出来なかった。

「今云ったことは冗談だけれどね………」

そう云って、柳子はほんの一時の戯(たわむ)れが案外強く芳雄の心を動かしたのを看て取って、気の毒なことをしたと云う風に少し慌てたらしい様子で打ち消してから、

「でもね芳ちゃん、此処の内の子になるよりか芳ちゃんにはもっともっと嬉しい事が近いうちにあるかも知れないのよ。」

と、ふざけて居るような言葉のうちにも今度は多少真面目らしい調子を含めて云うのだった。

「うれしい事って、なあに姉さん。」

「近いうちにね、お前の内にも新しい姉さんが出来るんだよ。芳ちゃんはまだそんな話を聞かなかったかも知れないが、兄さんがまたお嫁さんをお貰いになるの。」

「お嫁さんを？」

そう云った芳雄の声の中にある微かな戦慄には心附かずに、柳子は其れがどんなに楽しい出来事でもあるかのように、歓びに輝く瞳(め)を子供のように無邪気にぱっちりと瞬(みひら)いて云った。

「ああ、――そのお嫁さんと云うのはね、しかもお前のよく知って居る人よ、お前がほんとうに大好きな人、――誰だか中(あ)てて見なくって？」

「僕の知ってる人だって……」

芳雄はその時に、柳子の気軽なのに対して自分の心の奥に湧いて来る秘密な恐れを見破られまいとする苦しさを感じながら、もう大凡(おおよ)そは分って居るその人の名を云おうか云うまいかに就いてちょいとの間迷(まよ)わなければならなかった。もし其の人の名を云って中(あた)った時、どうして分ったのかと次第々々に問い詰められるようなことだったら、――それは何でもない筈のことだけれど、――芳雄は其の間に平気では答えられない訳があって、それを柳子に訝(あや)しまれるような場合がないとは限らない。けれどもまたあまり明かな事柄なのを空惚(そらとぼ)けた為めに却って疑られるような心配もないではないので、斯(そ)う、急にぱったり行き詰まったような工合になって黙って居ると、――若し其の時間がいつ迄も続いたら芳雄はしまいには顫え出したかも知れなかったのに、好い塩梅に柳子は程なく言葉を繋いだ。

「芳ちゃんの大好きな人でよく知って居る人だと云ったら、もう大概は分っただろう？――兄さんはね、今度あの瑞枝さんをお嫁さんにお貰いになるのよ。」

「瑞枝さんて、――麻布の姉さんのこと？」

芳雄は、何処か遠いところを視詰めながら、わざとそんなことを何の意味もなく独り語（ひとりごと）のように云った。

「ああそうよ。麻布の姉さんがもう直きお前の姉さんにおなりになるの。ねえいいだろう？　知らない人が来るよりか瑞枝さんなら兄さんにも芳ちゃんにもどんなに仕合わせだか知れやしないし、そうなればお前の内だって又きっと賑やかになって、兄さんの気持もお直りになるだろうから、もうほんとうに淋しいことなんかありゃしないわ。」

それを知らせてやったらば飛び着くようにして喜ぶだろうと予期して居たらしい柳子に対しても、芳雄は是非そうして見せなければならなかったし、瑞枝を姉に持つことだってもただそれだけならば随分うれしいような気がしたので、

「そりゃほんとうなの？　姉さん」

と、声に元気を出して云って、異様にどきどきと胸が動悸を打ち出したのを感じて居ると、その動悸は嬉しいためなのか其れとも外の理由のためなのかやがて分らなくなって来て、今、自分が瑞枝の来ることを喜んだ瞬間に、亡くなった姉の眼に見えぬ姿が、――悲しく恨めしく訴えるような其の人の細い声音（こわね）が、ちらと自分の傍（そば）を通り過ぎはし

なかったかと云う風な恐怖に襲われて、顔の色が直ぐと青白く総毛立って来るのを隠し切れなくなって行った。

「どうしたの芳ちゃん?」

「どうもしやしないんです。……」

そう云ったけれど、誤魔化してしまうことはとても出来なくなって、

「……麻布の姉さんが来てくれるのは嬉しいには嬉しいけれど、先の姉さんのことを想い出したら何だか急に悲しくなったもんだから、……」

「まあ、お前は厭な児だったらないね。くよくよとそんな事ばかり考えて居て、まるで女みたいね。ちっとも男の児らしいところはありゃしない!」

柳子は呆れて眼を円くしながら、どうして此の児は斯うまでひねくれた性分なのだかと云うように、いぶかしそうに芳雄の様子を眼瞬きもせず見守るのだったが、そうされればされるほど芳雄は頑固に口を噤んで眼に涙を溜めてうつむいてしまったまま、病人らしく痩せた指の先で新しい制服の上衣のボタンを所作為なさそうにいじくって居た。

兄が瑞枝と結婚する。——それは大人の柳子までがそれほど無邪気に喜んで居ることだのに、自分はなぜ子供の癖にそれをしつッこい疑惑の眼を以て見なければならないの

だろうか？　芳雄は其の訳を此れ迄にまだ一遍も奥の奥まで突き詰めて考えたことはなかったが、今に瑞枝が兄の後妻になりはしないかと云う想像は、あの先の姉が或る不思議な慌しい死に方、――少くとも芳雄にはそう思われたところの死に方をした時から、ぼんやりと彼の頭の中に描かれて居て、それが彼の心に霧のように淡い暗い影を落して居た。芳雄は時々自分だけがそんな邪推をして居ることを考えると、兄に対しても瑞枝に対しても済まないような気持がして、自分はまだ歳が行かないせいでそんな根も葉もない妄想を気に病むのだと云う風に思っても見て、どうかするともう其の事をひょいひょいと忘れかけて居る折もあるくらいだったのに、それが今になって見ればやはり自分の想像がだんだんと事実になって来て居るのだった。――

「自分は柳子姉さんがいろいろ心配をしてくれるにも拘らず斯うして次第に疑り深く片意地になって行く。兄を疑い、亡くなった姉の死に方を疑い、自分にあんなに優しくしてくれる麻布の姉さんまでも疑って、しまいには自分で自分の心をさえも疑うようになって来て、それを誰にも云うことが出来ずに、みんなからは子供らしくない子供だと思われて今に可愛がられなくなってしまう。上の兄さんばかりでなくみんなが自分を嫌がるようになってしまったら、自分はほんとうに独りぼっちになる。そうしたら死んだ姉さんが自分を蔭ながら守ってくれるだろうか知ら?………」

そんなことを胸のうちに繰り返して思い煩らいながら、芳雄はまた眼に涙を浮べて、柳子が傍に居るのを忘れてでもしまったようにしょんぼりと連翹の花を眺めた。

五月になって、先の姉の一周忌があって、その時にまた神戸から出て来た禄次郎が居るうちに、上の兄はいよいよ瑞枝と結婚することになって、法事が済んでから五六日すると日比谷の大神宮で式を挙げた。芳雄は今までは「麻布の姉さん」と呼んで居たその人を、急に「姉さん」とは呼びにくいような気がして居たけれど、禄次郎や柳子までがもう結婚の明くる日から瑞枝を「姉さん、姉さん」と云って大事にするので、それほど極まりが悪くなく自分もそう呼ぶことが出来た。瑞枝は柳子よりも三つ歳下で其の時は二十一だったのに、前には友達のようにして居た人たちからそう呼ばれても別段羞かしがるような様子はなく、それをすっかり覚悟してでも居たようにお転婆なところもあまり見せないで、しっとりと落ち着いた品のいい姉になって居た。それを芳雄が殊にそう感じたのは、兄と「姉」とが箱根へ新婚旅行をするので中央停車場から立つ時に、みんなしてそれを送って行った晩のことである。

「芳ちゃん、直きに帰って来ますから淋しがらないで待っていらっしゃいよ。たんとお土産を買って来て上げますから。——そうしてね、今夜はもう遅いんですから帰ったら直ぐに寝なければいけませんよ。」

新しい姉は、汽車の窓から首を出して、プラットフォームに立って居る芳雄を見て機嫌のいい顔をしながら、何となくそう云ったのだったけれども、いつもは束髪に結って居るのに其の晩は円髷だったせいか別の人のように面変りがしてずっと老けてしまったように見えて、そんな言葉にいかにも姉らしい品格が備わって聞えるのだった。

「それじゃ御機嫌よう。……いずれまたそのうちに。」

と、その直ぐ次の列車で神戸へ帰ることになって居た禄次郎が、彼女の窓の下へ来てそう云って帽子を取った。

「禄ちゃんもほんとうに御機嫌よう。今度またいつ東京へいらっしゃるの？」

「そうですね、まあ今年の暮れでしょうかね。——どうです、箱根もあまり平凡だからいっそ後の汽車で僕と一緒に神戸まで行ったら？」

「それも面白いでしょうね、神戸でなくっても京都から奈良の方をお廻りになるとよござんすわ。」

と、柳子も傍でそんなことを云うのだった。

「……でも何でしょう、僕なんぞが一緒じゃあいけないでしょう。」

禄次郎は、内を出る時から少し酔って居たので、低い声で姉の耳へ囁くような風に云うと、

「知らなくってよ。」

と云って、姉は俄かに顔を赧くしてうろたえた様子だったが、それは初い初いしく妙にはにかんだ風情だったので、芳雄は男のように活潑だった其の人のそんなところを見ることは始めてで不思議なような心地がした。

「うちの兄貴も新しいラヴが出来たんだから兎に角まあ仕合わせさ、此れでちっとは元気になるだろう。」

――兄の夫婦が立ってしまってから神戸行きの列車の出るのを待ちながらプラットフォームを二三十分ほど散歩して居る間に、禄次郎はそれを柳子と語り合って居た。

「ほんとうね。あれでいつまでも先のことばかり考えて居られちゃ、今度の姉さんが可哀そうだわ。………」

柳子はそう云って、暫く黙って居て、又ぽつりと思い出した事があるように云い足し

た。

「でもね、瑞枝さんだって仕合わせでないことはないわ。兄さんのように奥さんを大事にする人はないいんだから。」

「つまり兄貴の其処に惚れたんだろうね。」

と云って、禄次郎は上を向いて大きな声で笑った。

新しい姉は箱根へ行って居る間にも始終絵葉書を送ってくれたし、旅行から帰って来てからは先の姉だってもこれ程ではなかったと思われるくらい親切にしてくれて、兄と二人暮らしで居た時分には誰もそんなに気を附けてはくれなかった小遣いのことや着物のことや喰べ物のことや、何かにつけて細かく面倒を見てくれて、芳雄の方から甘えてねだったりする折があると其れを一度でも承知してくれないことはないのだった。兄も結婚をしてから後は一と晩でも遅く帰って来るようなことはなくて、大概は四時か五時ごろに戻って来て、姉が芳雄と遊んだりなどして居ると、

「瑞枝さん………」

と云って、――先の姉は「喜多子」と呼び捨てにされて居たのに、――さん附けに

して彼女を呼んだ。

「はあい」

姉はそう云って、

「芳ちゃん、それじゃ又あとでね。」

と愛想よく云いながらいそいそと立って、兄と一緒に二階の居間へ上って行って、長い間其処に二人きりで睦じく話し合って居ると云う風だった。兄は暇さえあればいつでも影のように姉の身に添って居て、ちょいとでもお互に離れたくはないような様子だったので、随分仲のいい夫婦だと云うことは芳雄の子供心にも眼にあまるようにさえ感じられる折があって、先の奥さまの時分にはどんなに仲が好くっても此れほどではなかったのにと、女中たちまでがそう云って蔭口をきくくらいだった。

芳雄は、それほど姉を可愛がって居る兄の心の内では、自分のような疑り深い弟のあることをどんなにか邪魔にしても居るだろうと云う風に気を廻して居て、姉があんまり自分をちやほやしてくれることを兄に対して済まないように感じて居たが、兄はそれを別段不愉快には思って居ないで、此の頃はだんだん芳雄とも親しくすることを望んで居ると云う様子で、それを芳雄に分って貰いたいように素振りに出して見せるのだった。夕

方から夫婦が散歩に出かけようとする折などに、姉が、

「芳ちゃん、あなたも一緒に来なくって？」

と、そんなことを云ったりすると、

「芳雄、お前一緒に来たらどうだね、お前が来れば浅草へ行って活動写真を見てもいいが、……」

そう云って、兄はいくらか余所々々しいところを隠し切れずに、それでも何となくにこにこ笑って見せたりした。

三人で表を歩く時には姉が二人の間に這入って居て、彼女の両側を行く兄と弟とは成るべく直接には言葉を交さずに、姉を通して話をすると云う風にしながら少しずつ親しみを感じ合おうとするように見えた。

「芳ちゃん、あなた何か欲しい本があるんじゃなかったの。あるなら兄さんに買ってお戴きなさいな。」

など云って、姉の方からそんな機会を作ってくれるので、

「何だね、欲しい本と云うのは？　買ってやるからそう云うがいい。」

と、兄もわりあいに不自然でなく情愛のある言葉を云うことが出来るのだった。

そんな時に芳雄は自分でも歯痒いような不思議な気後れを感じながら、兄を失望させるのは悪いと思う心づかいから出来るだけは嬉しそうな様子をして兄の顔を見上げたりすることがあったが、それでもあの兄の眼の中を長く長く視て居ると、その眼の奥に情愛を裏切るものが光って居るような心地がして、兄の方でもはっと其れに気が附いたような工合になって、二人が慌ててうつむいてしまう場合があった。兄は、どうかして自分の眼の中にそう云うものの現われるのを防ぎたい、芳雄にいくら見守られても平気で居られるようになりたいと思って其れを始終心がけて居るらしかったが、いつもそれほど大胆にはなれないで眼と眼を見合わせさえすれば直きにそうッと横を向いて、口もとではやはり機嫌よく笑いながらそ知らぬ風を装って居るようにして居た。

姉は、――兄から其れを云い附かって居たのかどうかは分らないけれど、――兄が非常に芳雄のことを思って居て、学校の成績だの体の工合だのを心配したり、どんな物が好きだとか嫌いだとか云うようなことまでも気にかけていつでも姉に尋ねたりするくらいだと云って、それを恩に着なければ悪いと云う調子で芳雄に話し話した。

「兄さんはね、ああ云う口数の少ない方ですから芳ちゃんには何とも仰っしゃらないけれど、それはほんとうに始終なのよ。だから芳ちゃんが他人らしく遠慮なんかしたりすると却ってお気持を悪くなさるわ。芳雄の為めになることならどんなことでもしてやるからって、兄さんはいつもそう仰っしゃっていらっしゃるの。」――そう云うとき、芳雄は何とも答えずに上眼を使って姉の顔をまじまじと読むようにするのが癖だった。彼女の顔にはただ美しく眩い笑いが花やかに輝いて居るばかりで、其処からはいかなる秘密をも捜り出すことは出来なかったけれど。……

こうして、兄とはうわべだけは以前よりもずっと親しくなって居て、或る所までは両方から近づいて行って其処へ来てぱったり行き詰まったまま動けなくなって居るようなちぐはぐな心持、――それは芳雄には以前の関係とそう変らない気がねと重苦しさとを覚えさせるに過ぎなかった。それを何処までも何処までも追い詰めて考えて行くと、今まではぼうッと遠くに霞んで居た或る物がだんだんはっきりした形で芳雄の心に映って来るようになって、芳雄が次第に頑是ない子供ではなくなって来るに随って、月日と共にそれが根も葉もない想像から実際の世界の方へじりじりと歩み寄って来る。或る物の影――ちょうど真暗な夜路などを歩いて居る時に向うの闇からお化けのようなものが近づいて来るのを、あれはお化けではない、人間だ人間だと思って居るうちにすうッと傍へやって来たのを見るとやっぱり恐ろしいお化けだったりするような薄気味の悪い物の影——が、とうとう芳雄に追い着いて来てそれを成るたけ見ないように見ないようにとすればするほど見ずには居られないような気分に誘われて行くのだった。そうして其の誘惑は、兄が自分にわざとらしい親切を尽してくれればくれるだけ余計に強くなって行くように芳雄には感じられる。——兄が自分に親切を尽す。以前には年の行かない弟に対してあんなに冷淡だった兄が、此の頃になって俄かに情愛を持ち始めていろいろとやさしくしてくれる。それは、芳雄の成長して来たことに或る恐れを抱くようになって、敵意を持たれてはならないと思う弱味を感じ出したのではないだろうか？

「お前はもう中学生だしそろそろ分別が附いて来たのだから、あの時分、己と瑞枝とが何をして居たのかと云うことは、だんだんお前にもよく分るようになって来たかも知れない。しかし此れからは己もお前を子供だと思って馬鹿にはしない代りに、お前の方でもよく物事を考えて、詰まらないことを思ったりしゃべったりしないようにして貰いたい。」

——芳雄は、兄のそう云って居る心の声を聞くような思いがした。

先の姉が達者で居た時分、芳雄が十だった歳の暮れに銀座の医院の二階の部屋で見た今の姉と兄との様子、——その時の二人の体のこなしだの驚いた顔つき、——姉は襟をひろげて居たので兄に診察をして貰って居るように見せはしたものの、その部屋は診察室ではなかったし、今になって考えれば其れがどう云うことだったかはもう疑いの余地はない。兄も姉もそれに就いて別に口止めはしなかったけれど、兄は内々（ないない）その時から芳雄と云う者のあることが気にかかるようになって居て、あの先の姉の亡くなった晩に芳雄が妙な顔をしたのでそれからほんとうに彼を疎（うと）んずるようになったのではないだろうかと、そう云う風に芳雄には推量されるのだった。芳雄はしかし、兄と今の姉とが二人ぎりで人に見られては悪いようにして居るところを、その後一年も立ってからも小石川の植物園で見たことがあって、兄は其の頃ひどく陰鬱なむっつりした人間になって居たのを、ちょうど先の姉が病気で寝て居た時分だったのでその心配の為めだろうと云うように多くの人は思って居たが、芳雄には其の時から兄を陰険な人だと思う心持が湧いたのだった。そうして間もなく先の姉のあの突然な怪しい死に方、――それを禄次郎に尋ねられた折の真青になった兄の表情、――姉の病気は兄がいつでも診察をして居て、死ぬ前の日に注射をしたのも兄だったと云うようなこと、……そう云うように一つ一つ三四年前からの出来事を想い浮べて細かく根掘り葉掘りして行くにつれて、芳雄の頭に根ざして居た疑いが或る纏まったものになって恐ろしい形に見えて来るのを、兄もうすうす感づいて居て其れを黙って置く事が出来なくなって居るのではないか知らん?

兄は、自分の過去の罪が芳雄の心に或る証拠を残して居て、それが芳雄の大きくなるのと共に育って来るのを薄気味悪く感じて居る。——自分が瑞枝と一緒になって先の妻をうまく欺して居たことや、芳雄を除いた兄弟たちの眼までも巧みに晦(くら)まして先の妻を愛して居たと云う風に見せかけて居たことや、——それ等の事情が現在の芳雄の智慧で次第に見透かされるようになって来て居るのを、兄の方でも今では明かに知って居るに違いない。けれども兄の犯した罪がただそれだけに過ぎないのならば、芳雄は兄からこんなにまで余所々々しく疎んぜられはしなかったろうと云うように考えられる。いつぞや姉が亡くなってから間もなくの晩に、夜半(よなか)に電灯が消えて真暗になった時、芳雄がふと眼を覚まして姉恋しさの心からふらふらと妙な気になって彼女の部屋へ迷って行った折のこと、闇の中で三味線の糸に触れて其れを鳴らしたと思ったら、兄がいつの間にか手燭を持ってうしろの廊下に立って居た——その時の兄の顔つき、それはお酒に酔って居たせいでもあろうけれど、どんよりと濁って、或る物の影を一直線に睨んで居るように動かなくなって居た瞳の様子、其処には幽霊をでも見たような怯えた色がありありと露（あら）われて居たのを、芳雄は今でも其の通りに想い出すことが出来るほどまざまざと覚えて居るのである。兄はあの時、亡くなった姉の部屋の中でひとりでに三味線の音がしたと思って、恐ろしさに堪（た）えられずに降りて来たのではなかったろうか？　そうして事に依ったら兄の耳には三味線の音ばかりでなく其の外の声までも聞え、その瞳（め）には見えない筈の幻までが見えたのではなかろうか？　兄が其の頃毎晩のようにお酒に酔って帰って来たことも、それから程なく弥生町の家を引き払ってあの三味線を何処かへ隠してしまったことも、兄の胸の奥に良心の苛責があって、犯した罪を忘れよう忘れようと悶えて居たのだと云うように取れるのだった。

そんな事を芳雄がいつもくよくよとしつくどく考えてばかり居たと云うのは、それは幼い時分から病身な子供だったのが中学へ這入ってからも、よく風を引いて寝て居ることが多かったし、十三の歳の冬から十四の春へかけての頃は、気管支加答児（カタル）だのインフルエンザだので一週間も二週間もつづけて床（とこ）に就いて居たので、そう云う折に自然とそれを考えさせられるようになったのだった。夕方、熱が四十度近くもあるような時などに、芳雄は若しひょっとして其れを譫語（うわごと）に云ったりして、傍（そば）に看病して居てくれる姉に聞かれはしなかったかと云う心配の為めに、すやすやと眠りかかったと思う頃急に

「あッ」と云って叫ぶような口つきをして眼をぱっちりと瞬(みひら)いたり、枕もとをきょろきょろと見廻しながら体中に冷汗を掻いてふるえて居たりすることがあった。

「芳ちゃん、……どうかしたの？　恐い夢でも見たんじゃなくって？」

そう云って姉に尋ねられる場合があると、芳雄は「恐い夢を見た」と云うだけでも姉に知れては悪い様に感じられて、

「いいえ、何でもないんです。」

と、そう云いながら、真青になった顔の色を姉に見附けられないように氷嚢の下に隠して、又すやすやと寝入るような風を装わねばならなかった。

しかし芳雄は、実際には屡々(しばしば)恐い夢を見た。夢の中に出て来る兄はいつも大概はほんとうの兄と変りなく心配そうにふさぎ込んで居て、芳雄とただ二人ぎりで何処か分らない淋しい暗い通り路(みち)をすたすたと歩いて行くのである。

「芳雄……」

と、兄は其の路を歩いて行く最中に、胸に重苦しい蟠(わだか)まりがあってそれをどうしても云わずには居られなくなったように突然声をかけるのだった。

「芳雄、己(おれ)はお前が己を疑って居ることを知って居る。もう隠すには及ばない、己はよ

く知って居るのだから。………」

そう云ってから、又長いこと黙ってすたすたと歩いて行った時分に、

「………己はお前がなぜ己を疑って居るのかと云う訳も知って居る。先(せん)の姉さんが死んだ時に、あの晩に己はお前に顔を見られて真青になったことがあった。そうしてお前はあの時から己を疑るようになったのだ。ねえそうだろう、そうに違いない。………」

そう云われて芳雄は兄の顔色を窺うと、背の高い兄は上の方から芳雄の姿を見おろしてにやにやと笑って居るのだった。

「お前は己があの時あんな真青な顔をしたので、己が姉さんを殺したのじゃないかと云う風に思ったのだろう。だけれど己は姉さんを殺した為めに真青な顔をしたのじゃない。己が真青になったのは、お前がきっと己を疑って居るだろうと思って其れが恐かったからなんだ。己は成る程お前に疑られるだけのことはして居る。己はあの時分先の姉さんが死んでくれればいいと思って居た。だからお前が疑るのは無理もないのだが、お前に疑られて居ると思うと己は薄気味が悪くなってそれで真青な顔をしたのだ。」

そう兄がぶつぶつと口の中で独り語(ひとごと)のように云う。………

「兄さん、どうか堪忍(かに)して下さい。僕が兄さんを疑ったのは悪うございました。先の姉

さんは殺されたのにしろそうでなかったのにしろもう死んでしまったんですから、僕は今更そんなことを穿鑿しようとは思いません。僕は兄さんを罪人にさせたって何も愉快なことはありません。ですからどうか兄さんも安心して下さい。」

「お前はそれがよくないんだよ。お前は兄さんに安心をしろと云いながら、心の内ではまだ兄さんを疑って居る。兄さんは決して先の姉さんを殺した訳じゃないんだから、それを信じてくれなけりゃいけない。先の姉さんはあの通り腸加答児で死んだんじゃないか。」

そんなことを云って兄は夢の中でしきりと芳雄に云い訳をする。芳雄は心のうちで、自分はまだ子供だし、大人のすることは大人になって見なければ分らないのだから、自分が今まで兄を疑って居たのは済まなかったと云うように考えさせられて来て兄を慰めてやる気になったり、また或る時には子供だからと云って大人のすることに欺されはしないと云うつもりで、兄を何処までも問い詰めてやったりするのだった。問い詰められると兄はだんだんあの三味線を鳴らした晩の時のような凄じい眼つきになって、気を失って倒れそうな工合によろよろとよろけながら、

「芳雄、もう其のことは云ってくれるな。後生だから堪忍してくれ。己が姉さんを殺し

たのは悪かった。」

と、一生懸命に頼むような口調で繰り返し繰り返しそう云うので、眼がさめてから後までも、其の言葉は芳雄の耳に附いて居ることがあった。

芳雄が一番恐れたのは、こう云う風にして毎日そんな夢ばかり見て居るうちに、今に亡くなった姉が出て来て自分がどう云う方法で殺されたかと云うような話をこまごまと説明して聞かせたりしやしないかと云うこと、――そうして眼が覚めてからだんだんと事実を調べ上げて見ると夢の話にぴったり合って居たりするようなことだった。芳雄はそれでなくてさえ自分が此の頃のように始終病気になって寝てばかり居て、明け暮れいやな夢を見るような境遇に置かれたのも、みんな亡くなった姉がさせて居るのだと云う風に考えて来て、兄の罪が世間へ露顕しないうちはいつまでも斯うして祟られるのではないだろうかと思ったりするのだった。

「芳ちゃんや、姉さんはほんとうに兄さんに殺されたんですよ。それを知って居るのはお前だけなのに、どうして芳ちゃんは黙って居るの？　お前はまあ、あたしが生きて居る時分にはあんなに可愛がってやったのに、何と云う薄情な子なんだろう。……」

と、姉はいつでも草葉の蔭からそんな泣き言を云って居る。――そうして芳雄が彼女の味方につくまでは何処までも何処までも芳雄にいやな夢を見させる。——

「今の姉さんがいくらお前の看病をしてくれても、あたしの云うことを聞かないうちはお前の病気は直る筈はない。今の姉さんは親切らしくして居るけれど、それはお前を味方につけたい為めにああして猫を被って居るので、心の内は鬼のような人なんだ。……………」

しまいにはそう云ってあのものやさしい今の姉をまでも呪う言葉が聞えて来る。——ほんとうに今の姉さんはそんな陰険な人なのだろうか？　先の姉さんがああ云う不思議な死に方をしたのは、それは兄さんばかりの知ったことではなく、今の姉さんもその相談にあずかって居たのだろうか？　兄さんは自分の犯した罪の為めに始終良心の責め苦を受けて居るらしくも見えるけれど、姉さんの方はそんな様子が少しも見えないところから思えば、やっぱり姉さんは兄さんの罪を知らずに結婚したのだろうか？——だけれど又、今の姉さんがほんとうに鬼のような心を持って居る人だとしたら、兄の罪を知りながらも平気で結婚してああ云う風に猫を被ってやさしい顔つきをして居ないとは限らない。——芳雄はそう思いながら、枕もとに据わって居る姉の姿をつくづくと眺めて居ると、そうして此の人が兄と一緒に先の姉を欺したのだと云う風に考えて来ると、いつもは自分を我が子のようにいたわってくれる情愛の深い彼女の眼つき、雪のように白くほっそりしたしなやかな襟つき、先の姉よりはずっと優れて美しい器量の顔だちが、兄に比べても幾層倍か物凄い悪魔のように其処に現れて来るのだった。

「姉さん、僕はもう此の頃では親切にして下さる姉さんまで疑うようになりました。姉さんはあの事を御存じなのではないでしょうか？　そうして兄さんに頼まれて僕の様子を探るために傍に着いていらっしゃるのではないでしょうか？」

若しそんなことをむきつけに云って尋ねでもしたら、愛嬌のある姉の面持(おももち)が見る間に鬼のように恐(こわ)らしく変って来るのではないだろうかと、芳雄はそれをただ気味が悪いとばかり思うのではなく、お伽噺を読んででも居るような物好きな心持で空想したりすることもあった。

毎日々々高い熱がつづいてじっとして寝て居ながら直きにうっとりと遠い所へ持って行かれそうな気分になるようなことがよくあって、ひょっとするともう死ぬのではないだろうかと思って居たのに、三月の初旬ごろから漸う(ようよ)芳雄は学校へ出られるようになったのだった。あんまり長く休んで居たから成績がいい筈はなかったけれど、四月には兎(と)に角及第することが出来てそれから暫くの間は珍しくつづけて学校へ通って居たのに、その年の五月に先の姉の三回忌があって一週間ばかり立った或る日に、夕方から急にまた熱が出て来て、血を沢山喀いたことがあった。いい塩梅に四五日すると熱が七度台に下って少しずつ直っては来るようだったが、兄が学校を休んで成るべく静かにして寝て居なければいけないと云うので、そうして居ると、やっぱり先の姉の祟りと云うようなことが思い出され、そればかりでなくまた別のいろいろな恐ろしい想像が頭に湧いて来るのだった。自分がこんなにちょいちょい病気に罹ったりするのは、兄がいつでも診察をして薬を飲ましてくれるからではあるまいかと云うようなこと、先の姉をそうしたのと同じ方法で兄は芳雄をもそうしようとして居るのではあるまいかと云うようなこと、それはいつから芳雄の胸にそんな考が起ったのだったかは分らないが、その疑いは亡くなった姉の祟りだと思うことよりも遥かに事実らしく芳雄の神経を脅やかさずには措かなかった。先の姉もやっぱり斯う云うような工合に半年も一年も前からじりじりと煩らって行って、貧血を直す為めだと云って兄が時々注射をしてくれるのを其の通りにされて居ると或る日俄に容体が変って死んだのだった。芳雄はまだ注射をされたことはなく、病気も姉のとは違って居るようだけれども、兄がいつ薬の中へそう云う仕掛けをしなかったものでもない。兄さんではいやだから外(ほか)のお医者に見せてくれろなどと云えば其れはもう兄に向って其の罪を発(あば)くのも同じことだし、そんなにしてまだ此の上も兄から疎(うと)まれるようになるのも恐ろしかったし、もしこうして居て死ぬようなことがあるならそれも運命だと云う風に芳雄はあきらめても見るのだったが、いよいよ死ななければならない時が来たようだったら自分は兄さんの為めを思って何も云わずに大人しく死んで上げるのですと云う意味を、一と言兄の耳へ入れたいと云うようにも考えるのだった。

……或る日芳雄はこんな夢を見た。……

弥生町の先(せん)の家のうしろのところが高い崖になって居て、其処を降りられる様に出来て居る、細い急な坂路(さかみち)の足場の悪いでこぼこな石だらけな段々(だんだん)を降りて行くと、東京の町の中とは思われないように草がぼうぼうと繁ってすすきなどの一面に生えて居るのが風になびいてさやさやと鳴ったりして居る、うら淋しい、ちょいとした広い原場(はらつば)の窪地があった。其処へ或る雨の降る晩に、――それは六月の半ば時分のことだったから、鬱陶しい梅雨の時節の雨でしょぼしょぼと糠(ぬか)のように細かくしめやかに降るのだった。――芳雄は何を考えたのか小石川の家を抜け出して、独りで傘もささないでちょうど眼に見えぬ幽霊にでもおびき寄せられて行くようにぼんやりと歩いて行った。自分はまだ病気がよくならない、それだのに斯うして寝間着のままでこんなお天気に表へ出たりしてきっと後で悪くはないかとは思ったが、その細かな雨に濡れるともなく顔が濡れて汗のようにぬらぬらして居るのを手の甲で気味悪くべっとりと拭き取りながら引き返す訳には行かないような気持になって歩くのだった。弥生町の家のうしろ、――彼処には死んだ姉さんの魂が迷って居る。彼処に行けばきっと姉さんに会えるのだ。姉さんは自分に何か話したい訳があって自分をあの原場へ呼び寄せるのに違いない。――芳雄は歩いて居る途中で、自分にはそんな考があるので斯うやって内を抜け出して来たのだろうと云う風に思った。

今は知らない人が住んで居る先の家の門の前へ出て、塀の外から庭の椎の木の向うに部屋の庇が見えて居るのを「ああ彼処に今でも彼の部屋があるんだな。幼い時分に死んだ姉さんとよく話をしたり、音楽会を開いたりしたあの部屋が今でもちゃんと彼処にあるんだな。」と芳雄は胸の中でそう独り語を云いながら構えの外側を裏口の方へ廻って崖の縁へ出て、すすきが着物の裾へからまるほども生い茂って人が笑うような工合にゆらゆらと揺れて動いて居る坂路のだんだんを降りて、何だか遠い山奥へでも来たように其の晩は特にそう思われた原場のまん中まで辿って行って、もう十分か二十分待つと姉さんに会えるんだと、堅い約束をして置いたつもりで其れを信じながら立って居ると、兄が後ろから、

「芳雄」

と云って呼ぶのだった。

跡をつけられたんだなと思って芳雄は兄を振り返って見てそう驚かずに居たので、其れが兄には物凄かったように二三歩たじたじとなってから、

「芳雄、お前は体が悪いのに何だって今時分こんなところをうろついて居るんだね。」

そう云って、成るたけ芳雄に疑り深い眼で見ることを止して貰いたそうに機嫌を取るような笑顔を作って、

「さあ、こんなことをして居て又病気が悪くなると大変じゃないか。ね、兄さんと一緒にもう帰ろう。そうしておくれ。それでないと兄さんは心配で困るんだよ。」

「僕は今じき帰りますから、どうか兄さんは一と足お先へいらしって、――」

芳雄は其の時に自分の声には死んだ姉の幽霊が乗り移って居て、何となく云う言葉のうちにでも兄には身の毛が竦つように聞えるものが潜まれて居はしないかと云う風におぼ

ろげに感じながら云ったのだったが、それがやっぱり其の通りだったと見えて、兄はその言葉を聞くとひとしく闘いを挑まれた獣のような眼つきになって、暫くの間黙って芳雄を睨まえて居た。

「兄さんに先へ帰れと云うならそりゃ帰ってもいいけれど、………」

と、兄は程へてから考え考え物を云うらしいおずおずした口調で云って、あんまり恐らしい態度を取るのは損だと云うことに気が附いた風で、それから少しやさしい低い声になって、

「しかしお前はこんなところに独りで立って居てどうしようと云うのかね。何かそれには訳があるのだろう。え？　その訳を兄さんに云ってお聞かせ。」

「別に訳なんて云うほどのことはないんですから、どうかそれを聞かないで下さい。兄さんにそんなことを云われると僕は悲しくなるんです。」

そう云った芳雄の心は、兄さんの罪は僕にはよく分って居る、だがそれを兄さんの前で云わせられるのは辛いから赦してくれろと云うのだった。

「お前がその訳を云うのがいやなら兄さんが云って見よう。………」

と、兄が云った。

「……兄さんは今迄お前にその訳を聞くのが恐かった。だけど斯うしていつまでもいつまでも其の訳を聞かずに放って置くと、己とお前との仲がだんだん気まずくなって兄弟の間に妙な隔たりが出来るようになる。それではお互によくないと思うから今夜兄さんの方から其の話をして見よう。――お前が今日ひとりでこんなところへやって来たのは、此処へ来れば先の姉さんに会えると思ったからじゃないのかね。」

「兄さん、――どうかもう止して下さい。――僕は恐くなって来ましたから。」

「いいや何も恐がるには及ばない。恐いことがあると思うのはそれはお前が間違って居るんだよ。お前は先の姉さんが幽霊になってまだ此の世に迷って居ると考えて居るようだけれど、先の姉さんは此の世に思いが残る様な死に方をしたんじゃないんだから、決してそんなことがある筈はありゃしない。兄さんはそれをお前によく話して置きたいと思って居る。」

「でも、兄さんがいくらそう仰っしゃっても僕の心の奥にある疑いは消すことが出来ませんから。――」

と、芳雄はそう口へ出して云ったのではなく、ただ胸の中で考えただけだったが、其れが聞えたように兄は直ぐと答えるのだった。

「それじゃお前はどうしても其れを疑うと云うのだね。あの死に方の何処に怪しいところがあると云うのだね。お前の心に疑念があるならどうぞ正直に云っておくれ。それを云ってくれさえすれば己はお前に分るようにくわしく説明して上げるから。ね、お互にそういうようにして胸の中を打ち明けてしまう方が却って勘違いをするようなことがなくなっていいんだよ。さあ、芳雄、遠慮しないで何処がおかしいと思うのかそれを云っておくれ。先の姉さんが腸加答児で死んだのではないとお前が思う訳は？」

「ああ」と、芳雄は其の時そう心の奥で叫んだ。――先の姉さんが自分を今夜此の原場へ呼び寄せたのは、こうして此処へやって来た兄をつかまえて自分に姉さんの代りになって其の罪を問いただしてくれろと云うのではないのか知ら？　それともまた自分が此れ迄疑って居たことはみんな根も葉もない妄想に過ぎないので、そんなつまらない勘違いの為めに兄弟の仲が割れて居るのを姉さんは心配して下すって、自分と兄とを和解させようとして此処へ落ち合わせたのでもあろうか？　どっちにしても自分には姉が附いて居てくれると云う気がしたので、

「兄さん、――そんなことを疑っては済みませんけれど、僕が不思議に思うのは姉さんが死ぬ前の日に兄さんが注射をなすったことなんです。あれから姉さんの容体が急に

悪くなったんですもの。」

と、そう云うと、兄は口では笑いながらぎょっとしたように瞳を光らせて、斯う、暗い夜の中に居る芳雄の姿をずうッと奥深く見究めるようにして立って居た。

「……あの注射が何でおかしいことがあるんだね。注射をしたのはあの時が始めてだった訳ではなし、あれは貧血の病人を直すのに普通のお医者は誰でもそうすることなんだからちっとも不思議ではないんだよ。成る程あのあとで直きに死んだには違いないけれど、それは先も云った通り急性の腸加答児を起したんで何も注射をしたからと云う訳じゃない。……」

「いいえ、姉さんは腸加答児ではないんです。あれはあの注射をした薬の中に這入って居た砒素の中毒だったんです。」

いつかはそう云おう云おうと思って居たことをとうとう云ってやった、と云うような小気味のいい気持と、兄がそれを聞かされた場合に何か尋常では済まないことが持ち上りはしないかと云う予感とで、芳雄は眼の前がごちゃごちゃと見えなくなって来るような混乱した心になりながら其れを投げ出すように云った。

「砒素の中毒？」

と云って兄はもう其の時に気絶しそうな工合になって、

「お前はそんなことを誰から聞いた。——そりゃあの中には砒素が這入って居たには違いない。だけども砒素と云うものは貧血の薬なんだから、それを使ったって別に怪しいことはないいんだよ。」

「でも、人を殺そうと思って砒素をわざと沢山使えば殺すことも出来ると云う話を僕は薬局の書生に聞いたことがあるんです。そしてそれで死ぬ人は、ちょうど姉さんのように下痢を起して真白な牛乳のようなものをもどすんだって云うじゃありませんか。」

芳雄は、その一言の為めに兄が不意に鉄砲の玉か何かで額を射抜かれでもしたような形をして仰向けに反って倒れてしまいはしないだろうかと思って居たのに、兄はそれをぐっと堪えてやり過してしまったような様子で、

「ふん、そうか、………」

と云って、俄かに肩をゆすぶってせせら笑うのだった。

「お前が其処まで知って居るなら兄さんももう何も云うまい。しかしお前だって兄さんを罪人にしたくはないだろうから、まさかそんな事を誰にも云いはしないだろうね。それを秘密にして置いてくれれば兄さんは此れからお前をいくらでも可愛がって上げる。

ねえ、その方がお前の為めにもどんなに得だか知れないじゃないか。そうしてほんとうに兄弟仲よく暮らすようにしようじゃないか。」

「ええ、僕もそう云う風になりたいと思って居るんです。――ただ兄さんが心の底から後悔して下すって先の姉さんに詫（あや）まってさえ下されば。」

「そりゃ後悔して居るとも。兄さんは毎朝々々仏壇へお線香を上げる度毎にいつでも死んだ姉さんにお詫（わ）びを云って居るんだよ。」

「それじゃほんとうに後悔していらっしゃるんですね。」

芳雄は胸が晴れ晴れしてうれしかったのでそう云いながら兄の体へ飛び着きそうにしたとたんに、――兄は自分を欺して居る。こうして油断させて置いて此の淋しい原場（はらっぱ）の中で自分を殺そうとたくらんで居る。――と、そんな考（かんがえ）が外から囁く人があったようにふいと湧き上って来て、その心で兄の顔を窺うと、其れを悟られてはならないとして居るように兄はちょっと笑って見せて、

「ああそうだとも。ほんとうに兄さんは悪いことをした。その為めにお前にもそんな心配をかけたりなんかして済まなかったね。だがもう此れで分ったんだからお互に仲好くしようじゃないか。そうしてね、こんなところにいつ迄もぐずぐずして居るとお前の体

にも触るしするからさっさと内へ帰ろうじゃないか。ね、分ったろうね。――さあ、兄さんが手を曳いて上げるから此方(こっち)へおいで。」

兄が芳雄を殺そうとして居る証拠には、原町の家へ帰るのには反対の方角になる以前の崖縁のだんだんのある足場の悪い坂路(さかみち)の方へ、兄はそう云って甘やかすように誘いながらそのくせ手には力を入れて芳雄の手頸(てくび)をしっかりと握りしめて歩いて行くのだった。だが、いよいよそうに違いないと芳雄に思われたのは、だんだんの上(のぼ)り口へ来た時に真暗な中で「おほほ」と笑う声が聞えて坂路の上の方に今の姉が二人の上って来るのを待って居るのだった。

「芳ちゃん、あなたは兄さんと仲直りをなすったんですってね。ほんとうにいい塩梅でしたこと。あたし心配だったもんだからお迎いにやって来たんですの。――そこは足場がわるうござんすから転ばないように気を附けてね。」

姉がそんなことを云って居るうちに、兄は芳雄を先へ立てて自分は後から上って来たが、それはいざと云う場合にどっちへも逃げられないように芳雄を自分たち夫婦の間へ挟んで歩かせる積りであるらしく、そうして此の坂を登りつめるまでのうちに後ろから危害を加えようとする計略なのだと芳雄はそう感づいてしまったので、ああもう自分の命も此処で終るのか、先の姉さんは自分を守ってはくれないのか、もうとても仕様がない、と、考えて居る間にもでこぼこの石のある路は一と足一と足にちぢまって行って、いまだにしょぼしょぼと降って居る糠雨にびっしょりと湿った着物の裾が脛へべとべとと粘っこく絡みついて、それでなくてさえ歩きにくいのだからいざと云う時にはとても逃げることは出来ないのだと観念しながら、今殺されるか、ほら、もうやられるかと眼を潰って歩いて居ると、路ばたの露に濡れたすすきの葉が折々ひやりと襟を撫でるのにも「あッ」と云いそうになって生きて居る空はなく、もう一と足で坂の頂辺まで登り詰めるところまで来た時に、

「あなたもう此処で坂がおしまいになるんですよ。」

と、上から姉がそう云って兄に合図をするのだった。芳雄は急に足が竦んで恐ろしさで一杯になってしまって、今迄の覚悟も何も忘れたようになって、

「あッ、姉さん助けて下さい！　僕は殺されるのはいやです！」

と、一生懸命にそう叫んだ拍子に、夢を見て居るんだと気が附いて、でもまだ眼をあくことが出来ずに居ると、自分はやっぱり熱が高くって起きも上れずに布団の上に寝て居ることや、頭の方が圧さえつけられるように重くなって居ることや、「芳ちゃん、姉さ

んは此処に居るんですよ。」と云いながら姉がしきりに自分を揺り起してくれて居ることやが次第にはっきりと分って来て、ぱッと救われたような心地で眼を開いた。

「芳ちゃん、何をうなされて居たの？」

姉のその声がかかると芳雄は電灯のあかりを眩しそうに避けてぱちぱちと二三度眼瞬きをしてから、

「ええ？」

と、わざと驚いたように云って、極まりが悪かったので、枕もとの電灯を背にして据わって居る姉の頭の大きな暗い影の中へ自分の顔を入れながら、とうとうその人に譫語を聞かれてしまったと思うその人の様子を謎を読むような工合に恐々見上げると、姉は別に気に留めて居るらしい風はなくにっこりして、

「どうしたの芳ちゃん、あんなにうなされて、何を夢に見て居たの？」

と、――その顔は明りの蔭にありながら花やかな笑いの為めに、顔の後ろにある心の秘密がとても外からは覗けないようにぎらぎらとかがやきながら、――云うのだった。芳雄はほッとして、未だにどきどきと体中へ響く動悸が鳴って居る胸の上へ手を当てて居たが、姉から余りしみじみと注視されるのがいやだったので其れを避けようとし

て右を下に横向きになるように寝返りを打つと、枕にぴったりと附けて居る片方の耳から動悸が前よりも一層強く伝わって、脳髄が槌を打ち込まれつつある地面のようにがんがんと響いて痺(しび)れて来たので、じーいッと我慢しながら眉間の方へずり落ちそうになって居る氷嚢の下から布団の外に平べったく海のようにひろがった畳の目を越して、部屋の衝(つ)きあたりの唐紙の方へ視線をやったとき、――其処に、ゆかたを着て腕を組んで体をコチコチに堅くさせて据わったまま、狙いを附けるような眼つきで此方を睨んで居る兄が居た。と、芳雄は自分がもう死んでしまったのじゃないかと云う風に思ったのだった、なぜかなら其の折の兄の顔色がちょうど先の姉の死骸を見た時のあの晩のそれと少しも違わないくらいに真青だったから。――そうして其の瞳(め)は猫のそれのように真白くなって動かずに居たから。

「芳雄」

と、兄はやがて呪いから解(ほど)かれたような風つきで、両腕をだらりと肩から垂らしてしまった後、落ち着いた声でそう云いながら蓐(しとね)の傍(そば)へ擦り寄って来て、

「どうだね工合は?」

と云って、又腕を組んで下腹をぐっと落すような塩梅に深く息をついてから何か次に云

おうとすることを考えて居るらしくも見えた。………

「どうだね、工合は?………」

そうもう一遍云った時にたった今夢の中で会った通りの底気味の悪い無理に押し出したような薄笑いが兄の口もとに浮き出して、それが木へでも彫ったもののように微動だもせずに両頰に凍り着いて居たが、ふいと見ると、芳雄がそれまで気が附かなかった兄の右手の指の間には、小さくピカピカと光る注射の針が持たれて居て、それが手と一緒に細かく顫えて蜘蛛が天井から糸を引きながら吊る下って来るように芳雄の顔の上に垂れ懸って居るのだった。

「芳雄、今夜は一つ注射をして見よう。………そうしたら多分よくなるかも知れないから。………」

それを聞くと、芳雄は血がぞうッと頭の方へ上って来て、かッかッと火照(ほて)った火の気(け)のように熱いものが皮膚の上をゆらめいて燃えて通ったあとで、今度は反対に氷の如く冷めたい感じがひたひたと手足へ一面に寄せて来るのを覚えながら、自分でも意外だったほどの敵意を含んだ恐ろしい眼つきをして、

「兄さん、御免なさい、僕は注射なんぞされるのはいやです。」

と、一生懸命な調子で云って憎々しく兄の顔を睨み返した。

「なぜだい？　なぜいやなんだい？」

兄は凄じく怒ってやろうとしても顔の筋がお面のように硬張ってしまったかの如くに依然としてその頬には例の薄笑いを刻みつけたまま瞳だけを落ち窪ませてぎろりと殺気立てて光らせながら、皺嗄れた、陰気に重々しく響く声で云ったが、その声の下から芳雄は一層反抗的な気分になってまだうなされて居るような工合に物狂わしく身悶えしながら云うのだった。

「兄さん、後生だから止して下さい。僕は死ぬのはいやですから。………」

それからちょいとの間、あたりはしーんとした静かさで、その時やっと兄の頬にある笑いの線がピクピクと動き出すらしい様子が見えて、馬鹿げて大きくぱっちりと開かれた瞳の据わった眼の中から、何か気違いじみた稲妻がぴょいと飛び出したようだったが、突然、

「馬鹿！」

と云って、兄は猛悪な相になって芳雄を怒鳴りつけたかと思うと、その反動で自分自身が気を失ってしまったように見る見るうちに唇を土気色にして、注射の針を指の股から

ぽたんと落して仰向けになった。………

その明くる日から一と月ばかりの間は兄は芳雄の病室には姿を見せないで、姉や看護婦に云いつけて薬を飲ませるようにするだけだった。でも、七月の月はなになって、芳雄の衰弱がだんだん目に見えて加わって来るのを捨てて置く訳にも行かないのでそれからは又おりおり診察してくれたけれど、用の外は殆ど口もきかないで黙って脈を見たり熱を測ったりして直ぐに病室を出て行くのだった。姉も、兄からそうしろと云われて居るのかどうか以前ほどには親切にしてくれないでただ時々お役目のように附いて居たが、夕方兄が医院から戻って来た後には殊にそうして芳雄の傍にばかり居るのは兄に対しても悪いと云う風に考えて居るらしかった。

兄は、姉が芳雄の部屋に行くのを実際いやがって居る様子で、少しの間でも彼女が見えなかったりすると病室の外の廊下に来て、

「瑞枝さん」

と、いくらか急かちな調子で襖の向うから呼ぶのだった。そうして内に居さえすれば姉の跡ばかり追い廻して居て、彼女を可愛がる度は芳雄を疎んずるにつれて日増しに激し

くなって来るらしく、御飯をたべるのにも御湯へ這入るのにも、何から何まで一緒でなければ承知が出来ないと云う風になって行った。

長らくじめじめと降りつづいた梅雨がもう二三日で明けると云う頃のこと、――それは蒸し暑い静かな晩で、芳雄の病室には兄の夫婦や神戸から電報で呼ばれた禄次郎や宮本の柳子や広沢の叔母などが大勢集まっては居たけれどひっそりと水を打ったようになって居て、芳雄はただ自分の額の上に載って居る氷嚢の中の氷のじとじとと溶けて行く微かな音を、遠く遥かな物の響きにでも耳を傾けつつあるような心地で聞いて居るのだった。芳雄にはその氷の溶けるのと同じように自分の命がもう終りに瀕して居る危篤な状態にあるのだと分って居ても、それが今では悲しくも恐ろしくもなくて、自分は僅か十四の歳で死ななければならないことや、此れと云う面白い思いもせずに人を疑ってばかり居て苦しい気持を味わい通した短い一生の間のことや、そんないろいろな不運を考え合わせても、もっと生きたいと云う気にはならないで、成る程死ぬときには人間は斯(こ)う云う工合にだんだんとあきらめが附いて来て、楽に此の世を立ち去ることが出来るのだなと云う風に感ぜられた。

「芳ちゃん、お前ね、何でもないんだからね、決して力を落すには及ばないんですよ。………」

柳子がそう云って傍(そば)近くへ寄ると、芳雄は却って彼女の言葉を憐れむように笑いながら、

「ええ有難う。だけどね姉さん、死ぬなんてちっとも苦しくも何ともないんですから、そんなに心配して下さらないように。」

と云って、それから直ぐに笑うのを止めて蠟のように白い色をした顔に浄(きよ)く厳かな表情を浮かべて、今死のうとして居る自分だけにしか分らない或る貴い神聖な物をじっと視詰めるような眼つきで、やや長い間瞳(め)を大きく朗らかに瞬(みひら)いて居た。――それは其処に居る総(す)べての人が誰しも其の神聖な物が芳雄にだけははっきりと見えて居ることを疑う訳には行かないような、そうして其の人たちも其の時の彼の瞳を通してそれを堅く信じるようになるくらいな神々(こうごう)しさの充ち溢れて居る眼つきを以て。――

「芳ちゃん、ほんとうに大丈夫なんですから気をたしかにしていらっしゃいよ。気さえたしかにして居ればきっと直るって、兄さんも仰っしゃっていらっしゃるんですから。」

姉が慰めるようにそう云うと、彼女に並んで据わって居た兄も恐る恐る言葉を添えた。

「芳雄、気をしっかりするがいいぞ、大丈夫なんだから。」

そう云ったとき、芳雄の眼はやはり以前の神々しさを一杯に湛えたままで徐ろ(おもむ)に兄の方へ向いた、――ちょうど芳雄の視詰めようとして居る貴い神聖な物が其の兄の顔の奥にでもあるかのように。兄はその威に打たれたかの如くはッとして下を向いて、いまだにまだ心の秘密を読まれまいとするようだったが、芳雄はその気の毒な空(むな)しい努力を嘲けるよりも兄をそんなに気の毒にさせた自分の今迄の狭い心が浅ましくなって、先の姉も死ぬ時にはきっと現在(いま)の自分のように総べての人を許してやっただろうと思うと、ああほんとうに兄には済まなかったんだと云う感情がむらむらと湧き上って来て、

「兄さん、兄さん」

と、痩せた手頸を伸べて兄を呼んだ。

「兄さん、今迄は僕が悪うございました。僕は兄さんの仕合わせを祈って居ます。どうか此れからいつ迄も姉さんを可愛がって上げて下さい。そうして仲よくお暮らしなすって下さい。」

「ああ有難うよ。」

と、そう云う兄と姉との声が、今は眼を閉じてうつらうつらと眠るようになって行く芳

雄の耳に聞えた。芳雄は、先の姉が嘗(かつ)て通って行った煩(わず)らいのない安らかな道を自分も今通りつつあるのだと云う心地がして、今度こそほんとうに憧れて居た彼女の霊にもう直き其処で会えるのだと、固く固くそれを信じた。………

一級品の探偵小説

藤田宜永

谷崎作品に初めて触れたのは高校の時、「痴人の愛」だった。マゾヒズムがどうのこうのとか、ナオミが悪女かどうかなんてまるで考えずにのめり込んだ。身勝手で奔放なナオミの立ち居振る舞いが、女性なら誰でも持っているものだと直感的に感じた。なぜ、人生経験の乏しい十代の若造がそういうふうに思えたかというと、その頃、私がひとつ年上の女性と一緒に暮らし、愛憎の日々を送っていたからだろう。

その後、立て続けに代表作と言われるものを読んだが、谷崎は、物語を作るのが非常に上手な作家だと思った。〝小説とは散文で書かれた物語である〟と言った作家がいるが、谷崎の小説はまさにそれである。読者が驚くような斬新なテーマを、滑らかな語り口で語っていくのだ。物語は、手垢のついた俗事と馴染みやすいので、ひとつ間違えると作品が通俗の世界に溺れてしまうこともあるが、谷崎の小説はそうはなっていない。

そうならなかったのは、テーマに負うところも多々あるが、卓越した文章力と、自然主義作家が後生大事にしていたような〝生真面目さ〟から免れていたからだろう。

私は日本近代文学館の『夏の文学教室』の講師をここ十年以上、毎年やらせてもらっているが、二〇一五年は、〝谷崎潤一郎と犯罪小説〟をテーマに、と依頼された。『谷崎潤一郎犯罪小説集』という作品集が集英社文庫から出ている。収録されているのは大正期に発表された「柳湯の事件」「途上」「私」「白昼鬼語」。この四編を中心に話をした。

〝大正期の探偵小説は明治期とは逆に、先づ一般文壇にその機運が動き、それに追従する形で専門の探偵作家が生れて来たと見るべきであらう〟

（「一般文壇と探偵小説」江戸川乱歩）

その中に谷崎も入っていて、乱歩は「途上」等々、谷崎の探偵小説（犯罪小説）を〝憑かれたるが如く愛読した〟そうだ。

自然主義にしろ、自我という観念にしろ、近代以降の日本が、西欧から輸入したものである。探偵小説も然り。谷崎は、この新しい形式の文学に、好奇心を抱き、自分でも書いてみようとした気がする。

本書に収められている「私」という作品は、一高の寮内で起こった窃盗事件を扱っているが、語り手の〝私〟が犯人であることは、最後まで、一切、明かされない。読者は語り手にまんまと騙(かた)られていたわけだ。

語り手が犯人というミステリで有名なのはアガサ・クリスティの「アクロイド殺人事件」だが、「私」は、その五年前に書かれていたそうである。これを知った私は、心底驚いた。

〝私〟は盗癖のある人物らしいが、窃盗事件を通して、友人たちと深い関係を結び、犯罪の露見を自らが望んでいた節がある。ここに一種の倒錯を見ることも可能だろう。

「途上」は、会社員の男が路上で私立探偵に声をかけられる。私立探偵は、会社員の前妻の死に興味を持っている。死因はチブスだが、会社員が殺したと確信を抱いているのだ。会社員が前妻に、電車ではなく乗合自動車に乗ることを勧めていたことに探偵は拘る。電車よりも乗合自動車の方が遥かに事故に遭う確率が高いのだ。会社員は、感冒の黴菌を避けるためだと言い訳する。

このミステリの面白さは、会社員が前妻を確実な方法で殺したのではなく、事故死、或いは病死するかもしれないという状況に妻を置き、死んでくれる可能性に賭けたところだ。プロバビリティーの殺人と乱歩が名付けたこの殺し方も、谷崎の独自のアイデアによるものかもしれない。

大正七年の秋からスペイン風邪が大流行し、同じ年の暮れに乗合自動車の試運転が始まっている。その事実をうまく利用しているところも、この作品の魅力である。

このように一級品の探偵小説（犯罪小説）を書いた谷崎は、作家として犯罪というものに魅了されていたと言っていいだろう。犯罪は、普通の社会から逸脱した行為。どんなに小さな窃盗でも、デモーニッシュなものをはらんでいる。

そこに谷崎が作家として惹かれたというのは、彼の作風を考えればごく自然なことである。

（『谷崎潤一郎全集　第八巻』（中央公論新社、二〇一七年）月報より）

『金と銀』覚え書き

日下三蔵

明治期に黒岩涙香が翻案という形で海外の作品を紹介したことで、日本における探偵小説の歴史は始まった。

一九二一（大正十）年の横溝正史を筆頭に、角田喜久雄、水谷準、江戸川乱歩、甲賀三郎、大下宇陀児、城昌幸、夢野久作、昭和に入って、海野十三、浜尾四郎、渡辺啓助、大阪圭吉、小栗虫太郎、久生十蘭、木々高太郎といった専門作家が次々と現れ、国産ミステリはジャンルとして確立していく。

だが、それ以前にも、森鴎外、幸田露伴、田山花袋、宇野浩二、久米正雄らが探偵小説を手がけていた。江戸川乱歩は探偵小説を数多く書いた非専門作家として、谷崎潤一郎、芥川龍之介、佐藤春夫の三人を挙げ、「探偵小説中興の祖」と位置付けている。

実際、一九二九（昭和四）年から翌年にかけて改造社から文庫版ハードカバーで刊行された国産ミステリ初の本格的な全集《日本探偵小説全集》（全20巻）は、第五巻が『谷崎潤一郎集』（29年5月／図1）、第二十巻が『佐藤春夫・芥川龍之介集』（29年6月）であった。

私は谷崎潤一郎のミステリ短篇集として、光文社文庫の《探偵くらぶ》シリーズで『白昼鬼語』（2021年6月）を編んだが、これは短篇作品をメインにしたものだったため、原稿用紙で百枚を超える中篇は表題作くらいしか採ることが出来なかった。そ

図1

こで、中篇をメインに五本を選んだのが、本書なのである。ぜひ、姉妹篇に当たる『白昼鬼語』と併せて読んでいただきたいと思う。

「金と銀」は太陽通信社の月刊誌「黒潮」一九一八（大正七）年五月号に、第二章までが掲載された。その際、以下の著者コメントが付されている。

此の小説は百枚以上の長さに亘るので、最初から全編を四部に分ち、本号と次号と二箇月跨って本誌へ連載することにした。どうか其の積りで読んで貰いたい。

（作者しるす）

ところが「黒潮」は五月号で休刊となり、後篇の行き場がなくなってしまった。そこで、同年七月の「中央公論」臨時増刊「秘密と開放号」に、既発表分と併せて「二人の芸術家の話」のタイトルで、全篇が一挙に掲載された。その際に付された著者コメントは、以下の通り。

図2

此の小説は、もと「金と銀」と云う標題で、「黒潮」の五六月号へ連載する積りで居たところ不幸同誌が六月から廃刊になったので、今回中央公論へ全部一と纏めにして載せる事にした。此のうちの最初の三十ページばかり、即ち第二章までは、一旦黒潮の五月号で発表したものではあるが、その後、多少手を入れた箇所もあるし、且は読者の便宜の為に、重複を厭わずもう一遍此処に掲載する。全篇の四分の一ほどの部分であるから、前に読んだ事のある人も、成るべくなら最初から読み直して貰いたい。

（作者しるす）

一九一八年十月、春陽堂から刊行された短篇集『金と銀』（図2）に収められるに当たって、当初のタイトルに戻された。この本には、他に「白昼鬼語」「THE AFFAIR OF TWO WATCHES」「創造」「金色の死」「独探」が収録されており、ミステリ色の強い作品が集められた一冊となっている。

なお、「中央公論」臨時増刊「秘密と開放号」は、芸術的新探偵小説特集として、谷崎の「二人の芸術家の話」の他に、佐藤春夫「指紋」、芥川龍之介「開化の殺人」、里見弴「刑事の家」を掲載しており、文芸誌のミステリ特集号としては、もっとも早い試みであった。

二〇二二年三月に中公文庫から出たアンソロジー『開化の殺人　大正文豪ミステリ事始』は、「二人の芸術家の話」を除く「秘密と開放号」の掲載作品を、すべて収めたもの。関連する江戸川乱歩の評論を巻頭、佐藤春夫のエッセイを巻末に置き、北村薫さんの懇切な解説が付された画期的な一冊で、本書と併せて読めば、国産ミステリ黎明期の作品群が一望出来るのである。

「AとBの話」は改造社の月刊誌「改造」一九二一（大正十）年八月号に掲載され、同年十月に新潮社から刊行された短篇集『AとBの話』に収録された。同書には他にミステリ短篇「途上」「私」も収録。この二篇は、光文社文庫『白昼鬼語』に収めてある。

「友田と松永の話」は主婦之友社（現在の主婦の友社）の月刊誌「主婦之友」一九二六（大正十五）年一月号から五月号まで五回にわたって連載され、同年九月に改造社から刊行された短篇集『赤い屋根』に収録された。

各巻三段組のボリュームで歴史的な名作を網羅した東都書房版《日本推理小説大系》の第一巻『明治大正集』（60年12月）にも収録。この巻では、他に谷崎作品では「途上」「私」「日本におけるクリップン事件」が採られており、いずれも光文社文庫『白昼鬼語』に収録してある。

「青塚氏の話」は「改造」一九二六（大正十五）年八、九、十一、十二月号に四回にわたって掲載され、前述の改造社版《日本探偵小説全集》の第五巻『谷崎潤一郎集』に収録された。同書の収録作品のうち、光文社文庫『白昼鬼語』に入り切らなかった「金と銀」「青塚氏の話」「或る少年の怯れ」の三篇を、すべて本書でフォローすることが出来て、ホッとしている。

「或る少年の怯れ」は「中央公論」一九一九（大正八）年九月号に掲載され、翌年二月に天佑社から刊行された短篇集『恐怖時代』に収録された。

また、二〇一七年一月に中央公論新社から刊行された『谷崎潤一郎全集　第8巻』の月報から、藤田宜永さんのエッセイ「一級品の探偵小説」を資料として再録させていただいた。藤田さんはハードボイルド、冒険小説のイメージが強いと思うが、ご本人は探偵小説がお好きで、谷崎のミステリも愛読しておられた。

帯に使用した江戸川乱歩のコメントは、大部の自伝エッセイ『探偵小説四十年』（61年7月／桃源社）の「谷崎潤一郎とドストエフスキー」の項目から、横溝正史のコメントは中央公論社版『谷崎潤一郎全集　第十巻』（59年5月）の月報に掲載されたエッセイ「谷崎先生と日本探偵小説」から、それぞれ抜粋したもの。

「谷崎先生と日本探偵小説」は横溝正史の第一エッセイ集『探偵小説五十年』（72年9

月／講談社）に収められ、現在は柏書房の《横溝正史エッセイコレクション》第一巻『探偵小説五十年　探偵小説昔話』（2022年6月）で読むことが出来る。

本作品中に差別的ともとられかねない表現が見られますが、著者がすでに故人であることと作品の文学性・芸術性に鑑み、原文のままとしました。

（春陽堂書店編集部）

春陽文庫

探偵小説篇

金と銀

（きん　ぎん）

2025年1月25日　初版第1刷　発行

著者　谷崎潤一郎

発行者　伊藤良則

発行所　株式会社　春陽堂書店
〒一〇四―〇〇六一
東京都中央区銀座三―一〇―九
KEC銀座ビル
電話〇三（六二六四）〇八五五（代）

印刷・製本　中央精版印刷株式会社

乱丁本・落丁本はお取替えいたします。
本書の無断複製・複写・転載を禁じます。
本書のご感想は、contact@shunyodo.co.jp にお願いいたします。

定価はカバーに明記してあります。
2025 Printed in Japan
ISBN978-4-394-98014-8　C0193